KNAUR

LAURA JANE WILLIAMS

Der schönste Zufall meines Lebens

Roman

Aus dem Englischen von
Nadine Lipp und
Ingeborg Romoschan

KNAUR

Die englische Originalausgabe erschien 2020
unter dem Titel »The Love Square« bei Avon,
a division of HarperCollins*Publishers* Ltd.

Besuchen Sie uns im Internet:
www.knaur.de

Aus Verantwortung für die Umwelt hat sich die Verlagsgruppe Droemer Knaur zu einer nachhaltigen Buchproduktion verpflichtet. Der bewusste Umgang mit unseren Ressourcen, der Schutz unseres Klimas und der Natur gehören zu unseren obersten Unternehmenszielen. Gemeinsam mit unseren Partnern und Lieferanten setzen wir uns für eine klimaneutrale Buchproduktion ein, die den Erwerb von Klimazertifikaten zur Kompensation des CO_2-Ausstoßes einschließt. Weitere Informationen finden Sie unter: www.klimaneutralerverlag.de

FSC
www.fsc.org
MIX
Papier aus verantwortungsvollen Quellen
FSC® C014496

Deutsche Erstausgabe August 2022
Knaur Taschenbuch

Redaktion: Birgit Förster
Covergestaltung: Zero Media
Coverabbildung: Collage von Zero Media unter Verwendung von Motiven von Shutterstock.com und Getty Images
Emojis im Innenteil von Cosmic_Design / Shutterstock.com
Satz: Daniela Schulz, Gilching
Druck und Bindung: GGP Media GmbH, Pößneck
ISBN 978-3-426-52741-2

2 4 5 3 1

Für J & A
Eure Liebe inspiriert mich

Prolog

Das ist dann das letzte Teil«, sagte er traurig und schaute in den Kofferraum des kleinen Mietwagens, der vollgepackt war mit Kissen und Stühlen, Vasen und Lampen. »Alles, was dir am wichtigsten ist, verpackt und *ready to go*.«

Was er eigentlich sagen wollte: *Nimm mich mit. Frag mich, ob ich nicht mitfahren will. Auch ich bin wichtig. Auch ich gehöre zu dir.*

»Super«, antwortete sie, ohne ihm in die Augen zu schauen. Sie sagte es zu laut, zu fröhlich. Sie überkompensierte. »Vielen Dank. Das war heftig. Ich bin jetzt schon im Eimer.«

Was sie eigentlich sagen wollte: *Ich weiß nicht, wie man sich verabschiedet. Ich wünschte, es wäre alles anders. Ich habe Angst.*

Francesco Cipolla und Penny Bridge standen da und vermieden es peinlichst, sich anzusehen. Sie wünschten sich in die Wohnung zurück, zum gestrigen Brunch, als sich ihre Knie berührt und sie von der Gabel des jeweils anderen probiert hatten, oder zurück ins Bett, als sie sich während eines Lachanfalls ins Bettlaken verwickelt hatten.

Es waren nur drei Wochen gewesen. Wie konnte es schon nach nur drei Wochen vorbei sein? Es war, als ob man eine Theatervorstellung nach der Pause verlassen oder nur einen Schluck aus einem Glas Margarita mit Salzrand trinken würde. Sie gaben auf, sie verspielten die Chance dessen, was zwischen ihnen möglich gewesen wäre. Sie hätten betrunken aufeinanderliegen oder sich bis zum Schluss fallen lassen sollen, bis sie sich ineinander verliebt hätten. Sie waren ja fast schon so weit, und Penny hatte verdammt lang nach einem Mann gesucht, der solche

Gefühle in ihr weckte. Aber wie hätte sie es anstellen sollen, ihn physisch zu verlassen und gedanklich bei ihm zu bleiben? Und sie musste wirklich wegfahren. Sie war es ihrem Onkel schuldig. Der Versuch, eine Beziehung mit Francesco fortzuführen, war zum Scheitern verurteilt.

Nein, redete sie sich selbst ein. *Ich muss es kurz und schmerzlos machen. Fernbeziehungen funktionieren nicht, und er wird einen Teufel tun und London gegen das Landleben eintauschen. Nicht einmal* ich *will London verlassen und aufs Land ziehen.* Sie dachte an seine Berührungen, an seine geschickten Finger, die ihren Körper erforschten, daran, wie er schmeckte. Er war so verdammt heiß. Und nett. Und rücksichtsvoll. Und er hörte ihr zu und brachte sie zum Lachen. Und er behandelte sie nicht wie ein zerbrechliches Püppchen, was ihn noch heißer machte.

Nein, wiederholte sie. *Es geht nicht.*

Francesco räusperte sich.

»Bist du sicher, dass du es schaffst?«, drängte er. »Sollen wir nicht noch einen Kaffee trinken oder einen Happen …?«

Nimm mich mit.

»Nee«, antwortete Penny, stupste seine Schulter an und konzentrierte sich auf die Ecke des Bürgersteigs. »Um ehrlich zu sein, würde es mich zu traurig machen, noch einmal reinzugehen. Und ich will keine Pinkelpause einlegen, bis ich nicht wenigstens Watford Gap erreicht habe.«

»Aber du wirst eine Pause machen«, sagte er.

»Ja, Francesco. Ich werde eine Pause machen.« Seine Fürsorge amüsierte sie, und so schaute sie ihn nun endlich an, und die Zeit stand still.

Francesco konnte nicht genau sagen, warum er bereit war, sein Leben aufzugeben und ihr zu folgen, aber er war es. Penny jedoch hatte keinen Grund zu glauben, dass er anders sein würde als die anderen Männer, die gegangen waren, als es schwierig wurde. Sie befanden sich in einer Sackgasse. Francesco konnte nur beweisen, dass er bei ihr bleiben würde, indem er sie unterstützte, doch Penny hielt ihn auf Distanz und nahm ihm somit die Chance.

»Na gut«, sagte sie schließlich. »Ich nehme an, wir sehen uns dann irgendwann.«

»Das ist so seltsam …«

»Nein«, betonte Penny, obwohl sie das Gegenteil fühlte. »Komm, nimm mich in den Arm, und dann muss ich los.«

Francesco tat ihr den Gefallen und umarmte sie. *Ihr Geruch törnt mich an*, dachte er. Freunde bleiben ist wahrscheinlich doch nicht möglich.

»Na dann, auf all das, was kommt«, sagte er über ihren Kopf hinweg und atmete ihren Duft ein.

Stuart erschien hinter ihnen und lungerte in der Cafétür. Er blickte ein wenig finster drein, es war seine Art, Francesco wortlos zu fragen, ob er sie unterbrechen oder warten sollte. Doch Penny spürte seine Anwesenheit. Sie drückte Francesco zweimal ganz fest, als kleiner Morsecode, dass es nun gut sei, und riss sich dann los.

»Ruiniere mein Café nicht, während ich weg bin«, neckte sie Stuart, der sie dann auch umarmte.

»Versprochen, Boss«, lächelte er und salutierte wie ein Kapitän. »Ich werde dir ständig Updates schicken, und du kannst jederzeit in die Buchhaltung schauen.«

»Du bist großartig, Stu. Tausend Dank.«

Sie setzte sich auf den Fahrersitz und startete den Motor. Während sie die Tür zuknallte, bemerkte sie die Panik in Francescos Gesicht. Das war es nun, sie würde gleich weg sein. Sie lachte, während ihr die Tränen übers Gesicht liefen, dann kurbelte sie das Fenster runter.

»Mach nicht so ein Gesicht«, betonte sie. »Alles wird gut.« Sie wischte sich die Augen trocken. »Sag mir, dass alles gut wird.«

»Es wird alles gut«, sagte Francesco, seine Augen brannten, seine Sicht war verschwommen.

Geht Verlieben nicht oft genau so?
Irgendein Fremder taucht aus dem Nichts auf und
wird zum Fixstern in deinem Universum.

Kate Bolick

1

Einige Monate zuvor im März

Es war nicht so, dass Penny Bridge Pech in der Liebe hatte, sondern eher so, dass die Liebe nicht wusste, dass Penny existierte. Seit ihrer letzten richtigen Beziehung waren fünf Jahre vergangen – das waren fünf Jahre ohne Liebe und echte Leidenschaft! Kein Typ zeigte länger als eine Woche Interesse an ihr. Es fiel ihr immer schwerer, so zu tun, als ob sich das eines Tages richten würde. Positiv zu bleiben begann, eine Herkulesaufgabe zu werden, vor allem nach letzter Nacht.

»Ich kann es nicht fassen, dass ich schon wieder in einer solchen Situation stecke«, seufzte sie und erzählte ihrem Head Barista Stuart von der Nachricht, die sie gestern nach ihrem Date bekommen hatte. Sie lautete:

Hey, also, ich wusste nicht, wie ich das vorhin sagen sollte, aber meine Ex ist wiederaufgetaucht. Ich will dich nicht hinhalten oder so, also denke ich, dass wir uns nicht wiedersehen sollten. Alles Gute!!

»Autsch«, antwortete Stuart.

Cristian war ein rumänischer Mathematiker, der für Virgin Galactic arbeitete. Bei ihrem zweiten Date hatten sie sich im Hackney Picturehouse *La La Land* angesehen und waren anschließend nach nebenan ins Wetherspoons gegangen. Penny hatte bereits beschlossen, in jener Nacht mit ihm zu schlafen – sie hatte sich extra die Bikinizone rasiert und die Bettwäsche gewechselt –, doch als sie von der Toilette zurückkam, sah sie die gelbe Benutzeroberfläche der Dating-App auf seinem

Handy leuchten und realisierte, dass er mit einer anderen chattete, während sie beim Pinkeln war. Warum hatte er im Nachhinein gelogen? Er hätte nicht behaupten müssen, dass seine Ex ihm wieder Avancen machte. Sie war ein großes Mädchen. Sie konnte die Wahrheit ertragen. Offensichtlich stand er nicht so auf sie. Aber warum? Warum stand einfach keiner auf sie? Und warum hatte sie ihn nicht sofort zur Rede gestellt, anstatt ihren Drink auszutrinken und vage anzudeuten, es werde spät?

Eigentlich kannte sie die Antwort. Es lag daran, dass sie glaubte, in einer Folge *Sex and the City* zu leben – und zwar in der Folge, in der Charlotte den Himmel anschreit, er solle es Männer regnen lassen: »Ich date, seit ich fünfzehn bin! Ich bin erschöpft! Wo ist er?!« Penny war zu müde, um Cristian einfache Benimmregeln beizubringen, deshalb schwieg sie, trank ihren selbst bezahlten Drink aus und ging. Sie hatte keine Lust, verarscht zu werden. Seine anschließende Nachricht streute unnötiges Salz in die Wunde.

Was stimmt denn nicht mit mir, dass kein Typ mit mir zusammen sein will?, fragte sie sich.

Im Monat davor hatte sie fünf Nächte hintereinander mit Trevor verbracht, einem stellvertretenden Mathelehrer, der, sobald die Schule wieder anfing, wie vom Erdboden verschluckt war, bis sie eines Nachts um eins eine Textnachricht erhielt, in der er sie fragte, ob er seinen Winkelmesser in ihrer Wohnung vergessen habe. Vor Weihnachten war da ein irakischer Immobilienmakler aus Camberwell gewesen, der sie wirklich zum Lachen brachte – und sie ihn. Aber dann schämte er sich im Nachhinein so sehr dafür, dass er sie im betrunkenen Zustand gebeten hatte, bestimmte Dinge mit seiner Prostata zu tun, dass er sowohl ihre Nummer als auch ihre Social-Media-Profile blockte. Davor hatte sie einige erste Dates, aus denen sich kein zweites ergab, der Sommer war komplett datingfrei gewesen.

Sie hatte drei Abende im Skirt Club verbracht, um ihre leicht bisexuelle Neugier zu befriedigen, aber daraus ergab sich auch kein Date – Penny fand schnell heraus, dass sie doch dazu verdammt war, sich nur von Männern angezogen zu fühlen. (Sie ergatterte jedoch die Adresse einer tollen Schneiderin in Canonbury und freundete sich mit zwei Frauen an, die nun ein Paar waren und mit denen sie sich ab und an auf einen Drink traf.)

Penny hielt sich für unterhaltsam, sie war interessant und interessiert. Sie hatte Freunde und Familie, die sie liebte, ein Café, auf das sie stolz war, ein paar lustige Geschichten zu erzählen und – wie ihr immer wieder gesagt wurde – verschmitzte Augen. Aber vielleicht spuckte sie ja beim Lachen, und es hatte sie bisher noch niemand darauf hingewiesen? Oder sie sprach zu viel über sich selbst. Vielleicht lag es auch an ihrer BH- oder Kleidergröße oder an ihrer Haarfarbe. Dabei galten Rothaarige doch als interessant. Stellte sie zu viele Fragen?

Sie konnte sich nicht verstellen, konnte nur sie selbst, Penny Bridge, sein, und diese Penny Bridge schien Männer abzustoßen, denn keiner wollte wirklich mit ihr zusammen sein. Sie war kurz davor, Cristian zu antworten und ihn direkt zu fragen, was er meinte, warum nie etwas aus ihren Dates wurde. Falls Wahnsinn bedeutete, immer und immer wieder dieselben Dinge zu tun und dabei zu hoffen, dass sie ein anderes Ende nahmen, dann war Penny ganz offiziell komplett meschugge. Sie hoffte immer wieder, dass das nächste Date anders laufen würde, dass der nächste Mann anders wäre, aber ihre Hoffnung wurde immer wieder aufs Neue enttäuscht. Vielleicht konnte ihr Cristian sagen, was sie anders machen musste. Wäre es komisch, ihn danach zu fragen? Er war schließlich eine der geeignetsten Personen, um ihr Tipps zu geben. Was hatten die anderen Frauen auf der Dating-App, was Penny nicht hatte?

»Du musst überhaupt nichts anders machen«, mahnte Stuart sie liebevoll. »Du musst es nur einmal richtig hinkriegen. Dieser Raumfahrtingenieur ist bekloppt, wenn er dich versetzt. Ein totaler Idiot.«

Penny saß Stuart am Tresen gegenüber und sah zu, wie er die Grapefruit-Orangen-Crostatas und den Ziegenkäse-Streuselkuchen, den sie gerade aus der Küche hochgebracht hatte, arrangierte. Sie waren in Stoke Newington, einem der schickeren Stadtteile im Norden Londons, also benutzte er Formsteine als Stütze für die Schieferplatten, auf denen er das Essen anordnete. Das sah ziemlich hipsterig, aber gut aus, also ließ sie ihn machen. Das Bridges war ihr Café, sie kochte, doch sein Gefühl für Ästhetik bestimmte den Raum, in dem die Kunden aßen.

»Aber ich bin so müde, Stu. Ich bin dieses Gefühl so leid, den Atem anhalten zu müssen, bis ich eine verdammte Bestätigung von einem Typen bekomme, und wenn das nicht passiert, habe ich das Gefühl, mich mit einer Packung Eis aufs Sofa verdrücken und mir bei *Wie ein einziger Tag* weinend einen runterholen zu müssen. Das riecht doch nach absoluter Verzweiflung!«

»Nein, du riechst nach Crème brûlée und gekochtem Schinken, Pen, so wie jeden Tag.«

»Haha. Danke.« Sie sah ihn an und rollte theatralisch mit den Augen. Trotzdem, sie roch – so war nun mal das Leben einer Chefköchin in einem kleinen Café, in dem Frühstück und Mittagessen serviert wurden, man roch leicht nach Küche – von 7 Uhr morgens bis 4 Uhr nachmittags, dienstags bis samstags.

»Ich glaube, ich sollte mich einfach darauf einstellen, für immer Single zu sein. Und allein ein Baby bekommen. Das denke ich immer wieder. Vielleicht sollte ich den Wink des Universums oder wessen auch immer annehmen. Ich will doch einfach nur mein Leben leben. Dieser Wartemodus fühlt sich so armselig an.« Sie seufzte theatralisch. Stuart musste nicht wissen, dass sie sich vor der Krebsbehandlung Eizellen hatte entnehmen und sie mit Spendersamen hatte befruchten lassen. Als krebskranke Singlefrau Embryos zu erzeugen war eine schwierige Entscheidung, eine, die nicht einmal alle in ihrer Familie verstanden. Sie würde sich an eine Leihmutter wenden müssen, wenn sie Kinder haben wollte, doch das war im Augenblick nicht das Thema. Das Entscheidende war, dass sie wirklich dachte, ihr Leben ohne einen Partner an ihrer Seite gestalten zu müssen. Also warum nicht gleich loslegen, statt noch zu warten? Ein Partner war nicht in Sichtweite.

»Ich könnte dich einigen Freunden vorstellen …«, sagte Stuart, während er ein paar Krümel um die Auslage herum wegwischte. Stuart war fünfundzwanzig, hatte die Kunstschule absolviert, und für ihn waren sowohl das Kaffeekochen wie auch seine Töpferkunst ein Handwerk. Er hatte einen schlanken Körperbau und schwarze Haut, er trug eine gerade geschnittene Jeans, die er zweifach umgekrempelt hatte, sodass man seine Socken und seine klobigen Sneakers sah, die nie schmuddelig wurden. Auch bei seinem T-Shirt hatte er die Ärmel hochgekrempelt; in den Ohren hatte er nur ein Piercing. »Ich meine, wenn du jemanden willst, der auf Ghosting, Lügen oder Ambivalenz geprüft ist.«

Penny stand auf und ging für eine dritte Tasse Kaffee hinter den Tresen. »Danke, das ist nett, aber ich glaube nicht, dass du deine Chefin verkuppeln solltest.«

Stuart trat zur Seite. »Du hast zu viele Regeln.«

»Wenn ich einen deiner Freunde daten würde – die, seien wir ehrlich, sowieso alle viel zu jung für mich sind –, dann würde ich ihm nach drei Dates nicht mehr begegnen wollen, aber er würde herkommen, um dich nach deiner Schicht abzuholen, und mir hätte er erzählt, dass er wegen des Jobs nach Kasachstan umziehen muss und wir deswegen nicht zusammen sein könnten. Wenn ich versetzt werde, dann will ich den Typen nie wiedersehen. Das ist ansonsten zu demütigend, darauf habe ich keinen Bock.«

»Versprich mir einfach nur, dass du nicht aufgeben wirst«, beruhigte sie Stuart. »Dating ist für alle schwierig, bis es dann plötzlich klappt. Mein Dad sagt immer, man muss es nur ein einziges Mal hinkriegen. Dein Seelenverwandter könnte an der nächsten Ecke stehen. Er könnte jeden Augenblick hier aufkreuzen, und es wäre eine Schande, wenn du ihn verpassen würdest, nur weil sich dein Verstand zu sehr in Selbstmitleid suhlt …«

Es klopfte dreimal an die Glasscheibe der Eingangstür, und Stuart und Penny sahen gleichzeitig hin. Da stand ein dunkelhaariger Mann mit olivem Teint, trug eine Beaniemütze und eine Puffweste und hielt Brottüten im Arm. Stuart grinste Penny schelmisch an. Sie sah es nicht.

»Ach ja, was ich sagen wollte«, begann sie in einem professionellen Tonfall und signalisierte dem Mann draußen, dass sie ihm gleich die Tür öffnete. »Die Brotlieferung ist heute später dran, weil Safiya ein Problem hatte mit jemandem, der einen Fahrradunfall hatte. Sie musste einen Freund bitten, einzuspringen.« Sie bückte sich, um den unteren Teil der Tür zu entsperren, öffnete sie und sagte: »Bist du Safiyas Mann-der-kann? Hereinspaziert.«

»Safiya hatte einen Fahrradunfall?«, fragte Stuart besorgt, während er den Typen mit der Beaniemütze begutachtete. »Ist alles in Ordnung?« Stuart war in die Brotlieferantin verknallt und konnte es nur schwer verbergen – sogar die Art, wie er Safiyas Namen aussprach, verriet ihn.

Der Typ legte die braunen Papiertüten mit dem Sauerteigbrot auf den Tisch neben der Eingangstür und mischte sich freudig ins Gespräch ein. »Nicht Safiya. Der Typ, den sie datet. Aber ich bin ja hier, um den Tag zu retten! Ich habe noch mehr Zeugs für euch im Wagen. Croissants, glaube ich. Nett, dich kennenzulernen. Ich bin Francesco.« Er reichte Stuart die Hand und nickte Penny zu, die bereits hinter den Tresen gegangen war.

Penny bemerkte, dass sich Stuarts Gesichtsausdruck verfinsterte. *Der Typ, den sie datet*. Das muss wehgetan haben. Die Kaffeemaschine spuckte heißen, sirupartigen Espresso in ihre Tasse, und Stuart lenkte sich damit ab, die Zuckerschalen auf den Tischen aufzufüllen. Penny beobachtete, wie der Brot-Typ Kisten in seinem Transporter ordnete. Nachdem er ein paar Worte gesprochen und sie seinen leichten Akzent gehört hatte, konnte sie seine Haut- und Haarfarbe besser einordnen. Er hatte eine gestreifte Schürze umgebunden und zog jetzt ein Handy aus der Vordertasche. Wer auch immer am anderen Ende der Leitung war, erfreute ihn so sehr, dass er seinen Kopf lachend nach hinten warf. So viel Enthusiasmus brachte Penny zum Lächeln. Ein gut aussehender Mann, der sein Leben genießt. Sie fragte sich, ob er mit seiner Freundin sprach, und wunderte sich sogleich, dass sie sich diese Frage stellte. Es muss wohl an seinem Akzent liegen, dachte sie. Und an dem Lächeln. Und an dem schweren Heben.

»Ich wünschte, du würdest mich das machen lassen«, sagte Stuart und unterbrach ihre Tagträumerei. »Du behandelst ihn nicht mit dem Respekt, den er verdient.«

»Es ist nur ein doppelter Espresso«, sagte Penny kichernd.

Stuart schaute ernst drein und hob den Zeigefinger. »Es ist niemals *nur* ein Espresso, Penny.«

»Mein Fehler …« Penny trat von der Kaffeemaschine zurück, ging um den Tresen herum und nahm ihre Hände hoch, während sie spöttisch die Augen rollte.

»Ist das dein Café? Bist du Penny?«, fragte Francesco, der erneut in der Tür auftauchte und zwei kleinere Papiertüten abstellte.

»Ja, das bin ich.«

Er wischte sich die Hände an der Schürze ab und ging mit ausgestreckter Hand auf sie zu.

»Ich habe über dich gelesen.«

Seine warme Hand berührte ihre.

Sie sahen sich in die Augen.

Sein Lächeln war breit, nein, mehr noch, es war allumfassend. Es war verwirrend, diesem Fremden in die Augen zu schauen, schon allein, weil sie so nah beieinanderstanden, doch Penny konnte einfach nicht wegsehen. Sie ließ ihn auf sich wirken – seine Bartstoppeln und den herben Duft von Kaffee in seinem Atem.

»Ich wünschte, ich könnte zum Frühstück bleiben«, sagte er.

Sie schüttelten sich noch immer die Hände.

»Ts, ts, vor dem Frühstück abhauen, und dabei hast du nicht einmal die Nacht hier verbracht«, provozierte ihn Penny, ohne nachzudenken, und war sogleich entsetzt, wie ihr nur so etwas Unangebrachtes herausrutschen konnte.

»Ich habe nur Gutes gehört.« Francesco grinste.

»Also … ich …«, stotterte Penny. Das war ihr jetzt total peinlich. Warum hatte sie das nur gesagt? Vielleicht war *das* die Erklärung, warum sie immer noch Single war – sie war sehr schlecht im Flirten, sie wusste einfach nicht, wie sie mit dem anderen Geschlecht kommunizieren sollte.

»Ich meinte das Frühstück«, sagte Francesco lachend.

»Ja. Natürlich! Richtig. Ich auch.«

»Hmm«, murmelte er und amüsierte sich darüber, wie sie sich wand.

Sie standen da, berührten sich, er grinste sie an, schaute sie an, prüfte ihr Gesicht, als ob er sie irgendwie kennen würde, und Penny realisierte, dass sie genauso breit zurückgrinste.

Irgendetwas geschah gerade.

Penny wusste nicht, was sie sagen sollte.

Seine Augen waren wie Pools aus schwarzem Marmor.

Tief.

Durchdringend.

Unendlich.

Sie konnte die paar Male, als sie dieses Gefühl empfunden hatte, an einer Hand abzählen. Jemand, der sie nicht anschaute, sondern fast schon in ihre Seele blickte. Der sie sah. Das letzte Mal, dass sie sich in Anwesenheit eines scharfen Typen so gefühlt hatte, war auf der Kochschule gewesen, als sie ihrem Ex begegnet war. Aber auch, als sie ihrem Onkel von ihrer Krankheit erzählen musste, da war sie fünfundzwanzig. Ihre Schwester Clementine konnte sie manchmal so ansehen. Es gab dann keine Möglichkeit, sich zu verstecken. *Wow, ich hoffe, das war nicht seine Freundin am Telefon*, dachte Penny. *Er ist so schön*. Nicht, dass sie etwas unternehmen würde. Natürlich nicht. Sie würde ihn wahrscheinlich sowieso nie wiedersehen.

»Nun … ich komme wieder«, sagte Francesco. »Ich habe heute noch ein paar andere Lieferungen.«

Sie schüttelten sich noch immer die Hände und starrten sich immer noch an.

»Tu das. Ja. Wir werden … hier sein«, stammelte Penny grinsend, ohne sich ganz sicher zu sein, was das überhaupt zu bedeuten hatte. »Ich meine, natürlich werden wir hier sein. Gebäude neigen ja nicht dazu, zu verschwinden. Ha!« Ihr Mund fühlte sich trocken an. Wieso war sie in diesen Sachen so unglaublich inkompetent? »Du bist jederzeit willkommen.« Sie kam sich albern vor.

Noch einmal huschte ein Lächeln über Francescos Gesicht. »Cool«, sagte er und nickte, ließ ihre Hand los und wollte sich auf den Weg machen.

»Francesco?«, sagte Stuart, und Penny erkannte beschämt, dass er die ganze Zeit hinter dem Tresen gestanden und das Schauspiel beobachtet hatte.

»Ja?«, antwortete Francesco, ohne Stuart in die Augen zu schauen, als er sich umdrehte. Stattdessen sah er gleich wieder zu Penny. Er freute sich, ihr ein weiteres Lächeln zu entlocken. Ihre leuchtend roten Haare waren zu einem Dutt hochgesteckt, und sie trug kein bisschen Make-up. Sie sah müde aus, so, als ob sie schon seit Stunden in der Küche gestanden hätte, doch ihre erröteten Wangen glühten, und ihre Stimme erinnerte ihn an etwas. Er hatte das Gefühl, dass er ihr schon einmal irgendwo begegnet war. Er wollte ihre Zustimmung, sie weiterhin anstarren zu können.

»Bist du liiert?«

Die Bemerkung erregte seine Aufmerksamkeit. Francesco schaute Stuart an. »Oh, ich bin nicht schwul, Kumpel. Sorry.«

Stuart verdrehte die Augen und zeigte rüber zu Penny. »Ich frage nicht für mich, sondern für *sie.*« Penny schaute erschrocken. »Die, die dort mit offenem Mund steht und sabbert.«

»Ich?«, quietschte Penny.

»Bist du Single?«, fragte Francesco.

Penny schaute von Francesco zu Stuart, dann wieder zu Francesco rüber.

»Ähm, ja, aber …«

»Oh, cool. Also dann …«

Stuart unterbrach ihn und reichte ihm einen Bestellblock und einen Kuli.

»Schreib deine Nummer auf«, befahl Stuart.

Francesco lachte. »Meine Güte, hier geht's ja direkt zur Sache, keine Zeit für Spielchen«, lachte er. Er schaute Penny an. »Ist es … okay, wenn ich das tue?«

»Klar«, kreischte Penny drei Oktaven zu hoch. »Super …

ja … ich werde … anrufen.« Ohne es sich erklären zu können, hob sie gleichzeitig den Daumen hoch und streckte den Zeigefinger aus. Später würde ihr Stuart sagen: *Du warst echt cool, Pen. So richtig, richtig cool.*

Francesco kritzelte seine Nummer, und Stuart nickte ermutigend, als er Penny das Stück Papier überreichte.

Penny lächelte.

Francesco lächelte.

Sie standen nun da, und keiner von ihnen brachte ein Wort heraus.

So was passiert doch nicht einfach so!, dachte Penny. *So was passiert mir doch nicht!*

»Also dann«, sagte Stuart. »Das ist der Augenblick, in dem ihr euch verabschiedet. Wir müssen uns um das Café kümmern.«

»Bye!«, sagte Francesco und schüttelte fassungslos den Kopf.

»Bye!«, sagte Penny aufgeregt.

»Gern geschehen, ihr beiden«, sagte Stuart und komplimentierte Francesco hinaus. »Vor allem dir«, fügte er hinzu und zwinkerte Penny zu. Als Francesco außer Hörweite war, sagte er: »Ich habe dir gesagt, dass es der nächstbeste Typ sein kann, der durch die Tür kommt.«

»Jaja«, sagte Penny leise und beobachtete Francescos Hintern durchs Fenster. Seine Jeans saß tief, und seine Boxershorts lugten darüber hervor. »Aber ein Mann, der so aussieht, mit dem muss doch ganz sicher etwas nicht stimmen, oder? Nette Typen … laufen nicht einfach so herum.«

Francesco drehte sich ein letztes Mal um, bevor er in den Transporter stieg. Penny und Stuart winkten ihm zu.

»Oder?«, fragte sie Stuart erneut.

»Speichere diese Nummer in deinem Handy, jetzt, sofort«, sagte er. »Bevor du sie verlierst. Wenn etwas mit ihm nicht stimmen sollte, dann finde zumindest heraus, was es ist.«

»Haha, *story of my life*«, antwortete Penny skeptisch und winkte noch immer Francesco und seinem süßen Hintern.

Nach Feierabend saß Penny draußen in der ungewöhnlich warmen Märzsonne. (Ihr Onkel nannte es den »Fake-Frühling«. »Vor Mai kommen drei Arten von ›Fake-Frühling‹. Lass dich davon nicht täuschen: Eine Woche Sonnenschein ändert nicht die Jahreszeit.«) Den ganzen Tag lang dachte sie daran, was am Morgen passiert war, wie sie an Francescos Handynummer geraten war. Was hatte sie schon zu verlieren, wenn sie ihm eine Nachricht schickte? Doch was, wenn er ihr seine Nummer nur gegeben hatte, weil er von der Situation peinlich berührt gewesen war? Penny konnte nicht die Lässige vortäuschen, um sich an ihn ranzumachen. Aber er *war* umwerfend … wirklich … uff. Sie wollte das Wort »sexy« nicht benutzen, aber es war das treffendste, das ihr in den Sinn kam. *Er könnte* zu *sexy sein*, dachte Penny. *Wenn ich auf einer Skala von eins bis zehn eine Sechs bin und er eine Neun, dann will er wahrscheinlich auch mit einer Neun ausgehen. Das ist einfach Hotte-Typen-Mathematik.*

Penny drehte sich eine Zigarette aus der Tabakpackung in ihrem Schoß und benutzte dabei einen Mentholfilter. Sie wusste, dass Rauchen nicht gut für sie war, doch genau das machte es so attraktiv. Sie erlaubte sich eine Zigarette pro Tag, wie Obama angeblich auch. Ein braves Mädchen, das etwas Böses anstellt. Sie zündete sie an, fischte gleichzeitig ihr Handy aus der Schürzentasche und öffnete WhatsApp, um ihrer Schwester Clementine eine Sprachnachricht zu schicken. Sie drückte auf die Aufnahmetaste und wischte nach oben, so konnte sie so lange reden, wie sie wollte, ohne den Finger auf die Aufnahmetaste pressen zu müssen.

»Also, mir ist heute Morgen was passiert«, fing sie an, in einer Art Monolog, den sie und Clementine liebevoll »Persönliche

Podcasts« nannten. Clementine arbeitete als Projektmanagerin für Stella McCartney, was bedeutete, dass sie selten länger als eine Woche am Stück in London war, bevor sie nach Tokio, Helsinki oder Mailand fliegen musste, um den Bau und die Innenausstattung eines neuen Ladens zu beaufsichtigen. In den letzten zwei Jahren unterhielten sie sich meistens über Sprachnachrichten, die sie zu jeder Tages- und Nachtzeit aufnahmen und abhörten. Manchmal war es leichter, in Abwesenheit der anderen ehrlich zu sein – wie bei zwei Geliebten, die sich die Wahrheit nach Einbruch der Dunkelheit zuflüstern, wenn es einfacher ist auszusprechen, was gesagt werden muss. Tatsächlich sind sie sich durch Clementines Job viel nähergekommen, auch wenn sie physisch weit entfernt waren.

»Dieser Typ … Ach, ich weiß nicht. Das ist alles so albern.« Penny zog an der gedrehten Zigarette und blies den Rauch laut aus. Sie erklärte alle Details, wie sie an Francescos Nummer gekommen war, und schlussfolgerte: »Ich werde ihm schreiben. Das wollte ich dir sagen. Ich werde ihm schreiben, weil ich eine erwachsene Frau bin, die sich um sich selbst kümmern kann, und weil es keine große Sache ist. Deswegen hat er sie mir ja gegeben. Damit ich sie benutzen kann. Was ich tun werde. Sie benutzen. Ich werde Mr Hot Stuff jetzt schreiben.«

Sie drückte ihre Zigarette mit ihrem Turnschuh aus und verstaute den Stummel behutsam neben dem Lorbeerbaum am Hintereingang, neben all den anderen Kippen, die sie »alle auf einmal einsammeln wollte«, um »Zeit zu sparen«, das redete sie sich zumindest seit sechs Monaten ein.

»Wie dem auch sei, erzähl mir, was es bei dir Neues gibt, wenn du Zeit hast. Ich weiß, ich habe jetzt nur über mich gesprochen. Aber, schwesterlicher Anspruch und so, nicht wahr? Ich musste mir Mut anreden. Hab dich lieb! Schick mir Fotos aus Miami! Ich werde jetzt dem gut aussehenden Typen schreiben!«

Doch sobald Penny die Sprachnachricht abgeschickt hatte, saß sie da, starrte auf ihr Handy, drehte es in ihrer Hand und schrieb Francesco nicht. Sie starrte in den Abendhimmel und seufzte. Cristian wollte sie nicht. Trevor wollte sie nicht. Der irakische Immobilienmakler wollte sie nicht. Warum sollte dieser Typ anders sein?

Traue ich mich ...?, fragte sie sich. Sie dachte an Cristian und daran, wie er am Abend davor auf seiner Dating-App herumgespielt hatte, und sie spürte wieder die Scham und Erniedrigung.

»Verdammt«, sagte sie und gab die PIN in ihr Handy ein. Ihr schwirrte immer noch im Kopf herum, dass sie ein Feedback von einem Typen haben wollte. Sie dachte eine Minute darüber nach, dann tippte sie:

Hey, ich noch mal. Penny. Kann ich dich was fragen? Das klingt vielleicht seltsam oder so, aber du könntest mir bei einer Sache wirklich helfen.

Sie hatte Glück: Am oberen Rand des Bildschirms sah sie, dass Cristian online war und antwortete.

Okay ...??, schrieb Cristian.

Penny atmete tief durch und entschloss sich, es einfach zu machen. *Ich habe dich gestern Abend auf Bumble herumspielen sehen, als ich von der Toilette zurückgekommen bin*, erklärte sie. *Du stehst also nicht auf mich. Auch wenn deine Ex nicht wiederaufgetaucht wäre, hättest du entschieden, mich nicht scharf zu finden. Und das ist auch völlig okay! Aber ich hatte in letzter Zeit so viel Pech beim Daten, und ich frage mich, ob ich irgendetwas falsch gemacht habe.* Sie hoffte, dass sie nicht so klang, als ob sie ihn anbetteln würde, seine Meinung zu ändern. Sie schickte eine weitere Nachricht: *Ganz ehrlich, ich will keine Bitch sein. Ich hoffe nur, du kannst das Geheimnis meines ewigen Singledaseins lüften!*

Cristian tippt, kündigte ihr Handy an, bevor seine Antwort aufploppte.

Lol. Sorry, dass du es gesehen hast. Nicht, dass wir verheiratet sind oder so. Lol.

Lol, antwortete sie.

Penny hasste ihre *Lol*-Antwort. Sie hasste es, dass sie überhaupt die Frage gestellt hatte. Doch wenn sie Francesco eine Nachricht senden *sollte*, dann wollte sie zunächst Informationen. Sie wollte wissen, wie sie sich selbst schützen konnte. Sie wollte wissen, ob es eine Sache gab, die diese Männer abtörnte, und entscheiden können, ob sie bereit war, sie zu ändern oder nicht.

Cristian fuhr fort: *Du bist völlig okay, mach dir keine Sorgen.*

Danke. Du auch!

Es kostete sie Kraft, kein Emoji hinzuzufügen, aber er verdiente keins. War Cristian schon immer so ein Idiot gewesen? Penny dachte darüber nach, dass sie vor ihrem Date nicht besonders viele Nachrichten ausgetauscht hatten – sie hatte ihn einfach direkt gefragt, denn das ständige Texten war mühselig, und sie hatte viel zu tun. Er war ein gewandter Gesprächspartner – zumindest hatte sie ihn so in Erinnerung. Obwohl … huh … Jetzt, da sie darüber nachdachte, fiel ihr auf, dass er ihr nicht allzu viele Fragen gestellt und dazu geneigt hatte, Sachen zu erklären, die sie bereits wusste, auch nachdem sie ihn darauf hingewiesen hatte. *Verdammte Scheiße, vielleicht war ich so verzweifelt, einen Partner zu finden, dass ich einfach total blind war*, dachte sie und erinnerte sich an das, was ihre beste Freundin Sharon über Heterofrauen gesagt hatte, die die Mängel ihrer Partner vergaßen, sobald ihnen Sex in Aussicht gestellt wurde. »Und es muss nicht mal guter Sex sein!«, hatte Sharon betont. »Nur ein warmer Körper, neben dem man aufwachen kann!« *Scheiße*, dachte Penny. *Scheiße, Scheiße, Scheiße.*

Pennys Erkenntnis wurde von seiner Antwort unterbrochen.

Wenn es was gibt, dann ist dein Lachen vielleicht etwas zu laut.

Mein Lachen ist zu laut?

Es ist wie mit dem Selbstbewusstsein. Es stört dich nicht, wenn die Leute gucken. Ich mag meine Frauen etwas leiser.

Ich bin zu selbstbewusst?

Ja, etwas. Sorry, wenn das beleidigend klingt oder so, aber du hast gefragt!

Wie konnte Penny nur dafür »verurteilt« werden, »zu selbstbewusst« zu sein, wenn in Wahrheit ihr Mangel an Selbstvertrauen sie dazu bewog, diesen Typen überhaupt um sein Feedback zu bitten? Sie begann zu tippen. Zuerst versuchte sie, einen Witz darüber zu machen, doch dann drückte sie auf die Entfernen-Taste und formulierte alles um, entrüstet über die krasse Frauenfeindlichkeit. Auch diesen Text löschte sie. Penny saß da, starrte auf ihr Handy und überlegte, welchen Ratschlag sie jemandem in ihrer Situation geben würde. Was würde sie antworten, wenn ihr ein Freund oder eine Freundin nach einem misslungenen Date eine Nachricht schreiben und sich »Feedback« einholen wollen würde?

Sie atmete tief ein.

»Scheiß drauf«, verkündete sie und drückte links neben dem Nachrichtenthread auf »Entfernen«. Dann öffnete sie ihr Adressbuch und blockierte Cristian.

»Schon besser!«, gestand sie sich laut. Sie fühlte sich erleichtert, nachdem sie für einen Augenblick den Durchblick verloren hatte. Jetzt fing sie sich wieder. Sie würde Clementine ganz sicher nicht von dieser Fehlentscheidung erzählen. Mit ihr war *alles* in Ordnung. Wenn Cristian keinen Bock auf sie hatte, dann war das, wie Stuart schon gesagt hatte, Cristians Problem.

Zugegeben, es war übel, dass Cristian Penny in dem Glauben zurückgelassen hatte, sein Problem sei ihres.

Sie steckte das Handy zurück in die Hosentasche und wollte wieder hineingehen. Sie wollte keinerlei Gedanken mehr an

Cristian verschwenden und sich ganz sicher nicht ins Hemd machen wegen des Lieferanten von heute Morgen, der, ohne Zweifel, ein weiterer Kandidat auf einer langen Liste von Enttäuschungen sein würde. Nein. Es war besser, alle Männer für eine Weile abzuschreiben. Sie konnte stattdessen in ein Wellnesscenter fahren oder sich einen neuen Vibrator kaufen. Vielleicht würde sie sich endlich dem Netballteam im Freizeitzentrum anschließen. Alles außer Männer. Für eine Weile. Vielleicht stimmte das ja, was sie Stuart gesagt hatte, dass sie allein mit ihrem Leben klarkommen und sich wirklich auf die Suche nach einer Leihmutter machen sollte. Zumindest bliebe sie auf diese Weise von den Enttäuschungen der Partnersuche verschont. Der Versuch, hoffnungsvoll zu bleiben, kostete sie viel zu viel emotionale Kraft. Bestand das Leben nicht aus viel mehr als daraus, einen verdammten Mann zu finden?

2

Hey, mein Girl«, sagte Pennys beste Freundin Sharon mit ihrem stark ausgeprägten irischen Akzent, als Penny in ihren Uber einstieg. »Wem willst du denn heute Abend den Kopf verdrehen?! Du siehst *sensationell* aus! Anders kann man es gar nicht ausdrücken.«

»Ach, dieser alte Fummel?«, fragte Penny in einem gekünstelt zurückhaltenden Ton, während sie den Sicherheitsgurt anlegte und sich nach vorn beugte, um Sharon auf die Wange zu küssen.

Penny freute sich über die Gelegenheit, sich in Schale zu werfen. Die meiste Zeit ihres Lebens roch sie ja nach Crème brulée und gekochtem Schinken, wie sie Stuart liebevoll geneckt hatte. Ausgiebig zu duschen und sich einzuölen, die Haare zu stylen und ein gebügeltes Kleid anzuziehen, fühlte sich an, als würde sie in einen anderen Teil ihrer Persönlichkeit schlüpfen. Sie war immer sie selbst, doch in einem roten Midirüschenkleid, das sie in einer Boutique in der Stoke Newington Church Street gekauft hatte, fühlte sie sich sehr feminin und hübsch. In ihren Crocs und der weißen Alltagsköchinnenkluft gelang das nicht so gut. Sie mochte es, sich selbst daran zu erinnern, dass sie beide Seiten in sich trug.

»Nein, im Ernst«, sagte Sharon und schaute sie genau an. »Ich dachte, du hättest die Männer abgeschrieben.«

»Wieso das?«

»Willst du etwa behaupten, dass du nicht auf der Suche bist? Dass du die falschen Wimpern für *mich* aufgeklebt hast?«

Leicht verunsichert griff sich Penny ins Gesicht. »Ist es zu viel?«

»Nein, nein«, antwortete Sharon. »Es ist genau richtig.«

»Ich wollte mich nur selbst daran erinnern, dass ich hübsch sein kann, wenn ich mich bemühe.«

»Du bist immer hübsch!«, beteuerte Sharon.

»Du weißt, was ich meine«, sagte Penny. »Es kommt nicht oft vor, dass ich unter der Woche abends so chic ausgehe.«

»Du siehst umwerfend aus – und ich hätte nichts dagegen, wenn du mir das gleiche Kompliment machen würdest.«

Penny lachte. Es tat gut, Zeit mit Sharon zu verbringen – sie war lustig und direkt und nahm nie etwas allzu ernst.

»Sharon«, sagte sie, als würde sie ihr zum ersten Mal begegnen, »du siehst einfach hammermäßig aus!«

»Oh, danke.« Sharon verschränkte die Arme unter ihrem Busen und betonte ihren tiefen Ausschnitt noch mehr.

»Ich hoffe, du hast deine Freundinnen in letzter Zeit abgetastet«, sagte Penny, während der Fahrer sie im Rückspiegel anstarrte.

Sharon nickte. »Einmal im Monat, unter der Dusche, so, wie du es mir gezeigt hast«, antwortete sie.

Penny zwinkerte ihr zu.

Sharon wohnte mit ihrem Partner und den beiden Kindern um die Ecke. Ein viktorianisches Reihenhaus, das ihre Eltern vor zwölf Jahren für 260000 Pfund gekauft hatten und das nun, der Londoner Inflation sei Dank, unglaubliche 1,2 Millionen Pfund wert war. Sharon hatte in der Finanztechnologie gearbeitet, nach der Geburt der Kinder aber alles hingeschmissen, um mit neununddreißig Jahren Floristin zu werden. Sie hatte Talent und stellte die Blumenarrangements fürs Bridges zusammen. So hatte sie Penny vor zwei Jahren kennengelernt.

»Ich bin so aufgeregt«, sagte Penny zu Sharon, als sie ankamen, sich in die Schlange vor der Garderobe stellten und in ihren Handtaschen nach Trinkgeld wühlten. Sie waren zur kleinen Eröffnungsfeier eines neuen Restaurants, Ecclesiast, in Notting Hill eingeladen. Dofi, eine Kollegin aus Pennys Zeiten im Grayshott Hall – es war für beide der erste »richtige« Job nach der Kochschule gewesen –, hatte sich endlich selbstständig gemacht. Penny war einst genauso ambitioniert wie Dofi gewesen, doch nach ihrer Krebsdiagnose hatten sich ihre Prioritäten geändert. Ein kleines Café im Norden Londons war eine Sache, aber ein ganzes Restaurant, das Mittag- und Abendessen anbot, bis zu hundertfünfzig Gäste pro Tag bediente, Dutzende Angestellte beschäftigte und wahrscheinlich um einen Michelin-Stern wetteiferte, war ein ganz anderes Kaliber. Penny konnte sich jedoch aufrichtig für Dofi freuen, denn abgesehen vom ewigen Singledasein, war Penny zufrieden mit ihrem Leben. Sowohl Penny als auch Dofi betrieben Lokale, die zu ihnen passten.

»Hm. Ich dachte, ich hätte ein paar Münzen dabei«, murmelte Penny und durchsuchte noch immer geistesabwesend ihre Clutch. »Hast du zwei Pfund?«

Eine Stimme dröhnte über ihrer Schulter, als sie ein letztes Mal ihre Tasche durchwühlte: »Nur diese beiden bitte, Darius.« Während ein Mann dem Garderobenmann zwei Mäntel überreichte, stieß einer von ihnen gegen Pennys Tasche, sie fiel ihr aus der Hand und auf den Boden.

Ohne nachzudenken, bückte sie sich, um die verstreuten Sachen aufzuheben, bevor sie zertrampelt wurden, während Sharon wütend sagte: »Hey, entschuldigen Sie sich gefälligst! Ich finde, Sie sollten sich bei meiner Freundin entschuldigen, Sir!« Sie betonte das »Sir« sarkastisch und stellte damit klar, dass der Mann, der Penny angerempelt hatte, alles andere als ein Gentleman war. Die gute alte Sharon.

Penny stand bereits wieder, als der Schuldige sich ihnen zuwandte.

»Es tut mir so leid, ich habe Sie nicht gesehen …«, begann er mit einem etwas ungewöhnlichen Klang in der Stimme, als ob Englisch nicht seine Muttersprache wäre.

»Oh!«, sagte Penny überrascht. »Wir kennen uns!«

Vor ihr stand der Brotlieferant, der vor einer Woche im Café gewesen war – noch immer attraktiv, aber mit erröteten Wangen. Penny sah buchstäblich, wie er sie erkannte, Sekunden nachdem sie ihn erkannt hatte.

»Hallo«, sagte er, offensichtlich erstaunt, sie zu sehen. »Tut mir leid wegen vorhin. Ich muss wohl an meiner Motorik arbeiten.«

»Nein«, fiel ihm Penny ins Wort und versuchte, nett und freundlich zu klingen. Sie wollte nicht, dass er sich bei ihrer Begegnung unwohl fühlte, da er doch der Mutige gewesen war, der ihr seine Telefonnummer gegeben hatte. »Es war meine Schuld, ich habe nicht aufgepasst. Ich habe nach Wechselgeld gesucht. Es tut mir leid.«

Dieses Gesicht! Francescos Gesicht! Und diese Stimme! Penny reagierte auch körperlich auf seine Stimme. Unter ihrem Kleid wurden ihre Brustwarzen hart. Ihr Atem veränderte sich. Warum hatte sie ihm nicht geschrieben?

Francesco nickte teilnahmslos. Penny wurde aus seiner Miene nicht schlau. Sein Freund, der neben ihm stand, sagte: »Braucht ihr Kleingeld? Ich habe welches.«

Sharon hielt zwei Münzen in ihrer Handfläche. »Wir haben's jetzt«, sagte sie. »Ich habe welche in meiner Tasche gefunden.« Penny sah, dass sie neugierig war zu erfahren, wer wen woher kannte.

Eine kurze Pause entstand, in der sich Penny und Francesco ansahen. Sie lächelten nicht und runzelten auch nicht die Stirn, sie sahen sich an und wussten nicht, was sie sagen sollten.

»Ich habe mich nicht gemeldet«, setzte Penny an, genau in dem Moment, in dem Francesco sagte: »Na dann, habt einen schönen Abend. Es soll wirklich gut sein.«

»Oh«, sagte Penny. »Ja.«

»Mach dir keine Gedanken.«

»Tut mir leid«, flüsterte Penny.

»Was hast du angestellt?«, fragte Sharon und schaute verwirrt zwischen ihnen hin und her.

»Viel Spaß«, sagte Francescos Freund. Alles ging so schnell. Francesco war schon auf dem Weg zum Speisesaal, um von der Hostess begrüßt zu werden, bevor Penny einfiel, worüber sie noch mit ihm hätte sprechen können. Sie sah, wie er sich entfernte. Sein Freund lächelte ihnen leicht zu und ging ebenfalls.

»Ahhh«, stöhnte Penny und verzog das Gesicht.

»Was war denn *das?*«, fragte Sharon. »Oder besser, *wer* war denn das?«

»Oh Gott. Er war vor zwei Wochen im Café, und Stuart hat ihm gesagt, er solle mir seine Nummer geben, aber ich habe ihn nicht angerufen. Ich glaube, er war verlegen. Als ob ich ihn versetzt hätte oder so. Ich frage mich, warum er hier ist und woher er Dofi kennt.«

»Nun«, sagte Sharon und nahm Pennys Mantel entgegen. »Du wärst auch verlegen gewesen. Wenn du ihn angemacht hättest und er gesagt hätte, dass er dich anruft, und dann seine Meinung geändert hätte.« Sie schob das Trinkgeld über die Theke. »Ich meine, davon stirbt man nicht, aber … Sogar mein Ego wäre bei so einer Aktion angekratzt.«

»Ich weiß«, sagte Penny. Sie starrte noch immer auf die Stelle, an der Francesco stand. Er war sogar noch attraktiver, als sie ihn in Erinnerung gehabt hatte. Sie fühlte sich schrecklich, weil sie ihn in Verlegenheit gebracht hatte. War es ihm unangenehm? Für sie war es auf jeden Fall peinlich.

»Gibt es einen Grund, weshalb du ihm nicht geschrieben hast?«, fragte Sharon, ihrem starren Blick folgend. »Denn, wenn du mir die Bemerkung erlaubst, das scheint etwas kurzsichtig. Er ist …«

Penny atmete laut aus. »Ja, das ist er.« Dann fügte sie hinzu: »Es *gab* einen Grund, wie gesagt, und darf ich dich daran erinnern, dass du mich darin bestärkt hast, die Männer für eine Weile links liegen zu lassen?«

»Den hier würde ich schon nehmen«, kicherte Sharon und zog ihre Augenbrauen suggestiv hoch. Penny schubste sie spielerisch an.

»Meinst du, er sieht *zu* gut aus?«, fragte Penny, während sie den Kellner ihre Serviette entrollen und auf ihrem Schoß ausbreiten ließ. »Schau ihn dir an. So ein Mann kann sich sein ganzes Leben lang auf seine Schönheit verlassen, ohne jemals eine Persönlichkeit zu entwickeln.«

»Ich sag mal so, ich denke, so einer ist keine Rakete im Bett. Ich wette, er musste sich nie groß *anstrengen*, um eine Frau rumzukriegen«, überlegte Sharon.

Sie stocherte mit der Gabel in dem »Teller für zwei« herum, der zwischen ihnen stand.

»Die Besten sind wie mein Luke. Er war nicht heiß, bis er neunundzwanzig wurde, in seine schlaksige Gestalt hineinwuchs und anfing, zu einem anständigen Barbier zu gehen. Davor hatte er so viel Pech in der Liebe, dass er, bis er fünfundzwanzig war, keinen Sex hatte. Nicht einmal Fummeln war drin. Er war ein richtiger Chris-Martin-Typ. Aber erzähl ihm nicht, dass ich das gesagt habe.«

»Luke hat seine Jungfräulichkeit erst mit fünfundzwanzig verloren?«, fragte Penny erstaunt. »Wie alt war er denn, als du ihn kennengelernt hast?«

»Einunddreißig. Aber weil er nie als besonders *hot* galt, strengte er sich beim Sex so richtig an, und es ging dabei *nur* um mich. Du weißt, wie das mit manchen Männern ist, das Drehbuch sieht drei Minuten Küssen vor, eine Minute über deine Hose streicheln, zwei Minuten oral, dann steckt er ihn rein, bis er zum Höhepunkt kommt, weil das das Ziel ist. Er soll kommen.«

»Traurig, aber wahr. Die Antwort auf diese Frage lautet: Ja.«

»Mit Luke war es anders. Er würde den ganzen Nachmittag dort unten bleiben, wenn ich es von ihm verlangen würde. Er will einfach nur, dass ich eine gute Zeit habe. Nach dem zweiten oder dritten Mal mit ihm war mir klar, dass meine Orgasmen viel intensiver waren als jemals zuvor, weil er es nie eilig hatte. Er ignorierte nicht meine Lust, nur um seine zu spüren. Es war, als ob es ihm genügte, wenn ich nackt war. Ich vermute mal, weil er das fünfzehn Jahre lang nicht wirklich gehabt hatte.«

»Awww! Alles, was er wollte, war eine nackte Frau in seinem Bett, und dann bekam er dich! Ich kann nicht fassen, dass ich das alles erst jetzt erfahre!«

»Ach«, flüsterte Sharon. »Ich gebe nicht gerne an.«

»Doch, das tust du«, neckte Penny sie.

»Ja«, sagte Sharon lachend. »Okay, du hast recht.«

Während sie mit Sharon plauderte, warf Penny Francesco weiterhin verstohlene Blicke zu. Sie stellte ihren Stuhl sogar so hin, dass sie nicht mit dem Rücken zu ihm saß. Sie war sich sicher, dass auch er zu ihr sah.

Penny konnte nicht fassen, was an jenem Morgen im Café passiert war. Es war alles so widersprüchlich – theoretisch wusste sie, dass sie es wert war, geliebt oder zumindest gemocht zu werden, doch in Wirklichkeit hatte sie panische Angst davor. Sie fürchtete, wieder enttäuscht zu werden. Denn das »Wieder« wiederholte sich. Immer wieder und wieder. Doch als sie Francesco zum zweiten Mal begegnete, fühlte sie sich in seiner

Gegenwart albern und nervös und elektrisiert – es war ziemlich überwältigend. Sie bildete sich die Anziehung sicher nicht ein, nun, da sie sie zum zweiten Mal verspürt hatte. Es war genau dieses Gefühl, das sie immer wieder denken ließ: *Okay. Ich gebe der Hoffnung noch eine Chance. Warum nicht?*

»Zwei Sachen«, sagte Sharon. »Erstens wirst du dir noch den Hals verdrehen, wenn du dich weiter so anstrengst, dem Typen hinterherzuschauen. Zweitens: Probier mal den Salat mit Wassermelone und Pecorino. Er ist unglaublich lecker.« Sie machte mit der Gabel Schlängelbewegungen in der Luft und pikste in den nächsten Teller.

»Ich habe dir doch gesagt, Dofi weiß, was sie tut«, erwiderte Penny und griff ebenfalls zu. »Es schmeckt alles so gut, nicht wahr? Einfach fantastisch. Das meiste, was ich über das Mischen von Aromen weiß, weiß ich von ihr.«

»Du musst so was Ähnliches im Café anbieten«, betonte Sharon und behauptete weiterhin: »Dafür würde ich jeden Tag kommen.«

Penny nahm eine Gabel voll und drehte sich erneut in Francescos Richtung, während sie kaute.

Sie konnte nicht anders.

»Okay«, sagte Penny. »Bestell zwei. Ich werde hingehen und mit ihm reden. Du hast mich überredet.«

»War gar nicht schwer«, antwortete Sharon. »Ich glaube, du hast dich selbst überredet.«

»Bring mich nicht dazu, dir zu sagen, dass du dich verpissen sollst«, knurrte Penny verspielt. »Nicht, wenn ich gerade dabei bin, mutig zu werden.«

»Richtig!«, sagte Sharon grinsend, während sie in den Loungebereich ging, um zwei Kaffee zu bestellen. »Auf in den Kampf«, trällerte sie über ihre Schulter. »Auf nach Waterloo.«

»Jetzt sag ich es: Verpiss dich.«

Penny hörte Sharon lachen. »Du weißt, dass ich dir den Rücken freihalte«, sagte sie und ging auf die beiden Stühle mit hoher Rückenlehne neben Francesco und seinem Freund zu.

»Sind diese Plätze noch frei?«, fragte Sharon mit einem strahlenden Lächeln. »Dürfen wir?«

Francesco war nicht überrascht, die beiden Frauen zu sehen. Sie setzten sich hin, bevor sie überhaupt eine Antwort erhielten. Penny blickte Sharon nervös an und bat um ihre Unterstützung, während Sharon in Francescos Richtung nickte, als ob sie sagen wollte: *Rede mit ihm.*

»Hey«, sagte Penny mit leiser, verlegener Stimme. »Wie geht's?«

Francesco strich sich das Haar nach hinten. »Mein Stolz ist verletzt«, sagte er. Er hatte offensichtlich beschlossen, nun, da er gegessen hatte, die Dinge beim Namen zu nennen. Er hatte gespürt, dass er wieder mit Penny reden würde. Ihrer beider Energien waren wie zwei starke Magnete, die jeweils in die Richtung des anderen zogen. »Aber sonst gut«, fügte er lächelnd hinzu. Er hatte kein Problem damit, sich über sich selbst lustig zu machen, jetzt, da er einen Drink hatte und sich entspannte.

Bevor Penny etwas erwidern konnte, kam eine Frau herüber, bückte sich, um Francesco auf beide Wangen zu küssen, und sagte: »Chef Cipolla, es ist mir immer ein Vergnügen. Ich habe es ernst gemeint, als ich gesagt habe, dass wir einen neuen Konditor brauchen!«

Oh, er ist ebenfalls Koch und aus der Branche, dachte Penny. *Wo denn?*

»Ich denke darüber nach«, antwortete Francesco grinsend. »Schön, dich zu sehen, Brigitte.«

»Ebenfalls, Darling. Gute Nacht!«

Penny dachte rasch nach. Cipolla. Die Frau nannte ihn Chef Cipolla. Dann fiel es ihr ein. Chef Cipolla! Es war *sein* Kokosnuss- und Pfirsich-Milchbrötchen, das sie vor etwa zwei Jahren gegessen hatte, das so leicht und gut aufgegangen und gleichzeitig aromatisch und sättigend war – ein exquisites Beispiel der Koch- und Backkunst. Sie nahm seitdem jedes Mal Notiz von seinem Namen, wenn er in den Food-Magazinen erwähnt wurde, und es dämmerte ihr allmählich, dass sie eigentlich sein Gesicht aus den Promoaufnahmen und den gelegentlichen Features kannte. Wenn sie das Gefühl hatte, dass er ihr vertraut war, dann deshalb, weil er es war.

Chef Cipolla.

»Francesco Cipolla!«, sagte Penny, der ein Licht aufgegangen war. *»Conosco il tuo cibo!«* Sie ging zu ihrem rudimentären Italienisch über, das sie während ihrer Sizilien-Reisen mit Onkel David als Teenie gelernt hatte. *Ich kenne deine Kreationen*. Francesco hob seine Augenbrauen ein klein wenig an, so viel, dass sie verstand, dass ihm ihre Italienischkenntnisse imponierten, was genau die Wirkung war, die sie erzielen wollte. Francescos Backwaren waren ziemlich berühmt, und sie hatte keine Ahnung, dass er ihr Brot an jenem Morgen geliefert hatte. Safiya ließ sich von *Chef Cipolla* aushelfen. Er war berühmt! In der Food-Welt, aber berühmt.

Penny fuhr fort: *»Ce l'avevo a Bristol, due anni fa – complimenti.« Ich habe sie vor zwei Jahren in Bristol probiert – Glückwunsch.*

»Wie wär's mit etwas Englisch für die auf den billigen Plätzen?«, fragte Sharon, schaute von Penny zu Francesco und verstand, dass der Funke übergesprungen war und dass sie sich gleich entschuldigen müsste. Sharon schaute zu Francescos Freund hinüber, der anscheinend nichts mitbekommen hatte. Er saß in seinem Sessel zurückgelehnt da, verschüttete beinahe seinen Brandy und hatte die Augen leicht geschlossen. Er war wahnsinnig betrunken.

»Sharon, das ist Francesco Cipolla. Er ist einer der berühmtesten Konditoren Londons. Vielleicht sogar Englands.«

»Ich nehme das Kompliment an«, sagte Francesco augenzwinkernd. In Pennys Unterleib rührte sich etwas. Er grinste breit – genau wie am ersten Morgen ihrer Begegnung.

»Meine Güte, bin ich betrunken«, sagte Francescos Freund und öffnete die Augen. »'tschuldigung. Toilette.«

Die drei schauten ihn schweigend an. Sharons Handy piepste.

»Ich gehe mich mal nach den Kids erkundigen, entschuldigt mich bitte«, sagte Sharon, griff nach ihrem Handy und nutzte die Gelegenheit, die beiden allein zu lassen. »Dauert nicht lang.« Sie ergriff Pennys Hand, während sie aufstand, drückte sie und ließ auch Penny ihre Hand drücken – ihr spezieller Code für »Ja. Es geht mir gut!«. Penny wandte sich Francesco zu und lächelte wieder. Er hielt einen Whisky in der Hand und wirbelte ihn in seinem Glas herum. Ohne zu wissen, was sie sonst noch tun oder sagen sollte, drückte Penny den Stempel der Kaffeekanne auf ihrem Tisch nach unten, der das Aroma von Kaffee freiließ.

»Dofi sagt, ihr beiden kennt euch schon lange«, sagte Francesco.

Pennys Herz schlug schneller. »Möchtest du?«, antwortete sie und zeigte auf die Kaffeetassen.

Francesco nickte. »Gern. Schwarz, bitte.«

Penny füllte die Tasse, die für Sharon gedacht war, und reichte sie ihm hinüber. Während er sie nahm, sagte sie: »Du hast Dofi nach mir gefragt.« Es war keine Frage.

Francesco zuckte leicht die Achseln. »Ja, ich habe mich nach dir erkundigt.«

»Sonst noch was?«

Francesco tat so, als würde er darüber nachdenken. »Ihr habt zusammen eure Ausbildung gemacht«, sagte er. »Du hast das Bridges vor zwei Jahren eröffnet, du postest nicht viel auf Facebook. Mal sehen. Was noch? Oh, ja. Du bist sehr knauserig beim Trinkgeld, du trittst Haustiere, isst Kinder zum Frühstück … hast eine furchtbare Mundhygiene … und in deinem Wohnzimmer hängt so ein lustiges herzförmiges Schild mit der Inschrift ›This home runs on love, laughter, and very cold gin‹«.

Penny kicherte. »Was für eine heiße Anschuldigung!«

»Nichts, was ein bisschen Mundwasser nicht ändern könnte.«

»Ich meinte das Schild. Hat sie gesagt, dass es in Kursivschrift gehalten ist?«

»Hey, mach diese Art Schilder nicht schlecht. Ich mag sie wirklich. Meine Eltern haben eine Menge davon. Und meine Oma auch.«

»Ich glaube, meine Mum hatte auch mal eins«, sagte Penny strahlend. »Gibt es noch etwas Skandalöses, das Dofi verraten hat?«

Francesco strich nachdenklich über sein Kinn. »Sie hat gesagt, du seist eine hervorragende Köchin, aber dass du dich nicht überanstrengst – mach nicht so ein Gesicht, sie hat es ganz freundlich gesagt, wie ein stolzer, aber frustrierter Elternteil –, und sie hat gesagt, dass sie *glaubt*, du seist Single, doch nur damit eins klar ist, ich habe ihr diese Frage nicht direkt gestellt. Diese Information hat sie mir ungefragt gegeben.«

»Ich hätte dir schreiben sollen«, stellte Penny voller Schuldgefühle fest. »Ich bin Single. Es tut mir leid, falls ich unhöflich rübergekommen bin.«

Francesco lächelte. »Ich bin ein großer Junge. Ich komm schon klar. Das sind die Regeln des Spiels, oder nicht?«

»Welches, großer Junge?«, fragte Penny. Francesco hob seine Augenbrauen. Sie fügte hinzu: »Ich meine, was für ein Spiel?« Was hatte er nur an sich, dass er sie dazu brachte, die schrecklichsten Dinge zu sagen? *Großer Junge – im Ernst jetzt!* Vielleicht sollte sie einen dieser Flirtkurse in West-London besuchen, in denen Frauen lernen, kokett und cool zu sein. Penny benötigte auf jeden Fall Hilfe.

»Ich weiß nicht, ob du mit mir flirtest oder nicht«, sagte er.

Penny lächelte. »Ich auch nicht.«

Francesco biss sich leicht auf die Lippe. »Ich glaube, du weißt es.«

Penny schüttelte den Kopf. »Ich bin nicht sehr gut darin.«

Sanft sagte er: »Du bist besser, als du denkst.«

Penny spürte, wie sie errötete. »Versuchst du, mich zu verunsichern?«

»Das wäre nicht besonders galant, nicht wahr? Nein, ich versuche, dich nicht zu verunsichern. Ich denke, ich bin selbst ein bisschen unsicher.«

Penny mochte seine direkte Art und seine Verletzlichkeit. »Warum hast du denn an jenem Tag das Brot geliefert, wenn du *Chef Cipolla* bist?«

Francesco lachte. »Ich war zur falschen Zeit am falschen Ort«, antwortete er.

»Und das heißt …?«

»Dass ich in Safiyas Haus aufgewacht bin, weil ich die Nacht auf ihrem Sofa verbracht habe, nachdem ich mit ihr und Michael sehr, sehr viel getrunken habe. Michael ist mein Freund, er ist derjenige, der vom Fahrrad gefallen ist.«

»Michael. Verstehe. Und jetzt geht es ihm wieder gut?«

»Ja, das tut es, aber seine fragile Männlichkeit hat einen ziemlichen Dämpfer gekriegt, und ich glaube, er und Safiya haben Schluss gemacht.«

Penny wollte etwas sagen, vielleicht ein gutes Wort für Stuart einlegen, aber Sharon tauchte mit dem Handy in der Hand wieder auf.

»Tut mir leid, dass ich euch unterbreche«, sagte sie kaum bekümmert, »aber Mia ist krank und fragt nach ihrer Mama. Bist du bereit aufzubrechen?«

Penny streckte erneut ihre Hand aus, und während sie Francescos Hand schüttelte, sagte sie: »Es war nett, dich kennenzulernen, Chef Cipolla. Noch mal. Du weißt schon. Also richtig.«

»Ich fand's auch nett«, entgegnete er im Stehen, während die Frauen ihre Sachen einsammelten.

Penny sah ihn an.

»Na dann«, sagte sie.

»Na dann«, wiederholte Francesco.

Sharon sah die beiden an und versuchte herauszufinden, ob sie sich versöhnt hatten oder nicht.

»Na dann«, sagte sie ungeduldig. Sie wollte nach Hause zu ihrem kranken Kind. »Es war sehr nett, dich kennenzulernen.« Sie drehte sich zu Penny um und sagte: »Sorry, Darling, dass ich in Eile bin, aber die Elternpflicht ruft. Hopp, hopp!«

Auf dem Heimweg beobachtete Penny von der Rückbank des Taxis aus, wie die Straßen Londons vorbeirauschten, und atmete tief ein.

»Du schaffst das«, beschwichtigte sie Sharon. »Es ist doch nur eine Textnachricht. Und du musst diejenige sein, die den ersten Schritt wagt, denn er hat ja deine Nummer nicht, oder?« Penny nickte und wusste, dass es das Richtige war, obwohl sie sich vorgenommen hatte, nicht mehr zu hoffen. »Alles, was du schreiben musst, ist, dass es nett war, ihn zu sehen. Du schaffst das!«

Penny dachte darüber nach.

»Ja.«

Im Leben geht es um die Liebe, pflegte ihre Mutter zu sagen. Vielleicht war das der Grund, warum sich Penny doch immer wieder auf Dates einließ. Sie schob die Gedanken über

Leihmütter und Babys und das Single-Mum-Sein ganz beiseite, in ein hinteres Fach ihrer Gedanken mit der Aufschrift: »Nur im Fall eines sicheren Singlelebens öffnen.«

»Okay. Na dann. Ich werde hier still sitzen und durch Instagram scrollen, damit du ungestört schreiben kannst.« Sie setzte sich so hin, dass ihr Gesicht von Penny weg- und zur Autotür hinzeigte.

Es tut mir leid, dass ich mich nicht gemeldet habe, tippte Penny in ein neues Nachrichtenfeld, dankbar, dass Stuart sie dazu gebracht hatte, Francescos Handynummer aufzubewahren. *Aber besser später als nie …*

Der Bildschirm zeigte ihr an, dass Francesco zurückschrieb.

Ganz deiner Meinung, lautete die Antwort. Und dann: *Du hast Glück, dass ich keine Spielchen spiele, sonst würde ich dir bis nächsten Freitag nicht zurückschreiben …*

Penny grinste ihr Handy an. *Es war dumm, nicht früher zu schreiben. Ich hatte Angst!*

Bin ich denn so angsteinflößend?

Ja, anscheinend.

Es dauerte einen Augenblick, bis seine Antwort kam. Penny wackelte mit einem Bein und ließ das vertraute Gefühl der Schmetterlinge und der Unsicherheit im Bauch aufkommen. Ihr Handybildschirm leuchtete auf. *Ich freue mich, dass ich nun deine Nummer habe, so kann sich a) mein Ego abregen und, wichtiger noch, wir könnten b) zusammen ausgehen. Ich nehme an, das ist der Grund, warum du dich dazu entschlossen hast, mein Handy mit deiner Nummer zu füttern …*

Penny fühlte einen Freudenstoß. Sie würde ihn wiedersehen! Sie war ein Risiko eingegangen! Sie war eine moderne Frau, die bereit war zu hoffen, und es hatte sich gelohnt! *Ich würde mich freuen*, schrieb sie.

Fein. Ich melde mich morgen, um auszumachen, wann und wo.

Super.

Nach Islington folgte Newington Green, danach die Seitenstraßen von Stoke Newington, wo ihr die Häuser bekannt vorkamen. Bald würde Penny zu Hause sein.

Francesco?, fügte sie hinzu und beschloss, ehrlich zu sein, da sie vorhatte, bei dem Date auch wirklich aufzutauchen.

Ja, Penny?

Ich bin wirklich froh, dass ich dir über den Weg gelaufen bin.

Ich bin wirklich froh, dass ich so tollpatschig war, deine Handtasche auf den Boden zu werfen!, antwortete er.

☺ *Gute Nacht*, tippte sie.

☺ ☺ ☺ *Bis morgen*, schrieb er, und sie hoffte wirklich, dass sie es tun würden.

3

N*enn mir einen Tag und eine Uhrzeit, wann du kannst, und ich kümmere mich um den Rest*, lautete seine schlichte Nachricht.

Hallo!, antwortete Penny. *Sonntag oder Montag, egal wann. Wenn das Café geschlossen ist, passt es mir am besten.*

Hab ein bisschen Geduld, tippte Francesco. *Ich will mir was ausdenken. Dann am besten sonntags.*

Penny schrieb zurück: *Soll ich mir das mit einem Bleistift oder mit einem Kuli eintragen?*

Francesco schickte ein Emoji mit explodierendem Kopf.

Wie kannst du es wagen?! Ich halte mein Wort. Du kannst es mit einem Permanentmarker in deinen Kalender eintragen.

Penny lächelte. Sie hatte den ganzen Morgen gezweifelt, ob Francesco wirklich die versprochene Nachricht schicken würde. Dating steckte in vielerlei Hinsicht voller Sprengladungen. Sie hatte ihm anfangs nicht geschrieben, aus Angst, zu optimistisch zu sein, nur um jetzt feststellen zu müssen, dass alles doch nur eine Enttäuschung war? … Als sie ihn wiedergesehen hatte, hatte sie versucht, so viel zu sagen, da sie den Eindruck hatte, dass er noch an ihr interessiert war. Aber war er das wirklich? Sie las die Textnachrichten vom Abend und versuchte, sich zu beruhigen, aber die Sache mit den Textnachrichten ist die: Ihr Ton hängt davon ab, wer sie liest.

Als Sharon nachfragte, ob sie schon ein Date ausgemacht hatten, schnappte Penny zurück: *Willst du mir weismachen, dass Dating keine psychologische Kriegsführung ist? Nein. Er hat sich noch nicht gemeldet. Vielleicht tut er es auch nie.*

Sharon antwortete: *Na ja, es ist auch erst acht Uhr. Wahrscheinlich schläft er noch.*

Penny schrieb zurück: *Ich hasse es!!!*

Bis zu dem Zeitpunkt, als ihr Handy zwei Minuten vor elf Uhr piepste, mitten im Brunch-Service, hatte Penny beschlossen, ihn abzuschreiben. Außerdem würde es ihr recht geschehen, was war sie überhaupt so optimistisch gewesen? Es waren noch nicht einmal zwölf Stunden zwischen ihrem Treffen und seiner Nachricht vergangen. Diese gesamte erbärmliche Gefühlslandschaft in weniger als einem halben Tag zu durchqueren – kein Wunder, dass Dating sie so fertigmachte.

Er hat geschrieben!, antwortete sie Sharon, während sie eine Bestellung Mushroom Cornbread auf einem Teller anrichtete und eine verspätete – und falsche – Bestellung vom Gemüselieferanten annahm.

Na dann, Gott sei Dank, antwortete Sharon. *Ich pfeife die Hunde zurück.* 😉

An Francesco tippte Penny: *Na dann, notiert mit einem Permanentmarker.*

In den darauffolgenden vier Tagen schrieben sie sich hin und her. Francescos Nachrichten waren weder kompliziert noch allzu übertrieben – es war einfach ein nettes Plaudern. Penny war alt genug, um sich davor zu hüten, mit einem Brieffreund zu enden, der möglicherweise nicht seinen eigenen Erwartungen gerecht wurde, und hielt sich auch zurück, in ihren Antworten zu klug oder zu pointiert rüberzukommen. Es war eine Gratwanderung. Sie wollte verführerisch sein und Spaß haben, doch wenn sie zu viel Zeit damit verbrachte, darüber nachzudenken, was sie ihm antworten sollte, würde sie ein Bild von sich zeichnen, dem sie bei dem Treffen nicht gerecht werden würde. Sie versuchte, immer gleich zurückzuschreiben, ohne groß nachzudenken und ohne sich Gedanken darüber zu machen, was noch alles kommen könnte. Das war der Todeskuss mit den Textnachrichten – das reale Leben und das Textnachrichtenleben konnten oft auseinanderdriften und Liebeskummer verursachen.

Sie landeten bei einer Art Insiderjoke über ärztliche Rezepte. Penny hatte ihm ausführlich von dem Lieferanten erzählt, der die Gemüsebestellung durcheinandergebracht hatte, und wie sie in letzter Minute ihr Menü für den Rest des Tages improvisieren musste.

Der Arzt verschreibt eine Mentholzigarette auf der Hintertreppe und eine Sprachnachricht an deine Schwester, schrieb er, da er ihre Routine kannte, obwohl sie sie ihm gegenüber nur ein einziges Mal erwähnt hatte, und das in einem anderen Zusammenhang.

Als er eines Abends zu Hause war, angeheitert nach seiner Schicht, und Penny aufstand, um aufs Klo zu gehen, sah sie, dass er ihr geschrieben hatte: *Große Entscheidung zum Thema Mitternachts-Snack: Gorgonzola und Birne auf meinem Toastie oder Mozzarella mit eingelegtem Paprika?*

Penny antwortete: *Der Arzt verschreibt zwei Scheiben Toast mit Butter, und dann ab ins Bett.*

Kurze Zeit später beschlossen sie, dass Francesco am Sonntag zu ihr kommen sollte. Mit leckeren Sachen für einen Brunch. Sie würden in Decken gehüllt auf der Terrasse essen oder, falls es zu kalt sein sollte, drinnen. Wenn sie sich über ein Datingportal kennengelernt hätten, dann hätte Penny das nicht zugelassen – es wäre viel zu intim gewesen. Doch da er bereits im Café gewesen war und sie im Obergeschoss wohnte – und sie sich bei Dofis Party irgendwie zueinander hingezogen gefühlt hatten und, nicht zu vergessen, so viel Spaß mit den Textnachrichten hatten –, fühlte es sich gut und sicher an.

»Willst du, dass ich mich, zwanzig Minuten nachdem er angekommen ist, mit einem Notfallanruf melde, um dir, nur für den Fall, eine Möglichkeit zu geben zu entkommen?«, fragte Sharon später, als sie vor Feierabend vorbeischaute und die Blumen austauschte.

»Hmm«, sagte Penny, »ich glaube, das wird nicht nötig sein. Ich weiß, es sind oft die berühmten letzten Worte, aber ich habe ein richtig gutes Gefühl, dass er kein Arschloch ist.«

»Wow, was für ein Kompliment«, kicherte Sharon, während sie besonders große Ranunkeln in einer riesigen Vase neben der Kaffeemaschine arrangierte.

»Das habe ich auch gesagt«, warf Stuart ein, der sich zum Weggehen fertig machte und sich nach jeder Textnachricht, also etwa stündlich, die Entwicklung der gesamten Geschichte anhören musste. »Ich kann es nicht fassen, dass die Messlatte für uns Männer so niedrig ist.«

»Ist sie nicht«, sagte Sharon, während Penny gleichzeitig sagte: »Ich weiß.«

»Die Avon-Beraterin!«, trillerte Francesco, als Penny ihm die Tür öffnete.

»Guten Morgen!«, sagte Penny, unsicher, ob sie ihn umarmen oder luftküssen oder ihm einfach nur die Hand schütteln sollte. Francesco entschied an ihrer Stelle, indem er ihr eine Tüte überreichte und sich vorbeugte, um sie leicht auf die Wange zu küssen.

»Es ist kalt heute«, sagte er und ging hinein. »Ich glaube, wir müssen definitiv drinnen essen.«

»Du bist der Boss«, antwortete Penny und machte die Tür hinter ihm zu. Das führte dazu, dass sie sehr eng beieinanderstanden, und als er ein johlendes Geräusch hinter ihr machte, war es quasi direkt an ihrem Ohr.

»Ha!«, brüllte er, und sie drehte sich um, um zu sehen, worauf er so heftig reagierte. »Wenn du dann meine rechte Hand bist, nehme ich das Angebot an. Ich habe jedoch das Gefühl, dass diese Vereinbarung nicht lange halten wird.«

»Du glaubst nicht, dass ich mich unterordnen kann?«, fragte Penny, während sie seinen moschusartigen, männlichen Duft wahrnahm. Er war kleiner, als sie ihn in Erinnerung hatte – nicht viel größer als sie, seine Schultern waren breit, was ihn kräftig und selbstbewusst wirken ließ. Francesco schnitt eine Grimasse. »Solange du mich nicht bossy nennst«, sagte sie gepresst. »Niemand benutzt dieses Wort bei Männern. Ich bevorzuge *belehrend*. Ich kann eine *belehrende* Souschefin sein.«

»Oooh«, sagte Francesco und rieb seine Bartstoppeln. »Großartiges Wort.« Er musterte sie von oben bis unten. »Übrigens, du siehst hübsch aus.«

Penny trug ein viel zu großes T-Shirt und Jeans und war barfuß. Sie war dezent geschminkt und hatte versucht, nicht allzu viel Aufwand mit ihren Haaren zu betreiben – es war schließlich Sonntagmorgen. Ihr fiel auf, dass es eine seltsame Zeit für ein erstes Date war. Der Sonntagmorgen war etwas für verliebte Paare, nicht für Fremde in viel zu engen Hausfluren.

»Du siehst auch sehr gut aus«, sagte sie und versuchte trotz ihrer Nervosität zu lächeln. Sie standen nah beieinander, und er roch so gut. Sie wollte ihn fast küssen, nur um herauszufinden, wie es sich anfühlte. Aber das Küssen darf man nicht überstürzen – auch das hatte ihre Mutter ihr immer gesagt. »Die besten Küsse passieren, lange nachdem du sie dir gewünscht hast«, hatte sie Penny und Clementine erklärt, als sie noch klein gewesen waren. »Also verschenkt sie nicht einfach mir nichts, dir nichts. An mich allerdings schon. Mummy könnt ihr immer ein Küsschen geben.« Penny wünschte, sie hätte ihre Mutter öfter geküsst.

»Sollen wir hochgehen?«, fragte er. »Diese Tasche ist ziemlich schwer.«

Penny riss sich zusammen. »Mir nach«, befahl sie.

»Also. Lustige Sache«, sagte Francesco, während sie in die Wohnung hochgingen, »ich weiß eigentlich gar nicht, was eine Avon-Beraterin ist. Ich kenne das nur aus einem Film.«

Penny lachte.

»Einem amerikanischen Film? Hast du dir so was in deiner Jugend angeschaut?«

»Ja, ich bin ein Soldatenkind. Amerikanisches Fernsehen, das war das, was wir alle gemeinsam hatten – Deutsche, Griechen, wir Italiener, sogar die englischen Kids. Wo auch immer sich der Militärstützpunkt befand, gemeinsam Nickelodeon anzuschauen war die einzige Konstante. Italienisch kann ich kaum.«

»Ah, das erklärt also den Akzent«, sagte Penny.

»Der Akzent einer Promenadenmischung? Yes, Ma'am, so ist es. Übrigens: Italien gegen den Rest der Welt. Ich glaube, wir sind in achtzehn Jahren etwa zehnmal umgezogen. Seit sechs Jahren bin ich nun in London, und wenn alles gut geht, habe ich vor, weitere sechs zu bleiben. Es ist der erste Ort, der sich wie ein Zuhause anfühlt.«

Als sie das Ende des Treppenaufgangs erreichten, standen sie nebeneinander, und Pennys Wohnung lag vor ihnen. Sie ging durch den offenen Wohnbereich in die Küche.

»Ich habe meinen englischen Slang aus dem amerikanischen Fernsehen gelernt«, fuhr Francesco fort und zog seine Schuhe aus. »Das haben wir alle. Es hat Jahre gedauert, bis ich begriffen habe, dass man nicht ›far out‹ sagt, wenn etwas cool ist. Ich hatte das aus *Die wilden Siebziger!*«

»Wir sagen auch nicht ›groovy‹ …«

»Was ich schade finde, denn es ist ein sehr nettes Wort. Das doppelte O in der Mitte. Groovy ist ein Wort, das … groovy klingt. Nette Wohnung, übrigens.« Er sah sich in Pennys Wohnung um. Da sie sich oberhalb des Cafés befand, hatte sie genau die gleiche Größe und denselben Grundriss. Sie war einfach und geschmackvoll eingerichtet: viele unterschiedlich gerahmte Fotos und Poster, ein riesiges L-förmiges Sofa, Holzfußboden, Kerzen und Nippes überall. Er durchquerte den Raum und setzte sich zu ihr an die Frühstücksbar.

»Okay, auf der heutigen Speisekarte haben wir …«, begann er, stellte seine Tasche auf einen Stuhl, durchstöberte sie, nahm allerlei heraus, »… das ultimative Frühstück. Geräucherter Lachs, geräucherte Forelle, Felchenrogen … Zutaten für meine berühmte Crème fraîche … Sumach für die rote Zwiebel … und die hier.« Er überreichte Penny eine weiße Tüte. »Die besten Bagels, die du jemals hattest.«

»Ist das der Italiener in dir, der alles im Superlativ beschreibt? Ultimativ, bestes …«

»Nun ja, wozu leben wir, wenn nicht, um das Beste zu genießen?«

»Das ist buchstäblich das Gegenteil der britischen Kultur, die im Wesentlichen lautet: ›Begnüge dich mit dem, was du hast, und beklage dich niemals.‹«

»Ja, das ist mir aufgefallen. Sehr seltsam. Kannst du dieses Wasser in den Kühlschrank stellen, damit es kalt ist, wenn wir essen? Ich brauche auch eine Schürze, bitte.«

»Aye, aye, Chef«, sagte Penny und erinnerte sich daran, dass sie versprochen hatte, seine Souschefin zu sein.

Zusammen holten sie Plastikschneidebretter und Holzteller hervor, suchten Gläser und deckten harmonisch den Tisch, während im Hintergrund leise eine Playlist lief – eine Playlist, erklärte Francesco, die »die einzig wahre ist, um gutes Essen zu kochen. Damit mein Essen nach Liebe schmeckt, muss man auch Liebe hören.«

»Far out!«, sagte Penny.

»Verzieh dich«, sagte Francesco grinsend und freute sich darüber, dass Penny konterte.

»Es ist schön, bekocht zu werden, statt immer die zu sein, die kocht«, sagte Penny und schaute Francesco bei der Arbeit zu. »Vor allem bei mir zu Hause.«

»Es ist meine Sprache der Liebe. Hilfsbereit zu sein bedeutet für mich, Zuneigung zu zeigen.«

»Oh, die Sprachen der Liebe … Sharon hat mich mal gezwungen, einen Test dazu zu machen. Ich glaube, die Art, wie ich Zuneigung und Anerkennung zeige, ist …«

Francesco unterbrach sie. »Warte! Darf ich raten?«

»Na los.«

»Es sind fünf, stimmt's? Fünf Arten, wie die meisten Menschen Zuneigung ausdrücken? Also, warte mal. Es gibt die Hilfsbereitschaft, also so was wie, Dinge für den anderen oder die andere zu tun … gemeinsame Zeit … Worte der Anerkennung, was deine Art sein könnte – ich finde, du reagierst gut auf Worte, die bestätigen, wie großartig du bist, wo du doch eine Köchin bist und so. Was noch? Oh, das mit dem Sex …«

»Körperliche Berührung«, fügte Penny hinzu.

»Ist das deine Sprache der Liebe?«

»Vielleicht.«

Francesco fummelte mit dem Messer herum. »Ist es«, sagte er. »Wenn ich jetzt an den vergangenen Abend denke, wie du ständig meinen Arm berührt hast …«

Penny täuschte Empörung vor. »Hab ich nicht!«

»Aber so was von«, sagte Francesco. »Dadurch wusste ich, dass es okay ist, mit dir zu flirten.«

»Du hast gesagt, du hättest nicht versucht, mich zu verunsichern.«

»Es war gelogen«, wagte er zuzugeben und wackelte mit den

Augenbrauen auf eine Art, die darauf hindeutete, dass es ihm auch nicht leidtat. Pennys Handy klingelte, bevor sie der Sache tiefer auf den Grund gehen konnte.

»Oh«, sagte sie, schaute auf den Bildschirm und hatte vor, auf lautlos zu stellen. »Macht es dir was aus? Dauert nur fünf Sekunden.« Francesco machte eine Geste, die signalisierte, dass es in Ordnung war. Bevor sie dranging, fügte sie hinzu: »Und dieses Gespräch ist noch nicht vorbei, Mister.«

Francesco schmollte provokativ und widmete sich weiterhin den Vorbereitungen.

»Penny! Darling!«, sagte Onkel David, als sie abhob. »Ich dachte, ich erwisch dich vor der Lunchzeit!« Pennys Onkel David besaß ein Restaurant namens The Red Panda in Derbyshire, wo sie in ihrer Kindheit alles übers Essen gelernt und auch ihr natürliches Talent für Aromen und den Feinschliff entdeckt hatte. »Erics Geburtstag nächsten Monat … Wenn Clemmie wieder zu Hause ist, sollen wir ihn dann hier feiern? Oder sollen wir dafür nach London kommen?«

Eric, Davids Ehemann, liebte große Geburtstagspartys. Penny sagte: »Davvy? Es passt gerade nicht so gut. Kann ich über die Frage nachdenken und mich dann später melden?«

»Ja, natürlich, Darling«, antwortete Onkel David. »Ich wollte dir auch nur sagen, dass wir dich vermissen!«

Penny lächelte. »Ich vermisse euch auch. Wir werden um Erics Geburtstag herum ein paar Tage zusammen verbringen, okay?«

»Das wäre schön, mein Pu-Bär. Lass mich wissen, was du und Clem davon haltet.«

»Mach ich!«, trällerte Penny. »Hab eine gute Schicht!«

Sie legte auf, schaltete das Handy auf stumm und legte es außer Reichweite, mit dem Bildschirm nach unten.

»Mein Onkel«, erklärte sie.

»Schön, dass du mit deiner weitläufigen Verwandtschaft in so engem Kontakt stehst«, antwortete Francesco, während er am Schneidebrett beschäftigt war. »Hier«, sagte er, »probier das mal. Das ist der beste Lachs, den du je gegessen haben wirst.« Er hielt Penny die Messerspitze mit einem Stück Lachs hin.

»Der schmeckt wirklich sehr gut«, sagte Penny, während sie kaute. »Er könnte tatsächlich eines Superlativs würdig sein. Wo hast du ihn her?«

»Ich fürchte, ich kann meine Lieferanten nicht preisgeben«, antwortete Francesco. »Aber was wolltest du gerade über deinen Onkel erzählen?«

Sie hatte gar nicht vor, etwas zu erzählen, und doch vertraute sie sich ihm an, aus Gründen, die sie nicht erklären konnte. Wahrscheinlich, weil er nicht neugierig war, sondern nur in Plauderlaune. Es fühlte sich ungefährlich an. Sie waren nur zwei Menschen, die Geschichten austauschten.

»Er ist der Bruder meines Vaters. Mein Vater ist abgehauen, als ich klein war, und so nahm Davvy mich und meine Schwester bei sich auf. Er ist für mich viel mehr mein Vater als mein biologischer Vater. Ich sehe ihn aber nicht sehr oft und habe deswegen ein schlechtes Gewissen.«

»Ich glaube, das geht allen so«, sagte Francesco. »Vor allem uns Köchen. Wir arbeiten zu den seltsamsten, unsozialsten Uhrzeiten. In vielerlei Hinsicht führen wir das Leben von Geistern.«

Penny nickte. Sie war froh, dass er sie verstand. Francesco trug das große Brett zum Tisch hinüber. Sie folgte ihm, schenkte Orangensaft in die hohen Gläser ein und nahm die Stoffservietten aus dem Büfett.

»Er treibt mich aber auch in den Wahnsinn – also glaub bloß nicht, dass ich ein absoluter Engel bin.«

»Inwiefern in den Wahnsinn?«

»Er will mich ständig überreden, nach Derbyshire umzuziehen, um seinen Pub zu führen. Er versteht nicht, dass ich auf den Stress eines so großen Pubs nicht scharf bin. Wir streiten alle paar Monate darüber, dann versöhnen wir uns wieder und sprechen kein Wort mehr darüber bis zur nächsten Auseinandersetzung.«

»Du sprichst aber sehr liebevoll über ihn.«

»Nun ja«, sagte Penny. »Er ist einfach fabelhaft.«

Francesco schnitt liebevoll ein paar Tomaten und salzte sie, nachdem er sie kunstvoll in Fächerform ausgebreitet hatte.

»Und dein biologischer Dad ist abgehauen?«

Diese Information gab Penny normalerweise nicht beim Daten preis. Es war eine private Angelegenheit, und sie wusste, dass Männer daraus schlussfolgerten, dass sie einen Vaterkomplex haben musste.

»Meine Mum ist an sekundärem Brustkrebs erkrankt, als ich neun war, und als ich zehn war, starb sie daran. Ich glaube, mein Dad wusste, dass es so enden würde, denn er ging, bevor sie starb. Ich denke … Nun ja, eigentlich weiß ich nicht, was ich denken soll, denn ich habe ihn seitdem nicht mehr gesehen. Doch dadurch, dass er so rückgratlos war, habe ich den besten Vater bekommen, den sich ein Mädchen wünschen kann. Ich würde für Onkel David über heiße Kohlen gehen. Meine Schwester und ich, wir beide würden es tun.«

»Du hast gesagt, sie reist sehr viel, oder?«

»Ja, das tut sie. Sie kommt aber oft nach Hause, und wir werden alle zusammenkommen, um den Geburtstag des Ehemanns meines Onkels zu feiern. Er wird fünfundsechzig, und wir werden jede Sekunde genießen. Er ist großartig.«

Sie unterhielten sich so mühelos und fröhlich und fühlten sich so wohl und natürlich zusammen in der Wohnung, als ob sie das schon viele Male vorher getan hätten. Sie brunchten, tranken Tee und plauderten miteinander. Er schaute sie weiterhin aufmerksam an, stellte Fragen und hörte ihr zu, nickte, während er das Gehörte verarbeitete, lachte, wenn sie witzig war, und erzählte schöne, aufschlussreiche Dinge, als Penny ihn über sein Leben, seine Arbeit und seine Ambitionen ausfragte. Er schien Spaß zu haben, und so ließ Penny es zu, ebenfalls Spaß zu haben.

»Das fühlt sich gut an. Du, ich, das hier«, sagte Penny und ließ sich die Frühlingssonne ins Gesicht scheinen. Sie hatten beschlossen, nach dem Brunch einen Verdauungsspaziergang zum Stausee zu machen. Es war eiskalt, sie trug einen Schal und eine Mütze, aber es war sonnig, und darauf kam es an.

»Finde ich auch«, antwortete Francesco lächelnd. »Und wenn ich daran denke, dass es beinahe nicht dazu gekommen wäre, weil du mir nicht schreiben wolltest …«

Penny gab ein lautes »Ha!« von sich. »Nein! Ich hätte es getan!«, sagte sie und berührte spielerisch seinen Arm.

»Nein, hättest du nicht! Es ist ein ganzer Monat vergangen!«

»Ich musste mich darauf vorbereiten!«, betonte sie.

»Du lügst! Du hattest mich abgeschrieben.«

»Okay«, gackerte Penny. »Ich hatte dich abgeschrieben.«

Francesco machte ein langes Gesicht. »Hast du?«

Sie zuckte mit den Schultern. »Ach. Ich weiß nicht. Wir hatten doch nur drei Worte gewechselt, als Stuart dich bedrängt hat, deine Telefonnummer aufzuschreiben. Wie hätte ich denn wissen sollen, dass du tatsächlich Interesse hast?«

»Ah ja, ich kann total verstehen, dass die Tatsache, dass ich meine Nummer aufgeschrieben und gesagt habe: ›Ich freu mich, von dir zu hören!‹, vollkommen konfuse Signale ausgesendet hat.«

Penny verdrehte die Augen. »Also … du hast mir nur einfach

so deine Nummer gegeben? Wie oft machst du so was? Denn diese Nonchalance lässt mich glauben, dass du es ständig tust.«

»Man muss seine Chancen nutzen«, sagte Francesco und schob einen Ast beiseite.

»Also *tust* du es ständig?«

»Ich werde nicht oft gebeten, meine Telefonnummer einer hübschen Cafébesitzerin zu hinterlassen, die den Augenkontakt für einen herausfordernd langen Moment hält, nein«, sagte Francesco. »Es fühlte sich so an, als gäbe es da eine Verbindung oder so was. Ich weiß nicht. Und dann wieder, als ich dich in Dofis Restaurant gesehen habe. Wenn solche Sachen passieren, fühlt es sich wie eine kosmische Pflicht an, einen Sprung ins kalte Wasser zu wagen, meinst du nicht?«

»Was, wenn der Sprung dazu führt, dass man hinfällt und sich den Knöchel bricht?«

»Das ist dann einfach nur Pech«, sagte Francesco bedauernd und schüttelte den Kopf. Er machte sich über sie lustig.

»Ich meine es ernst. Ich bin dreißig Jahre alt. Ich bin sehr, sehr oft gesprungen, und irgendwie hat es sich nie gelohnt. Ich will nicht jammern, ich meine nur … Wie schaffst du es, so optimistisch zu bleiben? Nicht im Allgemeinen, ich meine ganz konkret in dieser Angelegenheit. Wie bleibst du, Francesco Cipolla, in Herzensangelegenheiten optimistisch?«

Sie kamen an einem kleinen Tor an, und Francesco ging hindurch, drehte sich dann um und lehnte sich an, sodass Penny nicht hindurchgehen konnte. Sie war nicht darauf gefasst und stieß fast Nase an Nase mit ihm zusammen. Sie sah ihn an.

»Wie bleibe ich optimistisch, wenn es um Herzensangelegenheiten geht …?«, erwiderte Francesco leise.

In ihrem Bauch grummelte es. Er ließ alles so leicht erscheinen. Er fühlte sich so wohl in seiner Haut, er ging so entspannt mit dem Druck ihres Dates um. Vielleicht verspürte er gar keinen Druck.

»Ja«, sagte Penny. »Weil dein Optimismus so … attraktiv ist.«

»Ach?«, sagte Francesco so nah bei ihr, dass Penny seinen Atem zwischen ihrer Oberlippe und der Nase spüren konnte. Sie merkte, dass sie ihren Kopf zur Seite neigte, nur leicht, und dass sie bereit war, von ihm geküsst zu werden. Sie standen millimeterweit voneinander entfernt, und Penny hörte gänzlich auf zu atmen. Sie wartete darauf, dass er sich ein ganz klein wenig nach vorn beugte, doch anstatt es zu tun, blieb er aufrecht stehen, während sein oberer Mundwinkel sich zu einem halben Lächeln anhob, und Penny merkte, dass er darauf wartete, dass *sie ihn* küsste. Sie musste sich den letzten halben Zentimeter nach vorn bewegen. Und so hielt sie sich am Zaun fest und verlagerte ihr Gewicht auf die Vorderzehen, um ihn erreichen zu können. Sie richtete sich sanft auf und berührte seine Lippen. Sie schmeckten einander, gaben dem Atemzug des anderen nach, bis ein Mann absichtlich laut hustete und freundlich sagte: »Verzeihung, dürfte ich bitte vorbei?«

Sie rissen sich los und brachen in Gelächter aus.

»Tut mir leid«, sagte Francesco und ging zur Seite, um Penny und dann den Mann mit seinem Bedlington Terrier durchzulassen. »Bitte sehr.«

»Viel Spaß«, sagte der Mann. Sie sahen sich an und lachten erneut.

»Hat das deine Frage beantwortet?«, fragte Francesco.

Penny grinste. »Ich kann nicht sagen, ob es meine Frage beantwortet oder etwa achtzigtausend neue aufgeworfen hat«, konterte sie.

»Verstehe. Nun, kommt Zeit, kommt Rat …«

»Wie wahr.«

Danach spazierten sie Hand in Hand weiter, glücklich und schweigend. Was hätte es noch zu sagen gegeben? Penny war glücklich. In jenem Augenblick war alles perfekt.

4

Und so fing ihre Liebesgeschichte an. »Es ist fast zu schön, um wahr zu sein«, sagte Penny ihrer Schwester in einem ihrer persönlichen Podcasts. »Aber einfach bedeutet nicht schlecht, oder? Vielleicht bedeutet einfach nur richtig?«

»Ich finde es schön«, antwortete Clementine von irgendwo nördlich von Peking, wohin sie berufen worden war, um eine Planung der lokalen Regierung zu beaufsichtigen. »Und wenn ihr noch nicht miteinander schlaft, dann bist du zumindest nicht – oh, mein Gott, welches Wort benutzt Sharon? – schwanzfixiert. Zumindest bist du nicht schwanzfixiert. Ich finde es ziemlich romantisch, sich Zeit zu nehmen, um jemanden kennenzulernen, bevor man mit ihm ins Bett geht. Ich finde, bei der neuen sexuellen Revolution geht es tatsächlich darum, zu erkennen, dass intime Beziehungen mehr sind als nur Sex.«

Sharon lachte laut auf, als Penny ihr davon erzählte.

»Ich liebe deine Schwester«, sagte sie und wischte sich die Lachtränen aus den Augen, »und auch ich bin begeistert, dass du nicht schwanzfixiert bist. Aber mal ganz ehrlich, du wirst keinen Scheißkerl heiraten, oder? Es ist *ein klein wenig* wichtig.«

Sie machte eine Geste mit Daumen und Zeigefinger, um »ein klein wenig« anzudeuten. Dann bewegte sie die beiden Finger wortlos auseinander, um den Abstand dazwischen zu vergrößern.

»Gib mir eine Minute«, quietschte Penny und schubste ihre Hand scherzhaft weg. »Fünf Tage nach dem Kuss macht mich wohl kaum zur Jungfrau Maria.«

»Nein«, sagte Sharon. »Du hast recht. Genieß es so, wie es ist! Die Welt könnte morgen untergehen!«

»Nun, wenn die Welt morgen untergeht …«, kicherte Penny und johlte vor Lachen, wohl wissend, dass das bevorstehende Ende der Welt die Dinge etwas beschleunigen könnte.

Als Penny an jenem Abend zu Hause in ihrem bequemsten Jogginganzug faulenzte, ohne darüber nachdenken, was man sich vor dem Zubettgehen in der Glotze ansehen könnte, klingelte ihr Handy, und Francescos Gesicht tauchte auf dem Bildschirm auf. Penny starrte es an. Er rief sie an? *Wer ruft denn heutzutage noch an?*, grübelte sie. Sie liebte es, von ihm zu hören, aber ein Telefonanruf? Ein persönlicher Podcast konnte zumindest jederzeit abgehört werden. Nur Menschen aus der Generation der Babyboomer, wie etwa Onkel David, riefen noch an. Penny starrte den Bildschirm weiterhin an, ohne sich entscheiden zu können, was sie tun sollte. Sie kannte sogar Ehepaare, die nicht mehr miteinander telefonierten.

Als es aufhörte zu klingeln und die Benachrichtigung »entgangener Anruf« auf dem Bildschirm einging, überdachte Penny ihre Möglichkeiten.

Hast du gerade versucht, mich anzurufen?, schrieb sie ihm per Textnachricht.

Ja. Schon okay, antwortete Francesco. *Meine Schicht ist gerade vorbei. Ich kann es später versuchen, wenn du Zeit hast.*

Penny war verwirrt. *Zum Telefonieren?*, antwortete sie.

Das passiert normalerweise, wenn eine Person die Nummer der anderen wählt und diese andere Person abnimmt, ja.

Oh. Ja klar. Bis später.

Penny schloss das WhatsApp-Feld, um ihrer Schwester eine Sprachnachricht zu schicken.

»OMG!«, sagte sie ins Telefon. »Der Italiener will mit mir

telefonieren. Wir haben es mit einem Psychopathen zu tun. Ich wiederhole: Wir haben es mit einem Psychopathen zu tun.«

Auf ihrem Bildschirm leuchtete erneut Francescos Gesicht auf.

»Ahhh!«, sagte Penny und hielt ihr Handy wie eine tickende Bombe fest. »Ähm … ähm …« Sie wischte über den Antwort-Button. »Hi!«, sagte sie viel zu enthusiastisch.

»Ich weiß nicht, ob ich beleidigter sein soll, weil du mich einen Psychopathen nennst oder weil du nicht mal meinen richtigen Namen benutzt.«

»Oh. Ja. Nun.« Sie konnte sein Lächeln am anderen Ende der Leitung hören.

»Ich nehme an, du telefonierst nicht so gerne«, sagte er.

»Nee, nicht so. Ist etwas retro für meinen Geschmack. Ich glaube, Onkel David ist der Einzige, der mich tatsächlich anruft.«

»Ich wollte nur deine Stimme hören.«

Penny grinste. »Nun, jetzt habe ich dir versehentlich eine Sprachnachricht geschickt.« *Er wollte nur ihre Stimme hören!* Ihr Herz machte einen Freudensprung.

»Was machst du?«

»Dies und das.«

»Aha«, sagte er. Sie dachte, er wartete darauf, dass sie etwas sagte, doch dann konnte sie ihn leise »Guten Abend« zu jemand anders sagen hören, und dann ertönte das Brummen eines Motors. Er musste wohl in den Bus gestiegen sein. Sie wartete darauf, dass er weitersprach, sobald er sich hingesetzt hatte, aber er tat es nicht. Er wartete darauf, dass sie etwas sagte. Sie holte tief Luft. Penny hatte gerade erst am Nachmittag mit Stuart darüber gesprochen, dass sie keine Angst hatte, Francesco zu zeigen, wer sie wirklich war. Das bedeutete, sowohl süß und kokett zu sein und mit ihm zu flirten als auch, ihm einen Einblick in einige der »realen«, weniger sexy Themen zu gewähren.

»Manchmal bin ich ziemlich müde«, sagte sie und beschloss endlich, ihm die Wahrheit zu sagen. »Dann brauche ich einen ruhigen Abend.«

»Verstehe«, sagte er.

»Vor ein paar Jahren war ich ziemlich krank. Das macht mir manchmal noch zu schaffen.«

Schließlich sagte Francesco: »Du hast ein paarmal darauf angespielt. Ich wollte nicht neugierig wirken, aber ich muss zugeben, dass ich es bin. War es etwas Ernstes?«

»Brustkrebs im zweiten Stadium mit fünfundzwanzig. Jetzt mag es mein Körper nicht, wenn ich ihn zu sehr belaste. Ich glaube, ich habe mir in letzter Zeit nicht genug Ruhe gegönnt, also hole ich das jetzt nach.«

»Mit fünfundzwanzig«, sagte Francesco, offensichtlich geschockt. »Das ist so jung.«

»Ja. Etwa so jung wie meine Mum, als sie zum ersten Mal an Brustkrebs erkrankt ist. Doch bei ihr kam er wieder …« Nun. Francesco kannte den Rest.

»Ich wusste nicht, dass du auch Brustkrebs hattest«, staunte er. »Das ist eine große Sache, mit der man zurechtkommen muss.«

»Ja, das war es. Und es war verdammt schwer.« Für Penny, die noch vor einigen Minuten behauptet hatte, nicht gerne zu telefonieren, fühlte es sich plötzlich richtig gut an, mit Francesco zu plaudern. So war das mit ihm, dachte sie – alle Regeln, die sie zu haben glaubte, waren zunehmend nicht anwendbar. Das hatte auch Stuart behauptet. Im Grunde genommen hatte er Penny beschuldigt, jede ihrer Beziehungen selbst zu sabotieren, indem sie Informationen oder Zuneigung zurückhielt und dann der anderen Person die Schuld dafür gab, dass es nicht klappte. Das war für ihn eine überraschend aufschlussreiche Bemerkung, und es hatte Pennys Blut etwa zehn Sekunden lang zum Kochen gebracht, bevor sie gespürt hatte, wie sie von einer Welle der Dankbarkeit überspült wurde. An Stuarts Behauptung war etwas dran. Doch sie konnte es nur widerwillig zugeben. Penny hörte das Geschrei lebhafter Teenager im Hintergrund, während sie auf Francescos Reaktion wartete. Sie legte ein Kissen unter ihren Kopf und streckte sich auf dem Sofa aus.

»Ich kann mir nicht einmal annähernd vorstellen, was du durchgemacht hast«, sagte er, als der Lärm hinter ihm nachließ. »Ist es okay, wenn wir darüber reden?«

»Es ist nicht gerade mein Lieblingsthema.«

»Okay, eines Tages möchte ich alles über dich wissen.« Er schien intuitiv immer das Richtige zu sagen. Penny war erleichtert, nichts mehr erzählen zu müssen, und spürte ein vages Gefühl der Dankbarkeit Stuart gegenüber, dass er sie dazu gebracht hatte, sich wenigstens ein bisschen zu öffnen. »Doch jetzt«, fuhr er fort, »sag mir, wo du dich in dieser Sekunde befindest. Es ist eiskalt auf dieser Busfahrt nach Hause, und ich brauche etwas Unterhaltung.«

Penny sah sich um. »Nun«, sagte sie, »ich sitze auf dem Sofa mit einer Flasche Wasser und der Fernbedienung in der Hand, weil ich mir Filmtrailer angeschaut habe, anstatt einen richtigen Film auszusuchen, und ich habe nicht eine, sondern zwei sehr luxuriöse Kerzen angezündet. Verschiedene Düfte. Das nennt man anscheinend *layering*.«

»Klingt kuschelig.«

»Ist es auch. Ich bin sehr gut im Kuscheln. Man könnte sogar so weit gehen, mich die Queen von Kuschel-City zu nennen.« Sie zog die Decke von der Armlehne des nahe gelegenen Stuhls und legte sie über ihre Beine, sodass sie es noch gemütlicher hatte.

»Und wie bekommt man die Chance, Kuschel-City besuchen zu können?«

»Oh, nun, es ist unglaublich schwierig, hineinzukommen. Alles sehr exklusiv.«

»Willst du Gesellschaft? Jemanden, mit dem du gemeinsam nichts tun kannst?«

Penny setzte sich aufrecht hin. Ihr Haar war ungewaschen und ihr Outfit nicht dazu geeignet, jemanden zu beeindrucken.

»Ich werde eine sehr langweilige Gesellschaft sein«, sagte sie. »Aber … irgendwie möchte ich dich sehen.«

»Irgendwie möchte ich dich auch sehen. Soll ich ein Taxi nehmen, nachdem ich geduscht habe? Ich habe einen Rabatt-Coupon bei Bolt.« Er hielt inne. »Nicht, dass du nicht den vollen Uber-Preis wert wärst, ha. Hast du schon gegessen? Soll ich was mitbringen? Oder … Fußlotion! Ich kann Fußlotion mitbringen!«

Bei dem Vorschlag hielt Penny inne. »Fußlotion?«

»Ich gebe dir eine Fußmassage.«

»Francesco, ich werde nicht mit dir schlafen. Nicht heute Abend. Ich bin viel, viel, *viel* zu müde dafür.« Der Gedanke an ihn, wie er nackt auf ihr liegt, ließ ihre Haut erwartungsvoll kribbeln – aber sie meinte es ernst. Sie hatte die emotionale Intimität nicht als Einladung zu einem Fick gemeint. Außerdem würde sie wahrscheinlich in eineinhalb Stunden eh einschlafen.

»Nur für die Füße, Penny. Körperliche Berührung als Sprache der Liebe, erinnerst du dich? Könntest du mir bitte etwas vertrauen? Ich würde dir nicht die Füße massieren, wenn ich dich ins Bett kriegen wollte.«

»Du flirtest schon wieder mit mir, nicht wahr?«

»Funktioniert es?«

Penny schaute sich in der Wohnung um. Es war eigentlich recht sauber – ihre Putzfrau kam einmal pro Woche für zwei Stunden, um ihr zu helfen, die Wohnung nicht verkommen zu lassen, und das war erst gestern gewesen. Wenn sie das Deckenlicht ein bisschen mehr dimmte und dafür die Lampen einschaltete, könnten sie auf dem Sofa liegen und Tee trinken und …

»Ja. Tut es. Komm vorbei. Für ein, zwei Stunden.«

»Super«, sagte er. »Du schmeißt mich dann einfach raus, wenn du genug von mir hast, okay?«

»Okay«, sagte sie. »Abgemacht!«

»Ich kann dir Wasser oder Bier anbieten«, sagte Penny und begleitete Francesco die Treppen hoch in ihre Wohnung. »Eigentlich kannst du alles haben, was du im Kühlschrank findest, wenn es nur kein Glas oder meine Hilfe braucht.«

»Wasser passt. Ich hol es mir. Kann ich aber zuerst etwas anderes bekommen?«

»Wenn es in Reichweite ist, kannst du alles haben, was du willst.«

Francesco neigte seinen Kopf zur Seite und befeuchtete seine Lippen.

Penny senkte ihre Stimme und flüsterte: »Oh. Ja, *das* kannst du ganz sicher haben.«

Sie küssten sich zur Begrüßung, und dann legte Penny sich aufs Sofa und schaute Francesco zu, wie er in ihrer Küche herumfuhrwerkte. Es war schön, müde zu sein und dennoch Gesellschaft zu haben. Es war schön, dass sie nicht über ihre Gefühle lügen oder sich für ihn verstellen musste. In der Vergangenheit hatte sie das oft genug getan – sogar an ihren miesesten Tagen hatte sie es niemanden außer ihren Onkel und ihre Schwester wissen lassen, wie dreckig es ihr ging, wie hilflos und miserabel und niedergeschlagen sie sich oft fühlte. Das war der Grund, warum sie nicht Hunderte Freunde hatte – es war zu schwierig, die Wahrheit über sich selbst und ihre Grenzen zu verstecken. Sie hatte lieber einen sehr engen Freundeskreis, der sie hundertprozentig kannte, als einen großen Bekanntenkreis, der sie kaum kannte. So wie Sharon – Sharon akzeptierte sie mit allen Fehlern, Nachteilen und Mängeln, und es war eine der bereicherndsten Freundschaften in Pennys Leben.

»Soll ich dir was bringen?«, fragte Francesco und stellte zwei Gläser Wasser ab, denen er Zitrone, Eiswürfel und Minze aus dem Balkon-Kräutergarten hinzugefügt hatte. »Das Wasser im Wasserkessel kocht. Tee?«

»Tee«, antwortete sie. »Ja. Bitte mit Milch. Im obersten Kühlschrankfach steht ein kleiner Plastikkarton. Es gibt auch Hafermilch, wenn du die lieber magst.«

Francesco werkelte herum, machte Tee, schnüffelte an den Plastiktupperdosen im Kühlschrank und fragte nach dem Inhalt. Er probierte von ihrer *Pasta Yiayia* und brachte ihr das Tiramisu, das ihr Sharon geschenkt hatte.

Sie sprachen über Essen und über die Playlist, die gerade lief. (»Sie stammt aus der zweiten Staffel *Master of None*«, sagte sie, und er antwortete, er hätte die Serie nicht gesehen. »Du hast sie nicht geguckt? Oh, Francesco«, schwärmte sie. »Sie wird dir gefallen. Wir werden sie uns an einem Wochenende hier bei mir ansehen, okay?« Francesco lächelte und war einverstanden. Die vielsagende Pause danach bedeutete, dass sie beide die Absicht hatten, sich wiederzusehen, als ob es ein Kinderspiel gewesen wäre. Natürlich würden sie sich *Master of None* zusammen ansehen! Natürlich würden sie einen Tag auf dem Sofa in ihrer Wohnung verbringen und genau das tun!)

»Dein Leben ist so was von krass«, sagte Francesco, während er ihre Füße für die versprochene Massage auf seinen Schoß legte. »Diese Wohnung, das Bridges, die Art, wie du über deinen Onkel, deine Schwester und Sharon sprichst … du hast echt alles im Griff, oder?«

»Danke. Das sind echt nette Worte.«

»Meine Arbeit macht mich nicht besonders glücklich. Ich glaube, ich schaue so aufmerksam, wie es den anderen geht, weil ich den Mut finden möchte, manches in meinem eigenen Leben zu verändern.«

Penny nickte. »Es ist schrecklich, wenn sich die Dinge nicht richtig anfühlen. Und ich dachte, für Anthony Farrah zu arbeiten wäre der totale Traum. Ist es das etwa nicht?«

Francesco rümpfte die Nase und schüttelte leicht den Kopf. »Ich will meinen eigenen Laden«, sagte er. »Es ist so großartig, dass du deinen eigenen hast. Das inspiriert mich.«

»Was hält dich davon ab?«

»Geld«, jammerte Francesco. »Und Mut.«

»Die erste Sache kann ich verstehen«, antwortete Penny. »Ich habe eine hohe Auszahlung von der Krankenversicherung bekommen, damit konnte ich diesen Traum verwirklichen. Die zweite Sache jedoch – und da bin ich mir ziemlich sicher – muss von dir kommen.«

»Du meinst, du hast nicht Extramut in einer deiner Tupperdosen, den du mir ausleihen könntest?«

»Ich fürchte, nein. Du kannst aber ruhig noch etwas von der Pasta nehmen, die du mochtest.«

»Keinen Mut, aber ausreichend Nahrung. Verstehe.«

Penny kicherte. »Mit leerem Magen kommt keine Inspiration«, sagte sie. »Und ich sage das nicht nur, weil Essen mein Beruf ist.«

»Ich weiß nicht, was ich tun würde, wenn ich nicht in der Küche arbeiten würde«, sagte Francesco. »Selbst wenn ich kein Koch wäre, würde ich in einem Restaurant landen. Als Bedienung oder als Barkeeper oder so.«

»Oh«, sagte Penny. »Ich wüsste sofort, was ich sonst tun würde.«

»Spuck's aus.«

»Am liebsten wäre ich dann Kosmetikerin. Ich glaube, es muss sehr befriedigend sein, Menschen zu helfen, sich wohler zu fühlen durch etwas so Einfaches wie enthaarte Beine oder gezupfte Augenbrauen. An zweiter Stelle käme Lehrerin. Ich weiß zwar nicht, für welches Fach, denn, um ehrlich zu sein, ich war nicht besonders gut in der Schule. Vielleicht Hauswirtschaft? Gibt es das überhaupt noch? Und an dritter Stelle, wenn ich nicht das Bridges hätte, würde ich …«

»Durchbrennen und zum Zirkus gehen«, sagte Francesco.

»Nein!«

»Eine Nonne werden wegen der Kutte?«

»Verlockend, aber nein.«

»Stunt-Double?«

»Nein, auch nicht. Beraterin, glaube ich. Für Patientinnen, die den Krebs überlebt haben. Selbstlos sein und so.«

Francesco nahm diese Information auf. »Du wärst eine tolle Beraterin«, sagte er. »Ich würde dir vertrauen.«

»Danke!«, antwortete sie.

»War es schlimm?«, fragte er. »Ist es noch immer schlimm? Du hast was von Müdigkeit erzählt …«

»Meine Gelenke tun manchmal weh«, erklärte Penny. »Ich kann nachts nicht gut durchschlafen – weder allein noch wenn ich mir das Bett mit jemandem teile. Und ich bin nicht allzu gut darin, das Bett zu teilen, obwohl ich es liebe, neben jemandem aufzuwachen. Ich schwitze. Aus allen Poren. Manchmal vergesse ich, wie die Leute heißen. Meine Libido ist mal stark, mal tief im Keller. Ich fühle mich ohne ersichtlichen Grund aufgedunsen und manchmal einfach nur … komisch. Leer. Jeder, der gerade eine Behandlung durchmacht, würde alles dafür geben, auf die andere Seite zu kommen. Wenn du mittendrin bist, wünschst du dir bloß, dass alles vorbei ist. Aber keiner hat mich über die Folgen aufgeklärt.« Sie war entschlossen, nicht emotional zu werden, dem Krebs keine weitere Träne zu schenken. Sie riss sich zusammen. »Vor nunmehr vier Jahren wurde ich für krebsfrei erklärt, aber ich bekomme jeden Monat eine Hormonspritze, denn es war eine hormonell bedingte Erkrankung, die immer wieder auftreten könnte, also bin ich quasi in die Wechseljahre versetzt worden. Das klingt sicherlich sehr erotisch.« Da war es – mehr von ihrer Wahrheit.

Francesco nickte. Er bot ihr keine Ratschläge oder Lösungen an oder beharrte darauf, dass sie die Sonnenseite des Lebens betrachten sollte: *Sie war hier! Sie lebte!* Er massierte ihr weiterhin die Füße und ließ sie reden. Es fühlte sich gut an. Nicht die Fußmassage – obwohl, die war wundervoll. Aber all ihren Gefühlen freien Lauf zu lassen. Manchmal hatte sie Angst, dass das Reden den Tumor wachsen lassen könnte. Dass es ihre Ängste ermutigen würde, wenn sie sie ins Rampenlicht stellte. Doch das Reden tat ihr gut. Ihr fiel auf, dass sie sich normalerweise mehr verstellte, als sie geglaubt hatte.

»Ich kann froh sein, dass ich lebe. Ich weiß. Und ich gebe mein Bestes, um weiterzumachen. Ich befinde mich in einer glücklichen Lage, und ich hatte Onkel David und meine Schwester und Eric an meiner Seite. Noch nie hatte sich jemand so sehr um mich gekümmert. Ich fühlte mich beschützt. Geliebt. Aber ich bin auch nur ein Mensch. Und ich finde das Ganze noch immer anstrengend. Anstrengender, als ich manchmal durchblicken lasse. Und, na ja, du weißt ja, dass mein Ex mich sitzen gelassen hat, nachdem ich die Diagnose erhalten habe. Seltsamerweise war es so ähnlich wie damals, als mein Dad meine Mum verlassen hat. Ich war immer die Starke, der Cheerleader, in unserer Beziehung, aber dann konnte er dasselbe nicht für mich sein. Nicht, dass ich wollte, dass er aus Mitleid bleibt, aber es war ziemlich schlimm. Und beschämend. Seitdem hatte ich keine richtige Beziehung mehr.«

Francesco schüttelte sanft und fassungslos den Kopf. »Wow. Das ist … harter Tobak.«

»Ja. Ich denke, Mo wollte das Ganze schon seit einer Weile beenden, und dann musste er es tun, als ich die Diagnose bekommen habe, sonst wäre er das Monster gewesen, das mich mitten in der Behandlung sitzen lässt. So. Nun kennst du alle meine Leichen im Keller.«

»Du bist aber eine starke Frau. Nicht trotz alldem, sondern gerade deswegen.«

Penny zuckte mit den Schultern.

»Du bist eine starke Frau, die weiß, dass es okay ist, verletzlich zu sein. Nicht viele Menschen verstehen das. Ich denke, es ist ein besonderer Charakterzug.«

»Ich weiß nicht. Ich komme mir fast immer wie ein stacheliger Igel vor – zusammengerollt, ohne wirklich Hilfe von außen anzunehmen.«

»Danke, dass du es mir erzählt hast. Danke, dass ich Fragen stellen durfte.«

»Danke, dass du so mitfühlend bist«, antwortete sie sanft.

Francesco nickte. »Fühlt es sich noch gut an?« Er zeigte auf den Fuß.

»Ja, das ist gut. Vielleicht werde ich dich jeden Abend brauchen.«

»Immer langsam mit den jungen Pferden.«

Penny lehnte ihren Kopf an die Sofalehne, schloss die Augen, atmete tief ein und lächelte leicht. Francesco beobachtete sie, und Penny erwischte ihn dabei, als sie ein Auge öffnete.

»Es ist unhöflich, so zu starren.« Sie lächelte, als sie es sagte.

Francesco lächelte nicht zurück. Er dachte an etwas, und dann entschloss er sich zu sagen: »Ich denke, ich könnte wirklich mit dir befreundet sein.«

Befreundet?, dachte Penny alarmiert. Ihr gesamter Körper verkrampfte sich.

»Oh, du meinst, es ist nichts …?« Penny öffnete die Augen und schaute ihm zu, wie er ihren Fuß massierte, der sich vor lauter Entsetzen verkrampfte. Wollte er ihr gerade sagen, dass es nichts Romantisches war? Dass er bloß ein platonischer Freund sein wollte?

»Nein«, sagte er. »Das ist es schon. Sorry. Ich meinte nicht …«, fuhr er fort. »Okay, du hast mir einiges erzählt, also werde ich dir jetzt auch einiges erzählen, okay?«

»… Okay.«

»Ich hatte noch nie einen richtigen Buddy. Also eine Person, die ich mochte und der ich die Kleider vom Leib reißen und mit der ich lachen wollte, hatte ich schon, aber es war nie eine dabei, mit der ich gleichzeitig befreundet war. Denn die Leidenschaft oder Ähnliches verschwindet – oder zumindest verändert sie sich mit der Zeit –, und ich habe diese Theorie, dass ich, bevor ich mich in die richtige Person verliebe, zuerst mit ihr befreundet sein möchte. Also quasi als Grundlage.«

»Also … möchtest du nicht mit mir schlafen.« Es klang wie eine Feststellung.

Francesco lachte. »Ich kann gar nicht in Worte fassen, wie sehr ich mit dir schlafen möchte, Penny Bridge«, antwortete er, und Erleichterung machte sich in ihr breit. »Aber ich will dich auch wissen lassen, dass es sich so leicht anfühlt, mit dir zusammen zu sein. Und ich denke, du bist die Coolste. Ich respektiere dich wirklich. Das klingt wie das Kitschigste auf der Welt, denn ich habe natürlich jede, mit der ich ausgegangen bin, respektiert, aber ich meine … ich bin die beste Version meiner selbst, wenn ich mit dir zusammen bin. Nicht, dass ich will, dass du besser bist, dass du mein Life Coach bist, aber … auch wenn ich dich erst seit Kurzem kenne, kitzelst du das Beste aus mir heraus.«

»Francesco. Es ist mir eine Ehre und ein Privileg, deine Freundschaftsgefühle zu erwidern.« Sie streckte ihre Hand nach einer seiner Lotion-Hände aus. »Ich bin sehr froh, Zeit mit dir zu verbringen.«

»War das das Dümmste, was du jemals gehört hast? Das über die Freundschaft?« Fragend hielt er eine Handfläche hoch. »Nein, warte, antworte nicht. Es ist ziemlich dämlich, ich weiß.«

Penny schloss erneut die Augen und lächelte. »Nein«, sagte sie. »Ist es nicht.«

Francesco äußerte sich nicht dazu, er nahm einfach ihre Worte wahr. Penny rollte sich neben ihn und legte ihren Kopf auf seine Brust. Er wischte seine Hände an dem Tuch ab, das er auf den Couchtisch gelegt hatte, und spielte dann zärtlich mit ihrem Haar. Er beobachtete den Tanz der Kerzenflammen. Aus dem Lautsprecher ertönte ein alter italienischer Song, den er aus seiner Kindheit kannte – seine Eltern hatten die CD im Auto gehabt. Er war aus einem Film mit dem Titel *Ohne viel von ihr zu wissen*. Seine Eltern waren glücklich verheiratet, und er hatte immer das Gefühl, dass sie sich liebten, aber auch, dass sie daran arbeiteten, einander zu mögen. Das war es, was er sich für sich selbst wünschte.

Er merkte, dass Pennys Atem flacher wurde. Sie war eingeschlafen. Francesco hörte ihr beim Ein- und Ausatmen zu. Er ließ den Rhythmus ihres Atems zu einer Meditation werden.

Er.

Sie.

Er fühlte sich friedlich und als Beschützer.

Irgendwann, als er die Uhrzeit auf der großen Uhr neben ihrem Fernseher sah, schob Francesco Pennys Kopf auf ein Kissen, stand auf und deckte sie mit der Decke zu. Auf Zehenspitzen räumte er die leeren Wassergläser ab, stellte sie ins Waschbecken, blies die Kerzen aus und überprüfte, ob die Hintertür zur kleinen Terrasse abgesperrt war. Er zog den Schlüssel heraus und legte ihn lautlos auf das Sideboard. Dann machte er sich auf, doch bevor er die Treppen hinunterging, schaute er noch einmal, wie sie schlief, um sich diesen Moment einzuprägen.

»Hey, Schwesterherz«, sagte Clementine am anderen Ende der Leitung. »Das war eine großartige Sprachnachricht, die du geschickt hast – du klingst weiterhin … ich weiß nicht … richtig verträumt? Aber auf eine gute Art. Auf eine *Ich-mache-mir-keine-Sorgen*-Art. Er klingt einfach wie ein echter, verlässlicher, loyaler Freund, und ich weiß, dass wir nicht viele von dieser Sorte kennen – also nicht viele Heteros –, aber wenn du glaubst, er könnte einer von ihnen sein, bin ich d'accord. Hier ist alles super, aber ich bin bereit, für eine Weile nach Hause zu kommen. Ich werde am Samstag für zwei volle Wochen kommen! Kannst du dir das vorstellen? Ich glaube, ich habe in diesem Jahr noch keine zwei Wochen in meinem eigenen Bett verbracht. Ich freu mich so, dass wir alle an Erics Geburtstag zusammen sein werden. Warum fahren wir nicht zu ihnen? Wir fahren nie zu ihnen. Und wenn ich zurück bin, würde ich gerne mit dir reden. Ich habe eine Idee. Nein – einen Vorschlag. Etwas, das ich mit dir besprechen will. Außerdem möchte ich unbedingt ins Café kommen, um es zu sehen, um deine Gerichte zu probieren, um auf deinem Sofa zu sitzen und dich zu mir zum Abendessen einzuladen. Ich habe dich in letzter Zeit wirklich vermisst! Mehr als sonst. Ich will nur meine große Schwester. Okay, das war's meinerseits. Halte mich über diesen gut aussehenden Italiener auf dem Laufenden. Nimmt er Reservierungen für die Fußmassagen entgegen? Hab dich lieb. Bye!«

Penny hörte sich die Nachricht kurz vor der ersten Frühstücksbestellung an und verbrachte die nächsten Stunden damit, darüber nachzudenken, was Clementines »Vorschlag« sein könnte. Penny war zwar die ältere Schwester, aber Clementine verhielt sich eher so. Das war nicht immer so gewesen. Wie bei fast allem in ihrem Leben hatte ihr Krebs viel verändert. Bis zu dem Zeitpunkt war Penny so voller Leben gewesen. Ehrgeizig, aber ohne etwas allzu ernst zu nehmen – sie hatte es geliebt, in Küchen zu arbeiten, mehr über Gerichte zu lernen, die Unnahbare zu spielen, spontane Städtereisen zu unternehmen und die ganze Nacht aufzubleiben. Sie war eine Mittzwanzigerin wie aus dem Bilderbuch gewesen, bis sie es nicht mehr war. Das Leben teilte sich dann auf in »bevor ich krank wurde« und »nachdem ich krank wurde«, und im Nachhinein wurde Clementine definitiv zur Beschützerin, und Penny hatte keine andere Wahl, als sie gewähren zu lassen.

»Pen, draußen ist ein Typ, der sagt, er müsse der Köchin ein Kompliment machen«, rief Stuart vom Kücheneingang mit einem Geschirrtuch in der Hand und unterbrach sie beim Vorbereiten der letzten Gerichte des Tages. »Er sagt, für ein kleines Café seien deine Saisonkarotten die besten, die er je hatte.«

»Was?«, antwortete Penny. »Das hat er gesagt? Für ein kleines Café?«

»Er ist ein hübscher Mistkerl. Italiener, glaube ich.«

Penny grinste. »Nur noch zehn Minuten, dann ist Feierabend. Lass mich nur diesen Panzanella-Salat fertig machen. Sag Francesco, dass ich gleich hochkomme.«

Stuart war schon unterwegs. Er drehte sich um und sagte: »Pen?«

Penny schaute hoch.

»Ich mag ihn.«

Sie grinste. »Ich auch.«

Penny zog ein mit Grünkohl belegtes Backblech aus dem Ofen und stellte es auf den Tresen, dann richtete sie es auf einem Teller mit Radicchioblättern und Roter Bete an, bevor sie Croûtons darüberstreute und geräucherten Ricotta auf den Tellerrand anhäufte. Sie verlor sich selbst in ihrer Kunst, während sie noch Olivenöl und Saba daraufträufelte und den Teller mit Salzflocken dekorierte.

»Bedienung!«, rief sie. Estelle, eine zierliche Blondine mit Halbglatze, erschien und brachte ihn schnell weg.

Penny sah sich in der Küche um. Es war ein geschäftigerer Tag als sonst, und ihre Arbeitsplatte war das totale Chaos.

»Bobby«, sagte sie zum Tellerwäscher. »Ich geh mal kurz nach oben. Mach dort drüben, was du schaffst, ich werde dann später fegen und wischen. Ich weiß, dass du um halb gehen musst.«

»Danke, Boss«, sagte der Küchengehilfe hinter einem Berg schaumigem Wasser. »Ich hätte wirklich nicht gefragt, wenn es nicht wichtig wäre.«

»Ich weiß«, sagte Penny. »Danke, das passt schon.«

Penny ging die sechs Stufen hinauf, die von der Küche im hinteren Teil des Untergeschosses in den vorderen Hauptteil des Cafés führten. Stuart sah, wie sie um die Ecke bog, und nickte, hinter dem Tresen stehend, Richtung Fenster, wo Francesco allein an einem Tisch für vier Personen saß. Sie ging lächelnd auf ihn zu.

»Kann ich dich auf einen Kaffee einladen?«

»Hey«, antwortete Penny. »Was machst du hier?«

»Ich habe dir ja gesagt, dass ich hier mal essen muss«, erklärte er. »Und das habe ich nun getan. Penny, du bist einfach großartig. Ich wollte nicht, dass du weißt, dass ich die Bestellung aufgegeben habe. Ich wollte wie jeder normale Gast behandelt werden.«

»Ja, ich wäre ziemlich nervös gewesen, wenn ich gewusst hätte, dass ich für den besten Fußmasseur der Welt koche.«

»Dann verstehst du mich ja«, erwiderte Francesco. Er hatte sich an jenem Tag nicht rasiert, und seine Bartstoppeln ließen ihn ein wenig rustikal wirken, wie ein Outdoorfreak. Er tupfte sich die Lippen leicht mit der Serviette ab, eine Geste, die seinem Aussehen widersprach. Er war – *Oh weh*, Penny zuckte zusammen, *ich muss ein anderes Wort finden* – entwaffnend sexy.

»Du bist gestern Abend gegangen, ohne dich zu verabschieden«, sagte Penny. Sie setzte sich ihm gegenüber. Francesco sah aus, als befände er sich auf einem gerahmten Bild, hinter ihm eine Straße in früher Blüte, das Licht dunstig, der Abend nahte. Seine Jacke lag zusammengeknüllt neben ihm.

»Wie ich dir bereits getextet habe, ich wollte dich nicht wecken.«

»Ich bin eine miese Gastgeberin«, sagte Penny. »Einfach so neben dir einzuschlafen.«

»Ach was!«, antwortete Francesco. »Ich bin froh, dass du dich in meiner Gegenwart so wohlgefühlt hast, dass du es konntest.«

Sie sahen sich strahlend an.

»Es gefällt mir gut hier«, sagte Francesco. »Sehr, sehr gut. Das Essen, die Stimmung, die Bedienung. Du verdienst den ganzen Hype.«

»Hast du das gehört, Stu?«, sagte Penny und drehte sich um. »Fantastische Bedienung, hat er gesagt!«

Stuart hob eine Hand, um zu signalisieren, dass er es gehört hatte.

»Wie ist es wirklich, sein eigenes Café zu haben? Ich weiß, wir haben gestern Abend ein bisschen darüber gesprochen, aber ganz ehrlich, von Köchin zu Koch, bist du zufrieden?«

»Von Köchin zu Koch?«

Francesco nickte.

»Es ist das fucking Beste.«

Bobby unterbrach sie, als er ums Eck die Treppen hochkam und auf dem Weg nach draußen am Tisch vorbeischlenderte. »Danke nochmals, Boss. Es sieht ziemlich ordentlich da unten aus, aber es ist noch nicht perfekt.«

»Grüß deine Mutter von mir«, sagte Penny. »Und sag ihr, dass ich fest entschlossen bin, ihr das Chowder-Rezept früher oder später zu entlocken!«

»Mach ich, Boss. Danke.«

»Nun«, seufzte Penny. »Das ist mein Stichwort. Ich habe eine Küchenhilfe weniger, und ich werde zu müde, wenn ich herumtrödele, also tut es mir leid, dass ich nicht bleiben und mit dir Kaffee trinken kann.«

»Oh, dann lass mich helfen«, sagte Francesco und war schon aufgestanden. »Ich habe nichts vor. Ich gehe nicht vor halb sechs zur Arbeit. Ich kann deine Küchenhilfe spielen.«

Penny zog die Augenbrauen in die Höhe und senkte ihr Kinn. »Du willst mir helfen, die Küche zu putzen?«

»Klar!«

»An einem Nachmittag, an dem du nicht in der Küche arbeiten musst?«

»Komm schon«, sagte er und machte sich bereits auf den Weg. »Viele Hände, schnelles Ende und so.«

Penny zuckte die Achseln. »Solange du es nicht aus Mitleid tust«, antwortete sie, was so viel bedeutete wie: Bemitleide mich nicht, weil ich dir gesagt habe, dass ich mal Krebs hatte.

Er drehte sich um, und sein Blick blieb an Stu hängen. Er zwinkerte ihm zu und wandte sich dann wieder an Penny. »Hat dir schon mal jemand gesagt, dass du die Dinge zu sehr verkomplizierst? Ich möchte nur mit dir abhängen. Es ist mir egal, was wir tun.«

Penny war argwöhnisch, gab aber nach. »Okay«, sagte sie, wohl wissend, dass Stuart sie beobachtete, und ignorierte absichtlich seine Selbstgefälligkeit. Sie wusste, dass er sehr stolz darauf war, dass er ihre aktuelle Zufriedenheit mit zu verantworten hatte. »Wenn du dir so sicher bist.«

»Ich bin mir sehr sicher.«

»Du könntest einfach nur herumstehen und mir Gesellschaft leisten, bis ich fertig bin«, sagte Penny, nachdem sie sich ein Bild davon gemacht hatten, was zu tun war, und sie sich wieder ihre Schürze umband.

»Gib mir auch eine Schürze«, antwortete Francesco. »Wie ich bereits sagte: Viele Hände, schnelles Ende. Und vielleicht ergattere ich beim Blick hinter die Kulissen des berühmten Bridges-Cafés ja Insiderinformationen darüber, wie die Magie entsteht.«

»Ich bewache meine Geheimnisse mit meinem Leben«, warnte Penny und lächelte verschmitzt.

»Ich habe meine Verführungsmethoden«, sagte Francesco und ging einen Schritt auf sie zu.

»Daran zweifle ich überhaupt nicht«, sagte Penny lachend, und sie tat es wirklich nicht. Sie lehnte sich vor, küsste ihn innig, riss sich dann aber los, bevor sie allzu sehr berauscht wurde. Er schmeckte nach Kaffee und einer Verheißung.

»Mmhhm«, machte Francesco lächelnd. Dann fügte er hinzu: »Noch einen, bitte.«

Sie beugte sich vor, presste ihren ganzen Körper an seinen und küsste ihn erneut. Er legte eine Hand hinter ihren Nacken und zog ihren Kopf noch stärker an sich.

»Ich finde Ihre Zahlungskonditionen sehr angenehm«,

scherzte er mit leiser Stimme, als sie sich wieder losriss, während seine Hand auf ihrer Taille verweilte. Seine Berührung ließ Pennys Oberschenkel brennen.

Sex-y.

Francesco machte sich daran, die letzte Pfanne in den Geschirrspüler zu stellen, während Penny alle Arbeitsflächen besprühte und abwischte. Er hatte recht: Zusammenzuarbeiten bedeutete, total schnell fertig zu werden.

»Was hören wir uns gerade an?«, fragte er von der anderen Seite der Küche nach etwa zehn Minuten kameradschaftlicher Anstrengung.

»Dolly Aldertons High-Low-Podcast«, antwortete Penny.

»Die beiden sind lustig«, sagte er und nahm seine Arbeit wieder auf.

Penny warf ihm heimlich Blicke von der anderen Seite des Arbeitsbereichs zu. Sie sah, wie sein Gesicht ernst wurde und er sich auf die beiden Frauenstimmen konzentrierte, die aus dem Lautsprecher kamen. Sie sprachen über die hohe Müttersterblichkeitsrate bei schwarzen Frauen. Er nickte leicht, als ob er mit dem Gesagten einverstanden wäre, und Penny sah, wie sich seine Schultermuskeln unter seinem T-Shirt anspannten, wie sich sein Hals bewegte.

»Es ist unhöflich zu starren«, sagte er und schaute nicht vom Waschbecken auf. »Das hast du mir beigebracht.«

»Auf frischer Tat ertappt«, konterte Penny.

Er schenkte ihr ein Lächeln, während seine Ellbogen tief im Seifenwasser steckten.

Francesco packte die letzten Teile in den Geschirrspüler, zog den Stöpsel aus dem Waschbecken und spülte dann alles mit dem Brausekopf ab.

»Lass uns nach draußen gehen, damit du eine rauchen

kannst«, sagte er, nachdem Estelle und Stuart heruntergekommen waren, um sich zu verabschieden.

»Ja, dann können wir uns ein San Pellegrino aus meinem Versteck da draußen teilen«, antwortete Penny.

»Uuuh, wie verboten!«

»Geh einfach«, sagte sie lachend und zeigte auf den Ausgang.

Er stand vor der offenen Tür, an den begehbaren Kühlschrank gelehnt. Jetzt war er an der Reihe, sie zu beobachten, es war zu einem unausgesprochenen Spiel geworden: Sie beobachtete ihn, und es war ihr egal, ob er es merkte, also tat er nun dasselbe, ohne es zu verbergen.

»Hör zu«, sagte Penny, als sie sich auf die letzte Stufe setzte und mit ihrem 16-Uhr-Ritual anfing, ihm eine Dose Sprudelwasser reichte und sich darauf vorbereitete, sich eine Zigarette zu drehen. »Kann ich ganz ehrlich zu dir sein?«

»Klar«, ermutigte Francesco sie und ging auf sie zu. Er stand vor ihr, und sie vergaß, was sie sagen wollte. Sie war sich sicher, dass sie seine Körperwärme spüren konnte, und ihr Atem wurde in seiner Nähe ganz flach.

»Ich, ähm …«, begann sie, und dann – bäm! Aus zwei getrennten Entitäten wurde plötzlich ein Geflecht, das sich atemlos küsste und nach einander verzehrte. Pennys Rücken drückte sich an die Außenwand, und sie spürte Francescos Erektion durch seine Jeans hindurch. Sie zogen und drückten sich aneinander, das Verlangen wurde immer dringlicher, die Küsse inniger. Penny schmolz bei jeder von Francescos Bewegungen dahin, rasend vor Leidenschaft. Er bewegte seine Lippen an ihrem Hals entlang, zog an ihrer Schürze, seine Finger suchten einen Weg unter ihre Kleidung und zu ihrer Haut. Was immer sie sagen wollte, war vergessen.

»Mmhmm«, stöhnte sie wie elektrisiert. Und dann: »Warte … warte!«

Francesco trat zurück. »Aufhören?«, sagte er.

»Nein«, betonte Penny. »Nicht aufhören. Hochgehen.«

»Hochgehen«, wiederholte Francesco. »Gut«, sagte er.

Penny zog ihn am Handgelenk hinein und schloss die Tür hinter sich ab. Sie wies ihm den Weg durch die blitzblanke Küche hinauf ins Café und von dort in die Wohnung. Francesco schmiegte sich an ihren Rücken, küsste ihren Nacken und die Rückseite ihrer Ohren, und er hielt alle paar Schritte an, sodass sie sich umdrehen und sich ihre Lippen berühren konnten.

Im Wohnungsflur angekommen, sagte sie: »Kann ich kurz duschen? Ich will bei unserem ersten Mal nicht nach Küche riechen.«

»Es ist mir egal, wonach du riechst«, sagte Francesco und küsste sie erneut, aber sie legte einen Finger auf seine Lippen und beharrte darauf.

»Aber mir nicht. Warte hier.« Als sie ging, sagte sie: »Alexa, spiel was von Frank Ocean. Danke«, und zündete ein Sandelholz-Räucherstäbchen auf dem Tisch an.

»Du bist ja sehr höflich zu deiner sprachaktivierten Technologie«, sagte Francesco und öffnete seinen Gürtel.

»Wenn die KI-Revolution kommt, werde ich verschont bleiben«, Penny lächelte und bemerkte, wie er es sich gemütlicher machte. Sie fügte hinzu: »Okay, warte.«

Penny kam erst zurück, nachdem sie sich den Tag von der Haut abgewaschen hatte. Sie stand nackt vor ihm, die Haare feucht und locker auf die Schultern fallend, die Augen weit geöffnet und die Lippen leicht offen.

Francesco genoss ihren Anblick.

»Komm her«, knurrte er, stand auf, ging auf sie zu und nahm ihre Hand. »Das wird ein Riesenspaß.«

5

»Okay, mhm. Ja«, stöhnte Penny leicht.

»Ja?«, fragte Francesco.

»Ja«, sagte Penny. »Ja. Das fühlt sich gut an.«

»Okay. Gut. Könntest du …?«

»Oh. Klar. So?«

»Oder vielleicht …«

»Aua! Achtung, meine Haare haben sich verfangen …«

»Oh, Mist, sorry.«

»Ist schon okay.«

Francescos und Pennys erstes Mal war ziemlich mies.

Er hatte sie geküsst – überall geküsst. Seine Zunge hatte ihren gesamten Körper erkundet, ihre Wangen, ihr Kinn, ihre Brüste, ihre Oberschenkel, sie war zwischen ihren Beinen gewesen. Dann hatte sie ihn ausgezogen, aufs Sofa gestoßen, hatte ihm ein Kondom übergestülpt und seine Beine gespreizt. Sie hatte sich darauf eingestellt, ihn in sich aufzunehmen, sich ihm hinzugeben, ihre Körper zu vereinen … doch es wollte nicht recht klappen.

»Was, wenn ich mich auf dich drauflege?«, fragte Francesco.

»Ja, okay«, murmelte Penny, stieg von ihm runter und legte sich auf den Rücken.

Als er sich auf sie legen wollte, flüsterte sie: »Ich muss nur kurz … diese Kissen. Ich mach sie mal weg …« Sie nahm eines der Dekokissen und ließ es auf den Boden fallen.

Schweigend und zunehmend halbherzig bewegte sich Francesco in ihr. Er kniff seine Augen stark konzentriert zusammen. Penny hustete ein wenig. Sie war total angetörnt, doch nun fühlte es sich weniger … *feucht* an.

Francesco hielt kurz inne, um sich die Haare aus seiner verschwitzten Stirn zu wischen.

Sie schauten sich in die Augen und lächelten. Francesco wollte etwas sagen, doch da er merkte, dass Penny etwas sagen wollte, und Penny etwas sagen wollte, doch merkte, dass Francesco eigentlich etwas sagen wollte, kicherten sie beide nervös, und keiner von beiden sagte etwas, bis Francesco zögerlich fragte: »Sollen wir aufhören?«

Penny sagte: »Ja. Ist schon okay. Lass uns aufhören.«

Sie waren beide erleichtert.

6

Penny konnte es nicht fassen. Hatten sie und Sharon nicht genau darüber geredet, dass ein gut aussehender Mann wie Francesco scheiße im Bett sein würde?

»Clemmie!«, rief Penny voller Panik in ihrem persönlichen Podcast. »Was zum Henker! Ich wusste, dass es zu gut war, um wahr zu sein!« Clementine antwortete und sagte ihr, sie solle sich nicht so anstellen.

»Schlechter Sex passiert guten Menschen«, antwortete Clementine. »Erinnerst du dich, als du mit dem anonymen Sex-Blogger geschlafen hast, den du niemandem vorstellen wolltest? Und mit dem du den besten Sex nach Mo hattest? Weißt du, warum? Weil du die Verbindung zu ihm nur im Bett gespürt hast. Es ist leicht, guten Sex ohne Gefühle zu haben. Aber wenn du und dieser attraktive Italiener außerhalb des Schlafzimmers so aufeinander fixiert seid, dann braucht es vielleicht ein bisschen mehr Übung, wenn das Licht ausgeht. Es ist ja nicht so, dass du ihn nicht magst, oder? Du magst ihn. Also, Schwesterherz, ich denke, du solltest dich entspannen und es noch mal versuchen. Kannst du auch Zugtickets für Erics Geburtstag besorgen? Kommt dein italienischer Hengst auch mit?«

Penny schrieb ihr eine Textnachricht, sobald sie Clementines Nachricht abgehört hatte.

Es nervt, dass du das von meinem Leben denkst, tippte Penny. *Am liebsten würde ich »Fuck you« schreiben, aber anscheinend ist Francesco die Person, die ich noch mal ficken muss.*

Clementine antwortete: *Braves Mädchen! Lass mich wissen, wie es war. Und bitte kümmere dich um die Fahrkarten!* LG

Penny konnte nicht anders, als verlegen zu sein. Sie wusste, dass sie Lust auf Francesco hatte, aber bedeutete der schlechte Sex nicht, dass er nicht genügend Lust auf sie hatte?

»Er mag dich!«, sagte Sharon bei einem After-Work-Tee um 18 Uhr.

»Natürlich will er mich«, sagte Penny zu Mia und hob Sharons Tochter hoch, die vor lauter Freude piepste.

»Tante Penny! Noch mal!«, bettelte Mia, während Penny versuchte, sie runterzulassen. Penny griff noch einmal nach ihr und pustete ihr aufs Bäuchlein, und bevor sie damit aufhörte, bettelte Mia: »Noch mal!« Es ließ Pennys Herz zwölfmal höherschlagen, diese pummeligen Händchen in ihrer Hand und dass sie diejenige war, die dem Kind diese Freudentöne entlockte. Sie liebte Kinder, und sie liebte die Kinder ihrer Freundin.

»Lass Tante Penny ihren Tee trinken«, wies Sharon ihre Tochter an. »Willst du ihr nicht ein Bild mit einem Einhorn oder einer Königin malen?«

»Au ja«, kreischte Mia und tappte zu ihrem kleinen Tisch und Stuhl in der Küchenecke. »Ich kann gut malen.«

»Braves Mädchen«, flüsterte Sharon und beugte sich vor, um ihrer Tochter einen Kuss auf das Köpfchen zu geben.

»Also, beschissener Sex.« Sharon kam zum Frühstückshocker, während Penny Mia dabei beobachtete, wie sie sich mit ihren Buntstiften über ein Blatt Papier beugte. Sharon sprach leise, damit Mia es nicht hören konnte.

»Ja«, seufzte Penny. »Ich bin enttäuscht.«

»Kann ich dich was fragen?«

»Klar …«, sagte Penny.

»Was denkst du denn zurzeit über Familienplanung? Darüber, eine Leihmutter zu finden? Ich dachte zunächst, es ist nur ein bisschen Spaß, aber du scheinst dich richtig in ihn zu verlieben, oder?«

Penny hatte Sharon ausführlich über ihre Sehnsucht, Mutter zu werden, erzählt. Sie hatte Sharon schon kurz nach ihrem Kennenlernen erklärt, dass sie sich vor der Strahlentherapie und der anschließenden Hormontherapie ihre Eizellen entnehmen und mit deutschem Spendersamen befruchten hatte lassen, sodass die entstandenen Embryos auf eine BRCA-Genmutation untersucht werden konnten. So konnte Penny die Weitergabe des Brustkrebsrisikos an ihre Kinder verhindern und hatte ein besseres Gefühl bei der Zukunftsplanung. Die Embryos waren zurzeit für die fürstliche Summe von dreihundert Pfund pro Jahr eingelagert, und Penny sprach immer wieder davon, sie via In-vitro-Fertilisation von einer Leihmutter austragen zu lassen. Nach Mo hatte sie keinen festen Freund mehr gehabt, also ging es darum, den Mut aufzubringen, es allein zu tun. An die Reihenfolge Liebe – Ehe – Baby glaubte sie nicht unbedingt, vor allem, wenn das Embryo schon existierte. Sie hatte Phasen, da war sie fest entschlossen, erst das Kind zu bekommen und später die Liebe zu finden – vor allem, da es bis letzten Monat so ausgesehen hatte, als würde sich die Liebe ihr für immer entziehen. Doch dann hatte sie kalte Füße bekommen und beschlossen, weitere sechs Monate zu warten, nur für alle Fälle.

»Nun«, sagte Penny. »Ich weiß es einfach nicht. Es läuft alles so gut mit ihm. Um ehrlich zu sein, habe ich nicht wirklich über In-vitro-Fertilisation, eine Leihmutter oder Mutterschaft nachgedacht. Was komisch ist, denn ich war schon fast zu neunzig Prozent dafür bereit. Doch dann tauchte er im Café auf, und es war einfach so schön. Jetzt ist es ein bisschen anders, weil …«

»Beschissener Sex.«

»Jup, beschissener Sex. Und nun wendet er sich vielleicht verlegen ab, oder ich tue es. Was ich meine … es ist zu früh, ihm zu sagen, dass ich keine Kinder bekommen kann beziehungsweise dass wir, sollten wir irrerweise zusammenkommen, nicht *seine* Kinder bekommen können. Ich kann das doch nicht schon nach zwei Wochen erwähnen. Aber ja, es fühlt sich mit ihm anders an, er ist es wert, dass ich, was das Kinderthema angeht, eine Pause einlege. Ich habe nichts zu verlieren, wenn ich einfach mal schaue, wo das Ganze hinführt …«

»Hast du heute schon von ihm gehört?«

»Er hat mir heute Morgen eine Textnachricht geschickt, um mir zu sagen, er hoffe, dass ich einen guten Tag habe. Normalerweise rufen wir uns an, während wir uns für die Arbeit fertig machen, also hat sich schon was verändert.«

»Schick ihm jetzt eine Nachricht«, beauftragte sie Sharon. »Sitz nicht herum und mach dir Gedanken. Wenn du der Meinung bist, dass dein Stolz verletzt ist, dann versetz dich mal in einen Mann hinein. Enttäuschender Sex ist für dich schlimm, aber wie ist er wohl für einen Mann, der mit seinem Testosteron seine Männlichkeit beweisen muss? Niederschmetternd.«

Penny schüttelte den Kopf. »Francesco ist nicht so«, behauptete sie, nahm aber ihr Handy in die Hand und schaltete es frei. »Er ist kein Höhlenmann.«

»Darling«, betonte Sharon und ging rüber, um nach ihrer Tochter zu sehen. »Wenn es um S-E-X geht, sind sie alle Höhlenmänner.«

Penny öffnete den Thread zwischen ihr und Francesco genau in dem Augenblick, als eine Nachricht von ihm aufploppte. Sie lautete: *Also, gestern Abend war …*

Penny lächelte. *Ja*, antwortete sie sofort und fügte hinzu: *Komisch, habe grad mein Handy in die Hand genommen, um dir zu schreiben, als deine Nachricht reinkam!*

Ich verstehe es nicht, schrieb Francesco zurück. *Wir sollten doch Feuer und Flamme sein! Richtig scharf aufeinander. (Zwei Seelen, ein Gedanke!)*

»Möchtest du zum Abendessen bleiben?«, fragte Sharon. »Es gibt Shepherd's Pie.«

»Klar«, sagte Penny. »Sorry, dass ich unhöflich bin. Er schreibt mir gerade.«

»Oh, was schreibt er denn?«

»Ich glaube, er ist auch ein bisschen durcheinander.«

Penny tippte: *Vielleicht haben wir uns zu sehr unter Druck gesetzt?*

Seine Antwort lautete: *Wir haben es ja nicht geplant … Du hast nicht mit mir gerechnet, und ich hatte wirklich nur vor, vorbeizuschauen und etwas zu essen …*

Stimmt, antwortete Penny. *Obwohl ich schon darüber nachgedacht habe …*

Ach, wirklich???

Sie lächelte. Sie hatte daran gedacht. Sie hatte einen kleinen Vibrator in ihrer Nachttischschublade und hatte ihn mehr als nur einmal vor dem Schlafengehen benutzt, während sie daran dachte. Penny begehrte ihn, seitdem sie sich das erste Mal getroffen hatten. Seitdem sie ihn dabei beobachtet hatte, wie er das Brot aus dem Lieferwagen entladen hatte. Sie antwortete provokativ mit drei Auslassungspunkten.

Na gut, ich habe auch daran gedacht, schrieb Francesco. *Sehr oft. Ich habe … du weißt schon … daran gedacht.*

Nun, wenigstens hatten sie beide an tollen Sex gedacht, überlegte Penny. Sie antwortete: ☺☺☺

Also sollten wir es noch einmal versuchen, antwortete er. *Oder?*

»Er fragt, ob wir es noch einmal versuchen sollen«, rief Penny zu Sharon rüber. »Das ist es doch, was ich will, oder? Eine zweite Chance?«

»Das musst du wissen«, sagte Sharon und stöberte dabei im Kühlschrank.

Sicher! Ja! OMG, *ja. Das würde ich sehr gerne*, tippte Penny zurück. Sie wollte enthusiastisch klingen nur für den Fall, dass Sharon mit dem männlichen Ego-Dingsbums recht hatte, wenn es auch auf ihn zutraf.

»Ja«, sagte Penny laut.

Okay, super, gutes Gespräch, lautete seine Antwort.

Sehr gutes Gespräch, schrieb Penny.

Ich muss jetzt arbeiten, wir reden später, ja?

Alles klar, antwortete Penny. *Bis später.*

»Weißt du was?«, sagte Sharon und tauchte wieder aus ihrem Kühlschrank hervor. »Ich mag Shepherd's Pie nicht so gerne. Soll ich nicht lieber Pizza bestellen?«

»Du hast etwas Gesundes und Gutes griffbereit, und du willst etwas, das es nicht ist?«, fragte Penny.

Sharon zuckte die Achseln und lächelte.

»Okay, Pizza«, sagte Penny.

Penny und Francesco unternahmen mehrere Nachmittagsspaziergänge um den Stausee nach ihrer und vor seiner Schicht und küssten sich bei »ihrem« Tor. Sie telefonierten. Sie schrieben sich nach dem Aufstehen und vor dem Schlafengehen. Sie machten Pläne, bei denen ihre Sätze mit »Wir sollten …« oder »Wir könnten …« oder »Sollen wir …?« anfingen. Penny war es nicht gewohnt, zu einem »Wir« zu gehören. Es war verführerisch. Das »Wir«-Ding … nun, »wir« fühlte sich mit Francesco gut an. Sie war nicht von ihren typischen Ängsten geplagt, und sie hatte nicht das Gefühl, dass sie ihn von sich fernhalten musste, sie wusste ihn nah genug und doch fern genug, so, dass er sie nicht wirklich kannte. Sie mochte ihn. Und was noch wichtiger war, sie fing an, ihm zu vertrauen. *Vielleicht werde ich ihm das mit dem Kinderkriegen sagen*, dachte sie. *Lieber früher als später.*

»Wow«, sagte Clementine, während sie auf einer Bank im Clissold Park saßen. »Große Gefühle bahnen sich an.«

»Vielleicht?«, antwortete Penny. »Ich trau mich nicht, es zu glauben, aber ich denke ... ja ...«

»Nun, dann musst du zweifelsohne die Bettsache klären.«

Francesco und Penny versuchten erneut, sich beim Sex einzugrooven, aber es fühlte sich noch immer nicht richtig an. Es war, als ob noch etwas mit ihnen im Zimmer war, eine dritte Einheit, die sie ablenkte und zu befangen machte, um sich richtig gehen zu lassen. Es war total ärgerlich. Sie fingen an, darüber zu lachen, was die Stimmung löste, aber sie schafften es noch immer nicht, Spaß miteinander zu haben. Sie waren auf einer Zehnerskala bei drei von zehn. Sie steckten fest.

»Eigentlich ist alles so, wie es sein soll. Eigentlich ist alles gut«, erklärte Penny. »Aber es fehlt das Feuer.«

»Nun«, sagte Clementine, »das passt zu dem, was ich dir eigentlich sagen wollte.«

»Okay ...«, sagte Penny und suchte im Gesicht ihrer Schwester nach Hinweisen, fand aber keine. Clementine wollte über Pennys lustloses Sexleben reden?

»Ich wollte dir sagen, dass ich sehr lange darüber nachgedacht habe und – nur damit du Bescheid weißt und für den Fall, dass du es mich machen lässt –, wenn du bereit bist, würde ich wahnsinnig gerne deine Leihmutter werden.«

»Meine Leihmutter?«, fragte Penny erstaunt.

»Deine Leihmutter«, wiederholte Clementine nickend. Lächelnd. Sie machte eine leichte Tada!-Handbewegung, aber Penny lächelte nicht zurück.

»Du willst meine Leihmutter sein.«

»Ich will es wirklich, Pen.«

Sie waren im Park und umklammerten ihre Becher mit heißer Schokolade. Clementine kam jeden Morgen während ihrer London-Aufenthalte hierher, um sicherzustellen, dass sie ihre täglichen 10000 Schritte schaffte.

»Können wir uns hinsetzen?«, sagte Penny. »Nur für eine Minute. Das ist … ziemlich viel.«

»Wir sitzen bereits«, sagte Clementine in ruhigem Ton. »Bist du okay? Ich dachte, du hättest es erwartet …«

»Ja, ich bin okay«, sagte Penny. »Aber, nein, das habe ich nicht erwartet.«

Sie saßen da und beobachteten die Wasseroberfläche. Der zweite »Fake-Frühling« der Jahreszeit leistete einen guten Job und tat wie ein eigentlicher Frühling mit einem wolkenlosen Himmel, und keine von ihnen trug einen Mantel. Onkel David hatte ihnen an jenem Morgen in der Familien-WhatsApp-Gruppe mitgeteilt, sie sollten den Morgen genießen, denn fürs Wochenende war Schnee vorausgesagt. Er schickte eine GIF-Datei mit den beiden Schwestern aus *Die Eiskönigin – Völlig unverfroren*, um das Ganze zu betonen. Er scherzte oft darüber, dass sie wie jene Schwestern aussahen: Clementine mit ihren langen blonden und Penny mit ihren leuchtend roten Haaren.

»Ich meine das auf die dankbarste Art und Weise, Clementine, aber bitte, verarsch mich nicht.«

Clementine drehte sich zu ihr hin und legte ihre Hand auf das Knie ihrer Schwester. Sie saß ermutigend und freundlich da. »Lass mich ausreden«, sagte sie langsam. »Ich will das nicht vermasseln.« Sie nahm einen Atemzug. »Rima und ich haben wirklich darüber nachgedacht, und wir wollen das machen. Wir wollen dazu beitragen, unsere – deine und meine – Blutlinie fortzusetzen. Denn was gibt es sonst außer Familie? Wir unterstützen diese Entscheidung zu eintausend Prozent, und wenn du mich als deinen Brutkasten benutzen willst, nun, dann kannst du das absolut tun.«

Penny schüttelte den Kopf. Konnte es wirklich so einfach sein, jemanden zu finden, der ihr half, eine Familie zu gründen? »Das ist … Ich weiß nicht. Ich kann auch das tun, was ich gesagt habe. Ich kann dafür nach Russland gehen. Viele machen das.«

»Das beunruhigt mich«, grübelte Clementine. »Wer weiß, ob diese Mädchen es freiwillig tun oder für Geld oder …« Sie hielt inne. »Ist es egoistisch von mir zu behaupten, dass ich ein Teil dieses Prozesses sein will? Rima und ich werden nie unsere eigene Familie gründen – wir wollen es nicht, wirklich nicht. Aber wir wissen, wie sehr du es dir wünschst.« Clementine berührte Pennys Schulter und lächelte. »Hiermit melde ich mich freiwillig.«

Penny drehte die Pappmanschette um ihren To-go-Becher und starrte sie an. Es fühlte sich gefährlich an, hoffnungsvoll zu sein, zu glauben, dass dies etwas war, was ihre Schwester wirklich tun würde. Sie bot nicht an, ihre Chips zu teilen oder die Rechnung für das Mittagessen zu übernehmen. Das war eine riesengroße Sache.

»Ich kriege das nicht in meinen Kopf. Es ist zu viel.«

Penny hatte sich zwei Jahre nach der Eröffnung des Bridges zum allerersten Mal getraut, über ihren Kinderwunsch zu sprechen. Sie hatte die schlimmste Zeit ihres Lebens hinter sich, war dabei, ihren beruflichen Traum zu verwirklichen, saß dann aber in ihrer Wohnung und weinte jämmerlich, denn irgendwie war es nicht genug. Es fühlte sich antifeministisch an, auf eine ganz seltsame Art, zu sagen, dass sie sich mehr als nur Arbeit wünschte. Sie schickte Clementine eine Sprachnachricht, die lautete: »Ich will nach meiner Schicht hochkommen und mein Kind dort vorfinden. Ich will das alles aus einem bestimmten Grund tun. Ich will Kinder, Clementine. … Jetzt. Ich bin so traurig! Ich will nicht allein sein! Ich will eine Familie!« Clementines Antwort war so lieb, was sie mit unendlicher Dankbarkeit annahm. Sie gab Penny kein einziges Mal das Gefühl, lächerlich zu sein, weil sie darüber nachdachte, allein ein Kind zu bekommen.

Doch das war alles gewesen, bevor Francesco aufgetaucht war. Es war noch zu früh, um sicher zu sein, dass er etwas verändern würde, doch Penny hatte ein Gefühl, das in diese Richtung tendierte. Sie *wollte* ihn fragen, bloß theoretisch, aber was genau sollte sie sagen? *Hey, Francesco, ich weiß, dass ich dich vor zwanzig Minuten kennengelernt habe, aber ich will einfach nur herausfinden, was du davon halten würdest, Vater zu werden, nur dass meine Eizellen bereits befruchtet sind, also das Baby wäre nicht wirklich »deins«. Es wäre viel zu gefährlich, meine Hormontherapie zu beenden, deshalb kann ich nicht schwanger werden. Wie sieht es mit deinem Zeitfenster aus? Wäre in einem Jahr okay? Klingt das machbar für dich? Aber, hey, lass dich nicht unter Druck setzen.*

»Ich wollte dich nicht überrumpeln«, sagte Clementine. »Ich dachte wirklich, du wüsstest, dass ich schon seit Ewigkeiten daran denke. Ich wollte es dir heute sagen, weil ich danach wieder weg bin, und so was vertraut man sich nicht gerade in einem Podcast an, oder? Ich habe im Grunde darüber nachgedacht, seit du mir gesagt hast, dass du Mutter werden willst. Rima und ich, wir haben das Thema im vergangenen Jahr mindestens einmal im Monat besprochen. Ich konnte dich nicht vor dem Krebs beschützen, aber damit kann und will ich dir helfen.«

Stille. Der Brunnen plätscherte, die Sonne schien und sie saßen einfach nur da.

»Es sind meine Embryos«, sagte Penny endlich.

»Es sind deine Embryos«, sagte Clementine, bevor sie den Kopf schüttelte. »Sorry. Ich wiederhole alles, was du sagst. Ich will dir damit nur zeigen, dass ich dir zuhöre.«

Sie beobachteten eine schwangere Mutter, die ein Kleinkind in einem Kinderwagen schob und mit ihm über die Entlein sprach und lachte, als es das Wort »gehen« falsch aussprach: *Sie lehen, Mama! Sie lehen!*

»Ich bin erst dreißig, also habe ich noch eine Menge Zeit, um Kinder zu kriegen«, sagte Penny. »Nur dass sich jeder Tag wie ein wunderschönes Geschenk anfühlt, das ich nicht wegwerfen will. Mit dem Café läuft es super, ich habe vernünftige Arbeitszeiten, ich kann es mir leisten, ein Kind großzuziehen … Das Einzige, was ich nicht kann, ist, es selbst auszutragen. Und, na ja, eine Vaterfigur darzustellen.«

»Da komme ich ins Spiel – natürlich nicht als Vaterfigur, aber ich kann es austragen. Lass mich wenigstens die Tests machen, um zu sehen, ob ich überhaupt geeignet wäre. Denn ich möchte es wirklich tun.«

»Ich kann das nicht von dir verlangen«, sagte Penny.

»Das musst du nicht«, antwortete Clementine. »Ich habe es angeboten. Meine Gebärmutter, dein Baby, gezeugt von irgendwelchen hübschen deutschen Spermien. Es waren doch deutsche, oder? Und ich erwähne das Ganze nur, weil ich im Herbst für mindestens sechs Monate in London sein werde, denn wir machen eine Snackbar sowohl im Selfridges als auch im neuen White-City-Laden. Ich werde hier sein, also *wirklich* hier sein, und ich habe noch *eine Menge* Urlaub. Praktisch gesehen ist das der beste Zeitpunkt, dir zu helfen, und außerdem bin ich jung und gesund, und ich glaube, du hast dich lange genug damit beschäftigt, um erhobenen Hauptes sagen zu können, dass du dir wirklich ausgiebig Gedanken gemacht hast. Ich möchte nicht über dich urteilen oder dich drängen, ich sehe nur, was es dir bedeutet.«

Penny legte den Kopf auf den Arm ihrer Schwester. »Ich muss immer wieder an das Yoga-Retreat denken. Die Geschichten all der Frauen dort. Wer hätte gedacht, dass ich bei meinem allerersten Retreat mit neun Frauen enden würde, die alle unterschiedliche Geschichten rund um das Muttersein haben? Es gab dort eine Dreiundvierzigjährige, die sich an einen Spender gewandt hatte und bereits im siebten Monat schwanger war. Eine Lesbe, die mit ihrem besten schwulen Kumpel eine Bratenpipette benutzt hatte, und da sie Ärzte waren, hatte es direkt beim zweiten Versuch geklappt. Das war vor über zwanzig Jahren! Ihr Sohn hat gerade seinen Abschluss in Cambridge gemacht!«

Clementine nickte, und ihre Schultern wackelten, sodass sich Pennys Kopf dadurch auf und ab bewegte.

»Ich weiß, du machst dir Sorgen, wie du Onkel David besänftigen kannst, aber ich glaube, er macht sich nur Sorgen, dass du alleinerziehend bleiben würdest und dass ein Baby sehr viel Arbeit bedeutet. Er ist noch immer oldschool, was das angeht.«

»Nun, ich bin ja jetzt mit jemandem zusammen …«

»Das bist du …«

»Ich sage ja nicht, dass ich ihn heiraten werde, aber … Ich muss zugeben, dass es sich seltsam anfühlt, jetzt mit dir über das Kinderthema zu sprechen. Wenn wir vor einem Monat darüber gesprochen hätten, hätte ich gesagt: ›Okay, verdammte Scheiße, packen wir es an – gleich nächste Woche?‹ Aber jetzt … nicht, dass ich meine Pläne wegen eines Mannes ändern möchte, aber … es fühlt sich anders an. Er ist es wert, bei diesem Thema eine Pause einzulegen.« Sie gab ein komisches Geräusch von sich. »Verdammt noch mal, erst habe ich mich wie eine schlechte Feministin gefühlt, weil ich überhaupt ein verdammtes Kind wollte, und jetzt fühle ich mich wie eine schlechte Feministin, weil ich gewartet habe. Ich kann es mir selbst nicht recht machen.«

»Hey«, sagte Clementine. »Ich bin da. Das Angebot steht. Ich bin im Herbst hier, aber wir können auch sonst jederzeit wieder darüber sprechen, wann immer du bereit bist. Diesen Herbst, nächstes Jahr, in fünf Jahren. Ich wollte es dir wirklich nur sagen.«

»Womit habe ich eine Schwester wie dich verdient?«, fragte Penny.

»Nun, du warst im Grunde genommen meine Mutter, also da hast du's.«

»Wenn ich darüber spreche, Mutter zu werden, vermisse ich sie sogar noch mehr … Vielleicht ist das der Grund, warum es sich für mich so dringlich anfühlt. Ein neues Leben in die Welt zu setzen, ein Elternteil zu sein … Ich könnte erfahren, wie sie sich gefühlt hat, als sie uns bekommen hat.«

»Ich glaube, dass ich aus demselben Grund helfen möchte. Es ist eine Möglichkeit für sie, weiterzuleben, nicht wahr?

»Ja«, sagte Penny. »Das ist es.«

7

Als Penny zu Hause ankam, fand sie einen Blumenstrauß im Flur. »Einfach so, weil du mich dazu bringst, die Art Mann zu sein, der Blumen schickt«, stand auf der Karte, die mit einem »F« und einem Kuss unterzeichnet war.

Penny wusste, dass das Leben zu kurz war, um nicht über ein Baby nachzudenken, vor allem, weil es ihr brennender Wunsch war. Doch sie wusste auch, dass ein Baby warten konnte, wenn die Liebe – oder etwas Ähnliches – vor ihr lag. Vielleicht *könnte* Francesco mit einem Gespräch darüber klarkommen. Vielleicht war es das, was sie jedes Mal, als sie es hinausgezögert hatte, gesucht hatte: das »Wir«. Und was den Sex anging – das würden sie schon noch hinkriegen. Vielleicht könnten sie einen Kurs besuchen oder zu einem Therapeuten gehen. Vielleicht mussten sie sich nur ein paar Pornos zusammen ansehen.

Penny schickte ihm eine Nachricht: *Die Blumen sind wunderschön, und du bist großartig. Danke!* Sie mochte ihn wirklich sehr. Er war so unglaublich nett. Wieso fühlte sich das Ganze so besonders an? Ein Mann, der lieb war, zu ihr!!

Francesco antwortete: *Ich krieg dich nicht aus meinem Kopf.*

Penny roch an den Rosen. Auch sie konnte ihn nicht aus ihrem Kopf kriegen. Sie hatte das Bedürfnis, es Onkel David zu erzählen.

»Davvy?«, sagte Penny via FaceTime, als sie das Ohr ihres Onkels sah, und schrie den Bildschirm an. »Davvy! Das ist ein Video! Zeig dein Gesicht!«

Sie hörte ein dumpfes Geräusch, dann wurde sein Kopf sichtbar. »Oh! Ja, jetzt!«, kicherte er. »Ich dachte, es sei ein Telefonanruf!«

»Wie geht es dir?«, fragte Penny. »Ich vermisse dich.«

»Ich vermisse dich auch, Sonnenschein. Es geht mir gut. Bis auf ein bisschen Sodbrennen.«

»Hast du ein Glas Milch getrunken?«, fragte Penny.

»Gute Idee«, antwortete er. »Siehst du, genau deswegen brauche ich dich. Du weißt, was das Richtige ist.«

Penny schenkte ihm ein Lächeln.

»Ich habe jemanden kennengelernt«, sagte sie.

Onkel David guckte fragend. »Ach?«

»Er ist auch Koch. Francesco. Es geht schon seit ein paar Wochen.«

Penny sah, wie sich das Gesicht ihres Onkels erhellte, als sie das Wort Koch erwähnte. Man konnte es an seinem ganzen Gesichtsausdruck sehen.

»Hör auf damit, Davvy«, sagte Penny spielerisch-warnend. »Er ist ein in London ansässiger Koch, ausschließlich London.«

»Ich habe nichts gesagt«, erwiderte er. »Ich weiß nicht, was du meinst.«

Penny rollte mit den Augen. Sie war genervt von dem subtilen Druck, den er häufig auf sie ausübte. Bevor sie an Krebs erkrankt war, sollte sie natürlich die nächste *Chef Patronne* des Red Panda werden. Doch dann, als sich ihre Ambitionen änderten und sie ein kleineres, überschaubareres Lokal eröffnete, sah Onkel Davids Ruhestandsplan plötzlich anders aus. Er ging jedoch immer noch davon aus, dass er sie umstimmen konnte – sogar beim letzten Mal, als sie Onkel David und Eric besucht hatte, hatte er während des Desserts gesagt: »Die Leute sollten wissen, wer du bist, Penny! Dieses kleine Café, fünfundzwanzig Plätze … du kannst so viel mehr als das! Du kannst es wirklich zu etwas bringen, wenn du dein eigenes Restaurant hast – du kannst es hier zu etwas bringen! Größer ist wirklich besser!«

Penny erinnerte ihn daran, dass ihr kleines Café mit den

fünfundzwanzig Plätzen einen Jahresumsatz von einer halben Million Pfund erwirtschaftete und sechs Angestellte hatte. »Ich wünschte, du würdest dich um deinen eigenen Kram kümmern«, sagte sie. Onkel David schüttelte verständnislos den Kopf. »Es ist wie beim Yoga. Du kannst keine Krähe oder keinen Baum machen, wenn du zu sehr damit beschäftigt bist, was die anderen machen. Yoga funktioniert nur, wenn du dich auf deinen Atem und deine eigene Matte konzentrierst.«

»Wie konnte ich nur so einen Hippie großziehen?«

»Weißt du, das häufigste Missverständnis über Frankenstein ist, dass man denkt, es sei der Name des Monsters. Aber eigentlich gehört das Monster Frankenstein – es ist eigentlich ›Frankensteins Monster‹.«

»Ich nehme an, dass ich dann so was wie Doktor Frankenstein bin?«

Penny grinste.

Onkel David seufzte über FaceTime.

»Ich hab dich so wahnsinnig lieb, weißt du«, sagte er. »Ich würde alles für dich tun. Ich will nur, dass du glücklich bist. Ich weiß, ich nerve dich damit, herzukommen, aber ich mache das nur, weil ich glaube, dass du aufblühen würdest …«

»Ich bin glücklich hier!«, schrie Penny. Warum musste das Gespräch immer auf einen Überredungsversuch hinauslaufen, dass sie seinen Pub übernehmen sollte? Es war ermüdend.

»Wie geht es Eric?«, fragte sie, um das Thema zu wechseln.

»Auch er vermisst dich«, sagte David. »Er ist gerade draußen im Garten. Er hat den perfekten Ort für seine Geburtstagsparty nächste Woche gefunden. Bring großen Hunger mit! Uff … Entschuldige, Penny. Dieses Sodbrennen ist chronisch.«

»Vielleicht solltest du dich ein bisschen hinlegen«, sagte Penny. »Ich kann ein anderes Mal unter der Woche anrufen, wenn du dich nicht wohlfühlst.«

»Okay. Ja. Entschuldige, Süße.«

»Ist schon gut. Ich wollte dich nur wissen lassen, dass hier alles gut ist. Es geht mir gut.«

»Und sein Name ist Francesco?«

»Ja«, sagte Penny lächelnd. »Und ich glaube, ich mag ihn.«

»Na, du«, sagte Penny und ging ans Telefon, während sie das Gemüse für das Tagesmenü vorbereitete. »Warte, ich muss meine Ohren finden.«

Mit »Ohren finden« meinte sie ihre »Ohrhörer finden«, und es wurde zu ihrem Tagesritual, sich morgens während der Vorbereitungen gegenseitig anzurufen, beide sprachen aus ihren jeweiligen Küchen via Bluetooth-Freisprechanlage.

»Wie geht es dir heute?«

»Ich habe gerade etwas online geshoppt«, sagte Francesco.

»Aha«, antwortete Penny.

»Zum Spaß …«

»Spaß wie Partyknaller-Spaß? Oder Spaß wie eine neue Acne-Handtasche? Ich bin am Boden zerstört, dass ich noch keine dieser Handtaschen besitze. Sie sind einfach so teuer! Dabei benutze ich nicht einmal eine Handtasche, was natürlich auch zu bedenken ist …«

Francesco senkte seine Stimme. »Mehr Spaß als diese beiden Sachen …«, sagte er.

»Mehr Spaß als diese beiden Sachen. Aha, da fällt mir nichts anderes ein. Du musst es mir verraten.«

»Nun«, antwortete er, und Penny konnte seinen Ton nicht einordnen. »Ich würde es dir lieber zeigen.«

Penny unterbrach ihre Arbeit. »Ist das gerade dein sexy Ton?«, fragte sie plötzlich.

»Ganz genau«, antwortete Francesco.

»Du hast mir eine sexy Überraschung besorgt …«, rätselte

Penny und stellte fest, dass Bobby, der Tellerwäscher, langsamer wurde, wahrscheinlich, weil er versucht hatte, nicht allzu viel Lärm beim Lauschen zu machen.

»Mhm«, sagte Francesco.

»Ich kann gerade nicht darüber reden«, sagte Penny sofort in einem etwas gestelzten Ton. »Vielleicht könnten wir das … hm, morgen besprechen?«

Francesco lachte. »Das hoffe ich doch sehr«, antwortete er. »Denn ich bin furchtbar aufgeregt deswegen.«

Penny wurde angewiesen, Francesco an der Bar The Standard in Kings Cross zu treffen.

»Diese Location ist fabelhaft«, sagte sie, während sie auf ihn zuging. Er saß auf einem Hocker in der rechten Hälfte der Bar. Es war in erster Linie ein Hotel, mit Schildern in der Lobby, die auf verschiedene Bars und Restaurants hindeuteten. Es war unglaublich plüschig, und Penny war erleichtert, dass sie das rote Kleid trug, das sie auch zu Dofis Restauranteröffnung getragen hatte. Es ließ sie selbstbewusst und sexy aussehen. »Ebenfalls hallo«, fügte sie hinzu und lehnte sich für einen Kuss vor.

»Hi«, flüsterte er in ihren Mund und dann: »Du riechst fantastisch. Hmmm.«

»Danke«, antwortete sie. Sie setzte sich neben ihn auf den Barhocker und ließ die Baratmosphäre auf sich wirken. Sie war seit der Eröffnung des The Standard nicht mehr da gewesen. Es gefiel ihr. »Was trinkst du?«, fragte sie und nickte in Richtung seines Glases. »Ich habe Lust auf etwas Kaltes.«

»Old Fashioned, weil ich das Klischee eines Millennial-Mannes bin«, antwortete er. »Schmeckt gut. Der Barkeeper versteht sein Handwerk.«

»Dann nehme ich auch einen«, entschied Penny.

Francesco bestellte zwei weitere Drinks und drehte seinen

Hocker so, dass er seine Füße auf ihrem Hocker abstützen und näher bei ihr sein konnte.

»Du bist ein ziemlich geheimnisvoller Mann«, sagte Penny. »Darf ich erfahren, was der Abend noch so alles beinhaltet? Du warst sehr verschwiegen.«

Francesco grinste. »Überzeuge mich«, forderte er sie heraus.

»Okay …« Penny streckte einen Arm aus und legte ihre Hand in Francescos Nacken, wo sie ihn sanft unter dem Haaransatz streichelte. »Du siehst heute Abend sehr gut aus.« Sie strich sich das Haar von der Schulter, während sie das sagte, und entblößte dabei leicht ihre Schulter. »Und, ähm …«

Francesco fing an zu lächeln.

»Ach!«, sagte er. »Du kannst das gut!«

»Verführung ist nicht meine Stärke«, sagte Penny lachend. »Der Druck ist zu groß.«

»Okay, okay«, antwortete er. »Aber du hast mich zum Lachen gebracht, mit demselben Ergebnis, nur mit einer anderen Technik.«

»Puh!«

»Du bist hinreißend«, sagte er, obwohl Penny ihr Gesicht verzog, als sie das Wort hörte. »Und ich werde dir verraten, warum wir hier sind.«

Francesco nahm sein Handy vom Bartresen und enthüllte eine weiße Schlüsselkarte darunter, auf der in kleiner fetter Schrift *Suite Terrace* stand.

»Nein …«, staunte Penny.

»Doch!«, sagte Francesco. »Ich kenne dort jemanden. Achter Stock. Für die ganze Nacht. Und *die*«, sagte er und griff nach einer schlichten goldenen Einkaufstüte, »ist voller Spielzeug. Wenn ich so direkt sein darf.«

Der Barkeeper stellte ihnen die Drinks hin, und Francesco fragte: »Können wir sie mit aufs Zimmer nehmen?«

»Klar. Schönen Abend euch.«

»Oh, den werden wir haben«, sagte Francesco. »Den werden wir haben«, flüsterte er in Pennys Ohr.

Die beiden standen grinsend im Aufzug, denn sie steckten gemeinsam unter einer Decke.

»Ich bin aufgeregt«, sagte Penny schüchtern.

»Ich auch«, sagte Francesco ebenso schüchtern. »Ich hoffe, es wird dir gefallen.«

»Francesco«, antwortete Penny und sah ihm ernsthaft in die Augen. »Das tut es bereits.«

Als sie oben ankamen und das Zimmer betraten, verschlug es beiden den Atem. Sie konnten über die ganze Stadt blicken, all die hellen Lichter von Millionen Menschen. St Pancras Station befand sich in ihrer gesamten Pracht gegenüber.

»Das ist so schön«, sagte Penny mit deutlicher Ehrfurcht in der Stimme. »Danke.«

»Gern geschehen«, murmelte Francesco. »Ich habe mir gedacht, es ist genau das, was wir brauchen: neutrales Terrain, ein schöner Cocktail, dicke Laken …«

»Und kuschelige Bademäntel?«

»Sollen wir ein Bad nehmen?«

Penny grinste. »Ja, lass uns das tun.«

Sie tauchten in eine Badewanne voller Seifenblasen ein, die ihre Haut seidig weich werden ließen, sie nippten in gedimmtem Licht an ihren Getränken, während sie darüber sprachen, was ihnen im Bett gefiel und was nicht. Die Badewanne war groß genug, sodass Penny zwischen Francescos Beinen sitzen konnte, mit dem Rücken zu ihm. So konnten sie sich berühren, ohne einander anzuschauen. Es war einfacher so, als sich in die Augen schauen zu müssen. Sie standen weniger unter Druck. Das Gespräch fühlte sich dadurch easy an.

»Ich mag es, wenn du mich langsam küsst«, sagte Penny, während ihre Hand über die Wasseroberfläche glitt.

»Ich mag es, wenn du deine Hüften bewegst«, sagte Francesco, während seine Hand an ihrem Oberarm entlangstreichelte.

»Ich mag es, wenn du tief in mir bist«, sagte Penny, »wenn du vergisst, zärtlich zu sein und …«, sie fing an zu lachen. »Wenn du ein bisschen animalisch wirst.«

Auch Francesco lachte. »Ich glaube nicht, dass ich dieses Wort dafür gewählt hätte, aber das mag ich auch. Wenn ich so sein kann, dann kannst du auch so sein. Es lässt mich sein wie …« Er beendete seinen Satz nicht.

»Du kannst es mir sagen«, drängte Penny. »Du kannst mir nichts Falsches sagen. Deswegen tun wir das hier doch, oder?«

»Ja«, sagte Francesco. »Du hast recht.«

»Also …?«

»Ich glaube, was ich meine, ist, du weißt schon. Ich respektiere dich, selbstverständlich tue ich das.«

»Selbstverständlich«, sagte Penny.

»Und ich sage nicht, dass ich dir, ich weiß nicht, einen Golden Shower oder so geben will.«

»Ich verurteile dich nicht«, sagte Penny, ohne die Miene zu verziehen.

»Aber ich mag es, wenn … man die Kontrolle verliert. So richtig hart. Ich weiß nicht. Ich will nicht, dass es so klingt, als hätte ich beschissene Pornos geguckt und wollte dich mit Knebel im Mund an einen Fesseltisch gebunden haben. Ich meine nur …«

»Dass du mich ficken willst wie ein dreckiges kleines Luder?«

»Ist es schlimm, wenn ich Ja sage?«

Penny drehte sich um, Wasser schwappte über den Rand der Badewanne, und sie sah ihm ins Gesicht.

»Francesco, das ist genau das, was ich auch will. Mach es, ohne zu denken, dass du höflich sein musst.«

Sie fühlte, wie sich seine Erektion gegen ihren Bauch drückte.

»Oh«, sagte sie und suchte unter dem Schaum nach ihm. »Ist das … ein Zeichen?«

Sie ließen es langsam angehen, im Kerzenlicht, die Musik spielte leise. Francesco erklärte ihr jedes Spielzeug aus der Tüte, er erklärte Geschwindigkeitseinstellungen, Mechanik und Winkel eines jeden Objekts. Das stand so im Widerspruch dazu, dass sie sich nackt gegenübersaßen, dass es das Vorspiel vor dem Vorspiel war. Als sie sich endlich berührten, zitterte Penny geradezu vor Verlangen, und innerhalb weniger Minuten hechelte sie Francescos Namen, erlangte den Höhepunkt und wimmerte: »Oh. Mein. Gott.«

Francesco beugte sich über ihr Gesicht und küsste sie innig.

»Das war so heiß mitanzusehen«, sagte er.

»Gib mir einen Moment, um mich zu erholen«, antwortete Penny und holte tief Atem. »Und ich werde den Gefallen erwidern.«

»Um ehrlich zu sein«, sagte Francesco, »zu sehen, wie du dich so rekelst, fühlte sich wie ein Gefallen an.«

Penny kicherte und schlug ihm scherzhaft auf den Arm. »Behalte die Erinnerung im Kopf, wenn du dir einen runterholst«, kicherte sie, bevor sie erneut zufrieden seufzte.

Während die Frühlingssonne durch die Vorhänge spähte, lagen sie ineinander verschlungen da. Die Musik hatte aufgehört zu spielen, die Kerzen waren heruntergebrannt, es gab nur sie beide und die Stille der Morgendämmerung.

»Fünf Mal. Ich kann es nicht fassen …«

»Ich weiß«, sagte Francesco. »Ich bin deswegen langsam wirklich in Panik geraten. Alles andere war so toll, und ich habe mir solche Sorgen gemacht, was sein würde, wenn wir den Dreh nicht rausbekommen. Hätten wir uns trennen müssen?«

»Nun, fünf Mal machen sicher einige Fehlstarts wieder wett.«

»So ist es«, sagte Francesco, ließ seine Hand an ihrem Körper heruntergleiten und zwang Penny, sich von ihm loszureißen.

»Mister, du wirst mir etwas zu essen geben müssen, bevor ich die Energie habe, es wieder zu tun. Ich denke, wir haben es uns bewiesen.«

Francesco zog sich zurück. »Das haben wir«, sagte er. »Ich werde mich gleich nach dem Frühstücksmenü erkundigen. Ich bin mir sicher, es gibt hier Room Service.«

»Ah, ganz bestimmt«, sagte Penny. »Aber steh noch nicht auf, beweg dich noch nicht. Ich will dich hier bei mir haben.«

Penny schloss die Augen, ihr Gesicht schmiegte sich an Francescos Nacken, sie genoss die Löffelposition. Sie war ihr normales Wärmflaschen-Ich, aber sich auf diese Art an ihn zu schmiegen, gab ihr das Gefühl, weiblich und stark zu sein.

»Bist du real?«, fragte sie leise.

»Wenn du real bist, bin ich es auch«, flüsterte Francesco.

»Und es ist wahre Freundschaft«, sagte Penny, und Francesco bewegte sich so, dass sich ihre Nasen berührten.

»Und es ist wahre Freundschaft«, wiederholte er.

Penny zeichnete die Umrisse seines Gesichts mit ihrer Fingerspitze nach.

»Ich bringe dich gerne zum Lachen«, sagte sie. »Das tu ich am liebsten. An dem Morgen, als du zum ersten Mal im Café aufgetaucht bist, hat dich jemand am Telefon zum Lachen gebracht, ich habe dich durchs Fenster beobachtet und mich gefragt: Was bringt wohl einen so gut aussehenden Mann so sehr zum Lachen?«

»Wahrscheinlich hat mir jemand einen Furzwitz erzählt«, sagte Francesco. Dann fügte er hinzu: »Ich wusste, dass du mich beobachtest. Ich konnte es spüren. Du hast kaum gegrüßt, nachdem du mich reingelassen hast. Du hast weiterhin mit Stu gesprochen. Und ich dachte, wer ist diese Frau, die sich nicht mal dafür interessiert, wer ihr Brot liefert? Doch dann habe ich gespürt, wie du mich beobachtest.«

»Mr Ego.«

»Nein, nicht Mr Ego. Ich wollte nur ... dass du Notiz von mir nimmst.«

»Mission erfüllt.«

»Aber dass du mich wochenlang hast warten lassen, bis du mir geschrieben hast ... Unerhört!«

»Nein! Nicht!«, sagte Penny. »Ich weiß noch immer nicht, was ich mir dabei gedacht habe. Ich war eingeschüchtert.«

»Eingeschüchtert.« Ungläubig zog er eine Augenbraue hoch.

»Die meisten Typen stehen nicht auf mich. Ich bin also nicht davon ausgegangen, dass du es tust. Keine Ahnung. Das ist peinlich, aber manchmal fühle ich mich ... nicht liebenswert. So, als würde jede und jeder mal an die Reihe kommen, nur ich nicht.«

»Du bist sehr liebenswert, Penny Bridge. Das versichere ich dir.«

Penny verzog das Gesicht.

»Hey«, sagte Francesco eindringlich. »Hör mir zu. Ich weiß, was vor mir war, aber jetzt bin ich da, okay? Und ich gehe nicht weg.«

Penny schüttelte den Kopf, als ob sie versuchte, ihre Gedanken abzuschütteln. »Uff«, sagte sie. »Tut mir leid.«

»Es muss dir nicht leidtun. Ist schon okay. Ich kann es nachvollziehen.«

»Ich glaube nicht, dass du das kannst«, sagte sie. »Ich glaube nicht, dass du jemals allein warst.«

Francesco antwortete nicht darauf.

»Mein Ex«, sagte sie. »Mo. Ich dachte wirklich … du weißt schon. Ich bin noch immer dermaßen wütend auf ihn, weil er mich verlassen hat. Er ist gegangen, als ich nichts und niemanden hatte. Kurz nachdem ich die Diagnose bekommen habe. Warum tut jemand einem so etwas an, wenn er vorher behauptet hat, dass er den Menschen liebt, Francesco?«

»Ich weiß es nicht …«, sagte er. Dann änderte er seinen Tonfall. »Wenn ich ihm jemals begegne …«, sagte er scherzhaft drohend.

Penny schmunzelte traurig.

»Ich glaube, ich bin auf mich selbst wütend, weil ich mit einem so feigen Menschen zusammen gewesen bin«, fuhr sie fort. »Wir waren fünf Jahre lang zusammen, und in dem Augenblick, in dem mein Leben anfing, sich nicht mehr ausschließlich um ihn zu drehen, ist er abgehauen. Er konnte nicht mal warten, bis meine Strahlentherapie beendet war. Und es macht mich so wütend, dass es mich nicht einmal überrascht hat. Auf der Krankenhausstation waren solche Geschichten normal. Während meiner Behandlung lernte ich eine Frau kennen, die einen Privatdetektiv engagiert hatte, um zu beweisen, dass ihr Mann sie betrog. Ist das nicht schrecklich? All diese Frauen mit Brustkrebs, die mit Männern verheiratet sind, die nicht damit klarkommen, wenn jemand, den sie zu lieben behaupten, krank wird.«

»Hast du ihn seitdem gesehen?«

»Clemmie hat ihn gesehen. Sie hat ihn getroffen, als sie in der Oxford Street aus dem Bus gestiegen ist. Sie hat ihm eine runtergehauen, woraufhin er wohl in Tränen ausgebrochen ist.«

»Autsch.«

»Es passt nicht zu Clemmie, jemanden zu schlagen. Es ist im Grunde genommen Körperverletzung. Doch offenbar hat er jämmerlich geweint, sie hat ihn als erbärmlich bezeichnet, und kurz darauf hat mich seine Mum angerufen und um Verzeihung gebeten. Sie hat gesagt, sein Verhalten würde sie anwidern.«

Mittlerweile tat es nicht mehr weh, nicht wirklich. Es war seltsam, wie jemand, den sie seit einem halben Jahrzehnt gekannt hatte, einfach verschwunden war, nicht einmal in einer Rauchwolke, sondern einfach so … an dem einen Tag noch da und am nächsten weg. Genau wie ihr Vater.

Francesco streichelte ihren Arm. Schließlich sagte er: »Weißt du, wenn du jetzt mit irgendeinem Typen namens Mo verheiratet wärst, dann hätte ich keinen Steifen an dein Bein gepresst in dem nobelsten Hotel, in dem ich jemals übernachtet habe. Und ich sage das nicht, um deinen Schmerz herunterzuspielen oder so was, aber verdammt noch mal, ich fühle mich wie der glücklichste Mistkerl in ganz London.«

Die Stimmung änderte sich augenblicklich, und Penny war erleichtert. Sie wollte nicht mehr an die unguten Männer in ihrem Leben denken, wenn ein so guter neben ihr im Bett lag.

»Wie kannst du nur schon wieder so weit sein, es wieder zu tun?«, rief Penny. »Das ist physisch unmöglich. Du hast die Libido eines Teenagers!«

»Da ist einfach etwas an dir, Penny Bridge, das mich echt antörnt.«

»Wer war deine letzte Freundin? Du hast mir nichts von ihr erzählt.«

»Nun …«, sagte Francesco. »Sie hat mir das Herz herausgerissen und hat es so lange in ihrer Hand zerquetscht, bis es zu Brei wurde. Sie hat mich betrogen. Wenn es etwas gibt, das ich nicht kapiere, dann ist es Fremdgehen – es ist das Respektloseste, das man tun kann. Aber immerhin, sie bedauert es. Das war vor einem Jahr, und sie ruft immer noch manchmal an. Ich bin froh, dass sie sich schlecht fühlt. Also, wenn du sagst, was für ein glücklicher Kerl ich bin, solltest du wissen, dass es da draußen eine Frau gibt, von der ich hoffe, dass sie sich selbst nie verzeihen wird.«

»Ach, Francesco. Das tut mir sehr leid.«

»Menschen verletzen andere Menschen, so ist es nun mal.«

»Ich verspreche, dir nie wehzutun, okay? Nicht, wenn ich es verhindern kann.«

»Ich verspreche, dir ebenfalls nie wehzutun«, sagte Francesco. »Nicht, wenn ich es verhindern kann.«

»Ich weiß, dass man nicht angeben soll«, sagte Penny in einer weiteren Podcastfolge an Clementine, »aber wow! Es ist ein Wunder, dass ich keine Blasenentzündung bekommen habe, so oft haben wir es gemacht. Letzte Woche war er jede Nacht bei mir, und, um ehrlich zu sein, wir benutzen die meiste Zeit über kein Spielzeug. Es ist wie – nun, entschuldige, ich weiß, du bist meine Schwester und so, und das ist wahrscheinlich *too much information*, aber … jetzt wissen wir, dass wir nicht so wohlgesittet miteinander umgehen müssen, sondern dass wir es einfach krachen lassen können, verstehst du? Was erstaunlich und auch interessant ist, denn jetzt denke ich, dass es keinen Grund mehr gibt, warum er nicht Mr Perfect sein sollte. Jetzt, wo der Sex so toll ist … bedeutet das, dass mit ihm einfach alles stimmt? Irgendetwas wird bei ihm schon auch sein, ich komm nur nicht drauf, was. Ich wette, er vergisst meinen Geburtstag. Oder er bekommt eine Glatze. Oder … ach, ich weiß nicht. Plötzlich taucht jemand aus dem Gebüsch auf und behauptet, er sei ein MeToo-Mann. Ich weiß, du wirst mir sagen, ich soll aufhören, nach Fehlern zu suchen, weil es genau das ist, was ich dir raten würde, aber wenn ich nur einen finden könnte, würde ich damit aufhören! Versprochen! Wie auch immer. Wollen wir morgen zusammen zu Abend essen? Wir vier? Ich möchte, dass du ihn kennenlernst.«

Clementine und Rima waren begeistert von ihm.

»Er ist toll«, sagte Clementine, während Penny die Dessertteller ins Waschbecken stellte. »Die Art, wie er dich ansieht, gefällt mir sehr. Er betet dich an.«

Penny schaute über die Schulter hinüber zu Francesco, der mit Rima zusammensaß und über etwas sprach, das Rima dazu brachte auszurufen: »Nein! Das kann nicht wahr sein! Ich glaub dir kein Wort!«, aber sie lachte, was bedeutete, dass sie ihm alles glaubte.

»Ich muss nicht angebetet werden …«, begann Penny, doch ihre Schwester tätschelte ihren Arm und sagte: »Doch, Penny, das musst du. Du hast es verdient.«

Penny brauchte es vielleicht nicht, aber sie liebte das Gefühl.

»Es hat mir gut gefallen heute Abend«, sagte Francesco später, als sie verschwitzt und glücklich im Bett lagen.

»Mir hat es auch gut gefallen«, sagte Penny. »Ist Rima nicht wunderbar? Ich kann mein Glück nicht fassen, mit einer Schwester aufgewachsen zu sein und jetzt zwei zu haben.«

»Das ist ein sehr schöner Satz«, sagte Francesco und küsste sie auf den Kopf. »Und ich bin ganz aufgeregt, morgen den Rest der Familie kennenzulernen.«

»Ich auch. Clementine, Rima, Onkel David und Eric – wir stehen uns wirklich sehr nahe«, sagte Penny. »Es entsteht eine irre Verbindung, wenn du beschließt, deine Familie zu lieben. Jeder weiß, dass er seine Familie lieben *soll*, doch wenn man sich bewusst dafür entscheidet, sie zu lieben, also die einzelnen Menschen richtig zu *mögen* und weiterhin den engen Kontakt zu halten, auch wenn es mal schwierig und ungemütlich wird … dann bin ich wirklich glücklich. Meine Schwester und ihre Frau, mein Onkel und sein Ehemann, ich, und nach allem, was ich durchgemacht habe, bilden wir eine enge Einheit, auch wenn wir übers ganze Land verteilt leben – und Clem weltweit rwegs ist! Es ist etwas Besonderes. Und nun bist du hinzukommen.«

»Das bin ich«, sagte Francesco. »Heißt das, ich habe den Test bestanden?«

»Den praktischen Teil«, sagte Penny. »Morgen früh ist der schriftliche Teil der Prüfung.«

»Und was geschieht danach?«

»Danach wirst du endlich Onkel David treffen, nehme ich mal an.«

»Wow!«

»Ich weiß. Die Ehre gebührt ganz dir.«

»Wir sollten jetzt schlafen, damit wir darauf gut vorbereitet sind.«

»Das sollten wir«, sagte Penny.

»Aber du fühlst dich so warm an«, sagte Francesco. »Und so nackt …«

Er verschwand unter der Bettdecke, um Pennys Schlüsselbein, ihren Hals, ihre Brüste zu küssen. Er küsste sie weiter, arbeitete sich immer weiter nach unten vor, und Penny schloss die Augen und seufzte zufrieden.

»Francesco«, sagte Penny, als sie schließlich versuchten zu schlafen.

»Mhm?«, sagte er schläfrig.

»Erschrick jetzt nicht, aber willst du Kinder?«

Sie konnte fühlen, wie Francesco seine Augen im Dunkeln öffnete, auch wenn sie sie nicht sehen konnte.

»Jetzt?«, fragte er plötzlich hellwach und frech.

»Eines Tages. Theoretisch. Du weißt schon.«

Er dachte darüber nach. »Ja, das will ich«, sagte er. »Wenn die Zeit reif und die Frau die Richtige ist. Darum geht es doch im Leben, oder nicht?«

»Ja, wahrscheinlich.« Sie machte eine Pause und dachte nach, wie sie den nächsten Satz formulieren sollte. »Was hältst du von Adoption?«

»Adoption?«

»Du weißt schon, Kinder zu haben, die biologisch nicht deine sind, aber deren Vater du bist.«

Er nahm sich einen Augenblick Zeit, bevor er antwortete. »Möchtest du adoptieren?«

»Ich frage wirklich nur theoretisch. Meinst du, du könntest das?«

Francesco streichelte ihren Arm und schmiegte sein Gesicht an ihren Nacken. »Ich denke, es gibt Tausende Möglichkeiten, eine Familie zu gründen, und ich bin offen für alle«, sagte er.

Penny schloss die Augen und lächelte. »Das denke ich auch«, antwortete sie. »Gute Nacht.«

8

Oh mein Gott«, sagte Penny, während ihr Handybildschirm im Dunkeln ihr Gesicht beleuchtete. »Francesco, wach auf. Francesco!«

Francesco bewegte sich und schaute auf die Uhr auf dem Nachttisch – es war fünf Uhr morgens.

»Es ist Onkel David. Es ist etwas passiert.«

Er stützte sich auf den Ellbogen auf. »Was? Was ist passiert?«

»Ich bin mir nicht sicher. Es hat etwas mit seinem Herzen zu tun. Er ist im Krankenhaus. Ich muss …«

Francesco streckte seine Hand aus. »Hey«, sagte er. Seine Berührung fühlte sich warm, seine Stimme gelassen an. »Ich bin hier. Es ist okay. Zieh dich an. Ich fahr dich hin.«

Penny konnte ihn kaum hören. Es fühlte sich an, als ob ihr jemand mit einem Holzbrett auf den Bauch geschlagen hätte. Nach einigen verpassten Anrufen lautete Erics Nachricht folgendermaßen: *Wir sind im Derby Royal. Er fragt nach dir. Es fing mit Brustschmerzen an, ich warte darauf, mehr zu erfahren. Ruf mich an!!*

Über den darauffolgenden Stunden lag dicker Nebel. Francesco lieh sich Safiyas Brotlieferwagen aus und raste mit 160 Kilometern pro Stunde die M1 entlang. Draußen wurde es heller. Im Wartezimmer des Krankenhauses stellte Penny fest, dass sie statt Unterwäsche ihren Schlafanzug unter ihren Jeans trug. Sie erinnerte sich, wie blass Eric ausgesehen hatte – sie würde sich immer daran erinnern – und wie wenig Kraft er hatte, als sie sich umarmt hatten, als ob er vor Sorge geschrumpft wäre. Sie erinnerte sich daran, wie sie die Notaufnahme betreten hatte und wieder hinausgehen wollte, weil Onkel David nicht wie Onkel David aussah.

»Eric …«, sagte Penny. Dann fing sie an zu weinen.

Francesco blieb die ganze Zeit bei ihr, brachte ihr süßen Tee, als sie sich weigerte zu essen, und rief Clementine an, um zu erfahren, wann sie und Rima kommen würden. Er ging hinunter in den Krankenhausladen, um einen Waschlappen, eine Zahnbürste und Zahnpasta zu besorgen, damit sich Penny frisch machen konnte; sie legte ihren Kopf in seinen Schoß, um sich ein wenig auszuruhen, und er streichelte ihr Haar, während sie darauf warteten, dass David aus dem OP kam. Er blieb bei ihr, sogar in den furchterregendsten, weil beängstigenden Momenten, und Penny ließ es zu, ihn zu brauchen. Sie hielt seine Hand und ließ sie nicht los.

»Davvy, verdammt, ich habe mir solche Sorgen gemacht!«

Penny stürzte auf das Bett ihres Onkels zu. Kraftlos aß er sein Krankenhausessen, sein Gesicht war so blass wie der Kissenbezug.

»Wir haben uns alle Sorgen gemacht«, sagte Eric und schüttelte den Kopf. »Verdammt ist also richtig.«

»Ich muss doch sehr bitten, achtet auf eure Wortwahl!«, quakte Onkel David. Er klang nicht wie er selbst. Seine Stimme war dünn wie Papier. Hätte Penny kräftig genug gepustet, wäre er unter der Last ihres Atems zusammengesackt.

»Du klingst furchtbar«, sagte sie zu ihm.

»Liebes, ich fühle mich furchtbar«, antwortete er schwach.

Die drei saßen einen Moment lang schweigend da und atmeten erleichtert auf, dass er am Leben war, wobei alle wussten, dass es sehr knapp gewesen war.

»Er arbeitet zu viel«, sagte Eric. »Wenn du nicht so viel arbeiten würdest …«

»Eric, ich bitte dich, das ist jetzt nicht der richtige Zeitpunkt.«

»Warst du im Pub, als es passiert ist?«, fragte Penny. Die Details wurden nur häppchenweise kommuniziert, und sie versuchte, sich alles zusammenzureimen.

»Ich habe ihn auf dem Boden gefunden, umgeben von Petits Fours, im Dessertbereich, nach Feierabend«, sagte Eric. »Ich dachte, er sei ausgerutscht, doch er stand nicht auf.« Er wandte sich an David. »Du und ich, wir werden reden müssen. Wenn du gestorben wärst …«

Onkel David schaute Penny auf eine Art an, die man als herausfordernd hätte bezeichnen können, wenn er nicht so blass und grau gewesen wäre. Penny schenkte ihm ein halbes Lächeln, glücklich, ihm zur Seite zu stehen und sich Erics strengen Worten zu widersetzen. Während sie außerhalb des OP-Saals gewartet hatte, hatte sie Gott jedes erdenkliche Versprechen gegeben, dabei war sie sich nicht einmal sicher, ob sie an ihn glaubte. *Ich werde ihn öfter besuchen*, versprach sie demjenigen, der bereit war, ihren Gedanken zuzuhören. *Ich werde eine bessere Nichte sein. Ich werde ihm schönere Geschenke zum Geburtstag kaufen und ihn jeden Tag anrufen statt nur einmal die Woche. Wenn er all das übersteht, werde ich aufhören, ihn wegen der Pubübernahme im Ungewissen zu lassen. Ich werde einsehen, dass er nur das Beste für mich will. Ich werde netter zu ihm sein, ich werde ihm öfter sagen, dass ich ihn lieb habe …*

»Darf ich es ihr sagen?«, fragte Eric seinen Ehemann.

»Was sagen?« Penny schaute von einem zum anderen.

Onkel David nickte kurz. Eric wandte sich an Penny und sagte: »Das ist der zweite.«

»Der zweite was?«

»Der zweite Herzinfarkt. Er hatte einen an Neujahr. Wir haben es dir nicht gesagt, weil …« Eric brach den Satz ab, als wüsste er gar nicht, warum sie es ihr nicht gesagt hatten.

Onkel David fügte hinzu: »Es war nur ein ganz leichter Herzinfarkt. Es war … Wir wollten nicht, dass du dir Sorgen machst.«

Pennys Gesichtszüge entgleisten völlig. Warum hatten sie ihr nicht gesagt, dass Onkel David krank gewesen war? Dass er einen Herzinfarkt hatte?

»Weiß Clemmie Bescheid?«, fragte sie und versuchte, ruhig zu bleiben.

»Nein, Liebes.«

»Und du hast danach weitergearbeitet? Oder wer hat den Pub geführt?«

Eric und David schauten sich an. Sie hatten immerhin den Anstand, schuldig auszusehen. »Wir haben unser Bestes gegeben«, sagte Eric langsam. »Ich habe getan, was ich konnte. Ich kenne mich mit Zahlen nicht besonders gut aus, und es war ein ziemliches Chaos, aber Charlie hat tolle Arbeit an der Bar geleistet, und alle Mitarbeiter haben aufgestockt und ebenfalls ihr Bestes gegeben.«

Penny fing an zu zittern. »Ich kann es nicht fassen, dass du es mir nicht gesagt hast«, begann sie. »Ich muss doch über so was informiert sein. Was, wenn etwas noch viel Schlimmeres passiert wäre? Was, wenn du gestorben wärst und ich nichts davon gewusst hätte, wenn ich aber hätte helfen können …?« Die letzten beiden Wörter sagte sie unter heftigem Schluchzen. Sie stand von ihrem Kunststoff-Besucherstuhl auf, um zu ihrem Onkel zu gehen. Sie griff nach seinem Arm, beugte sich vor, um ihn zu umarmen, und weinte sich an seiner Schulter aus. Er ließ sie weinen.

»Es tut mir leid, Pen«, sagte er und versuchte, sich zu bewegen, damit er ihren Rücken streicheln konnte. Das tat er immer, wenn sie traurig war.

»Du kannst dich doch nicht dafür entschuldigen, dass du krank bist!«, weinte sie in sein Bettlaken.

»Ich werde alt, solche Dinge passieren nun mal …«

»Du solltest nicht arbeiten, wenn du gesundheitlich angeschlagen bist! Verdammt!!« Nun wurde ihr plötzlich klar, warum der Druck, den Pub zu übernehmen, in letzter Zeit so gestiegen war. Er konnte seinen Laden nicht mehr führen, den Laden, den er sein ganzes Erwachsenenleben lang aufgebaut hatte. Er hatte einen Herzinfarkt gehabt, nun einen zweiten. Diese Erkenntnisse machten sie schwindlig. Ihr wurde schlecht. Er hatte versucht, es ihr auf seine Weise klarzumachen, und jedes Mal hatte Penny ihn beschuldigt, sie herumkommandieren zu wollen. Was hatte sie ihm unterstellt? Böswilligkeit? Dass er seine eigenen Interessen an vorderste Stelle setzte? Sie hatte sich absichtlich taub gestellt und seine Andeutungen nicht an sich herangelassen.

»Nun«, sagte Eric. »Jetzt wird er nicht mehr arbeiten. Der Arzt sagt, sein Herzmuskel sei sehr schwach. Er hatte Glück, doch anscheinend wird es einige Monate dauern, bis es ihm besser gehen wird. Die Entscheidung wurde für ihn getroffen.«

»Okay«, sagte Penny. »Das ist gut. Ruhe ist gut. Du kannst das doch, oder, Davvy? Dich ausruhen?«

»Ich habe keine andere Wahl«, sagte Onkel David.

»Klopf, klopf«, sagte eine sanfte Stimme an der Tür. »Ich will nicht stören, aber ich habe dir heiße Schokolade mitgebracht, Penny.« Penny war kurz eingeschlummert und nahm nun das Getränk in Zeitlupe, aber dankbar entgegen. »Ich dachte, der Zucker würde dir guttun«, sagte er.

»Schlaues Bürschchen«, sagte Eric und stand auf. »David, das ist der Italiener, von dem wir gehört haben. Er hat Penny hierhergefahren, und das in Rekordzeit.«

»Hallo«, sagte Francesco und streckte die Hand aus. »Es tut mir so leid, was passiert ist.«

»David«, sagte Onkel David und gab ihm schlapp die Hand.

»Ich bin so froh, dass es dir gut geht.«

»Danke.« Onkel Davids Stimme war noch immer schwach. »Danke auch dafür, dass du mein Mädchen hergefahren hast. Ich weiß das zu schätzen.«

Francesco nickte und deutete sogleich die Stimmung im Zimmer. »Na gut«, sagte er. »Ich lass euch mal allein. Penny – möchtest du, dass ich jemanden im Café anrufe? Stuart weiß Bescheid und wird nur Kaffee und Kuchen anbieten, aber gibt es etwas anderes, das ich ihm sagen soll?«

Penny schüttelte den Kopf. »Was immer du für richtig hältst«, sagte sie, unfähig, über die Arbeit nachzudenken. »Ich vertraue dir.«

»Gut. Okay. Gute Besserung«, sagte Francesco zu David. David lächelte.

Als er weg war, sagte David: »Netter Kerl.«

»Ja«, sagte Penny und nippte leicht an dem Getränk, das er ihr mitgebracht hatte. »Das ist er.«

Später, als sie im Wartebereich saßen, weil die Krankenschwestern nach Onkel David sahen und sein Bett richteten, umarmte Eric Penny und sagte: »Ich hatte solche Angst, Pen. Ich werde alles tun, damit er wieder ganz gesund wird. Das verspreche ich dir.« Eric und David waren schon seit elf Jahren ein Paar. Er war ein Familienmitglied. Penny schämte sich, dass sie nicht daran gedacht hatte, aufmerksam zu sein und sich so um ihn zu kümmern, wie Francesco es bei ihr getan hatte. Sie konnte nur an ihren Onkel denken – in ihrer Sorge vergaß sie, dass auch Eric außer sich gewesen sein musste. Onkel David und Eric lebten füreinander – sie konnte sich den einen nicht ohne den anderen vorstellen.

»Ich werde alles tun, um zu helfen«, sagte sie. »Ich kann mir auch nicht vorstellen, ihn zu verlieren. Er ist alles, was wir haben …« Sie fing erneut an zu weinen, und Eric umarmte sie fester und weinte ebenfalls.

»Sch …«, sagte er zwischen den eigenen Tränen. »Sch …, schon gut. Er wird wieder der Alte.«

Eine ganze Weile standen sie so da und gaben sich gegenseitig Halt, während sie weinten. Onkel David hatte Eric. Und, Gott sei Dank, Penny hatte noch immer Onkel David. Zu wem auch immer Penny gebetet hatte, dieses Wesen hatte ihren Onkel verschont, und dafür war sie unendlich dankbar. Ohne ihn wäre sie verloren. Das war undenkbar.

»Ich will mit ihm für eine Weile an die Küste fahren«, erklärte Eric, während sie ziellos auf der Station herumwanderten und das Gefühl hatten, zu wenig zu tun, obwohl es nichts gab, was sie hätten tun können. »Ins Ferienhaus meiner Schwester. Ausruhen, Meeresluft, nicht arbeiten.«

Penny nickte. »Ich denke, das ist eine gute Idee«, antwortete sie. »Die Ärzte haben sehr deutlich gemacht, dass er von der Küche ferngehalten werden muss, und ich denke, je mehr Abstand zwischen ihm und der Arbeit ist, desto besser.«

»Es ist nur …«, begann Eric, und Penny verstand. Irgendjemand musste sich um das Red Panda kümmern.

»Du brauchst mich hier vor Ort«, fügte Penny hinzu.

»Ich weiß nicht, wie wir es sonst hinkriegen sollen. Wir können ihn nicht verkaufen. Nicht jetzt. Das würde ihn umbringen. Der Pub ist sein Lebenswerk.«

»Ich weiß«, sagte Penny. Sie hatte erneut Tränen in den Augen. Wann würde sie aufhören zu weinen?

»Und um ehrlich zu sein, nach dem Start in das Jahr, das wir gerade hatten, lief es nicht so gut. Auch wenn ich ihn überreden könnte zu verkaufen, sehen die Geschäftsbücher nicht so rosig aus wie sonst. Wir brauchen etwa ein Jahr, um alles in Ordnung zu bringen. Um gut dazustehen. Vielleicht können wir danach verkaufen.«

Penny versuchte, sich eine andere Lösung auszudenken. Jemanden einstellen oder vielleicht … Tja. Die Optionen sahen wohl wie folgt aus: jemanden einstellen oder Penny einstellen, die dort aufgewachsen war, die die Gegend, die Menschen, die Küche und das, was ihr Onkel in den vielen Jahren zu erschaffen versucht hatte, kannte.

Sie hatte die Wahrheit vor Augen, und ihr dämmerte, dass es nun für sie an der Zeit war, für ihre Familie da zu sein – so, wie ihre Familie es für sie gewesen war. Aber sie war noch nicht bereit, zuzusagen. Es gab ja noch das Bridges und Francesco und ihr Leben. Doch dann, als sie zurück zu Davids Zimmer schlichen, verstand sie es sofort: *Wozu das alles, wenn ich meinen Onkel verliere?*, dachte sie. Und dann: *Oh shit!*

»Ich bin so froh, dass er wieder gesund werden wird«, sagte Clementine, die neben Rima und gegenüber von Penny und Francesco saß. Sie war blass, und ihre Augenringe sahen aus wie Blutergüsse. Penny nahm an, dass sie selbst auch nicht viel besser aussah. »Ich muss ihn öfter besuchen. Ich war eine schlechte Nichte, eine schlechte Tochter, ein schlechter Mensch. Ich sehe ihn viel zu selten.«

»Hey«, sagte Rima und hatte dabei ihren Arm um ihre Frau gelegt. »Sei nicht so streng mit dir selbst. Du gibst dein Bestes. Du rufst ihn an, auch wenn du fort bist, du besuchst ihn, wann immer du kannst.«

»Aber es reicht nicht … Ich sollte ihn mehr lieben.«

»Ich sollte ihn auch mehr lieben«, sagte Penny weinend und schlang ihre Arme um sich selbst. »Ach, Clem, ich weiß einfach nicht, was ich tun soll. Eigentlich müsste es ganz einfach sein:

Ich übernehme den Pub. Wenn ich ihn liebe, dann wäre es doch selbstverständlich, dass ich das tue, oder?«

Clementine zuckte mit den Schultern und tupfte ihre Augen mit einem Taschentuch ab. »Ich kann dir nicht sagen, was du in dieser Situation machen sollst«, stotterte sie. Ihre Stimme war freundlich, sie klang so, als würde sie Pennys Dilemma wirklich verstehen. »Niemand kann von dir erwarten, dass du dein Leben dermaßen auf den Kopf stellst …«

»Außer alle tun es. Und wenn du die Schwester wärst, die kochen könnte, dann würde ich es von dir erwarten.«

Clementine schwieg.

»Ich weiß, dass ich es könnte. Es ist ein riesiger Pub, und ich müsste doppelt so viel arbeiten wie jetzt. Ich habe nur … Ich möchte so ein Leben nicht führen, ich habe mich dagegen entschieden. Ich weiß, du verstehst das. Ich liebe Stoke Newington, ich liebe das Bridges und mein dortiges Leben. Ich würde dasselbe fühlen, wenn das Red Panda nebenan wäre. Es ist ein großer Pub mit Küche. Ich will das nicht mehr.«

Nun redete sie sich alles von der Seele.

»Aber er war immer für uns da, Clementine. Er war unser Dad und unsere Mum, unser Onkel, unser Freund und derjenige, der uns immer angefeuert hat. Und ich bin dermaßen wütend, dass ich nun in dieser Lage bin. Noch schlimmer ist die Tatsache, dass er mich noch gar nicht gefragt hat. Eric hat es im Grunde getan, doch ich habe das Gefühl, sie warten darauf, dass ich es ihnen anbiete. Ich frage mich, ob ich es ein Jahr lang packe oder ob ich nicht doch für zwei Jahre zusagen soll. Bis er wieder zu Kräften kommt und entscheiden kann, ob er verkaufen will. Als ob es nicht das wäre, was sich Eric schon seit Jahren wünscht. Eric wollte verkaufen, doch Onkel David hat gewartet, um zu sehen, ob er mich zur Übernahme überreden kann, und nun stehen wir hier … und es geht buchstäblich um Leben und

Tod. Ich kann ihm nicht sagen, dass ich wütend bin, aber ich bin es. Ich bin dermaßen wütend, dass er mich um so etwas bittet. Auch wenn er es nicht direkt tut. Ich bin so wütend, weil er erwartet, dass ich es von mir aus anbiete.«

Ihr kamen wieder die Tränen, jedes Sorgenatom der letzten zwölf Stunden kullerte aus ihren Augen.

»Ich bin so wütend. Aber ich bin auch so erleichtert.«

»Ich gehe mal Taschentücher suchen«, sagte Francesco tröstend, der verstand, dass es sich um ein zutiefst persönliches Familiengespräch handelte. »Kann ich sonst noch etwas mitbringen?« Er wusste, dass Penny in diesem Augenblick ihre Schwester brauchte und dass er sich besser noch für einen Moment zurückzog. Sie sahen ihm hinterher, wie er zum Krankenhausshop ging, um angeblich etwas zu besorgen.

»Und dann gibt es da noch Francesco«, sagte Penny mit gesenkter Stimme. »Es hat gerade angefangen, sich nach etwas anzufühlen, und ich weiß noch immer, dass es theoretisch etwas werden kann, aber er wird in London sein und ich hier, und er arbeitet im Schichtbetrieb, und ich werde die Leitung übernehmen und wahrscheinlich keinen einzigen freien Tag haben. Das schreit doch geradezu nach Herzschmerz, oder? Es würde mir das Herz brechen, ihn in London zurückzulassen – aber ich will nicht bis Weihnachten so weitermachen und dann erneut mit gebrochenem Herzen dastehen.«

Clementine rutschte auf Pennys Seite des Tisches herüber und begann, ihr durchs Haar zu streichen, so wie ihre Mutter es getan hatte, als sie klein waren.

»Nein«, betonte sie. »Du könntest es schaffen. Menschen schaffen es.« Rima streckte ihre Hände über den Tisch, nahm jeweils eine Hand einer Schwester und drückte sie fest.

»Ich bin einfach nicht stark genug, Clemmie. Ich fühle mich für nichts davon stark genug.« Penny starrte zur Decke, die verschwamm, während sie ihre Bedenken wegblinzelte. »Aber für David muss ich mich zusammenreißen, oder? Welche Bedeutung hat schon die Liebe, wenn unsere Familie zusammenbricht? Familie steht an erster Stelle, nicht wahr? Was er alles für uns getan hat …«

»Ist schon gut«, flüsterte Clementine. »Du musst dich nicht jetzt entscheiden. Ist schon gut.«

Doch Penny musste sich auf der Stelle entscheiden. Sie musste so viel in einem Augenblick entscheiden, und doch war die Entscheidung bereits gefallen: Natürlich würde sie das Red Panda übernehmen. Natürlich würde sie es tun.

»Und die Sache mit der Leihmutterschaft …«, sagte Penny abschließend. Sie konnte den Satz nicht beenden. Auch hier war die Entscheidung bereits getroffen: Die Sache müsste warten.

»Ich weiß«, sagte Clementine. »Doch das Angebot läuft nicht davon. Es gibt für alles eine Lösung.«

Penny schloss die Augen und legte ihren Kopf in Clementines Schoß. Die Tränen trockneten, und sie fühlte sich unheimlich benommen. Ihr Onkel war am Leben – doch es gab so viel mehr, das sie nun verlieren würde. Sie zählte bis fünf beim Einatmen und zählte bis fünf beim Ausatmen. Es fühlte sich an, als ob sie die Kontrolle nur darüber hätte. Fünf ein, fünf aus. Fünf ein, fünf aus. Sie zählte, bis sie auf dem Schoß ihrer Schwester einschlief.

9

Bist du sicher, dass es das ist, was du willst?«

»Ja.«

»Du willst, dass wir uns nicht mehr sehen?«

»Ja.«

»Obwohl es diese tiefe Verbindung zwischen uns gibt?«

Penny lächelte. Sie tat ihr Bestes, um ihr Bestes zu geben. Sie versuchte mit allen Mitteln, das Richtige zu tun. Es tat weh, doch sie sah keinen anderen Ausweg.

»Aber wir können Freunde sein«, sagte sie.

Francesco saß einen Augenblick auf Pennys Sofa, kaute an seiner Unterlippe und starrte auf den Couchtisch. »Aber«, setzte er an, »ich will nicht bloß mit dir befreundet sein. Ich will richtig mit dir zusammen sein.«

Penny war in der Wohnung auf und ab gegangen, während sie an jenem Abend auf ihn gewartet hatte. Er war den ganzen Tag mit ihr im Krankenhaus geblieben und hatte sie an jenem Abend zurückgefahren, sobald sie sicher sein konnten, dass David stabil war. Sie hatte ihm auf der Rückfahrt im Auto erzählt, dass sie darüber nachdachte, nach Havingley in Derbyshire zu gehen, um bis zur Genesung ihres Onkels auszuhelfen, doch Francesco hatte nicht ganz verstanden, dass sie vorhatte, für absehbare Zeit dorthin zu ziehen und Stuart das Bridges leiten zu lassen. Als sie am nächsten Morgen aufwachte, war ihr völlig klar, was als Nächstes passieren musste.

»Das ergibt keinen Sinn«, sagte Francesco. Er ging nicht zu ihr rüber und versuchte nicht, sie zu küssen oder sie mit einer Berührung zu überreden. Alles, was ihm blieb, waren seine

Worte, und er wusste bereits, dass sie nicht genügen würden. Ihre Körpersprache hatte sich verändert, ihre Haltung war bereits unnachgiebig.

»Ich hatte versprochen, dir nie absichtlich wehzutun«, tröstete ihn Penny. »Und du hast mir versprochen, mich nie absichtlich zu verletzen. Wenn wir das jetzt nicht beenden, dann wird einer von uns verletzt werden. Ich weiß es einfach. Ich kann nicht …« Sie weigerte sich zu weinen. Zu weinen wäre Francesco gegenüber nicht fair gewesen, denn dann hätte er sie trösten wollen, und das wollte sie nicht. »Ich kann das einfach nicht. Es ist alles zu viel. Ich bin es Onkel David schuldig.«

Sie richtete sich auf, und Francesco konnte buchstäblich sehen, wie sie sich zusammenriss.

»Ich habe mich entschieden«, sagte sie. »So muss es einfach sein. Lass uns Freunde bleiben. Ich will das unbedingt.«

Francesco fühlte sich überrumpelt, doch was konnte er schon sagen?

»Okay«, war alles, was er von sich geben konnte. Er versuchte, stark für sie zu sein, ohne zu verstehen, dass Penny es gebraucht hätte, dass er zusammenbrach und sagte, dass er ohne sie nicht leben könne und dass er mitgehen würde. Sie wusste natürlich, dass dies nie geschehen würde. Sie waren erst seit drei Wochen zusammen. Nicht mal einen ganzen Monat. Es wäre verrückt gewesen, mit ihr mitzugehen. Sie konnte es nicht verlangen, und er konnte es nicht anbieten.

Und so sagte er einfach nur: *»Okay.«*

Okay, auch wenn es alles andere als gut war.

Alles ging sehr schnell. Es wurden Vorkehrungen getroffen, damit Pennys gelegentlicher Ersatzkoch Billy das Kochen im Bridges und Stu die alltägliche Organisation des Cafés übernehmen konnten. Penny würde gerade so die Kosten decken, die entstehen würden, wenn man allen mehr Geld für ihren Arbeitsaufwand bezahlen würde, doch zumindest würde sie nichts verlieren, und das Café würde ohne sie weiterlaufen. Sie redete sich ein, es sei ja nur für ein Jahr, maximal achtzehn Monate. Sie benötigte eineinhalb Tage, um zu entscheiden, was sie mitnehmen und was sie zurücklassen sollte, und Francesco beschaffte ihr einen kleinen Mietwagen, sodass sie allein nach Havingley fahren konnte, und dann war's das. Sie würde abreisen.

Der Tag kam. Francesco half ihr, ihre Sachen aus der Wohnung zu tragen, und sie dachte, vielleicht naiv, dass er wirklich fragen würde, ob er mit ihr mitgehen könne. Die Wochen vor Onkel Davids Herzinfarkt waren die besten drei Wochen ihres Lebens gewesen, und dann hatte sich alles ganz plötzlich in einen Albtraum verwandelt, als der Mann, der wie ein Elternteil für sie war, krank geworden war, ihre Schwester erneut ans andere Ende der Welt reisen musste, Eric seine eigene Geburtstagsparty verpasst hatte und sie mit dem Mann, mit dem sie verdammt noch mal zusammen sein wollte, nicht mehr zusammen sein konnte. Wären sie nur ein bisschen länger zusammen gewesen – sechs Wochen oder drei Monate –, dann hätte sie ihn gefragt. Sie hätte gesagt: »Das ist verrückt, ich weiß, aber: Möchtest du ein Abenteuer erleben?«

Nachdem sie alles zusammen ins Auto gepackt hatten, öffnete sie die Fahrertür und stieg ein. Während sie die Tür zuschlug und den Motor startete, konnte sie sehen, wie Francesco traurig dastand, und ein Teil von ihr dachte, dass er es tun würde. Dass er sagen würde: »Penny, lass mich mit dir mitgehen.«

Er tat es aber nicht. Er sagte nichts. Sie kurbelte das Fenster runter und krächzte: »Alles wird gut.« Sie wischte sich die Tränen aus den Augen. Sie hatte gar nicht gemerkt, wann sie angefangen hatte zu weinen. »Sag mir, dass alles gut wird.«

»Alles wird gut«, sagte Francesco lächelnd.

Ihr Handy piepste. Es war Sharon. *Ich liebe dich, mutige Freundin,* lautete die Nachricht. Penny antwortete nicht.

Stuart machte ihr ein Handkusszeichen und sagte: »Fahr vorsichtig, und schick mir eine Nachricht, wenn du angekommen bist, ja?«

»Mach ich«, sagte sie. »Versprochen.«

Penny fuhr los und steuerte langsam auf die Hauptstraße zu. Sie fuhr um die Ecke und wartete mit ihrem eingeschalteten Blinker darauf, auf die Hauptstraße auszuweichen. Der Verkehr fühlte sich endlos an. Sie ließ ihren Tränen freien Lauf und erkannte, dass sie nicht mehr tapfer sein musste, als eine Träne von ihrem Kinn auf ihre zitternde Hand fiel. Sie fuhr los und ließ alles zurück – sie hatte keine andere Wahl. Das redete sie sich zumindest ein. Onkel David war ihre Welt, er war die einzige Familie, die sie außer ihrer Schwester noch hatte, und wenn es das war, was er von ihr verlangte, dann musste sie es tun.

Doch gleichzeitig schossen ihr Bilder durch den Kopf, in denen es Francesco zusammen mit ihr tat.

Dann dämmerte es ihr. Sie musste zurückfahren. Er war doch eh nicht glücklich in seinem Job – richtig?

»Oje!«, schrie sie und verstand, dass sie ihn wirklich fragen musste. Er hatte ihr gesagt, dass er, wenn möglich, für immer in London bleiben wollte, dass er den Gedanken, erneut umzuziehen, nicht ertragen konnte, doch seine Antwort spielte keine Rolle – das Leben war zu kurz, um nicht zu fragen. Sie wusste das nur allzu gut, und sie glaubte nicht, dass eine Verbindung wie ihre öfter im Leben zu finden sein würde. Sie wettete, dass es da draußen Menschen gab, die eine Beziehung wie diese *nie* erlebt hatten und … Wollte sie nicht genug darauf vertrauen, um umzukehren und zumindest mal *zu fragen?*

Ein Auto hupte hinter ihr, und sie fällte ihre Entscheidung. Sie machte eine Kehrtwendung und bog wieder in die Straße ein, von der sie gerade gekommen war. Penny fuhr nur mit vierundzwanzig Kilometern pro Stunde, doch sie hatte das Gefühl, mit hundertsechzig zu fahren, wegen des Adrenalins, das durch ihren Körper floss.

»Das ist verrückt …«, übte sie zwischen ihren Atemzügen. »Francesco! Komm mit mir mit!«, übte sie.

Sie fuhr das Auto um die letzte Ecke zurück zum Bridges und konnte ihn noch immer vor dem Café stehen sehen. »Ich komme!«, sagte sie zwischen zwei Atemzügen. Doch dann konnte sie eine weitere Person neben ihm erkennen – eine Frau. Sie hatte langes, wildes, lockiges Haar und die Hautfarbe einer polierten Walnuss. Die Frau gestikulierte mit den Händen, und Francesco gestikulierte zurück. Penny war so weit von ihnen entfernt, dass sie sie nicht hören konnte, aber nah genug, um sie zu sehen, und Penny sah, wie die Frau ihr Gesicht gegen seins drückte. Penny hielt an. Sie wartete darauf, dass sich Francesco losriss, dass alles ein Missverständnis wäre, dass er sich umdrehen und sie sehen und verstehen würde, dass sie es getan hatte – dass sie zurückgekommen war, um ihn zu holen. Doch das Gegenteil geschah. Ihre Gesichter blieben aneinandergepresst, und Francesco drückte die Frau gegen die Wand des Cafés – Pennys Café –, und bevor Penny es richtig verstand, hatte sie den Rückwärtsgang eingelegt, ihre Spiegel kontrolliert und war um die Ecke gebogen, um so schnell wie möglich auf die M1 nach Norden zu kommen. Als sie Toddington Services erreicht hatte, war sie davon überzeugt, die ganze Zeit gewusst zu haben, dass Francesco ihr das Herz brechen würde, und sie war erleichtert, dass sie nun die Wahrheit über ihn herausgefunden hatte.

Die Entscheidung, ihn zu hassen, war das Einzige, was sie schließlich dazu brachte, mit dem Weinen aufzuhören.

10

Sechs Monate später im November

Bedienung!«, rief Penny hinter dem Pass. Vier Teller standen bereit, um an Tisch vier geliefert zu werden.

»Ja, Chefin!«, antwortete Agnieszka, eine polnische Kellnerin mit alabasterweißer Haut und blauen, katzenartigen Augen.

Penny sprach schnell und entschlossen. Sie musste noch Gerichte für zwei weitere Tische vorbereiten. »Wir haben die sri-lankischen Königsgarnelen und das Kabeljau-Curry«, sagte sie und wischte mit dem Tuch, das auf ihrer Schulter lag, einen kleinen Tropfen Flüssigkeit von der Schüssel. »Das ist das Derbyshire-Lammkarree, das ist das Club Sandwich, und das«, sagte sie und wies auf das letzte Gericht, »ist das Schweinefleischkotelett mit Äpfeln. Beilagen sind Gemüse der Saison, Wirsing in Sahnesoße und zwei Portionen Parmesan-Trüffel-Pommes. Danke.« Sie wandte sich an ihre Souschefin Manuela. »Wie lange braucht die Soße für das geschmorte Rindfleisch noch?«

»Dreißig Sekunden«, antwortete Manuela, ohne ihren Blick von der Pfanne zu heben, in der sie kräftig rührte.

Manuela war eine kleine, über fünfzigjährige Frau von den Philippinen, die Onkel David vor sieben Jahren wegen ihrer ruhigen Art und ihrer hohen Arbeitsmoral eingestellt hatte. Penny hatte sie im Laufe der Jahre nach und nach kennengelernt, als sie ihren Onkel besucht hatte. Manuelas Fähigkeiten lernte sie jedoch erst so richtig kennen, als sie den Pub von ihm übernommen hatte. Es stellte sich heraus, dass Manuela die Küche mehr oder weniger seit den letzten Weihnachten führte, als

Onkel Davids Kräfte nachgelassen hatten, also dachte sie wie eine Chefköchin – das machte sie zur besten Souschefin, die sich Penny nur hätte wünschen können.

Penny bereitete ein weiteres Curry und Schweinekotelett auf dem Teller vor, rief die Bedienung und nahm dann die letzten Gerichte des Tages in Angriff.

»Tisch eins sagt, es war köstlich«, trillerte Agnieszka, während sie mit den abgeräumten schmutzigen Tellern am Arbeitsgang vorbeizog.

»Ahhh, danke!«, antwortete Penny und wischte sich den Schweiß von der Stirn.

Haare klebten ihr im Gesicht. Sie hatte sie nach dem Umzug abgeschnitten, sodass sie nun schulterlang waren. Die Überreste eines Ponys, der – wie sich herausgestellt hatte – nicht zu ihr passte, hingen ihr ins Gesicht. Wie viele Frauen mussten an den unglückseligen »Ponys nach einer romantischen Verwüstung« leiden, um wieder glücklich zu werden? Es war wie eine Selbstverstümmelung, eine ästhetische Verstümmelung, die den Seelenzustand widerspiegelte.

Penny fügte hinzu: »Wie viele Gedecke waren es heute Abend?«

»Ich frag mal Charlie«, sagte Agnieszka prompt mit starkem Akzent. Penny bewunderte sie – sie beschwerte sich nie, die Kunden liebten sie, und sie ließ sich von niemandem etwas gefallen.

Penny knipste die Lichter gegenüber dem Herd aus und spürte sofort die Hitze, die von ihnen ausging.

»Wir müssen heute Abend mehr als siebzig Kunden bedient haben«, verriet Manuela. »Vielleicht fünfundsiebzig.«

»Es hat sich wie hundertfünfundsiebzig angefühlt«, antwortete Penny und schlüpfte aus einem ihrer Crocs, um ihren Knöchel dehnen zu können. »Ich kann mich noch immer nicht an den Sprung von dreißig oder vierzig Tellern pro Tag auf das hier gewöhnen. Das hier macht mich fertig.«

»Sie kommen alle wegen dir hierher, Pen«, sagte Manuela grinsend. »So etwas habe ich noch nie erlebt. Du machst den Pub berühmt.«

Das Red Panda mauserte sich unter Pennys Leitung. Ihr Einfluss auf die Stimmung des Personals, die Küche, die Deko – alles veränderte sich so schnell. Der Profit stieg, die Fixkosten waren niedriger, doch mehr als das: Sie war gut darin, einen größeren Laden zu betreiben. Es hatte ein paar Anfangsschwierigkeiten gegeben – sie hatte nicht gewusst, wie die Kasse funktionierte, und hatte in ihren ersten drei Wochen den Dienstplan vermasselt, ganz zu schweigen davon, dass sie an einem Sonntag verschlafen und den Service verpasst hatte, weil sie daran gewöhnt war, dass das Bridges am Sonntag geschlossen blieb und sie den Tag freihatte –, aber im Großen und Ganzen hatte sie ihren Rhythmus gefunden. Vielleicht lag es daran, dass sie sich auf nichts anderes konzentrieren musste – keinen Mann, der sie ablenken, keine Großstadt, die sie verführen und ihre Zeit in Anspruch nehmen konnte. Und Onkel David hatte recht, diese andere Art von Stress ließ sie aufblühen. Penny aktualisierte die Speisekarte, modernisierte die Art der Bedienung, legte Schulungstage fest und führte »Familien-Abendessen« ein, an denen die Angestellten zwischen den Mittags- und Abendschichten verpflegt werden konnten.

Sie vermisste Sharon und Stuart und ihre kleine Küche im Bridges. Sie vermisste ihre Routine und ihren Tagesrhythmus. Sie vermisste ihr altes Leben sehr, doch sie fand Trost in den üppigen grünen Hügeln, die sie umgaben, und der fast schamlosen Freundlichkeit der Einheimischen. Es war schön, Spaziergänge zu unternehmen und Menschen zu begegnen, die ihren

Namen kannten und sich nach ihrem Onkel erkundigten. Es gab kaum noch Leute, die sie aus der Schulzeit kannte – viele waren nach Nottingham oder Leicester gezogen, dadurch lag das Durchschnittsalter eher bei sechzig als bei dreißig. Doch ihre Mutter war in Havingley begraben, sodass Penny sich ihr näher fühlte. Sie genoss auch den Tapetenwechsel, und der physische Abstand führte zugleich zu einem gedanklichen Abstand.

Vor allem von *ihm*.

Penny war in ihrem Versprechen an sich selbst unerschütterlich geblieben: Sie hatte nie um ihn geweint und hatte auch nicht mehr mit ihm gesprochen, seit sie fortgegangen war.

Dieses Arschloch, nannte ihn Sharon. Sie war noch wütender als Penny. *Dieses Arschloch.* Auch Penny versuchte, seinen Namen nicht auszusprechen.

Sie nannten ihn nur noch *dieses Arschloch.*

Dieses Arschloch versuchte wochenlang nach Pennys Abreise immer und immer wieder, Nachrichten zu schicken und anzurufen. Er schickte ihr sogar einen Brief in den Pub. Er fing hoffnungsvoll an, fragte, wie es ihr ging, ob sie miteinander sprechen könnten – sie hatten keine »Kommunikationsregeln« festgelegt, doch Freunde blieben in Kontakt, also versuchte er, mit ihr in Kontakt zu bleiben.

Bleib doch in Kontakt mit der Frau, die du geküsst hast, dachte Penny.

Sie hatte die Situation von allen Seiten betrachtet und versucht, eine Erklärung zu finden. Es hätte seine Ex sein können, doch nach dem, was er ihr erzählt hatte, war sich Penny sicher, dass er nie wieder mit ihr hätte zusammen sein können. Hatte er in der Zeit, in der sie zusammen waren, eine andere gedatet? Clementine konnte das nicht glauben. Sharon sagte, es sei gut, dass sie immerhin früh herausgefunden hätte, dass er ein Arsch war. Stuart behauptete, nichts gesehen zu haben, doch er erinnerte sich vage an eine Frau mit großen Locken, die einmal nach Francesco gefragt hatte, was ihm merkwürdig vorgekommen war, denn wie hätte sie wissen können, dass Francesco im Bridges war? Nicht, dass das jetzt noch eine Rolle spielen würde. Penny musste ihren Job erledigen: das Red Panda fit machen und sechs Monate später, wenn Onkel David vollständig genesen war, wieder nach Hause fahren. Es war nicht so, dass sie es hasste, im Pub sein zu müssen, aber sie wusste, dass es nicht der richtige Ort für sie war. London war einfach ganz klar ihr Zuhause.

Onkel David war einmal zu Besuch gekommen, doch ansonsten erholte er sich in der Zweitwohnung von Erics Schwester in Cornwall. Sein Teint war sogar noch Monate nach dem Herzinfarkt fahl, und Penny hatte Eric gegenüber vorsichtig angedeutet, dass er vielleicht depressiv sei. Penny hatte es selbst erlebt – das Gefühl der totalen Hilflosigkeit, wenn der Körper einen so im Stich gelassen hatte, wenn man nichts anderes tun konnte, als sich auszuruhen, es langsam anzugehen und die Hilfe anderer anzunehmen. Penny wusste, dass es nicht möglich für ihn gewesen wäre, wieder zu arbeiten. Es hatte wirklich keine andere Wahl gegeben. Sie wäre so oder so hier gelandet, also musste sie jetzt das Beste daraus machen. Sie hielt den Kopf gesenkt, konzentrierte sich auf den Pub und machte weiter.

Pennys Lieblingsperson im Red Panda, auch wenn sie Manuela und Agnieszka sehr mochte, war immer noch ihr alter Freund Charlie.

Nachdem Penny und Clementine aus einem sechzehn Kilometer entfernten Dorf zu ihrem Onkel nach Havingley gezogen waren, waren sie oft zusammen mit Charlie zur Schule gegangen oder hatten nach den Hausaufgaben mit ihm zusammen abgehangen, Marmeladenbrote gegessen und ferngesehen. Charlies Mutter hatte als Reinigungskraft im Pub gearbeitet und Penny und Clementine unter ihre Fittiche genommen, sie hatte nie Fragen über ihre Mutter gestellt und nie ein böses Wort über ihren Vater verloren. Sie war einfach im Hintergrund da gewesen, mit einer Gutmütigkeit, die nie über das mütterliche Maß hinausgegangen war, und hatte durch Kontinuität für Ruhe gesorgt. Als Erwachsene hatte Penny erkannt, dass Kontinuität die halbe Miete für das tägliche Wohlbefinden war. Sie hatte in ihren Zwanzigern so viel Zeit damit verbracht, jede Art von Banalität in der Routine zu vermeiden, und doch war es unvermeidlich, je älter sie wurde, Banalität oft als die süßeste Art von Zuflucht zu erkennen.

»Du bleibst hier«, sagte Charlie zu Penny, während sie zwischen der Mittags- und Abendschicht an alten Flaschen und Fässern im Keller entlangwateten. Eine Stimme hatte nach unten gerufen, und Charlie hatte sofort erkannt, dass es Priyesh, der Weinhändler, war. Penny verdrehte die Augen.

»Ich kümmere mich um ihn«, sagte Charlie. »Ich weiß, wie. Wir wollen schließlich nicht, dass er dich wie beim letzten Mal eine ganze Stunde festhält.«

Penny verzog den Mund, als sie sich daran erinnerte – Priyesh war ein Mann, der Monologe und Zuhörer liebte. Kurz nachdem Penny das Lokal übernommen hatte, hatte er sie bei den Recyclingtonnen so lange vollgequatscht, dass sie mit einem Sonnenbrand in die Küche zurückgekehrt war. Seither ging sie ihm aus dem Weg und verwies darauf, dass Charlie so kompetent war, sich um die Barangelegenheiten zu kümmern. In Wirklichkeit mochte sie Priyesh schlicht und einfach nicht.

Charlie war nichtbinär und hatte erst vor Kurzem erklärt – Penny zufolge war er dabei sehr geduldig –, nicht mehr »sie«

oder »er« genannt werden zu wollen. Charlie war »they« oder »them« und hatte klargestellt, dass Penny das nicht verstehen musste, um es zu respektieren, was Penny implizit verstand.

Penny nahm gerade die hintersten Flaschen aus dem Weinregal, als Charlie nach oben zur Bar schrie. Sie wischte den Staub von einem Tignanello Antinori aus der Toskana, Jahrgang 2016, ab und bewunderte ihren Fund. Vielleicht behalte ich die, dachte sie, während ihr das Gesicht *dieses Arschlochs* in den Sinn kam. Plötzlich sah sie ihn und sich vor dem brennenden Kamin sitzen, wie sie den Wein zusammen tranken, wie er die Umgebung auf sich wirken ließ und diesen neuen Ort bewunderte, den sie ihr Zuhause nannte. Es gab so vieles aus den vergangenen sechs Monaten, das sie ihm gerne erzählt hätte – wenn sie miteinander gesprochen hätten.

»Nun, ich hatte eigentlich gehofft, die Inhaberin zu sprechen«, waren die Worte, die Penny von oben hören konnte. Priyeshs Stimme war dröhnend und befehlend, und Penny verdrehte wieder die Augen. Sie konnte nicht anders. »Es scheint mir nicht angebracht, nicht mit der verantwortlichen Person zu sprechen.«

Penny trat ein paar Zentimeter näher an die Leiter heran, die nach oben führte. Sie wusste, sie *sollte* den Weinhändler sehen, doch sie konnte sich heute nicht dazu durchringen, ein Lächeln aufzusetzen und charmant zu sein. Nicht, wenn ihr tüchtiger Manager da und viel besser darin war, ihn schnell wieder loszuwerden. Was waren das für Männer, die so gerne redeten und nie einen Wink verstanden? Er sollte Charlies Autorität respektieren, dachte Penny.

Charlie sagte: »Es sei denn, du willst dich in deinem dreiteiligen Anzug durch die Spinnweben im Keller kämpfen. Ich glaube nicht, dass heute dein Tag ist.«

Gut gemacht, dachte Penny. *Zeig's ihm.*

»David hat sich immer die Zeit genommen«, fuhr der Mann fort. »Das ist das zweite Mal, dass ich hier bin und sie beschäftigt ist. Ich will das nicht persönlich nehmen müssen.«

»Priyesh, bist du auf ein Gratismittagessen aus? Geht es dir eigentlich darum?«

»Wohl kaum«, antwortete Priyesh. »Du weißt ganz genau, dass ich sehr wohl mein Mittagessen selbst bezahlen kann. Auch wenn David mir seine Gerichte oft zum Probieren gegeben hat. Ich habe nämlich einen sehr feinen Gaumen.«

»Ich bin mir sicher, dass du den hast«, sagte Charlie. »Hör mal. Wir brauchen ein bisschen Zeit, bis wir uns über die letzte Bestellung der Saison im Klaren sind, wenn das in Ordnung geht. Ich habe gerade erfahren, dass wir nach dem 25. Dezember schließen, und Penny hat ganze Weinkisten entdeckt, von denen wir nicht wussten, dass wir sie haben, also verschaffen wir uns erst mal einen Überblick.«

»Vielleicht kann ich behilflich sein …«, fing Priyesh an.

»Wir werden dir Bescheid geben, falls wir etwas brauchen. Penny kennt sich ziemlich gut mit Wein aus. David hat ihr eine Menge beigebracht.«

»Nun, wir wissen ja, wer *David* alles beigebracht hat.«

Penny machte ein würgendes Geräusch aus dem unteren Stockwerk. Er war wirklich die ödeste Person, die jemals die Schwelle des Red Panda überschritten hatte. Sie hatte keine Ahnung, wie Onkel David mit ihm klargekommen war – sie musste ihn bei ihrem nächsten Anruf danach fragen.

»Danke vielmals für dein Verständnis und dafür, dass du persönlich und unangemeldet vorbeigekommen bist. Das ist eine tolle Dienstleistung«, sagte Charlie, und Penny konnte am Tonfall erkennen, dass er es zähneknirschend sagte.

»Nun, wie ich schon erwähnte. Ich hatte gehofft, Penelope zu sehen.«

»Sie nennt sich einfach nur Penny«, sagte Charlie seufzend. »Ich glaube nicht, dass wir Menschen ohne ihr Einverständnis anders nennen sollten, als sie selbst es tun.«

»Verstehe«, sagte Priyesh. »Penny. Nun gut. Bitte gib ihr meine Visitenkarte und sag ihr, dass ich mich auf einen Termin freue, sobald wir eine passende Zeit finden. Ich gebe mein Bestes, nicht beleidigt zu sein, und doch befinden wir uns nun in dieser Situation.«

»Ich werde es ihr ausrichten.«

»Was für ein Blödmann«, sagte Penny, als Charlie in den Keller zurückkam.

»Ich wollte deine Meinung nie beeinflussen«, sagte Charlie. »Aber ja.«

»Ich habe eine Idee.« Penny grinste und zog eine weitere Tignanello-Weinflasche hervor. »Schick ihm doch eine Einladung zu unserer Mitarbeiter-Weihnachtsfeier, damit ich ihm ein wenig Aufmerksamkeit schenken, ihm aber gleichzeitig auch aus dem Weg gehen kann. Wenn ich unsere Gesprächssituation von letztem Sommer noch einmal erleben muss, sterbe ich. Ich würde vor lauter Langeweile eingehen. Und Penelope? Igitt. Seit dem Tod meiner Mutter hat mich niemand mehr so genannt.«

Die Erwähnung ihrer Mutter ließ ihr Herz doppelt so schnell schlagen. *Bum, bum, bum, bum* – sie würde nie ihre Mutter erwähnen können, ohne den Verlust noch einmal zu durchleben. Trauer manifestierte sich nun mal so. Ein Ende war nicht in Sicht.

»Priyesh auf einer Party«, staunte Charlie. »Das kann ich mir nicht vorstellen.«

»Er ist wirklich so schlimm, nicht wahr? Ich habe mir das schon bei meiner ersten Begegnung mit ihm gedacht. Ich kann es nicht fassen, dass wir nicht darüber gesprochen haben!«

»Er ist einfach bloß … verklemmt. Er hat nur das Geschäftliche im Kopf, lacht selten und hält einen auf Distanz. Du kannst ihn nach seinem Wochenende oder sonst was fragen, und er wird immer antworten: ›Gut, danke.‹ Er stellt nie Gegenfragen oder erzählt Genaueres. Ich kenne ihn nun schon seit sieben Jahren, kann dir aber außer seinem Namen nichts über ihn sagen. Und er scheint sich für nichts außer *meinen* Namen zu interessieren. Ich finde das ziemlich merkwürdig.«

»Wie alt schätzt du ihn?«

»Fünfundvierzig, vielleicht fünfzig?«

»Ja, das denke ich auch. Er ist ja eigentlich ganz fit. Aber langweilig. Aber auch … fit! Glaubst du, dass er verheiratet ist?«

»Oh, das ist etwas, das ich tatsächlich weiß. Nicht von ihm. Ich glaube, er war vor einiger Zeit verheiratet – bevor ich hier in Vollzeit angefangen habe –, doch sie hat ihn verlassen. Er hat dieses Riesenanwesen, auf dem er allein lebt und Wein verkauft. Fürs Protokoll, ich habe das Anwesen nie gesehen, das ist ein reines Gerücht. Aber ja, anscheinend hat sie ihn sitzen gelassen.«

»Normalerweise würde ich eine bissige Bemerkung über tratschende Kleingeister machen, aber da bin ich und höre mir den Klatsch selbst an.«

»Ich kümmere mich darum, dass er auf jeden Fall eine Einladung zur Party bekommt«, sagte Charlie. »Ich kann es nicht fassen, dass schon bald Weihnachten ist.«

»Und unser Finanzziel für dieses Jahr haben wir auch schon erreicht«, sagte Penny. »Das bedeutet, wir können es an Weihnachten ruhiger angehen lassen. Ich kann es kaum erwarten, bis in die zweite Woche des neuen Jahres zu schließen. Ich brauche eine echte Pause.«

»Ja, es waren ziemlich viele Veränderungen in letzter Zeit«, stimmte Charlie zu.

»Ja, ne …« Penny seufzte und ließ sich auf ein Bierfass fallen, um Luft zu holen. »Ich bin so dankbar, dass du hier bist. Habe ich dir das in letzter Zeit gesagt?«

»Nun, nicht in den letzten fünfundvierzig Minuten.«

Penny lachte. »Was hältst du von dieser Flasche Rotwein heute Abend? Auf Netflix läuft *Wie ein einziger Tag* – falls du Lust hast, zusammen mit mir wie ein Kleinkind zu weinen. Das ist eine meiner Lieblingsbeschäftigungen. Aber um Mitternacht muss Schluss sein, sonst bin ich am nächsten Tag nicht zu gebrauchen.«

»Ich bringe Minstrels mit«, schlug Charlie vor.

»Ohhh, vielleicht auch süßes und salziges Popcorn?«

»Ist gebongt.«

Am nächsten Tag hatte Penny einen Kater von der Flasche Rotwein, die sie sich mit Charlie geteilt hatte, und der Margarita, die sie als Aperitif getrunken hatten. Das war alles, was es brauchte – einen Cocktail und eine halbe Flasche Wein –, um sich am nächsten Tag so richtig beschissen zu fühlen.

»Nun, Liebes«, sagte Onkel David. »Das ist nicht gerade wenig, nicht wahr?«

»Ach, Schnauze«, schoss Penny zurück, und Onkel David schaute extrem geschockt via FaceTime, was Penny sofort zum Weinen brachte. »Tut mir leid«, schnüffelte sie erbärmlich. »Tut mir leid, Davvy.«

»Ist schon gut, Liebes. Sind das Kater-Tränen? Oder ist es was anderes?«

Penny schüttelte den Kopf. Onkel David sah noch immer nicht wirklich gesund aus, und das stimmte sie traurig. Sie merkte, dass er immer noch schwach war, immer noch nicht er selbst. Sie wollte nur, dass es ihm endlich mal besser ging.

»Kater-Tränen«, sagte Penny in der Hoffnung, dass das auch

stimmte. Sie war mit einem Engegefühl in der Brust aufgewacht, als würde sie ersticken. Nicht wörtlich, sondern emotional. Vielleicht lag es daran, dass sie am Abend davor getrunken hatte, doch während sie sich ihren Morgenkaffee kochte und die Nachrichten einschaltete, machte sie sich wegen allem Sorgen. Sie hatte Angst um Onkel David, machte sich Gedanken über ihr Leben, und komischerweise dachte sie auch über *dieses Arschloch* nach. Es war sicherlich nicht normal, so lange Zeit von einer Affäre besessen zu sein. Sicherlich überdramatisierte sie das Ganze. Sie hasste es, wie er in ihren Kopf eindringen und ihre Aufmerksamkeit in Anspruch nehmen konnte. Er dachte wahrscheinlich gar nicht an sie. *Wer war noch mal Penny?*, fragte er bestimmt, wenn ihn jemand nach ihr fragte.

David lächelte in die Kamera. »Trink ein schönes großes Glas Wasser und setz dich vor der Arbeit fünf Minuten in die Sonne, in Ordnung, Jelly Belly?«

»Ja«, sagte sie.

»Und fahr einfach mal ein bisschen raus aus Havingley, wenn du Zeit hast. Ich weiß, es ist viel zu tun, aber es ist wichtig, dass du dir eine Auszeit gönnst, auch wenn es nur für einen Nachmittag ist.«

»Ist gut«, erklärte Penny. »Tut mir leid, dass ich weine. Ich glaube, meine Hormone spielen ein bisschen verrückt. Ich werde das nächste Mal den Arzt dazu befragen.«

»Hab dich lieb«, tröstete David sie. »Du machst mich dermaßen stolz. Ich wäre sowieso stolz, aber jetzt … du weißt schon … Danke! Ich weiß, dass du nie nach Havingley zurückkommen wolltest, und ich bin dir sehr dankbar, dass du es trotzdem getan hast.«

»Ist schon okay. Ich hab dich auch lieb«, sagte Penny. »Sag auch Eric, dass ich ihn lieb habe.«

»Mach ich, Liebes. Hab einen schönen Tag.«

Das Wasser und die fünf Minuten in der Sonne halfen, und zum Glück war Penny mit den Küchenvorbereitungen so weit voraus, dass sie, zumindest wenn wenig Betrieb war, Zeit haben würde, vor dem Abendessen ein Nickerchen zu machen. Sie war aber auf jeden Fall etwas empfindlich, und so zuckte sie zusammen, als sie den Kies auf dem Parkplatz sehr laut knirschen hörte. Jemand war superschnell aufgefahren. Zwei weitere Autos folgten.

»Was zum Teufel …?«, murmelte sie und blickte aus dem Fenster. »Wer zum Teufel sind diese Typen, Manuela? Hast du die schon mal gesehen? All die Sportwagen auf dem Parkplatz?«

»Das sind die Jungs«, sagte Manuela und rollte die Augen. »Eine große Gruppe, die kommen alle drei, vier Monate. Die trinken und fahren dann wieder nach Hause.«

»Sie trinken und fahren Auto?«

Manuela nickte. »Aber sie lassen auch viel Geld da.«

»Typisch«, sagte Penny und reckte den Hals, um sie besser sehen zu können. »Ich sollte was sagen. Sie können nicht so schnell fahren! Sie könnten jemanden umbringen! Uff!«

»Idioten«, ergänzte Manuela.

Etwas später sagte Charlie, dass die Gäste von einem der Tische die Chefköchin kennenlernen wollten. Das war seit ihrer Ankunft schon einige Male vorgekommen, allerdings überraschte es Penny noch immer, dass Gäste ihr persönlich ein dickes Lob für die Gerichte aussprechen wollten.

Wenn es in der Küche gut lief, war es wie beim Ballett – sie und Manuela arbeiteten harmonisch zusammen und kreierten die Gerichte, Paul war am Dessertposten, und Ollie wusch das Geschirr ab. Es war echte Teamarbeit, die Schichten, in denen Penny besonders viel zu tun hatte, waren die glücklichsten, und das merkte man dem Essen an. Das waren die Schichten, in denen die Gäste darum baten, ihr die Hand zu schütteln, und nach ihrem Onkel und ihren Zukunftsplänen für den Pub fragten. Das waren die Tage, an denen sie das Gefühl hatte, dort hinzugehören. Heute jedoch war kein solcher Tag. Ihr Kater machte Penny gereizt. Sogar gegenüber Manuela *und* Paul verlor sie die Geduld. Alles fühlte sich nach zu viel Arbeit an, und an Tagen wie diesen bröckelte die optimistische Fassade, die sie sich zugelegt hatte – also, dass es für sie in Ordnung war, dort zu sein, dass sie das Bridges nicht so sehr vermisste, dass es ohnehin nur für ein Jahr sein sollte. Sie hatte versucht, nicht mehr rauszugehen und mit den Gästen zu sprechen, die sie sprechen wollten, doch Charlie sagte, die Gruppe sei hartnäckig. Erst dann verstand Penny, dass es sich um die Gruppe der Männer mit den schnellen Autos handeln musste, die, die beim Mittagessen zu viel tranken und so dämlich waren, anschließend mit dem Auto nach Hause zu fahren.

»Oh Gott«, sagte sie zu Charlie. »Fürs Protokoll, ich habe versucht, mich dagegen zu sträuben. Wenn ich also gleich mit einem dieser Idioten in Streit gerate, dann habe ich einen Freibrief.«

»Du bist zu charmant, um unhöflich zu sein«, sagte Charlie. »Doch nur, damit du es weißt: Ich bin auch verkatert und bin gut mit ihnen klargekommen, also keine Ausreden.« Charlie lächelte beschwichtigend und machte sich daran, die Gläserspülmaschine zu leeren.

Penny ging durch die Tür und versuchte, ein möglichst freundliches Gesicht aufzusetzen. Die Küche führte weiter zur sogenannten »Bottom Bar« mit fünf Tischen, die nun alle leer waren. Die Männergruppe saß hinter dem Torbogen in der »Top Bar«, was bedeutete, dass sie Penny hörten, bevor sie sie sehen konnten.

Sie kam um die Ecke, und alle schauten auf.

»Wooowww!«, schrie einer von ihnen, als ob er bei einem Footballspiel wäre. »Die Chefin!«

Die anderen Männer am Tisch – sechs von ihnen, alle ungefähr in Pennys Alter, wenn nicht sogar ein bisschen älter, trommelten immer lauter mit den Fingern auf das Holz, bis ein blonder Lockenkopf durch den ganzen Lärm brüllte: »Also gut, Jungs, sie hat's kapiert! Sie hat's kapiert!«

Penny stand amüsiert da und fragte sich, ob das alles war. Das Trommeln verstärkte das Pochen in ihrem Kopf. Die Männer unterhielten sich wieder untereinander und stritten darüber, wer die Rechnung bezahlen durfte, die in der Mitte des Tisches lag. Sie schwenkten mit ihren Kreditkarten wie mit Schwertern und wetteiferten darum, die Rechnung, die mehrere Hundert Pfund betrug, zu begleichen, um sich damit wichtigmachen zu können.

»Danke, meine Herren«, sagte Penny und drehte sich um. »Ich freue mich, dass es Ihnen geschmeckt hat.« Normalerweise hätte sie hinzugefügt: *Kommen Sie gerne wieder*, doch sie war sich nicht sicher, ob sie das wirklich wollte. Sie waren verdammt laut.

»Ich entschuldige mich im Namen aller«, brüllte ihr der blonde Lockenkopf hinterher. »Wir hatten eine tolle Zeit!«

Penny drehte sich nicht um. Sie wollte eine rauchen. Und sie wollte, dass diese Männer nach Hause fuhren.

Es war ein trockener Wintertag, also setzte Penny sich auf die Hintertreppe zum Parkplatz, um ihre selbst gedrehte Zigarette zu rauchen. Sie mochte es normalerweise nicht, wenn Gäste ihre Mitarbeiter beim Rauchen oder Herumhängen beobachten konnten, und für jeden anderen wäre sie aufgestanden und hätte sich versteckt – doch auch der Kater tat sein Übriges, und so blieb sie, wo sie war, als die Männergruppe aufbrach.

»Ach, hey!«, sagte einer von ihnen, als er sie sah. Es war der blonde Lockenkopf. Er trug Seidenjogginghosen von Gucci, die mit ihren ineinander verschlungenen »Gs« ihren Designerstatus laut verkündeten. Sein T-Shirt mit Kragen war ähnlich gemustert, war jedoch von Louis Vuitton, und er hatte die Ärmel seines Burberry-Mantels hochgekrempelt, damit man seine riesige Omega-Seamaster-Uhr sehen konnte. Penny hatte sie erkannt, weil Onkel David einmal eine ähnliche für Eric gekauft hatte, nur dass der sie ihn zurückbringen ließ, denn: »Niemand braucht eine Uhr für fünf Riesen, nur um sich die Zeit anzeigen zu lassen, du Depp.«

Ein Playboy, war ihre Einschätzung. *Er ist ein richtiger Playboy.* Sie konnte fast darauf wetten, dass, wenn sie ihn auf Instagram gesucht hätte, sie ein Foto nach dem anderen von ihm in verschiedenen halb nackten Posen und an zahlreichen exotischen Schauplätzen im ganzen Land, wenn nicht sogar auf der ganzen Welt, gefunden hätte. Sie wettete, dass er auf keinem Foto lächelte – er würde nur einen Schmollmund machen – und dass er sich, wenn er sich nicht schon für *Love Island* beworben hatte, zumindest vorgestellt hatte, dass sie ihn sofort genommen hätten. Er war *diese* Art von Mann. Diese Art von Playboy.

»Ich komme leider nicht allzu oft nach Hause«, sagte der Playboy, streckte eine Hand aus und forderte sie auf, sie zu schütteln, »und ganz ehrlich, ich werde es umso mehr vermissen, jetzt, da ich weiß, was aus meinem Pub geworden ist. Kompliment«, fügte er hinzu. »Das war das beste Essen, das ich seit Langem gegessen habe. Und sorry, dass wir so laut waren. Dafür gibt es keine Entschuldigung. Wir sind nach einem Drink nur ein bisschen albern.«

Penny stand nicht auf, sondern streckte nur eine Hand aus.

»Du bist sehr freundlich«, sagte sie steif. »Danke.«

Er wartete darauf, dass sie noch etwas hinzufügte, doch Penny schwieg. Sie war völlig erschöpft und hatte keine Zeit für Männer, die sich wie Rüpel benahmen und betrunken Auto fuhren.

»Bist du hier aufgewachsen?«, drängte der Playboy. »Der Barkeeper hat erwähnt, du seist mit Dave verwandt.«

»David«, antwortete Penny und nahm den letzten Zug ihrer Zigarette.

»Oh, ja, David. Ich nenne ihn Dave – es ist ein Insiderjoke zwischen uns.«

Penny stand auf, um wieder hineinzugehen und ein Nickerchen zu machen, das sie sich selbst versprochen hatte.

»Du bist nicht sehr gesprächig heute, was?«

Penny zog die Augenbrauen hoch. »Ich bin nur müde und habe eine Menge zu tun.« Sie wusste, dass sie offenkundig distanziert war, also fügte sie hinzu: »Danke, dass du mir gesagt hast, wie sehr es dir geschmeckt hat. Einen schönen Nachmittag.«

Er wollte sie nicht gehen lassen.

»Warst du vielleicht auf der Schule in Havingley?«, fragte er. »Es kommt mir so vor, als ob ich dich kennen würde.« Sie drehte sich um, um ihn anzuschauen. »Wie alt bist du?«

Penny atmete laut aus. »Ich hatte gerade Geburtstag. Ich bin einunddreißig. Und ja, das war ich.«

»Ich wusste, dass ich dein Gesicht kenne! Ich bin Thomas. Thomas Eddlington. Ich war einen Jahrgang über dir.«

Penny schloss die Augen und versuchte, ihn einzuordnen. »Hast du Veronica Meadows gedatet?«

Der Playboy – Thomas – stieß einen Schrei aus. »Ja! Verny! Sie ist jetzt mit ihrem Studienfreund verheiratet. Hat zwei Kinder und ein großes Haus in Sheffield.«

»Toll für sie«, sagte Penny. »Ich meine, es sei denn, sie hat dich wegen des Mannes, mit dem sie jetzt verheiratet ist, verlassen. Dann wäre es natürlich scheiße, in deiner Haut zu stecken.« Der Playboy lachte.

»Nein, nein, wir hatten schon längst Schluss gemacht. Ich glaube, ich habe mit ihrer Freundin rumgeknutscht. Alles sehr unreif.«

»Ich bin geschockt.«

»Hey, beurteile mich nicht nach einem lauten Mittagessen. Ich habe mich entschuldigt!«

»Nun. Wie auch immer. Ich muss wirklich gehen. Ihr Jungs solltet euch Taxis rufen.«

Thomas nickte. »Hör mal. Hm. Ich bin in den nächsten zwei Wochen in der Gegend«, fuhr er fort. »Ich bin im Musikgeschäft, und da geht es manchmal ziemlich crazy zu, deshalb habe ich mein Haus hier draußen behalten, damit ich mich daran erinnern kann, dass ich ab und zu ein wenig runterkommen sollte, wenn ich es mal wieder übertrieben habe. Du weißt schon.«

»Partyboy«, sagte Penny. Sie sah all die leeren Flaschen vor ihrem inneren Auge – obwohl man zu seiner Verteidigung sagen musste, dass er bei diesem Gespräch nicht wie ein Betrunkener wirkte. Seine Augen waren nicht glasig oder so.

»Eigentlich trinke ich nicht wirklich. Üblicherweise bin ich der Fahrer. Ich nehme niemals Drogen. Ich glaube, ich würde süchtig werden, ich habe einen Suchtcharakter, bin aber eher ein Workaholic«, antwortete er. »Ich liebe einfach das, was ich tue.«

Penny lächelte. »Das kann ich gut verstehen«, gestand sie.

»Das kann man wohl sagen. Deine Gerichte … wow! … Du bist sehr talentiert.«

»Danke«, sagte Penny. Sie standen da. Mehr aus Höflichkeit als aus dem Wunsch heraus, wirklich mit ihm zu reden, kommentierte sie: »Musikbranche klingt aber cool.«

»Ist es auch. Es ist so cool, wie man es sich vorstellt. Ich arbeite schon seit Jahren mit Lizzo – kennst du sie? Und vor zwei Jahren ist sie total berühmt geworden. Seitdem ist es einfach nur irre. Wir waren überall.«

»Lizzo?«, fragte Penny neugierig. »Du arbeitest für Lizzo? Ich liebe sie! Ich habe gerade ihr Album gehört, während ich euer Essen zubereitet habe.«

»Ach, nee, wirklich?! Ich kann dir Tickets für eines ihrer Konzerte in England besorgen, wenn du magst. Ich bin ihr Tourmanager«, sagte er mit jungenhaftem Enthusiasmus.

»Ihr Album ist brillant«, sagte Penny. »Der Song ›Jerome‹ – uaahhh ... Den sing ich unter der Dusche. In meiner Fantasie *bin* ich Lizzo, wenn ich unter der Dusche stehe.«

Thomas kicherte.

»Nein, eigentlich mehr als das – ich bin *Lizzo in Glastonbury*«, fuhr Penny fort. »Eine Flasche Tequila in der einen Hand, das Mikrofon in der anderen ...«

»Ja, sie war super an dem Nachmittag«, bestätigte er. »Danach schwebten wir alle auf Wolke sieben.«

»Du warst da?«

»War ich. Und ich werde nicht mal so tun, als würde ich mir nichts darauf einbilden. Wie gesagt, ich liebe meine Arbeit.«

»Es steht dir auf die Stirn geschrieben«, erwiderte Penny.

Thomas schien eine Änderung in Pennys Tonfall zu bemerken, und er wechselte das Thema. »Kommst du oft von hier weg?«, fragte er hoffnungsvoll. »Ich gehe gern spazieren, versuche, viel an der frischen Luft zu sein, wenn ich hier bin. Ich bin mir sicher, dass du sehr beschäftigt bist, aber, du weißt schon, für den Fall, dass du es nicht bist. Wenn du mal was unternehmen willst.«

»Das ist ein sehr nettes Angebot«, sagte Penny. Sie wollte ihm sagen, dass sie eine Menge Freunde hatte und wenig Freizeit, doch im gleichen Augenblick realisierte sie, dass die einzige Freundschaft, die sie in Havingley pflegte, die zu Charlie war – und »they« war bei ihr angestellt. Mit allen anderen stand sie per Telefon, FaceTime oder Sprachnachricht in Kontakt, und obwohl sie geliebt und gehört und gesehen wurde, geschah sehr wenig davon tatsächlich »in echt«. Ihr wurde klar, wie sehr sie sich nach einer realen, körperlichen menschlichen Verbindung sehnte. Sie brauchte mehr Freunde. Und sie brauchte ganz sicher mehr Zeit außerhalb des Pubs, was schwer war, da sie ihn ja leitete. Sie hatte Havingley seit ihrer Ankunft nur ein paar Mal verlassen.

»Ich würde tatsächlich sehr gerne mit dir spazieren gehen.« Sie meinte es ehrlich. Erst als er sie fragte, merkte sie, dass sie sich nach frischer Luft sehnte, nach der freien Natur und im Grunde genommen nach einer Auszeit vom Red Panda. Kein Wunder, dass sie sich in letzter Zeit so ausgelaugt fühlte: Sie war völlig vereinnahmt von diesem Ort. Onkel David hatte recht.

»Schön. Dann schau ich demnächst mal vorbei und hole dich zu einem Spaziergang ab.«

Penny nickte. Es würde ihr guttun. »Ja«, sagte sie. »Großartig.«

»Okay, großartig.«

Er wollte etwas hinzufügen, tat es dann aber doch nicht.

»Großartig«, wiederholte er, bevor einer seiner Kumpel rief: »Komm schon, Eddlington. Ich muss dringend pissen.«

11

Hallo, Schwesterherz«, flötete Clementine via Sprachnachricht. »Ich weiß, es geht dir nicht so gut, und es tut mir einfach so leid. Dein neuer Wanderkumpel scheint aber eine gute Ablenkung zu sein! Wir können es kaum erwarten, dich am zweiten Weihnachtstag zu sehen. Ich vermisse dich. Ich weiß, es ist nur ein schwacher Trost, aber Onkel David ist so glücklich, dass der Pub in guten Händen ist. Ich glaube wirklich, dass es ihm Kraft gibt, weißt du. Hier ist so weit alles in Ordnung. Wir sind gefährlich nah am Budget, und ich versuche noch immer, Stella McCartney die kostspieligeren Pläne auszureden, aber so ist das nun mal im Projektmanagement! Es nimmt kein Ende! Hab dich lieb, Schwesterherz. Du machst alles so toll. Ich … ich wünschte, ich wäre bei dir. Ich weiß, dass dir meine Schuldgefühle nicht weiterhelfen, aber ich denke ständig an dich.«

Wie geht es dir, liebe Freundin? Stoke Newington vermisst dich!, lautete Sharons Nachricht.

Was haltet ihr von dieser Aussicht?, schrieb Onkel David in einer Familien-WhatsApp und fügte im Anhang ein Foto vom horizontküssenden Meer hinzu, das er von einer Bank in seinem neuen Garten aus aufgenommen hatte.

Hello, da draußen!, schrieb Stuart. *Nur um dich auf dem Laufenden zu halten, wir haben uns mit dem Elektriker geeinigt, er kommt heute Nachmittag vorbei.* 👍 *Ich weiß, du hast gesagt, du wolltest gar nicht wissen, ob Francesco noch einmal vorbeigekom-*

men ist, aber er war gerade hier. Und er hat mich gebeten, es dir zu sagen. Er meinte, er würde dich danach nicht mehr belästigen. Ich möchte nicht zwischen die Fronten geraten, aber ich glaube, er will wirklich klären, was auch immer passiert ist. Ich werde ihn nie wieder erwähnen. Aber ja. Nun weißt du es.

»Oje!«, sagte Penny laut zu sich selbst.

Sie war nicht blöd. Sie war klug genug und hatte während ihrer »Krebsjahre« genügend Therapiestunden hinter sich gebracht, um zu wissen, wie ihr Gehirn versuchte, sie vor sich selbst zu schützen. Ihr Dad hatte sie verlassen, als er wusste, dass ihre Mum sterben würde. Mo war ein Feigling, als es um ihre eigene Krebserkrankung ging – er wusste, was ihrer Mutter passiert war, und, so kam es Penny vor, machte sich aus dem Staub, solange er die Gelegenheit dazu hatte. Sein Verhalten war herzlos und seltsam und brachte Penny dazu, sich selbst zu hinterfragen. Und sobald sie gesehen hatte, wie *dieses Arschloch* eine andere Frau geküsst hatte, war es wie eine Bestätigung in ihrem Gehirn, dass sie recht gehabt hatte – man konnte den Männern nicht trauen. Es war reinste Zeitverschwendung, daran zu glauben. Sie hatte ihre absolut letzte Hoffnung in *dieses Arschloch* gesetzt, und er hatte alles kaputt gemacht mit dieser Frau, wer auch immer sie war, also war's das. Es spielte keine Rolle, ob es die Wahrheit oder eine bequeme Methode war, sich innerlich von ihm und dem, was sie miteinander erlebt hatten, zu distanzieren, sie war raus. Sie würde ihn nie wieder in ihr Herz lassen.

Sie vermisste ihn jedoch als Freund.

»Nun«, sagte Charlie, als Penny ihre psychologisch fundierte Theorie darlegte. »Vielleicht bedeutet es, dass du ihn als Freund zurückhaben kannst. Nur du allein kannst wissen, ob das überhaupt möglich ist und ob es das ist, was du wirklich willst. Aber wenn er dich in eurer Liebesbeziehung verletzt hat und du es trotzdem vermisst, mit ihm zu reden, könntet ihr tatsächlich nur Freunde sein.«

»Mache ich mich damit zur Idiotin?«, fragte Penny seufzend. Sie kam sich wie eine Idiotin vor. Stuarts Nachricht, dass Francesco vorbeigeschaut hatte, ging ihr wirklich unter die Haut. Sie wünschte, das alles könnte an ihr abprallen.

»Das glaube ich nicht«, sagte Charlie. »Du musst das tun, was für dich richtig ist, oder?«

»Genau«, sagte Penny. »Ich … habe allerdings nicht so viele Freunde. Es ist nur so, nachdem ich krank wurde und bereits so oft umgezogen bin, wie Chefköche es halt tun … Da gab es etwas, das er zu mir gesagt hat, woran ich die ganze Zeit denken muss. Dass wir, bevor alles passiert ist, Freunde waren.«

»Oh, Liebes, du bist mir keine Erklärung schuldig. All diese Filme und TV-Serien, in denen jeder seinen Freundeskreis hat, mit dem man alles zusammen unternimmt – das ist nicht real. So funktioniert das nicht im wirklichen Leben. Ich habe zwei beste Freunde, meine Mum und meinen Dad und meinen Bruder, wenn er nicht gerade ein Arschloch ist, und, nun, ich denke, jetzt dich, da du wieder hier bist.«

»Ahhh, wirst du jetzt sentimental, Charlie?«

»Verpiss dich«, erwiderte Charlie und rollte theatralisch mit den Augen. »Du könntest ihm doch eine Nachricht schicken. Es würde nicht schwach wirken oder so. Es handelt sich anscheinend um eine ungeklärte Sache, und um weiterhin befreundet zu bleiben, wäre es schön, das in Ordnung zu bringen.«

»Vielleicht«, sagte Penny.

»Ganz sicher«, sagte Charlie.

Penny verzog das Gesicht. »Ich hasse es, dass ich noch immer an ihn denken muss. Ich habe das Gefühl, als starke, selbstständige Frau zu versagen.«

»Wenn du an ihn denkst und dir dabei wünschst, dass er auf

einen umgedrehten Stecker tritt oder dass sein Warmwasserboiler am Weihnachtstag kaputtgeht, dann glaube ich, dass da die »böse Penny« spricht. Aber wenn er dich zum Lachen bringt und dein Leben bereichert, anstatt dir etwas wegzunehmen, dann bist du auf der sicheren Seite. Es ist kein Versagen, jemandem zu verzeihen. Es ist eigentlich sehr großzügig.«

Penny nickte. »Du gibst gute Ratschläge.«

»Welch ein Kompliment«, antwortete Charlie grinsend. »Ich halte es kaum aus, wie überschwänglich du mich bewunderst.«

* * *

Penny machte sich planlos auf, sie wusste nur, dass sie vor ihrem Start in den Tag etwas frische Luft brauchte. Seitdem sie in der vergangenen Woche diesen Typen aus der Schulzeit getroffen hatte – Thomas –, sehnte sie sich nach einer Auszeit von der Arbeit. Sie hatte gar nicht mitbekommen, dass sie sich nur noch aufs Red Panda fokussiert hatte. Sie war da einfach so hineingeschlittert, und auch all ihre Freizeit ging dafür drauf, und sie wusste, dass das nicht gesund war. Sie fragte sich, ob sie deshalb so besessen von Francesco war – sie hatte buchstäblich nichts anderes, womit sie sich gedanklich beschäftigen konnte.

Penny bog links vom Parkplatz ab und fuhr die erste Straße nach links. Die Luft war kalt, der Himmel strahlte – ihr Lieblingswetter. Wenn sie nicht auf einem Liegestuhl an einem Infinitypool liegen konnte, dann war England bei diesem Wetter ihre zweite Wahl. Es veranlasste sie dazu, mit dem Gedanken zu spielen, über Neujahr einen Urlaub in der Sonne zu buchen. Vielleicht sollte sie das tun – Clemmie und Rima könnten auch mitkommen. Sie fuhr an ein paar Hundesittern vorbei, winkte ihrem Metzgerlieferanten Freddie durch die Tür zu und bog dann am Ende der Fahrspur rechts ab. Sie hatte gar nicht bemerkt, dass sie auf dem Weg dorthin war, wo sie nach der Schule abgehangen hatte, wo das Dorf die Felder erreichte, die sich meilenweit erstreckten. Es war eine riesige Leerfläche, die sie einfach *kannte*. Sie sprang über den Zaun, stand vor den weiten Feldern und staunte über den tauenden Frost und das Licht, das vom Gras reflektiert wurde. In London gab es dieses endlose Grün nicht. Es fühlte sich friedlich und befreiend an. Sie schloss die Augen und spürte die Helligkeit der Sonne.

»Schön, nicht wahr?«, hörte sie jemanden sagen.

Penny öffnete die Augen, drehte sich um und erblickte Thomas, eingehüllt in einen dicken Strickschal, mit einem kleinen Hund zu seinen Füßen.

»Hallo«, sagte Penny erschrocken. »Ich wusste gar nicht, dass du einen Hund hast.«

»Woher auch?«

»Ja, du hast natürlich recht«, sagte Penny. Thomas hatte nicht mehr im Pub vorbeigeschaut, um sie zu einem Spaziergang abzuholen. Sie bückte sich hinunter zu dem Hund. »Hallo, du! Sieh nur einer an, wie hübsch du bist!«

»Willst du in diese Richtung? Wir gehen normalerweise immer da lang. Wir könnten zusammen spazieren.«

Penny schaute in die Richtung, in die er zeigte. Sie blickte auf die Uhr. »Weißt du, ich habe gleich eine Mitarbeiterbesprechung«, sagte sie, und es war die Wahrheit. Wie lange hatte sie wohl nur so dagestanden? »Gut, dass du meine kleine Tagträumerei unterbrochen hast – ich habe gar nicht gemerkt, wie die Zeit vergeht. Ich wollte nur für eine Minute rausgehen.«

»Es ist mir eine Freude, dir behilflich sein zu können«, kasperte Thomas und verbeugte sich leicht. »Wir sollten mal zusammen spazieren gehen, so, wie wir das besprochen haben. Wenn du noch magst.«

»Ja«, antwortete Penny. »Gerne.«

»Es gibt da nur eine Sache«, fügte er hinzu. »Etwas, das ich klarstellen möchte.«

Penny wartete auf seine Erklärung. »Ja?«

»Ich habe so getan, als würde ich gerne mit dir abhängen, doch als ich gesagt habe, wir sollten zusammen spazieren gehen, meinte ich eigentlich: Lass uns Zeit miteinander verbringen und uns unsere Geheimnisse anvertrauen, und vielleicht könnten wir zum Schluss …«

Penny war ganz verblüfft über seine Ehrlichkeit.

»… bei einem hitzigen Scrabble-Spiel enden.«

Sie brach in Gelächter aus. »Was für ein Angebot!«, kicherte sie. »Was für ein unverfrorenes Angebot! Hast du Veronica damals auch so verführt?«

»Ist nur Spaß«, sagte er. »*Ganz sicher* spiele ich kein Scrabble beim ersten Date.«

»Da haben wir's!«, stellte Penny fest.

»Was?«

»Das D-Wort.«

»Bist du mit meinem Angebot nicht einverstanden?«, fragte er. »Ich wollte es nur klarstellen, denn ich möchte nicht, dass es Missverständnisse gibt. Ich bin gerne ehrlich. Das ist der beste Weg.«

Penny zog ihre Mütze weiter über die Ohren und blickte in die Umgebung, als ob diese eine Antwort für sie parat hätte. Sie hatte nicht wirklich über ein Date nachgedacht – Havingley hatte eine Menge Emotionen in ihr hervorgerufen, doch abgesehen von ein wenig Spaß mit sich selbst, schlummerte ihre Libido. Sie hatte sich im Grunde nur vorgenommen, dieses Jahr zu überstehen. Aufzublühen stand nicht auf dem Programm. Aber sie sah nicht ein, warum sie sich nicht verabreden sollte. Hatte sie es nicht verdient, ein bisschen zu flirten? Außerdem hatte Thomas gesagt, er sei viel unterwegs. Er fragte sie im Grunde genommen, ob sie eine Affäre in Betracht ziehen würde, was eigentlich mit ihren eigenen Zielen und Absichten in Havingley zusammenpasste: keine Verpflichtungen, das Beste draus machen, sich nicht zu sehr binden.

»Fahr fort«, forderte sie ihn auf und entschied sich im selben Augenblick, für eine Affäre offen zu sein. »Da ja fast schon Weihnachten ist.«

»Cool«, antwortete Thomas. »Dann tipp deine Handynummer hier ein«, sagte er und reichte ihr sein Handy, »und ich ruf dich später an.«

»Okay«, sagte Penny zufrieden und schwebte mehr zum Auto, als dass sie ging. Es fühlte sich gut an, ein Date zu haben. Etwas anderes zu haben, worüber man tagträumen konnte, außer Kassensysteme und Essensbestellungen und *diesem Arschloch*.

Vielleicht wäre es auch an der Zeit, sich mal wieder die Beine zu rasieren, überlegte sie.

Ein Date!

Als sie zurück im Pub war, sagte sie zu Charlie: »Der Typ aus unserer Schule – der mit der Gucci-Jogginghose, der hier zu Mittag gegessen hat –, erinnerst du dich?«

»Thomas Eddlington. Der, den du einen Playboy genannt hast?«, fragte Charlie.

»Ja.«

»Aha.«

»Ich habe ihn eben zufällig getroffen, und er hat mich gefragt, ob ich mit ihm ausgehe.«

»Was?! Du bist mal kurz raus, um Luft zu schnappen, und bist mit einem Freund zurückgekommen? Schön für dich!«

»Glaubst du, dass er ein Playboy ist?«

Charlie zuckte die Achseln. »Vielleicht ist er ein Playboy mit verborgenen Abgründen«, sagte Charlie und fing an, laut zu lachen. Lustigerweise fühlte sich sein Playboy-Dasein aber wie eine perfekte Möglichkeit für eine Affäre an.

»Das werde ich dann wohl herausfinden.«

»Ich will anschließend alles darüber erfahren«, kicherte Charlie kopfschüttelnd: »Thomas Eddlington … Na, dann …«

Penny zuckte die Schultern. »Niemand ist überraschter als ich«, sagte sie. »Ach du Scheiße – das Mitarbeitertreffen. Kannst du einen Stuhl für mich auftreiben, auf den ich mich draufstellen kann?«

»Ich möchte euch sagen«, hob Penny vor den Mitarbeitern hervor, »dass ich mehr als begeistert davon bin, wie sich die letzten sechs Monate entwickelt haben. Mal von den Startschwierigkeiten abgesehen«, sie legte eine kurze Pause ein und ließ alle wissen, dass sie kichern konnten, »haben wir jetzt immer mehr bessere Tage als schlechte.« Erneutes Gekicher. »Und ich wollte euch alle hier versammeln, um euch mitzuteilen, dass wir das natürlich mit einer sehr großen Vorweihnachtsparty feiern werden …«, sie pausierte erneut, um sie jubeln zu lassen, »und ich freue mich darauf, euch Weiterbildungsprogramme anzubieten. Ich verspreche euch, dass dies mehr als nur ein Job ist, bei dem ihr euch an- und abmeldet. Wir sind eine Familie und kümmern uns umeinander. Ich verspreche, dass ich in Fähigkeiten investieren werde, die im Red Panda nützlich sind, aber auch im wirklichen Leben oder in jedem anderen Job, den ihr später vielleicht einmal haben werdet. Ich nutze die Fähigkeiten und Kenntnisse aus den Küchen, in denen ich im Laufe der Jahre gearbeitet habe, auch jeden Tag, und mein aufrichtigster Wunsch ist, dass das, was ihr hier lernt – ebenso wie das, was ihr beitragt –, etwas sein wird, auf das ihr für den Rest eures Lebens als einen prägenden, wichtigen Teil dessen zurückblickt, wer ihr seid, ganz gleich, in welcher Phase eurer Gastronomie-

oder Gastgewerbekarriere ihr euch befindet. Wenn das nicht aufregend genug klingt! Wie auch immer. Prost, alle zusammen!«

»Das hast du alles gesagt?«, fragte Thomas später am Telefon kurz vor dem Schlafengehen. Er hatte sie während der Abendschicht angerufen und hielt sein Versprechen, sie nach Feierabend noch einmal anzurufen. Penny fragte sich, ob es das war, was sie bei ihren Verabredungen in all den Jahren missverstanden hatte: Männer, die nicht so interessiert waren, schrieben Textnachrichten, Männer, die sie wirklich wollten, riefen sie an. Es war eine einfache Methode, die Spreu vom Weizen zu trennen.

»So in der Art, ja«, sagte Penny. »Und das Peinlichste ist, ich habe es ernst gemeint. Ich bin wirklich stolz auf alles.«

»Bib-Gourmand-stolz …?« Er bezog sich auf die Auszeichnung des Guide Michelin – eine Auszeichnung, die nicht so prestigeträchtig war wie ein Michelin-Stern, aber dennoch einen wichtigen Tipp in dem jährlichen Führer für bemerkenswerte Restaurants darstellte. Penny kannte Gäste, die den Gourmet-Führer wie eine Bibel betrachteten. Wenn ein Lokal nicht aufgelistet war, riskierten sie es nicht, dort zu essen.

»Wer hat dich denn geschickt?«, fragte Penny lachend. »Hat dich Onkel David dazu angestiftet? Er dachte immer, wenn ich mit an Bord käme, könnten wir dem Bib nachjagen.«

»Ich bin schon genug herumgekommen, um zu wissen, dass eine Dorfkneipe wie das Red Panda nach gewissen Dingen streben sollte. Habe ich recht?«

»Ich will nicht darüber reden«, sagte Penny. »Vielleicht. Wahrscheinlich. Ich weiß nicht. Woher kommt diese Erwartung, dass es immer größer, besser, mehr sein muss? Was ist falsch daran, wenn etwas so bleibt, wie es ist?«

Sie konnte Thomas am anderen Ende der Leitung lächeln hören. »Nun. Wir können ein anderes Mal darüber reden. Du hast gesagt, du hättest Montag frei.«

»Ja, das ist der beste Tag. Ich mag es nicht, Manuela zu bitten, meine Schicht zu übernehmen. Es fühlt sich wie eine Zumutung an.«

»Auch darüber können wir dann am Montag sprechen. Ich freue mich drauf.«

»Ich mich auch«, sagte Penny und spürte, dass sie es auch so meinte.

Sie dachte plötzlich an *dieses Arschloch*. Sie war so lange wütend auf ihn gewesen, doch ganz plötzlich war sie es nicht mehr. Das, was Charlie gesagt hatte, half. Es war nicht so, dass sie Thomas heiraten und mit ihm für immer und ewig glücklich zusammenleben wollte – sie würde nie einen Mann heiraten, der eine Gucci-Seidenjogginghose trug –, doch einen Freund außerhalb des Pubs zu haben und zu wissen, wie glücklich ihr Team über die Weihnachtsparty war und dass sie ihre Schwester bald sehen würde – all das verschaffte ihr ein großes Gefühl der Erleichterung. Sie war nicht glücklich, aber sie hatte das Gefühl, als hätte sie alles ein bisschen mehr unter Kontrolle. Sie würde mit einem süßen Typen abhängen, und es war nicht so, dass sie und *dieses Arschloch* ein Paar gewesen wären oder so. Hatte sie überreagiert? Oder hatte sie zu guter Letzt genau richtig reagiert und war nun einfach darüber hinweg? Das hätte gut sein können – Wut funktionierte doch so. Man kann ewig wütend sein, und eines Tages ist man es plötzlich nicht mehr.

Es war genau so, wie sie es kommen gesehen hatte: Sie lebte hier und er in London, und wahrscheinlich hatte er schon eine neue Freundin – vielleicht die Frau, mit der er rumgeknutscht hatte –, und ach, wie auch immer … Wenn er ins Bridges gekommen war, um nach ihr zu fragen, dann sollte sie mit ihm Kontakt aufnehmen. Sie hatte ihn genug bestraft. Es war an der Zeit, voranzukommen.

Sie schrieb ihm eine Nachricht: *Lange nicht mehr gesprochen.* Und dann legte sie ihr Handy in die Schublade.

12

Ich kann es nicht fassen, dass du mich dazu überredet hast«, keuchte Penny auf halber Höhe eines kleinen Hügels in der Nähe der A6 außerhalb von Bakewell.

»Doch, das kannst du«, rief Thomas von oben. »Natürlich kannst du das! Ich bin der Mann, der kann!«

Penny blieb stehen. »Ich bin die Tussi, die nicht kann.«

»Nein!«, flehte Thomas. »Bleib nicht stehen! Komm mindestens zwei Drittel des Weges rauf, dann habe ich eine Überraschung für dich.«

Sie waren bereits seit fünfzehn Minuten unterwegs – auf einer vierstündigen Wanderung durch den Peak District, Thomas' »absolute Lieblingsspazierroute«. Er hatte ihr einen Tag davor, als sie das Ganze abgesprochen hatten, gesagt: »Diese Wanderung mache ich jedes Mal, wenn ich von einer Tour zurückkomme. Das sagt meinem Gehirn: Okay, die Arbeit ist geschafft, jetzt ist Zeit zum Relaxen. Es ist meine Reset-Taste.«

»Wie viele Frauen hast du schon dazu gebracht, dir dabei zu helfen, deine Reset-Taste zu drücken?«, fragte Penny provokativ.

»Hoo-hoo, langsam, langsam mit den Anschuldigungen«, antwortete er grinsend. Ihre Kommunikation war jedes Mal so, und sie wussten beide, dass es ein Vorspiel war.

Penny schielte in das schwache Herbstlicht. »Uff«, sagte sie und fing an, sehr langsam in seine Richtung zu gehen. Er war von Kopf bis Fuß in North-Face-Klamotten mit dem orangefarbenen Tarndruck gekleidet. Sein Atem bildete kleine Dunstwolken. »Uff! Ich wurde ausgetrickst! Du hast gesagt, es wird lustig.«

»Ja! Du schaffst das! Braves Mädchen! Komm schon!«

»Oh, wow«, sagte Penny. »Okay, Dude, lass mich eins klarstellen: Erstens bin ich kein Mädchen, sondern eine Frau. Ich würde dich auch nicht Junge nennen, denn du bist ja keine neun mehr. Zumindest physisch nicht. Was das Geistige angeht, da ist noch nichts entschieden.«

»Fäkalhumor ist immer noch Humor«, sagte Thomas spöttisch.

»Und zweitens«, sie stand nun näher bei ihm, »bin ich kein Hund. Feuere mich nicht an, als ob ich ein Labrador wäre, der dir gerade die Zeitung bringt.«

Als sie bei ihm ankam, streckte er eine Hand aus und tätschelte ihren Kopf.

»Braves Mädchen«, sagte er albern, und Penny verdrehte die Augen. »Und jetzt dreh dich um.«

Penny tat wie ihr geheißen. Jenseits des kleinen Tals konnte sie ein riesiges Herrenhaus sehen, das von gepflegten Gärten und Pfaden umgeben war.

»Ach, du meine Güte«, sagte sie aufrichtig beeindruckt. »Das ist wunderschön.«

»Das ist Haddon Hall«, sagte Thomas. »Das Gebäude ist im Tudorstil, aber die Gärten sind elisabethanisch. Atemberaubend, nicht wahr?«

»Wer jetzt wohl dort wohnt?«, fragte Penny neugierig.

»Oh, das weiß ich.«

»Klar tust du das«, sagte Penny. »*Natürlich*. Übrigens, was genau ist meine Überraschung?«

Thomas rollte mit den Augen. »Ist dieser Ausblick nicht Überraschung genug?«, fragte er.

Penny blinzelte ihn unbeeindruckt an.

»Okay, du bist zwar nicht mein Labrador, der mir die Zeitung bringt, aber ich habe Leckerlis dabei.«

Er wühlte in seinem Rucksack und reichte ihr eine Wasserflasche, holte einen Müsliriegel hervor und brach ihn entzwei. Penny ließ sich ins kalte, trockene Gras fallen, dankbar für die Pause.

»Also, wer lebt dort?«, fragte sie, genoss die Süße des Snacks und fühlte sich fast augenblicklich wiederbelebt.

»Der Bruder des Herzogs von Rutland«, sagte er. »Ich habe seine Tochter auf einer Jachtfahrt zwischen den griechischen Inseln kennengelernt, und ich hatte eine kleine Liaison mit ihr, die dazu führte, dass ich vor ein paar Jahren eingeladen wurde, das Wochenende auf dem Anwesen zu verbringen. Es war sehr kalt. Es ist absolut unmöglich, ein so großes Haus zu heizen.«

»Kann ich mir vorstellen«, sagte Penny. »Ging die Sache mit der Tochter nicht gut aus?«

»Tja …«, gestand Thomas. »Ich habe mich ein bisschen wie ein Schuft benommen. Ich habe die Produzentin einer BBC-TV-Serie, die auf dem Anwesen gedreht wurde, gevögelt. Ich meine, nicht an dem Wochenende, an dem ich zu Gast war – offensichtlich bin ich kein komplettes Arschloch, nur ein halbes Arschloch –, aber ja, sie hat nicht ganz verstanden, dass ich tatsächlich nie monogam bin, niemals. Nicht einmal mit ihr. In gewisser Weise dachte ich, ich hätte mich ausreichend erklärt, aber ich wusste, dass ich es nicht wirklich getan hatte.«

Penny schraubte die Wasserflasche wieder zu und gab sie ihm. Sie stand auf und staubte sich den Po ab. »Und was hältst du zurzeit von Monogamie?«, fragte sie.

»Bist du bereit weiterzugehen?«, erwiderte er und ignorierte ihre Frage. »Denn das hier ist nichts im Vergleich zu dem Ausblick, den wir von weiter oben haben werden.«

»Und es gibt dort auch einen Pub? Mit Pommes und Mayo?«

»Du weißt schon, dass du dich nicht wirklich wie eine Chefköchin ernährst?«

»Klar weiß ich das. Ich glaube aber kaum, dass Kabeljaurogen und geschlagener Brunnenkresse-Schaum nach so einem Spaziergang ausreichend sind, oder? Alle Chefköche lieben Kuchen, Sandwiches und Torte. Wir schuften genug für unsere Kunden.«

»Guter Punkt«, sagte Thomas. »Ja, es gibt Pommes.«

»Dann bin ich bereit«, erklärte Penny. »Weiter geht's!«

Sie kletterten über ein Tor, das sich nicht richtig öffnen ließ, stapften über mehrere Felder, wo man nur den Wind, der durch die Bäume peitschte, und ihre Stimmen ausmachen konnte.

»Ich habe einfach …«, setzte Thomas an, auf ihre Frage zu antworten. »Ich glaube nicht, dass Monogamie wirklich allzu realistisch ist. Für manche Leute ist sie das vielleicht. Und das respektiere ich. Wenn zwei Menschen ihr Leben ausschließlich einander anvertrauen wollen und es beide glücklich macht, steht es mir nicht zu, darüber zu urteilen. Aber keiner hat das Recht, mich zu verurteilen, wenn das nichts für mich ist.«

»Mhm, okay, verstehe. Liebe ist eine individuelle Entscheidung.«

»Oder nicht mal eine Entscheidung. Vielleicht bin ich so *gemacht*, dass ich mehr als einen Menschen liebe.«

Sie stiegen einen Hügel hinab zu einem Kiesweg, der hinunter in ein malerisches Dorf führte.

»Zivilisation? Pub?«, fragte Penny hoffnungsvoll.

Thomas schüttelte den Kopf. »Wir haben noch einmal etwa die gleiche Strecke vor uns«, sagte er. »Willst du eine weitere Snack-Pause einlegen?«

»Vielleicht nur ein bisschen Wasser.«

Sie lehnten sich an eine Trockenmauer, und Thomas kramte erneut in seinem Rucksack.

»Also, dann erklär mir alles«, sagte Penny. »Eine Frau, die dich datet – was hat sie zu erwarten?« In einem anderen Leben hätte sie sich geschämt, diese Frage zu stellen, doch aufgrund der Dynamik zwischen Thomas und ihr war sie nicht so zurückhaltend wie sonst. Es war Dating mit einem Verfallsdatum: Es gab bereits einen Endpunkt, sodass sich die Regeln anders anfühlten. Sie musste keine Spielchen spielen, wenn das Spiel so kurz war.

Thomas nahm einen großen Schluck Wasser und wischte sich den Mund mit dem Handrücken trocken.

»Charmantes Geplänkel«, antwortete er. »Lange Spaziergänge in der Natur. Snacks. Konzerttickets. Meine sexuelle Power. Komplimente darüber, wie gut dein Po in Yogahosen aussieht.« Er richtete seinen Blick auf ihren Hintern, und Penny lächelte.

»Hört sich sehr verlockend an«, kicherte sie.

»Tut es das?«

»Und die Nicht-Monogamie?«

»Sieh mal, ich bin vier Monate am Stück auf Tour. Ich erwarte nicht von einer Partnerin, darauf zu warten, dass ich zur Tür reinkomme, denn ich komme nicht wie andere ›nach Hause‹. Ich liebe es, unterwegs zu sein. In vielerlei Hinsicht fühle ich mich so am meisten *zu Hause*. Der Tourbus, die Flugzeuge, die Menschen. Ich liebe diesen Kick. Ich liebe es, Probleme zu lösen und Wege freizuräumen. Jeder denkt, dass die Person auf der Bühne der Star ist, doch jeder, mit dem ich jemals zusammengearbeitet habe, weiß, dass der Musiker oder die Musikerin nicht Abend für Abend vor dem Publikum stehen kann ohne den ganzen Trubel hinter den Kulissen. Und ich bin total süchtig danach, alles zu managen. Es klingt albern, aber ich fühle mich dadurch auch ein bisschen wie ein Rockstar. Ich stehe nur nicht direkt vor dem Publikum.«

»Also ist die Arbeit die wahre Liebe deines Lebens?«

»Nein. So meine ich das nicht. Das wäre traurig, denn die Arbeit kann dir nicht den Arsch abwischen, wenn du mal alt bist, oder deinen Schwanz lutschen, wenn du jung bist.«

»Ach ja, die zwei Merkmale einer anhaltenden Beziehung«, warf Penny ein. »Das Management der Körperflüssigkeiten.«

»Ich bin nur realistisch. Ist es nicht das, was sich Menschen voneinander wünschen?«

»Zu wissen, dass sie nicht allein sterben werden und dass es immer jemanden zum Vögeln geben wird?«

»Im Grunde genommen ja.«

Penny dachte darüber nach. »Hm, ich weiß nicht. Geht es nicht darum, einen Lebensbegleiter zu haben? Jemanden, der in deinem Team ist, der dich in wichtigen Momenten begleitet? Aber eigentlich geht es um eine Menge Menschen, im Urlaub, bei Geburtstagen, rund um Babys und Krankheiten. Da umgeben uns viele Menschen. Aber ich glaube, in der Partnerschaft geht es darum, all das, was dazwischen passiert, zu begleiten. Es geht um die kleineren Augenblicke, nicht wahr?«

Thomas setzte die Wasserflasche an, während sie weiterwanderten. »Das ist ein Beweis für meinen Standpunkt«, sagte er. »Ich reise so viel. Eigentlich das ganze Jahr über. Auch ich habe andere Menschen in meinem Leben verdient, die mich begleiten – auch unterwegs.«

»Hast du in jedem Hafen eine andere Braut?«

»Das nicht. Aber ich treffe ständig neue Leute, und das Team ist so groß, und Freiheit bedeutet, Möglichkeiten zu haben. Ich glaube, dass es das für mich bedeutet – nicht monogam zu leben bedeutet, dass hinter jeder Ecke eine Möglichkeit lauert. Mir gefällt das.«

»Und alle, die du datest, wissen Bescheid?«

»Ja, ich habe meine Lektion von der Nichte des Herzogs gelernt. Ich glaube nicht, dass ich in den letzten zehn Jahren jemals jemanden geküsst habe, der nicht wusste, dass ich ethisch nicht monogam bin.«

»Ethisch?«

»Jup. Ich respektiere jede Frau, auf die ich mich einlasse, voll und ganz, auch wenn es nur für eine Nacht ist. Ich benutze immer ein Kondom, die andere Person kennt meine Einstellung, und ich erwarte, auch ihre zu kennen. Jeder hat Gefühle.«

Penny nickte.

»Es geht also nicht um hirnlosen Sex oder so. Ich liebe die Verbindung. Verbindung ist der Schlüssel.« Er stellte bewusst Augenkontakt her, als er das sagte, und das ließ ihren Bauch Purzelbäume schlagen. Seine Augen waren leuchtend blau, so wie die von Frank Sinatra. »Ich glaube einfach, dass es möglich ist, eine Beziehung mit mehr als einem Menschen zu haben.«

»Verstehe.«

»Ergibt das Sinn?«

»Ich denke schon. Ich habe nur bisher noch niemanden kennengelernt, der … das tut. Nicht monogam sein. Ich habe wohl immer gedacht, dass man so etwas Betrug nennt.«

»Das ist der ethische Teil.«

Penny blieb stehen, um durchzuatmen. »Wie weit noch?«

»Nun gut, also, am Ende des Weges gibt es einen steilen Abhang und dann eine weitere wundervolle Aussicht – wundervoller als Haddon Hall –, und dann kommt das Lathkil Hotel.«

»Das schaffe ich«, sagte Penny. »Da steht ein Glas Cider mit meinem Namen drauf.«

»Oh, wie nett von dir, die erste Runde zu bezahlen«, Thomas zwinkerte ihr frech zu und joggte vor, um mit seiner Ausdauer anzugeben.

Nachdem sie die Straße entlang und über eine kleine Brücke über den Fluss gelaufen waren, hielt Penny inne und holte ihr Handy hervor. Sie machte einen Schnappschuss von ein paar stromaufwärts schwimmenden Enten und sagte dann zu

Thomas: »Komm, lass uns ein Selfie machen.« Sie neigten ihre Köpfe zueinander, im Hintergrund sah man den Peak District.

»Lass mal sehen«, sagte er und stellte sich neben sie.

Penny klickte auf das Foto. Sie war sich darüber bewusst, dass sich seine Lippen an ihrem Ohr befanden und er einen Arm um sie gelegt hatte, um nach dem Handy zu greifen, und sie dabei von hinten umarmte.

»Ich finde, wir sehen super zusammen aus«, sagte er leise.

»Das tun wir«, stimmte Penny genauso sanft zu. Sie konnte seinen Atem in ihrem Nacken und die Wärme seiner Haut spüren.

»Was hältst du von dem, was ich dir heute erzählt habe?«, fragte Thomas, ohne sich vom Fleck zu rühren. Es war ein Machtspiel: Er hielt sie fest, damit sie der Frage nicht ausweichen konnte.

Sie dachte darüber nach. »Ich denke … mir nichts dabei. Ich wusste ja, dass du nur selten hier bist und dann wieder weg.«

»Mhm«, sagte er.

»Aber ich finde es gut, dass du es mir gesagt hast.«

»Klar.« Er stand noch immer nah bei ihr. Der Handybildschirm wurde schwarz. Sie standen so da. Penny wusste, wenn sie sich leicht nach rechts drehen würde, würde sein Mund auf einer Höhe mit ihrem sein, und sie würden sich küssen.

Es dauerte eine halbe Sekunde, bis sie eine Entscheidung traf.

Sie drehte ihren Kopf leicht nach rechts.

Sein Mund war auf gleicher Höhe mit ihrem.

Sie küssten sich.

»Weißt du überhaupt, wie umwerfend du bist?«, sagte er, während sie sich voneinander lösten. »Ich wollte das sogar, bevor ich dir begegnet bin. Glaubst du, dass das möglich ist? Dein Essen, es hat mich dazu gezwungen, Gefühle zu empfinden.«

»Ich glaube, ein Tischbein könnte dich dazu bringen, Gefühle zu empfinden.«

»Hey!«, rief Thomas. »Komm schon.«

Penny machte einen Schritt nach hinten. »Sorry«, sagte sie, »wenn das falsch rübergekommen ist. Ich hätte einfach nur Danke sagen sollen. Ich versuche, freundlicher zu sein. Ich kann manchmal … kratzbürstig sein.«

»Das habe ich gemerkt.«

»Sorry.«

»Kann ich dich noch einmal küssen?«

»Ja, bitte.«

Penny folgte ihm den Pfad hinauf und über zwei weitere Schranken, es war die steilste Strecke ihres bisherigen Weges. Sie beschwerte sich nicht laut, doch sie war nun sehr müde und bereit, eine Pause einzulegen. Es war fast schon zu viel. Sie mussten fast zehn Kilometer gegangen sein.

»Okay, nur noch bis zu der Stelle dort drüben und dann ein Blick ins Tal«, befahl ihr Thomas.

Penny stapfte weiter. »Okidoki«, sagte sie atemlos.

Penny setzte einen Fuß vor den anderen durch das von Schafsscheiße übersäte Feld. Sie dachte an Francesco. Thomas war der erste Mann, den sie seitdem geküsst hatte. Und das musste noch nicht alles gewesen sein. Wenn sie darüber nachdachte, war sie froh, weitermachen zu können. Sie wartete nicht darauf, dass Francesco ihr zurückschrieb, doch sie war sich halb bewusst, dass bereits vierundzwanzig Stunden vergangen waren und er es nicht getan hatte. Doch Thomas war hier, und er fühlte sich aufregend an. Sie hatte ein wenig Unbeschwertheit verdient, ein wenig Romantik. Thomas war amüsant und unbekümmert, und sie genoss es, Zeit mit ihm zu verbringen. Sie hatte den Begriff »normative Monogamie« schon vorher gehört, also, dass es falsch wäre, davon auszugehen, dass man jeweils immer nur einen einzigen Menschen richtig lieben könnte. Sie hoffte, dass sie sich nicht mono-normativ über Thomas und seine Entscheidungen äußerte. Jedenfalls sollte er Anfang Dezember, also in genau zwei Wochen, wieder auf Tour gehen. Er konnte sie noch weitere zwei Wochen zum Lachen bringen, ihr die Gegend zeigen; es machte beiden Spaß. Wo lag das Problem, solange sie sich beide amüsierten?

»Schau mal«, sagte Thomas, und Penny stand neben ihm und blickte in die Richtung, in die er mit dem Finger zeigte.

»Heilige Scheiße«, rief sie und bewunderte aufrichtig das ausufernde Tal. Ein Fluss schlängelte sich dort entlang, umgeben von Bäumen in Kupfer-, Gold- und Bronzetönen. Weiter unten erstreckten sich Hügel und Bäume, so weit das Auge reichte, bis die Erde den Himmel berührte. »Das ist außergewöhnlich. So etwas habe ich noch nie gesehen«, sagte sie ehrfürchtig.

»Fühlst du dich wie neugeboren?«, fragte Thomas.

Sie lächelte ihn an. »Jetzt versteh ich's«, sagte sie. Sie nahm erneut ihr Smartphone heraus, um ein Foto zu machen. Sie schickte es an die Familien-WhatsApp-Gruppe mit der Bemerkung: *Ich kann mit euren Fotos konkurrieren!* Dann schickte sie es auch an Sharon mit dem Kommentar: *Es könnte sein, dass ich gerade mit einem Typen herumgeknutscht habe, mit dem ich zur Schule gegangen bin, mit dieser Aussicht im Hintergrund …*

»Und das weiße Gebäude dort«, sagte Thomas und zeigte auf das Dorf. »Dort gibt es die Pommes.«

»Pommes!«, rief Penny, berauscht von den Endorphinen, der Aussicht und dem Versprechen auf handfeste Nahrung. Sie streckte ihre Arme hoch, als sie es sagte, und als sie sie wieder nach unten nahm, legte sie sie auf Thomas' Schultern. »Doch davor«, sagte sie und verschmolz mit ihm. »Ein weiterer Anreiz, bitte, wenn du nichts dagegen hast …«

13

Ich habe es getan. Ich habe Francesco eine Nachricht geschickt.« Charlie stieß einen Pfiff aus. »Er hat seinen Namen wieder!«

»Und ich habe gestern mit Thomas geknutscht.« Penny gab sich schüchtern, als sie es sagte, aber sie fühlte sich nicht wirklich so. Sie hatten einen angenehmen Tag miteinander verbracht, und sie fühlte sich heute, mehr denn je, wie ihr altes Ich.

»Wer hätte das gedacht …«, antwortete Charlie grinsend.

»Was?!«, sagte Penny. »Wie kannst du es dir gedacht haben, wenn noch nicht mal ich erwartet habe, dass es passieren würde?«

Charlie schnitt eine Grimasse. »Du wusstest, dass es passieren würde.«

Penny tat so, als ob sie darüber nachdachte, während ihre Augen zur Seite schielten. »Ja«, gab sie zu. »Habe ich.«

Sie grinsten sich gegenseitig an. »Wirst du ihn wiedersehen?«

Sie nickte. »Werde ich. Er ist eine angenehme Gesellschaft. Man kann sich gut mit ihm unterhalten. Und so komme ich unter Menschen.«

»Wenn du ihn das nächste Mal triffst, wird es vermutlich ein Rein und Raus, wenn du verstehst, was ich meine …«

»Iiihhh!«, stieß Penny aus. »Wieso sagst du so etwas?«

Auch Charlie lachte. »Ich liege nicht ganz falsch, oder?«

Penny antwortete nicht. »Ich glaube, ich bin bereit, den nächsten Schritt zu gehen«, entschied sie und wusste, dass sie auch bereit war, mit Francesco zu reden. Ihr Handy summte.

Update meinerseits, lautete Sharons Nachricht: *Mein Liebesleben ist langweilig, weil ich verheiratet bin, also vermisse ich es, mehr über deines zu erfahren. Erzähl mir alles über diesen Mann, mit dem du in der Schule warst …!*

»Übrigens, was ich dir sagen wollte: Priyesh war heute wieder hier. Der Weinhändler. Er meinte, er wollte damit bestätigen, dass er zur Party kommt, er schien aber ziemlich genervt zu sein, dass du nicht hier warst.«

»Ich vermute mal, dass es die Strafe dafür ist, dass wir ihn eingeladen haben«, seufzte Penny.

»Was genau ist denn an jenem Sommertag geschehen? Es scheint, als würde er es kaum erwarten können, dich wiederzusehen. Hast du mit ihm geflirtet? Denn er könnte sogar auf dich stehen.«

Penny lachte. »Ausgeschlossen«, sagte sie. »Er hat mir keine einzige Frage gestellt, und ich erinnere mich daran, denn ich habe mich gleich danach bei Clementine darüber beschwert. Er hat mir einen Monolog gehalten. Und danach bin ich wieder in den Pub zurückgekehrt. Ich glaube, er macht sich nur gerne wichtig, das ist alles.«

»Hmmm«, antwortete Charlie. »Ich habe da so ein Gefühl.«

»Ein Gefühl? Das ist sehr hilfreich, danke.«

»Gerne.«

»Na gut«, fuhr Penny fort. »Ich gehe nach oben, um die Konten von meinem Sofa aus abzugleichen. Ist es okay, wenn du abschließt?«

»Klaro«, antwortete Charlie. »Und, Penny …?«

Penny drehte sich um.

»Ich freue mich, dass du dich wieder selbstbewusster fühlst. Es ist wirklich schön mitanzusehen.«

Penny!!!!!, lautete seine Antwort, die in der Ecke ihres Computerbildschirms aufpoppte, nachdem sie ihr MacBook mit ihren iPhone-Apps verlinkt hatte. Penny schaute auf die Uhr. Sieben

Minuten nach elf. Francesco würde um etwa diese Uhrzeit seinen Dienst beenden.

Keine weitere Nachricht folgte, also betrachtete Penny es als einen Hinweis darauf, dass sie an der Reihe war, etwas zu schreiben. *Ich wollte nur Hallo sagen*, tippte sie zurück. *Stuart hat gesagt, dass du im Bridges warst.*

Ja, antwortete Francesco. *Ich habe an dich gedacht, das ist alles. Ich weiß nicht, warum du verschwunden bist …*

Ich habe auch an dich gedacht, schrieb Penny. Sie gähnte. *Ich gehe jetzt ins Bett*, fügte sie hinzu, *aber wir reden bald, okay?*

Ganz sicher, sagte Francesco. *Darf ich dich anrufen?*

Ja, sagte Penny. *Ich gehe auch ran.*

Ich bin sehr froh, dass du dich gemeldet hast.

Ja. Können wir … nicht über das Warum reden? Ich will einfach nur nach vorn schauen. Ich will nicht wieder alles durchkauen.

Nach vorn schauen klingt super, tippte er zurück. *Ich glaube, ich weiß, warum. Ist schon gut. Ich bin froh, dass du wieder da bist.*

Okay … tippte sie zurück. *Nun. Wir reden bald richtig. Gute Nacht.*

Ja! Schlaf gut. Ich bin wirklich gespannt, von dir zu hören, Penny.

Sie klappte ihren Laptop zu, legte sich aufs Sofa und starrte die Wand an. Er wollte sie anrufen. Sie freute sich darüber. Und er schien in Ordnung und munter zu sein, glücklich, weiterzumachen. Penny dachte, dass er wahrscheinlich glaubte, aus dem Schneider zu sein. Doch wie Charlie es bereits gesagt hatte, es spielte auch keine Rolle mehr. Penny brauchte kein langes Gespräch darüber, was geschehen war, keine schleimige Entschuldigung, die sie hätte zum Weinen bringen können, sie wollte nur, dass seine dummen Witze wieder Teil ihres Lebens wurden. Sie versuchte, nicht allzu viel in seine Antwort hineinzuinterpretieren. *Ich glaube, ich weiß, warum*, hatte er geschrieben. Es klang fast wie eine Entschuldigung, ohne dass einer von ihnen tatsächlich ihre Probleme ansprechen musste. Gut, okay, wie auch immer. Es spielte keine Rolle mehr. Penny verzieh ihm, denn alles andere würde sich zu bedrückend anfühlen.

14

Nachdem sie sechs Monate lang nicht miteinander gesprochen hatten, fühlte sich ein täglicher Anruf von Francesco Cipolla so an, als ob sie wieder atmen könnte. Sie hatte ihn wirklich vermisst. Die andere Frau interessierte sie nicht, auch nicht der Kuss – *sie* hatte *ihn* verlassen, indem sie weggegangen war, und sie hatte es nicht nötig, dass er in sie verliebt war. Sie brauchte nur ihren Freund zurück. Was hatte er noch mal sehr früh in ihrer Beziehung behauptet? Irgendetwas von wahrer Freundschaft. Tja. Es ist passiert, und zwar schnell, und seit jener ersten Nachricht neulich Abend hatten sie ihre täglichen Telefongespräche wieder aufgenommen, und zwar, während sie sich beide auf die Mittagsschicht vorbereiteten, genau wie damals, als sie sich kennengelernt hatten.

»Was steht heute im Menü?«, fragte er, und sie konnte die raschen Messerbewegungen auf dem Hackbrett am anderen Ende der Leitung hören. Sie liebte es. Es war, als würden sie zusammen kochen.

»Ein schönes Stück Hühnerleber«, sagte Penny. »Burger, bei denen ich mich trauen werde, sie nur halb durchgegart zu servieren, um meine Sünden abzubüßen. Was bereitest du zu?«

»Pistazientörtchen«, sagte Francesco. »Mit frischem Mangosorbet.«

»Himmlisch …«, schwärmte Penny. »Dafür würde ich töten. Schick mir welche, ja? Wir sind hier im Fegefeuer des klebrigen Toffeepuddings.«

»Nichts gegen ein bisschen klebrigen Toffeepudding«, sagte Francesco. »Das ist ein britisches Grundnahrungsmittel!«

»Oh ja, das weiß ich«, seufzte Penny. »Ich wünschte, wir könnten die Auswahl etwas erweitern. Vielleicht die Klassiker ein bisschen abändern oder ein paar Specials anbieten, um zu sehen, was die Gäste anspricht, bevor wir richtig entscheiden, was auf die Speisekarte kommt. Paul ist toll, aber … nicht wirklich mit Leidenschaft bei der Sache. Er macht das, was er macht, ganz gut, aber es ist eben das, was er schon immer gemacht hat.«

Penny schaute hoch, um sicherzugehen, dass Paul noch nicht da war. Er war es nicht. Natürlich nicht. Paul kam nie vorzeitig – das war Teil seines persönlichen Markenzeichens: geringstmöglicher Aufwand für ein möglichst annähernd passables Ergebnis. Wenn es nicht ihre Küche gewesen wäre, wäre Penny beeindruckt gewesen. Warum mehr als nötig arbeiten? Und doch wünschte sie sich, Paul könnte wenigstens fünfzig Prozent geben. *Die Hälfte.* Eine halbe Anstrengung war doch nicht zu viel verlangt, oder?

»Hey, hast du den Artikel gelesen, den ich dir geschickt habe?«, fragte Penny.

»Über das Begleitpony auf dem Flug von Chicago? Ja, Ma'am, habe ich. War niedlich. Nettes Outfit.«

»Ich frage mich nur, wie groß seine Kacke ist. Keine angenehme Aufgabe, ihm hinterherzuputzen, oder?«

»Nein«, sagte Francesco. »Bestimmt nicht. Gibt es für Begleittiere extra Personal?«

»Wir sollten das mal recherchieren, bevor wir dir einen Begleitgorilla besorgen.«

»Ich glaube aber nicht, dass man bei den Gorillas die Kacke einsammeln muss.«

Penny lachte. »Oh Mann, wenn sich dein Begleitgorilla auf dem Flug von Heathrow zu meinem imaginären Ferienhaus auf der Insel Mustique erleichtert, werde ich dich leider bitten müssen, dich der Sache anzunehmen.«

Francesco stimmte zu. »Okay. Anlässlich unseres Fluges zu deinem imaginären Ferienhaus auf Mustique erkläre ich hiermit, die Scheiße meines imaginären Begleitgorillas wegzuputzen.«

»Wunderbar«, sagte Penny. »Danke für dein Verständnis.« Penny konnte hören, dass sich irgendetwas in Francescos Küche abspielte – Geschrei sowie recht derbe Flüche.

»Ich muss los«, sagte er plötzlich leise. »Ich wünsch dir einen tollen Tag, Penny.«

Es war einfacher, die Schicht zu genießen, nachdem sie mit ihm gesprochen hatte. Jetzt würde es ein toller Tag werden.

»Dir auch«, antwortete sie lächelnd.

Penny hatte beschlossen, es direkt anzusprechen.

»Francesco, datest du zurzeit jemanden?«

Sie stellte diese Frage, weil sie ihm von Thomas erzählen wollte. Wenn sie ihm nichts davon erzählen würde, würde es sich wie eine halbe Wahrheit anfühlen, und wenn sie tatsächlich Freunde waren, dann gab es keinen Grund, ihn bewusst oder unbewusst anzulügen. Außerdem hatte Sharon sie angerufen, nachdem Penny verraten hatte, dass sie wieder Kontakt zueinander hatten, und sie schwören lassen, dass sie eigentlich *nur* Freunde waren, denn: »Er ist ein Arschloch, Penny! Wenn dir jemand sein wahres Ich zeigt, dann verschließ davor nicht die Augen!« Sharon bestand darauf, dass Penny vorab wissen sollte, mit wem er sich seit wann traf. Wissen ist Macht, erklärte sie.

Am anderen Ende der Leitung stockte Francescos Stimme. »Warum fragst du das?«, erwiderte er beklommen.

Es war fast Mitternacht, und sie lagen beide im Bett, Penny in ihrer Wohnung über dem Pub in Havingley und Francesco in seiner Wohnung in London.

»Weil wir Freunde sind, und Freunde wissen, mit wem der andere Sex hat.«

»Verstehe«, sagte Francesco. »Schläfst du mit jemandem?«

Penny wurde aus seinem Tonfall nicht schlau.

»Vielleicht.«

»Vielleicht …«

»Vielleicht!«

»Verstehe. Danke, dass du ehrlich bist.«

»Es dir nicht zu sagen, fühlt sich wie ein Geheimnis an, und ich möchte nicht, dass wir Geheimnisse voreinander haben.«

Francesco antwortete nicht.

»Nun?«, sagte Penny. »Und du?«

Er holte tief Luft. »Ich häng manchmal mit einer der Kellnerinnen von hier ab. Das geht schon seit einer Weile so.«

Penny nickte und realisierte dann, dass er ihr Nicken nicht sehen konnte. Sie konnte sich nicht zurückhalten und fragte: »Hat sie Locken?«

Francesco schnaubte erstaunt über diese merkwürdige Frage. »Ähm, normalerweise trägt sie einen Pferdeschwanz«, sagte er. »Aber ihre Haare sind eher glatt.«

Penny ärgerte sich, dass sie überhaupt gefragt hatte. »Okay, gut«, sagte sie. »Was für eine tolle Gutenachtgeschichte.«

»Du klingst wütend. Ich dachte, du wolltest es wissen?«

»Nein, ja, wollte ich! Ich habe ja gefragt! Alles gut! Ich freue mich, dass du … glücklich bist. Oder was auch immer.«

»Ja«, antwortete Francesco. »Ich freue mich auch, dass du glücklich bist oder was auch immer.«

»Dann gute Nacht.«

»Nacht.«

Penny war wütend auf sich selbst, weil sie gefragt hatte und weil die Antwort sie gekränkt hatte. Doch wenigstens entstand Klarheit in ihrem Kopf: Sie würde ganz sicher nicht wieder mit ihm zusammenkommen. Zum Teil war sie erleichtert, dass sie das mit sich selbst geklärt hatte. Er machte weiter, genauso wie sie auch. Ihr Handybildschirm leuchtete auf.

Letzte Nacht war großartig, lautete der Text.

Pennys Bauch kribbelte, als sie daran dachte. *Fand ich auch*, antwortete sie. *Es macht mir wirklich Spaß, Zeit mit dir zu verbringen, Thomas.*

Sie konnte die drei Punkte auf dem Bildschirm sehen, die darauf hinwiesen, dass er eine Antwort tippte. Kurz danach folgte eine weitere Nachricht.

Mir auch, Penny. Du hast Havingley mit etwas Nervenkitzel gekrönt!

Ha, schrieb sie. *Das finde ich auch.*

»Nun, es heißt, man könne sich nach dreißig Fragen ineinander verlieben«, bemerkte Penny.

Es war nach Feierabend, und sie befand sich mit Thomas im Pub. Seit ihrer ersten Verabredung in den Peaks hatten sie sich eine ganze Woche lang jeden Abend gesehen. Er hatte sie zu Spritztouren mit dem Auto und auf zwei weitere Spaziergänge am frühen Morgen mitgenommen und ihr sein Heimkino gezeigt, das wunderschön war. Es war so leicht zwischen ihnen. Klar. Ehrlich. Penny hatte einen Freund, der sie von der ständigen Arbeit ablenkte und den sie zufälligerweise auch noch gerne küsste. Der Sex war auch nicht so übel. Da sie entschieden hatte, dass sie und Francesco einfach nur Freunde waren, fühlte es sich sehr aufrichtig an, Thomas' Gesellschaft zu genießen. Er hatte vielleicht einen furchtbaren Modegeschmack, aber er war neugierig und authentisch, und sein jungenhafter Enthusiasmus für, nun ja, alles war ansteckend.

»Dreißig Fragen?«

»Oder vielleicht sind es fünfunddreißig. Ich habe da mal

was auf Twitter gelesen. Man stellt sich gegenseitig Fragen, die immer intimer werden, und am Ende – *bäng!* – ist man verliebt!«

»Oh mein Gott!«, trötete Thomas mit einer albernen, schrillen Stimme. »Dann verlieben wir uns!« Er ging und holte sein Handy hervor. »Ich google das mal.« Er tippte. »Fragen … sich … ineinander zu ver…«, sagte er in Gedanken, »…lieben. Oh, du hast recht – es gibt eine Menge Zeugs dazu. Es sind jedoch sechsunddreißig Fragen. Na gut.«

Penny lehnte sich über seine Schulter und schaute mit ihm auf den Bildschirm. Er drehte sich um und gab ihr einen Kuss auf die Wange. Er hielt sich nicht zurück, wenn es um körperliche Zuneigung ging. Er berührte immer ihre Taille, glättete ihr Haar, küsste sie. Penny gefiel das. Ihren Körper zu fühlen und einzusetzen, tat ihr gut, sie fand zu sich, es lockerte den allzu verkopften Zustand, in dem sie sich so lange ausschließlich befunden hatte, auf.

»Also, ich wähle dann mal einen Link aus. Bestimmt sind alle gleich.«

»Bestimmt«, sagte Penny. »Sie alle sagen: *Du bist scharf auf Penny Bridge.*«

»Ich denke, das haben wir bereits geklärt«, scherzte Thomas. »Die Frage ist, könnte ich Penny Bridge *lieben?*«

Penny wurde still. *Lieben?* Sie hätte nicht gedacht, dass das überhaupt zur Debatte stand. In einigen Tagen würde er wieder auf Tour gehen. Sie hatten doch nur ein bisschen Spaß miteinander.

»Okay«, sagte er, als hätte er die Frage nach dem L-Wort gar nicht in den Raum gestellt. »Ich habe die sechsunddreißig Fragen gefunden. Geht es dir gut? Soll ich mehr Wein holen?«

Sie kuschelten vor dem Kamin in der unteren Bar des Pubs. Penny war begeistert von dem echten Feuer, es fühlte sich sehr ländlich und gleichzeitig unglaublich festlich an. Thomas hatte ihr gezeigt, wie man es macht – alte Zeitungen, jedoch nicht zu fest zusammengeknüllt, Kleinholz obendrauf in Form eines Tipis und ein großes Holzstück zum Schluss.

»So ähnlich sehe ich Beziehungen«, erklärte er. »Es muss genügend Raum zum Atmen geben, doch es muss auch genug passieren, damit die Funken weiterhin überspringen.«

»Süß«, sagte Penny und verdrehte theatralisch die Augen über seine kitschige Bemerkung.

»Ich gebe mein Bestes«, antwortete er zwinkernd.

Sie stand auf, um einen Wasserkrug und Gläser zu holen und um ihre Schale mit hausgemachten gerösteten Mandeln aufzufüllen – die lokalen Trinkgäste liebten sie, und Penny freute das sehr. Es war ihr wichtig, dass sie sich in das wachsende Ansehen des Restaurants einbezogen fühlten. Es war ein Pub, in dem es etwas zu essen gab, doch die Einheimischen waren wie immer willkommen, im oberen Teil der Bar etwas zu trinken. Sie wollte, dass sie sich dessen weiterhin sicher waren.

»Erste Frage«, sagte Thomas und fing an, sie vorzulesen, noch bevor Penny wieder an ihrem Platz saß.

»Ach, du fängst schon an?«, rief sie von hinter der Bar.

»Ich ergreife die Initiative«, antwortete Thomas. »Je schneller wir das machen, desto schneller können wir in den Sonnenuntergang reiten.«

Penny rollte die Augen. Er war ungeduldig, und sie versuchte, ihm das zu verzeihen. »Erste Frage …«, wiederholte sie freundlich. »Lies weiter.«

»Wer wäre dein Lieblingsgast zum Dinner? Es können auch tote Menschen genannt werden.«

Penny musste nicht einmal darüber nachdenken. »Meine Mutter«, sagte sie sofort, ging zu ihm zurück und setzte sich hin. »Ich würde alles dafür geben, ihr gegenüberzusitzen und ihr alles zu erzählen, was ich in den letzten zwanzig Jahren so gemacht habe. Ich würde sie fragen, ob sie stolz auf mich ist.«

Thomas sah sie an. »Sie ist stolz auf dich, Pen.«

Penny vermied den Augenkontakt. Thomas war so lieb zu ihr – ungeduldig, ja, aber auch so süß und einfühlsam, wenn es angebracht war. Für jemanden, den sie als Playboy abgetan hatte, war seine emotionale Intelligenz sehr ausgeprägt. Sie lächelte ihn liebevoll an. »Und deine Antwort?«

Thomas lehnte sich zu ihr vor und presste seine Nase an ihre. Er küsste sie wieder. »Meine erste Wahl bei einem Dinner wäre …«, hauchte er in ihren Mund, »A. A. Gill.«

»Ach, echt?«, fragte Penny und verstand, warum er sich sofort für den berühmten *Times*-Journalisten entschieden hatte. »Lass mich raten. Es sind die Hermès-Tücher?«

Thomas lachte. »Wie bist du nur darauf gekommen?«

»Er war ein Mann, dessen Anzüge mit Hermès-Seidentüchern gefüttert waren«, gestikulierte Penny in Richtung seines Designer-Ensembles – Polohemd aus Wolle von Mr P. und Mohair-Hose von Tom Ford. »Mir scheint, du hättest gerne einen mit seidenen Hermès-Tüchern gefütterten Anzug. Es sei denn, du hast ihn bereits.« Penny stellte eine leichte Veränderung in Thomas' Gesicht fest. »Oh mein Gott, es stimmt, du hast schon einen …«

Er hielt sich die Hände vors Gesicht. »Bin ich so leicht zu durchschauen?«, sagte er. »Ja! Ja, hab ich.« Er nahm die Hände runter. »Ich erinnere mich, wie ich eines Sonntags darüber in der *Times* gelesen habe – meine Eltern haben ein *Times*-Abo – und dachte, es sei das coolste Ding überhaupt. Ich muss so fünfzehn gewesen sein. Ich habe meinen ersten großen Bonus von Sony Music dafür ausgegeben. Aber nur einen. Und nur damit du es weißt, ich pflege ihn sehr gut.«

»Du bist eine Parodie deiner selbst«, sagte Penny kichernd, und Thomas zuckte mit den Achseln.

»Meine eigene Marke ist stark«, gestand er und reichte ihr sein Handy. »Ich schäme mich nicht. Ich habe hart gearbeitet, um mich so anspruchsvoll kleiden zu können. Du bist dran, du wählst die nächste Frage.«

Penny schaute auf den Bildschirm.

»Würdest du gerne berühmt sein, und wenn ja, wofür?«

Thomas ließ sich nichts anmerken, bevor er sagte: »Ganz sicher nicht. Berühmt sein ist eine Falle. Ich denke, ich habe den besten Job der Welt – ich bin von genügend Ruhm umgeben, um zu verstehen, dass er unangenehm ist, aber ich habe auch viele Vorteile. Zum Beispiel ein fettes Gehalt und ziemlich viel Gratiszeugs und jede Menge Zeit zwischendurch, in der ich wie ein Wilder arbeite.«

»Ja, das kann ich mir auch nicht vorstellen, zum Beispiel nicht zu einem Dinner gehen zu können, ohne angestarrt zu werden. Ich habe gehört, dass Bradley Cooper nicht einmal mehr Augenkontakt zu Passanten aufnimmt, nur damit ihn ja niemand erkennt.«

»Oh ja, das stimmt. Es bringt nur Ärger mit sich.«

»Bradley hat dir das persönlich gesagt, nicht wahr?«

»Tatsächlich …«, sagte Thomas. »Ich habe ein paar Sachen mit ihm für *A Star Is Born* recherchiert.«

»Natürlich hast du das«, rief Penny. »Wieso wundere ich mich?«

»Okay, sagt die Frau, die früher Cookies für Ed Miliband gebacken hat, weil sein Podcast in der Nähe ihres Cafés aufgenommen wurde, das die Zeitschrift *Time Out* zufälligerweise als Londons exklusiven Geheimtipp gelistet hat.«

»Erstens«, sagte Penny und hielt ihren Finger hoch. »Danke, du Stalker, dass du tief in Googles Eingeweiden gesucht hast.

Und zweitens«, sie hob ihren zweiten Finger hoch, »ist Ed Miliband kein Vergleich zu Bradley Cooper.«

»Lass das nicht Ed wissen.«

»Schon komisch, wie diese berühmten Menschen so heißen ... Ed, Bradley ...«

»Werde jetzt nicht persönlich.«

»Du hast recht.«

»Ich will damit sagen, mach dich nicht über meinen exklusiven Lebensstil lustig, wenn du für Björk gekocht hast.«

»Wir haben erst im Nachhinein erfahren, dass es Björk war. Sie trug Jeans und ein T-Shirt. Ein anderer Gast hat uns darauf hingewiesen, nachdem sie gegangen war.«

»Trotzdem«, sagte Thomas. »Wenn Namaste bedeutet ›Das Licht in mir erkennt das Licht in dir‹, dann solltest du wissen, dass mein Dünkel deinen Dünkel erkennt.«

Penny kniff die Augen zusammen. »Du hast viel zu viel Spaß daran, mich in meine Schranken zu weisen«, flirtete sie.

»Ich zahle nur zurück.«

»Wie du mir, so ich dir.«

»Mein Tattoo für deine Titten.«

Penny quietschte. »Iiiih! Du bist furchtbar!« Sie tat so, als würde sie ihn mit einem Kissen schlagen, und er schob es weg, wobei er ihren Arm packte, sodass sie die Waffe senkte und sich einem Kuss unterwarf.

»Mmm«, sagte er, bevor er sein Handy zurücknahm. Penny trank einen Schluck Wein, und er sagte: »Ooooh. Das ist eine gute Frage. Nenne drei Dinge, die du und dein Partner deiner Meinung nach gemeinsam haben.«

Penny dachte nach. Sie schaute ins Feuer, das knisterte und knackte. »Wir sitzen beide gerne gemütlich am Feuer mit einem guten Glas Rotwein ...«

Thomas nickte. »Richtig.«

»Und ich glaube, dass wir beide wissen, was uns wichtig ist. Der ganze Rummel und Glamour und das Besondere machen Spaß, sind aber nicht das Wichtigste. Übrigens, zufällige Überleitung – was hältst du von Kindern?« Sie wollte ihn das unbedingt fragen. Sie war so neugierig.

»Ich?«, sagte er. »Ich glaube, ich bin ein besserer Onkel als ein Dad. Ich glaube nicht wirklich, dass sie Teil meiner Zukunft sind.« Penny nickte. Das hatte sie sich schon gedacht, doch dann hatte er sie in manchen Punkten so oft mit dem Gegenteil überrascht. Sie war froh, dass sie gefragt hatte. Seine Antwort bestätigte die Tatsache, dass er definitiv nicht ihr Mann fürs Leben war, so traurig sich ihr baldiger Abschied auch anfühlen mochte. Sie wollte mit jemandem zusammen sein, der sich vorstellen konnte, eines Tages ein Elternteil zu sein. Das war die unerschütterliche Wahrheit. »Du?«

»Ich will welche haben«, sagte sie. »Ja.«

Thomas lehnte seinen Kopf an die Sofalehne und sah ihr beim Reden zu. Die eine Seite seines Gesichts lag im Schatten, während die andere vom Licht der Flammen beleuchtet war. Seine Augen waren sanft, und er wirkte völlig entspannt. Er sah gut aus, auf eine jugendliche, frische Art. Er hätte Mitglied einer Boyband oder ein TV-Moderator sein können.

»Und die dritte Sache, die wir gemeinsam haben?«, forderte er sie auf.

»Und …«, Penny überlegte. »Wir finden beide, dass Lizzo der Hammer ist. Du bist dran!«

»Und ich dachte schon, du würdest ganz tiefgründig mit mir werden«, sagte er sanft.

»Ich bin so tiefgründig wie Pudding«, sagte Penny. Wenn er nicht ihr Mann für immer sein sollte, wollte sie ihm nicht ihre Seele offenbaren. Darum ging es hier nicht.

»Oh, du hast eine Nachricht erhalten«, verkündete Thomas

und nickte in Richtung ihres Handys auf dem Tisch. Sie sah Francescos Namen und griff danach, um es mit dem Display nach unten umzudrehen.

»Nichts Wichtiges«, sagte sie. »Nicht, wenn ich hier bei dir bin.« Thomas grinste und hielt den Blickkontakt etwas länger, dann schaute er wieder auf die Liste mit den Fragen. Er räusperte sich. »Hier ist eine gute«, sagte er und machte weiter.

»Sie sind alle ziemlich gut, finde ich«, sagte Penny. »Ich kann nachvollziehen, dass das mit dem Verlieben klappt.«

Er fuhr fort: »Wenn dir eine Wahrsagerin die Wahrheit über dich selbst sagen könnte, über dein Leben, deine Zukunft oder sonst was, was würdest du gerne wissen wollen?«

»Hmmm«, überlegte Penny. »Ich würde wissen wollen, ob ich Mutter sein werde. Ich wünsche mir das so sehr. Ich dachte, es würde schon längst passiert sein, aber … Na ja. Vielleicht bald. Und … ich würde wissen wollen, ob ich geliebt werde.«

»Ich denke, das wirst du«, sagte Thomas. »Von deinem Onkel, deiner Schwester, deinen Freunden … du bist eine sehr liebenswürdige Person.«

»Danke«, sagte Penny. »Ich kann es manchmal … nicht fühlen. Es scheint mir, dass alle anderen wissen, was es mit der Liebe auf sich hat, und dass sie sie einfacher finden als ich. Ich verstehe nicht, wie man sie findet, geschweige denn, was damit anzufangen ist, wenn ich sie mal habe.«

»Das geht allen so.«

»Das glaube ich nicht.«

»Du bist nicht allein mit deinem Gefühl, allein zu sein.«

»Alle sind verletzt?«

»So in etwa.«

Thomas griff nach ihrer Hand. »Erlaube niemals jemandem, dir das Gefühl zu geben, weniger wert zu sein, als du bist«, sagte er. »Denn du bist wunderbar und nett und witzig und hübsch und sehr, sehr liebenswürdig.«

Penny fühlte ein Stechen in ihren Augen. Alles, was sie wollte, war Liebe. Eine Familie, etwas anderes als immer nur Arbeit. Sie war dankbar dafür, dass Thomas da war und ihr den Aufenthalt in Havingley versüßte. Weil er sie dazu gebracht hatte, sich an das Leben außerhalb des Pubs zu erinnern, hatte Penny auch begonnen, sich an ihre anderen Hoffnungen und Träume zu erinnern.

»Ich bin nicht auf Komplimente aus«, sagte sie und schluckte schwer, um den Knoten in ihrem Hals zu lösen. »Wirklich nicht.«

»Ich weiß«, sagte er. »Aber selbst wenn du es wärst, ich finde es trotzdem gut, dir welche zu machen.«

Penny reckte ihr Kinn, nur ganz leicht, wie eine Einladung. Thomas beugte sich vor. Der Kuss war innig und sinnlich, und Penny fühlte, wie ihr ganzer Körper auf ihn reagierte.

»Mmmmmm, mandelsüß«, sagte er lächelnd.

»Sind wir fertig mit dem Spiel?«, fragte Penny. »Ich habe das Gefühl, dass wir damit fertig sind.« Sie rückte näher an ihn heran, und sie küssten sich erneut – dieses Mal noch intensiver. Penny lehnte sich nach vorn, stellte ihr Weinglas ab und setzte sich auf ihn.

»Sobald wir mit den Fragen durch sind, sollen wir uns in die Augen schauen«, sagte Thomas. »Das ist der entscheidende Teil. So besagen es die Spielregeln.«

»Ich schaue dir gerade in die Augen«, sagte Penny.

»Das stimmt«, erwiderte Thomas grinsend. »Doch … können wir es richtig machen? Nicht, dass ich es nicht genieße, wenn deine Beine mich umschlingen – ich will nicht, dass du dich bewegst –, aber so mit dir zu reden, dich kennenzulernen … ich mag das. Ich mag dich.« Seine Hände lagen besitzergreifend auf ihren Schenkeln.

»Ich auch«, sagte Penny und legte ihren Kopf etwas zurück, um sein ganzes Gesicht zu sehen. »Wegen dir fühlt sich meine Zeit hier ganz anders an.«

»Wirklich?«

»Ja. Ich weiß, du wirst wieder weggehen und so, aber du hast mir eine andere Seite von Derbyshire gezeigt, die mir wirklich etwas bedeutet. Die Spaziergänge und die Sehenswürdigkeiten und die Ausflugsziele und so vieles andere. Ich wäre beinahe für den Rest meines Lebens ein Londoner Snob geblieben.«

»Ich glaube, das gilt für uns beide«, sagte Thomas. »Es ist möglich, London zu lieben und zu vermissen, aber auch das Gute in allen anderen Orten zu sehen. Für mich ist es wie eine Therapie.«

»Ich bin froh, dass du mich an jenem Tag von meiner schlechten Laune befreit hast«, sagte Penny. »Ich bin froh, dass du mir nicht erlaubt hast, dir gegenüber miesepetrig zu sein.«

»Na ja, ich habe nicht … dich erwartet.«

Penny runzelte fragend die Stirn.

»Ich habe eine ältere Person erwartet. Oder eine … mütterlichere. Keine heiße mutig-feurige Dreißigjährige.«

»Feurig!«, wiederholte Penny spöttisch-empört.

»Du bist nicht wirklich Little Miss Sunshine, oder? Du bist wie Little Miss Independent Woman oder so ähnlich.«

»Ich bin mir sicher, da verbirgt sich bestimmt irgendwo ein Kompliment«, sagte Penny.

»Ja, das tut es. Du bist kein leichtes Opfer. Ich mag das. Es fordert mich heraus. Also«, nun wurde er ernst, »es ist Zeit, einander anzusehen.«

»Stell die Alarmfunktion auf deinem Handy ein«, wies ihn Penny an.

»Jawohl, Miss Independent Woman«, antwortete Thomas und griff mit einer Hand nach dem Handy. Penny realisierte, dass die andere Hand auf ihrem Po lag. Sie mochte das Gefühl, dass er sie auf diese Weise beanspruchte, sie dort berührte, wo andere Menschen es nicht konnten.

»Wir haben vier Minuten, um uns anzustarren«, sagte Thomas. »Nicht lachen, ja?«

»Okay«, sagte Penny.

»Und los geht's.«

Theoretisch sollte es nicht schwer sein, vier Minuten lang Augenkontakt mit jemandem zu halten. Doch Penny ertappte sich dabei, dass sie nach etwa zehn, fünfzehn Sekunden wegschauen wollte. Während sie Thomas' babyblaue Augen erforschte, wurde sich Penny bewusst, wie sich ihre Brust hob und senkte. Sie versuchte, absichtlich langsamer ein- und auszuatmen, um sich selbst besser unter Kontrolle zu haben. Es fühlte sich seltsam an, von ihm betrachtet zu werden, ohne irgendwohin gehen zu können und ohne witzige Sprüche, um von sich abzulenken. Sie fühlte sich auch traurig, als die Sekunden zu Minuten wurden. Wie lange war es her, dass sie jemandem erlaubt hatte, sie anzusehen? Hatte sie gedacht, sie hätte es nicht verdient? Warum hatte sie immer das Gefühl, sich verstecken zu müssen? Sie zwang sich, nicht an Francesco zu denken, denn Thomas war ja da. Es fühlte sich sicher an, zu erkunden, was sie für ihn empfand, weil sie *wusste*, dass er weggehen würde. Sie musste sich keine Sorgen machen, dass er weggehen würde, denn sie wusste bereits, dass er das vorhatte, und in gewisser Weise war es befreiend. Als sie seinem Blick standhielt und spürte, wie er eine Erektion bekam, wollte sie mehr als alles andere mit ihm schlafen, dort, auf dem Sofa, vor dem Kamin und mit Rotwein in ihren Adern. Und dann küsste er sie, zog ihr das T-Shirt aus und holte ein Kondom aus seiner Brieftasche.

Thomas drang in sie ein, Penny vertraute ihrem Becken, vergaß sich selbst, vergaß alles, bewegte sich hin und her, auf und ab, drückte und zog, und dann erschauderte er und kam, und Penny kam nicht.

»Scheiße«, sagte er, und Penny antwortete: »Ist schon okay.«

»Nein, ich meine, Scheiße, wie geil«, erklärte Thomas und bedeutete ihr, dass sie von ihm runtersteigen konnte.

Penny beobachtete, wie er das benutzte Kondom runterzog und ins Feuer warf.

»Ich glaube nicht, dass es dahin gehört«, sagte Penny.

»Ah«, räusperte er sich. »Ja. Du hast recht.« Er drehte sich zu ihr. »Ich hatte heute Abend Spaß«, sagte er, und Penny antwortete: »Ich auch.«

»Bist du gekommen?«, fragte er.

»Thomas … wenn du fragen musst …« Sie sagte es freundlich, doch es war ihr wichtig, es zu sagen.

Er schaute sie an. »Echt?«

Penny zuckte leicht mit den Schultern.

»Oh«, entfuhr es ihm. »Nun. Lass mich das wiedergutmachen.«

Er nahm ein Kissen vom Sofa und kniete sich hin. »Lass mal sehen, was wir hier haben«, flüsterte er, während Penny mit den Fingern durch sein Haar fuhr und die Augen schloss.

15

»Lass mich die Kopfhörer reinmachen«, brüllte Francesco ins Telefon.

Penny stand an der Arbeitsbank und hackte Sellerie und Zwiebel für die Suppe.

»Ich kann es kaum erwarten, dir von gestern Abend zu erzählen.«

Penny verzog das Gesicht. »Will ich es überhaupt wissen?«, fragte sie und errötete, als sie sich daran erinnerte, was *sie* am Abend zuvor gemacht hatte.

»Ich war auf einer Nigel-Party.«

»Einer was?«

»Einer Nigel-Party!«

»Ahhhh, dieses berühmte jährliche Event, das in jedermanns Terminkalender steht! Eine Nigel-Party!«

Francesco hustete absichtlich. Was er damit meinte, war: »Wichser.« Er hatte ihr mal die Geschichte erzählt, wie er diese Beleidigung als Kind von einem der britischen Mädchen in der Schule gelernt und sie seinem Vater gegenüber angewandt hatte. Die Sache war nur die, dass Francescos Vater das Wort verstanden hatte, und als er ihn zur Rede stellen wollte (»Was hast du zu mir gesagt, Junge?«), hatte Francesco versucht, ihm weiszumachen, er hätte nur gehustet. Die Geschichte wurde zu ihrem Running Gag. Niemand musste das Wort »Wichser« aussprechen, wenn man stattdessen husten konnte. In Francescos Familie wusste jeder, was ein markantes Husten zu bedeuten hatte, und mittlerweile wusste es auch Penny.

»Erzähl mir mehr von deiner Nigel-Party …«, sagte Penny.

»Also«, setzte Francesco an, und sie konnte den Straßenlärm im Hintergrund hören. Er hatte wohl seinen freien Tag. »Wusstest du, dass der Vorname Nigel für Neugeborene in diesem Land immer unbeliebter wird?«

»Was für eine Überraschung«, erwiderte Penny.

Francesco hustete erneut und weigerte sich, das Gespräch fortzusetzen.

»Entschuldige«, sagte Penny. »Gestern Abend bin ich sehr spät ins Bett gekommen. Ich bin nur deswegen schlecht gelaunt, weil ich übermüdet bin.«

»Wusstest du, dass Teenager emotionale Grenzen bei ihren Eltern austesten, weil sie sich bei ihnen sicher fühlen? So ist das auch in Beziehungen – wir benehmen uns nur den Menschen gegenüber wirklich mies, bei denen wir wissen, dass sie uns nicht verlassen werden.«

Penny lächelte. Francesco flocht ständig solche Fakten und Geschichten in ihre Gespräche ein. »Es ist, als hättest du ›Psychoanalyse-Müsli‹ oder so zum Frühstück gegessen«, sagte sie.

»Du beweist gerade, dass das, was ich sage, stimmt«, antwortete er.

»Ach, sei still«, erwiderte sie freundlich.

»Darf ich dir nun von Nigel erzählen?«

»Ich kann es kaum erwarten …«, sagte sie.

»Nun, wie ich bereits erwähnte, nennt heutzutage kaum noch jemand sein Kind Nigel. Also, dieser Typ im Pub nahe der Arbeit, wo wir manchmal zwischen den Schichten hingehen, heißt Nigel, und als ihm klar wurde, dass sie eine aussterbende Spezies sind, veranstaltete er eine Nigel-Party! Kein Witz, es müssen etwa sechshundert Nigels anwesend gewesen sein.«

»Oh«, rief Penny. »Das ist eigentlich ganz cool.«

»War es auch! Nigels aus Großbritannien und Australien und Neuseeland waren da …«

»Die Leute sind tatsächlich extra zu der Party eingeflogen?«

»Ja! So viele Nigels, dass Nigel, der Pubbesitzer, ein Festzelt im Biergarten aufstellen musste. Eine Frau hat ihrem Nigel sogar einen Heiratsantrag gemacht!«

»Wow, ein aufregender Abend«, rief Penny aus. Ihr Handy leuchtete auf, und sie war für kurze Zeit abgelenkt, während sie Thomas' Nachricht las: *Später bei mir oder bei dir?*

Bei dir, schrieb sie zurück und ergänzte ein Auberginen-Emoji und ein Herz.

»Ich glaube, einer von uns sollte sich verpflichten, sein Kind Nigel zu nennen«, fuhr Francesco fort. »Um einen Beitrag zu leisten. Außer mir, denn ich habe italienische Wurzeln und brauche einen Namen, der mit einem Vokal endet.«

»Du willst, dass ich mein Kind Nigel nenne.«

»Vielleicht nur während der Schwangerschaft«, sagte Francesco. »Wenn du deinen Bauch Nigel nennst, schmeiße ich für dich eine Mini-Nigel-Party, und dann, wenn das Baby zur Welt gekommen ist, erwähnen wir es nie wieder, aber wir können wenigstens ruhig schlafen, weil wir unseren Teil beigetragen haben.«

»Toller Plan, Nigel-Superfan, aber ich werde nie einen Babybauch haben. So, dein Plan ist gescheitert.«

Sie konnte hören, wie Francescos Gehirn am anderen Ende der Leitung ratterte. »Du willst keine Kinder?«, fragte er. »Ich dachte, du würdest dich darauf freuen, eines Tages Mutter zu sein. Das überrascht mich.« Er hielt inne. »Du hast mich mal auf das Thema Adoption angesprochen. Ist das dein Plan?«

»Ja, hm, also«, fing Penny an. »Ich will Kinder, ich kann sie nur nicht selbst austragen. Es liegt am Krebs, an der frühen Menopause … Ich wollte meine Eizellen einfrieren lassen, doch dann habe ich mich dazu entschlossen, sie mithilfe eines Samenspenders befruchten zu lassen, damit sie auf krebsfördernde Gene untersucht werden können … Zurzeit befinden sich meine Embryos in einem Kinderwunschzentrum in London … Tja, ja, bla, bla … Ich werde jedenfalls keinen Babybauch haben, aber die Leihmutter. Vielleicht wird es Clementine. Also müssen wir sie fragen, was sie von einem Bauch namens Nigel hält.«

Francesco war ganz still geworden. »Es tut mir leid«, sagte er. »Das wusste ich nicht.«

»Das liegt daran, dass ich es dir nie gesagt habe«, murmelte Penny.

»Jetzt komme ich mir wie ein Idiot vor. Ich habe doch nur Spaß gemacht.«

»Nein«, sagte Penny. »Nein, mir tut es leid. Ich wollte dir nicht dieses Gefühl geben. Eigentlich wollte ich es dir schon ganz am Anfang erzählen, gleich nachdem wir uns kennengelernt haben, aber dann …«

»Ist das Ganze passiert.«

»Ist das Ganze passiert, ja.«

»Nun. Es wundert mich nicht, dass Penny Bridge einen Plan hat.«

»Wie meinst du das?«

»Das ist es doch, was du tust, oder? Du erkennst das Problem, und dann findest du einen Weg, der für dich funktioniert. Du bist toll, was das betrifft.«

»Danke, dass du meine Fruchtbarkeitsprobleme ›toll‹ nennst.«

Penny wusste, dass Francesco mit den Augen rollte. »Das habe ich nicht gesagt, Pen.«

Sie seufzte theatralisch. »Nein. Ich bin mürrisch und mal wieder unrealistisch. Und es war auch eine ziemlich plumpe Art, es dir zu sagen. Wie gesagt, ich wollte es dir schon damals erzählen, als wir zusammen waren. Ich hatte das Gefühl, dir etwas zu verheimlichen. Doch es gibt keinen richtigen Zeitpunkt, es jemandem zu sagen, mit dem man schläft. Ich meine, das ist ein Plan, ein Baby zu bekommen, der diesen Mann überhaupt nicht involviert. Verstehst du? Du wärst meilenweit weggerannt, entweder weil ich das Thema Kinder zu schnell angesprochen hätte oder weil es dich mega abgetörnt hätte.«

»Ich wäre nicht meilenweit weggerannt, Penny«, antwortete Francesco. »Aus keinem der beiden Gründe. Ich mag dich wirklich.« Ihn das sagen zu hören, ließ ihr Herz schneller schlagen, aber sie hatte keine Zeit, es zu registrieren, weil er weiterredete. »Ich bin froh, dass du es mir gesagt hast.«

»Danke, dass du immer das Richtige sagst.«

»Hör mal, ich muss jetzt los, ich habe einen Termin. Ein Vorstellungsgespräch. Ich weiß nicht, wie lange ich noch bei Anthony Farrah arbeiten kann. Ich brauche etwas Neues. Er treibt mich in den Wahnsinn.«

»Alles klar. Es ist gut, dass du proaktiv bist. Ich weiß, dass du dir schon seit Ewigkeiten etwas Neues wünschst. Viel Glück! Und entschuldige noch einmal, dass ich so ein Muffel war.«

»Danke, dass du dich mir anvertraut hast. Ich fühle mich geehrt.«

Penny schnitt eine Grimasse. »Freunde erzählen einander Geheimnisse, also …«

»Also bin ich froh, dass ich ein Freund bin, dem du vertraust«, beendete er den Satz.

»Das bist du«, sagte sie. »Ruf mich später an und sag mir, wie das Vorstellungsgespräch gelaufen ist.«

»Mach ich«, sagte er. »Lieb dich!«

Penny nahm ihre Ohrstöpsel heraus, ihre Ohren brannten. Hatte Francesco gerade *Ich liebe dich* gesagt?

Penny hatte Thomas einige Male getroffen, bevor er auf Tour gegangen war. Sie hatte seine Gesellschaft genossen und fand es amüsant, dass sie ihn völlig falsch eingeschätzt hatte. Jedes Mal, wenn sie Zeit miteinander verbrachten, gab er etwas Überraschendes von sich preis. Sie mochte es, überrascht zu werden, und er war ein freundlicher Mann mit einem großen Herz. Seine Witze und Abenteuer machten ihre beiden letzten Wochen zu etwas Besonderem.

»Wir schicken uns Nachrichten oder Sprachnachrichten, von denen du so besessen bist«, sagte er, bevor er ging. »Oder noch besser, du kannst mich besuchen kommen.«

Penny küsste ihn leidenschaftlich und antwortete: »Lass uns keine Versprechungen machen, ja? Es passt schon. Ich finde es besser, überrascht zu werden, wenn wir in Kontakt bleiben, als enttäuscht zu sein, wenn wir es nicht tun. Sag mir einfach Bescheid, wenn du wieder in Havingley bist.«

»Gut.« Thomas war damit einverstanden. »Ich werde im neuen Jahr ganz sicher wieder zurück sein, sobald diese Gigs im Dezember vorbei sind und wir die Asien-Tour beendet haben. Aber du solltest auf eines von Lizzos Konzerten in London kommen.«

»Sag mir Bescheid«, sagte sie vage, denn sie wusste, dass er bereits Ende der Woche mit einer anderen im Bett landen würde, wenn nicht sogar schon in der kommenden Nacht. So war er nun mal, und er hatte es ihr gleich zu Beginn gesagt. Es brachte sie dazu, an Francesco zu denken. Sie waren Freunde, die einst ein Paar waren, die dann wieder Freunde wurden. Ihn zu kennen war eine ihrer Freuden im Leben. Sie konnte auch mit diesem Lover befreundet sein – doch mit Thomas würde sie die Tür zum Sex offen halten, denn darum ging es eigentlich.

»Jeder hat ein bisschen Spaß verdient! Und ich mag einfach, was du mir von ihm erzählst«, sagte Sharon, während sie sich mal schnell über FaceTime unterhielten. »Was ich sagen will, ist, verletze ihn nicht, denn du kannst dich dabei auch verletzen. Ich finde es gut, dass du durch ihn deine Heimat wieder mehr zu schätzen weißt und dass er dir all die Sachen zeigt, die du genießen kannst und die du in London nicht erleben kannst.«

»Das finde ich auch«, stimmte Penny zu. »Er war auf jeden Fall … überraschend.«

»Genau. Du kannst bei seiner Rückkehr zum Telefon greifen, ohne dich in seiner Abwesenheit nach ihm zu sehnen.«

Das brachte Penny dazu, breit zu grinsen. »Ich frage mich, ob du solch einen Rat auch Mia geben würdest.«

Sharon schaute sehr ernst drein. »Darauf kannst du Gift nehmen!«, antwortete sie. »Ich will nicht, dass du zu Hause hockst und darauf wartest, dass das Telefon klingelt. Meine Tochter wird eine Draufgängerin! Genau wie ihre Tante Penny.«

»Hey«, sagte Penny, während sie von Thomas' Haus zurück zur Arbeit in den Pub ging. Francescos Gesicht war auf ihrem Bildschirm. »Wie geht es dir heute?«

»Ich habe etwas getan«, antwortete Francesco.

»Okay …«, sagte Penny, während sie die Seitengasse hinunterwanderte, die mit der Hauptstraße verbunden war. Sie trug einen dicken Wintermantel, der sie vor dem Frost schützte.

»Ich habe gekündigt.«

Penny reagierte überrascht. »Du hast gekündigt? Ist es, weil du den Job bekommen hast, für den du dich beworben hast?«

»Nicht wirklich …«

»Du hast gekündigt, ohne einen neuen Job zu haben?«

»Ja!«

»Oh, verdammt. Das ist … mutig. Ich weiß, dass du schon seit Längerem den Job wechseln wolltest, also sage ich mal herzlichen Glückwunsch …?« Sie ging an der Metzgerei vorbei und winkte. Sie wurde enthusiastisch zurückgegrüßt.

»Ja, du sagst es, Glückwunsch!«, schrie Francesco. »Ich bin frei!«

Penny kicherte. »Was ist denn passiert?« Sie ging an zwei ihrer Stammgäste vorbei und grüßte auch sie.

»Das Leben ist passiert«, sagte Francesco. »Ich konnte einfach nicht mehr. Seitdem wir wieder miteinander reden, wurde ich daran erinnert, wie man *richtig* lebt. Du bist so positiv und weißt ganz genau, was du willst. Und das bringt mich dazu, auch mehr so sein zu wollen. Ich will nicht einfach nur irgendwie sein, verstehst du? Und Anthony Farrah, die Art, wie er die Küche leitet … Das ist nicht richtig. Wegen seines Egos ist die ganze Atmosphäre von Angst bestimmt. Ich konnte es keine Sekunde länger ertragen. Nicht mal eine halbe Sekunde. Ich war wirklich deprimiert, als ich den anderen Konditorjob nicht bekommen habe, aber ich denke, ich werde bald etwas anderes finden. Ich habe ein paar Ersparnisse. Ich werde schon klarkommen. Also habe ich es getan! Ach, ich fühle mich großartig!«

Er klang beinahe manisch.

Penny sah Priyesh, den Weinhändler, mit seinem Land Rover vorbeifahren und nickte ihm zu. *Heiß* war das Wort, das ihr in den Sinn kam, bevor sie ihre absurden Gedanken beiseiteschob. *Langweilig*, korrigierte sie sich selbst.

»Wie lange ist die Kündigungsfrist?«

»Das ist das Unglaubliche. Er will, dass ich sofort gehe. Er bezahlt mir den nächsten Monat, sagt aber, er wolle meine arrogante italienische Fresse nie wiedersehen. Er hat ziemlich gebrüllt, aber das ist mir egal. Ich wollte einfach nur weg!«

»Einen Monat bezahlten Urlaub«, seufzte Penny. »Und das zu Weihnachten. Na, so was!«

»Und da habe ich mir gedacht …«, setzte Francesco an, »ich könnte dich nun endlich mal besuchen kommen. Was hältst du davon?«

»Mich besuchen kommen?«, fragte Penny ungläubig. Der Pub war nun in Sichtweite.

»Ja! Ich weiß, wir telefonieren täglich, aber das ist doch nicht dasselbe wie richtig miteinander abhängen, sich sehen. Und nun habe ich so viel Zeit …«

»Ich habe die Weihnachtsfeier«, sagte Penny.

»Dann danach?«, fragte Francesco. »Das ist übermorgen, stimmt's? Ich könnte Ende der Woche kommen. Ich kann dir sogar ein bisschen helfen, wenn du willst.«

»Ähm«, sagte Penny und war sich nicht sicher, was sie davon halten sollte. »Klar. Gut, na dann. Du kannst bestimmt Paul ein oder zwei Sachen beibringen. Bring deine Messer mit, nur für den Fall.«

»Super«, flötete Francesco. »Ich schreibe dir dann Genaueres. Kann ich bei dir übernachten?«

»Natürlich«, sagte Penny und dachte: *Geh nicht mit ihm ins Bett. Wage es ja nicht, mit ihm ins Bett zu gehen! Er ist dein Freund! Geh. Nicht. Mit. Ihm. Ins. Bett!* »Es gibt ein Gästezimmer.«

»Du siehst aus, als wärst du einem Gespenst begegnet«, sagte Charlie, während »they« Fähnchen in der Ecke der unteren Bar aufhängte.

»Es ist wegen Francesco«, sagte Penny und zog ihren Mantel aus. »Er will mich besuchen kommen.«

Charlie gackerte. »*Dieses Arschloch* will ins Red Panda kommen? Wow! Ich kann es kaum erwarten, ihn kennenzulernen. Du sprichst über ihn, als wäre er eine Mischung aus Brad Pitt und Colin Firth und vielleicht ein bisschen Hugh Grant, aber vielleicht auch mit einem Hauch von …« Charlie dachte intensiv nach. »Severus Snape? Auf eine heiße Art.«

»Er ist nur ein Freund«, sagte Penny schnell. »Gott, bitte lass mich ihn nicht vögeln wollen. Er hat mich wirklich verarscht, Charlie! Aber ich kann nicht genug betonen, wie gut aussehend er ist und wie gut er kochen kann und wie sehr allein sein Geruch mich dazu bringt, mich ihm an den Hals werfen zu wollen.«

»Also, wenn du etwas brauchst, das dich von ihm ablenkt, kannst du einfach fragen … du weißt schon.«

»Ja«, sagte Penny und half ihm, einen Kranz zu befestigen.

»Oh«, sagte Charlie. »Danke.«

»Ich weiß nicht, warum ich ihn nie danach gefragt habe«, sagte Penny. »Als wir anfingen, wieder miteinander zu reden, habe ich es einfach … vermieden. Meinst du, das ist seltsam?«

Charlie sprang vom Stuhl herunter und wühlte in einer Kiste mit Weihnachtsschmuck.

»Ja und nein«, sagte Charlie. »Wenn das alles letzte Woche passiert wäre, na gut, dann würdest du vielleicht fragen, weil das Thema noch aktuell ist. Aber wie lange ist es her? Sechs Monate? Sieben? Und ihr lebt hundertsechzig Kilometer voneinander entfernt, und – weiß er, dass ihr nur Freunde seid? Denkt er, dass das eine Tür zu mehr ist?«

»Nein«, sagte Penny. »Er weiß über Thomas Bescheid, und wir haben uns darauf geeinigt, nur Freunde zu bleiben, als ich weggegangen bin. Noch vor … der anderen Sache.«

»Die andere Sache, von der er nicht weiß, dass du sie weißt.«

»Und das ist der einzige Beweis, den ich brauche, um nicht rückfällig zu werden, nicht wahr? Ich lag offensichtlich die ganze Zeit über richtig. Er hat es nie so ernst mit mir gemeint wie ich mit ihm.«

Penny griff nach etwas Fliederfarbenem. »Was sucht die denn hier?«, sagte sie und hielt eine bunte Glaskugel hoch mit einem Schneemann darin. »Meine Mum hat sie für Clementine gekauft, ich glaube, auf dem Jahrmarkt in Nottingham. Ich erinnere mich daran.«

»Das ist einfach das, was David jedes Jahr benutzt.«

»Ich nehme sie mal mit«, sagte Penny und schaute, was sonst noch in der Schachtel lag. »Ich werde sie Clem geben.«

»Klar«, sagte Charlie. »Und … Penny …? Es ist schön, dass du einen Freund hast. Du strahlst, wenn du mit ihm sprichst, und du scheinst viel glücklicher zu sein, seitdem du wieder Kontakt zu ihm hast. Denk nicht allzu viel darüber nach. Er kann auch wirklich nur ein Freund sein. Ihr seid erwachsen.«

»Du hast recht«, sagte Penny. »Mein Kumpel kommt mich besuchen! Du wirst ihn mögen, Charlie. Alle tun es.«

»Solange du nicht heimlich in ihn verliebt bist«, sagte Charlie, abgelenkt von der nächsten Aufgabe, und zwar dem Aufbauen der Weihnachtskrippe. Penny antwortete nicht. Sie war sich ziemlich sicher, dass sie es nicht war. Es war nicht gerade etwas, was man vor einem Menschen verstecken konnte, oder? Nein. Sie waren Freunde, nicht verliebt.

Am 1. Dezember fand die Weihnachtsfeier statt, und Penny konnte sich von Francescos bevorstehendem Besuch und Thomas' Abreise ablenken. Sie fand im Pub statt, sodass sie tun und lassen konnten, was sie wollten. Das Catering und die Bedienung bestellte sie von außerhalb, sodass sie sich um nichts kümmern musste – sie konnte, zum ersten Mal seit Langem, einfach zusammen mit allen anderen Spaß haben. Es sollte eine verrückte Weihnachtsfeier werden, und so war es ihre letzte Chance, alle Sorgen über Bord zu werfen, bevor die Weihnachtsfeiern der Gäste sie und ihr Personal ziemlich an den Rand ihrer Kräfte bringen würden.

»Das kann doch nicht wahr sein«, sagte Penny, während sie mit ihrer Küchenmannschaft Hof hielt und Kellner der Catering-Firma mit Mini-Yorkshire-Puddings, gefüllt mit winzigen Rindfleischstücken, vorbeigingen. »Wer, der bei klarem Verstand ist, würde seine Socken vor seiner Hose anziehen? Das ergibt doch keinen Sinn!«

Manuela schnalzte mit der Zunge, und Ollie, der Tellerwäscher, sagte: »Was?! Klar zieht man die Socken vor der Hose an! Überleg mal: Die Socken sitzen *unter* der Hose, also will man, dass sie so hoch wie möglich am Bein hochgezogen sind, und dafür braucht man ein nacktes Bein.«

»Da bin ich einer Meinung mit Ollie«, sagte Manuela, als wäre es das ernsthafteste Thema überhaupt. »Es ist verrückt, Socken anzuziehen, wenn man die Hose bereits anhat. Was, wenn man die Hose gerade gebügelt hat? Dann würde man sie ganz zerknittern.«

Penny hielt sich den Bauch, während sie lachte: Was als harmlose Bemerkung angefangen hatte, verwandelte sich in eine blutige Schlacht.

»Ich kann es nicht fassen, dass ihr euch alle darüber streitet«, sagte Agnieszka. »Ist es das, worüber Briten auf Partys wirklich reden?«

»Hey!«, sagte Manuela. »Ich bin Philippinerin!«

»Ich bin Holländer«, sagte Ollie.

»Ich bin so gelangweilt«, sagte der Konditor Paul. »Wollen wir Tequila-Shots trinken?«

Es gab begeisterten Jubel, den Penny als ein »Ja« deutete.

»Oh, oh«, sagte Charlie und stupste Penny an, gerade als Manuela ihr ein Glas reichte. Die Flüssigkeit schwappte auf ihre Hand, und Penny leckte sie automatisch ab. Der starke Alkohol brannte auf ihrer Zunge. Sie waren umgeben von funkelnden Lichtern und klirrenden Gläsern, und alle waren herausgeputzt und richtig chic. Penny hatte eine wirklich schöne Zeit.

»Priyesh ist hier.« Penny beobachtete ihn, während Charlie rüberging und ihn auf beide Wangen küsste. Sein schulterlanges schwarzes Haar war dicht und seidig und fiel auf seinen Hemdkragen. Er hatte einen kleinen Silberschimmer im Haar, und es erstaunte Penny wieder einmal, dass er so attraktiv aussah. Sein versnobter Tonfall passte nicht zu seinem Gesicht und seinem Auftreten.

Sie beobachtete ihn, während er näher kam, und Charlie sagte: »Penny, du erinnerst dich an Priyesh, unseren Weinhändler.«

Priyesh streckte ihr die Hand entgegen. »Danke für die Einladung«, sagte er. »Ich weiß deine Gastfreundschaft sehr zu schätzen.«

»Gerne«, antwortete Penny. »Bitte, bediene dich am Essen und an den Drinks. Viel Spaß.« Sie gestikulierte herum und stieß fast die leeren Gläser von einem Tablett, das an ihnen vorbeigetragen wurde.

»Das ist sehr freundlich. Und falls wir einen Augenblick Zeit finden, kannst du mir vielleicht erzählen, was du kürzlich im Keller entdeckt hast. Ich habe gehört, dass du da unten einen ziemlichen Fund gemacht hast. Ich würde gerne erfahren, um welche Flaschen es sich handelt.«

Er war ein förmlicher Mensch. Penny war an Thomas gewöhnt, der den Raum, den er betrat, sowohl mit seinem Reichtum als auch mit seiner Persönlichkeit einnahm. Priyesh hingegen war kompakt. Er war groß und tadellos gekleidet, wirkte jedoch völlig in sich gekehrt. Es schien, als wäre nichts an ihm ein Zufall. Alles war geplant und durchdacht. Verklemmt wäre vielleicht das passende Wort.

»Auf jeden Fall«, beruhigte ihn Penny. »Sobald ich die Runde gemacht habe. Die Gastgeberinnenpflicht ruft.«

»Natürlich«, sagte er. »Es ist auf jeden Fall schön, dich zu sehen.«

Er verbeugte sich leicht beim Weggehen, und Penny tat es ihm gleich, bevor sie sich an Charlie wandte und in gedämpftem Ton sagte: »Der Mann hat wirklich einen Stock im Arsch.«

»Gesegnet sei er«, sagte Charlie, bereits beschwipst nach einem Champagner-Cocktail. »Mal sehen, ob wir ihn abfüllen können, damit er etwas lockerer wird.« Sie folgten ihm und riefen: »Priyesh! Wo ist dein Drink? Lass mich dir nachschenken!« Wenigstens Charlie konnte die lustige Seite seiner Anwesenheit entdecken. Penny machte sich eine gedankliche Notiz, ihm aus dem Weg zu gehen, und nahm dankbar einen weiteren Schluck vom Tellerwäscher an.

Penny war im Laufe des Abends kurz davor, sich zu betrinken. Sie hatte nicht die Kontrolle über sich verloren, das nicht, aber sie fühlte sich locker und frei, glücklich, unter diesen neuen Menschen zu sein, die Anfang des Jahres noch Fremde gewesen waren und mit denen sie nun fast jede freie Minute verbrachte.

»Ich hoffe, du hast einen schönen Abend«, dröhnte eine Stimme hinter ihr, was dazu führte, dass sich ihre Nackenhaare plötzlich aufstellten. Priyesh. Sie drehte sich um. Ist er noch niedlicher geworden? Oder lag es am französischen Wein, Jahrgang 1975, den sie getrunken hatte? Wie auch immer, aus unerklärlichen Gründen tat es ihr nicht leid, dass er sie gefunden hatte.

»Hallo, Gutsherr«, sagte sie, ohne zu wissen, warum sie ihn so nannte, außer um seine Förmlichkeit irgendwie auf die Schippe zu nehmen. »Hast du einen schönen Abend?«

»Vermutlich nicht so einen schönen wie du«, antwortete Priyesh und bemerkte das leere Glas in ihrer Hand. »Aber angenehm genug, das schon.«

»Magst du meine Party nicht?«, fragte Penny auf eine sexy und reizende Art, aber, nun ja – bei dem Lärm ihrer fröhlichen Belegschaft und der Live-Band war sie sich nicht sicher, ob sie Erfolg hatte.

»Ganz und gar nicht, deine Party ist sehr gesellig«, antwortete Priyesh. »Genauso wie die Gastgeberin.«

»Ich bin nicht betrunken«, sagte Penny defensiv.

»Dann musst du dich mehr anstrengen«, behauptete Priyesh, nickte auf seine beharrlich-förmliche Art und ging Richtung Toilette. »Ich dachte eigentlich, du wärst etwas entspannter als noch vor einer Stunde«, rief er ihr beim Fortgehen über die Schulter zu.

Penny stand da und schaute ihm nach. Sollte das gerade gemein gewesen sein? Sie konnte es nicht deuten. Was für ein Arschloch, wenn ja, dachte sie. Er war ihr Gast! Wie konnte er es nur wagen! Sie folgte ihm in den hinteren Teil des Pubs.

»Hey!«, rief sie, als er durch die Tür auf die selten benutzte vordere Veranda ging. Rechts befand sich eine verschlossene Eingangstür, und links gab es zwei weitere Türen, die zu den Toiletten führten.

»Hey«, antwortete Priyesh seelenruhig. »Geht es dir gut?«

»Klar geht es mir gut«, sagte Penny steif.

»Nun, das freut mich zu hören«, entgegnete Priyesh. »Denn für einen kurzen Augenblick klang es so, als würdest du mich wegen irgendetwas anschreien wollen.« Sein Ton war sanft und gelassen. Penny fand es äußerst nervig.

»Dich anschreien?«, fragte Penny. »Warum sollte ich dich anschreien?«

»Hm, tja«, antwortete Priyesh. »Genau. Daher war ich so verwirrt.«

Er drängelte sich durch, um auf die Toilette zu gehen. Penny öffnete die Tür hinter ihm und folgte ihm.

»Was ist dein Problem?«, fragte sie sauer. »Warum bist du solch ein versnobtes Arschloch?«

Priyesh grinste. »Ein versnobtes Arschloch? Entschuldige, falls ich diesen Eindruck erweckt habe. Ich schätze dein Feedback.«

Er lächelte sarkastisch, als er das sagte, als ob ihm Pennys Bemerkung überhaupt nichts ausmachte, als ob sie beinahe lächerlich gewesen wäre.

»Du kommst hierher in deinem Anzug und mit deinen Haaren und diesem Gesicht«, sagte Penny. »Trinkst meinen Alkohol …«

»Nun, genau genommen ist es Alkohol, den ich dir verkauft habe«, sagte Priyesh.

»Ach … halt die Klappe«, sagte Penny. Sie stand im Türrahmen, und Priyesh sah aus, als wollte er etwas sagen, besann sich aber eines Besseren und drehte sich zum Pissoir um. Penny konnte nur vermuten, dass er den Reißverschluss öffnete, denn in der nächsten Sekunde konnte sie hören, wie er pisste.

»Oh, wie nett«, sagte sie merkwürdigerweise und blieb wie versteinert stehen. »Echt nett.«

Priyesh machte den Reißverschluss wieder zu, ging zum Waschbecken, wusch sich die Hände – mit Seife – und nahm ein Papierhandtuch. Er warf es sorgfältig in den Mülleimer, drehte sich um, um seine Frisur im Spiegel zu überprüfen, und ging dann rüber zu Penny, die wie erstarrt in der Tür stand und ihn ehrfurchtsvoll anschaute. Die Art, wie er sich bewegte, die Art, wie er sie ansah, die Art, wie er auf sie zuging, es war, als wäre er eine große Wildkatze.

»Du hast eine Menge Vermutungen über einen Mann angestellt, dem du nur ein paarmal begegnet bist«, sagte er und stand dicht bei ihr.

»Dein Ruf eilt dir voraus«, sagte Penny und atmete flach. »Ich weiß alles über dich.«

»Ach, wirklich?«, fragte Priyesh, strich ihr das Haar aus dem Nacken und berührte ihr Schlüsselbein mit seinen Fingerspitzen.

Penny schluckte. Sie konnte es sich nicht erklären. Dieser Mann – er widerte sie an, doch sie begehrte ihn, und sie hasste sich dafür. Aber das Leben war kurz. Warum sollte sie nicht das tun, wozu sie Lust hatte? Was sprach schon dagegen?

Sie zerrte an seinem oberen Hosenrand und zog ihn näher an sich heran, während sie zu ihm aufblickte und ihm tief in die Augen schaute. Keiner von beiden riss sich los.

»Fühlt sich das gut an?«, fragte sie.

»Ja«, antwortete er und hielt still.

Sie öffnete den Knopf seiner Hose.

»Fühlt sich das gut an?«, fragte sie und schaute ihm wieder verzweifelt in die Augen, denn sie wollte sehen, ob sie eine Reaktion von ihm bekommen könnte – irgendeine Reaktion.

»Ja«, sagte er erneut, noch immer in gelassenem Ton. Noch immer ruhig.

Penny griff in seine Unterhose.

»Fühlt sich das gut an?«, fragte sie, während er bei ihrer Berührung stöhnte und endlich preisgab, dass er sich aus der Fassung bringen lassen konnte.

»Ja«, seufzte er.

16

Ach, Sharon«, sagte Penny, während sie in der tief stehenden Wintersonne einen Kaffee trank, in der Hoffnung, vom Vitamin D und Koffein wieder zum Leben erweckt zu werden. Sie hatte Kopfschmerzen. Ihre Schultern schmerzten. Ihr Ego war … tja. Nicht gerade verletzt, aber sie empfand definitiv ein Stechen. Warum um alles in der Welt hatte sie sich mit dem Weinhändler eingelassen? Eine betrunkene Episode auf dem Klo war die eine Sache, aber mit einem Mann, mit dem sie im weitesten Sinne zusammenarbeitete, das war weit jenseits der Grenzen, die sie sich für Sex und Dates und Arbeit gesetzt hatte. »Oh, Sharon, man fickt doch nicht, wo man arbeitet!«, krächzte sie via Sprachnachricht ins Telefon. »Ich weiß nicht, was ich mir dabei gedacht habe! Kannst du mich anrufen, nachdem du Mia in die Kita gebracht hast? Ich muss das mit dir besprechen.«

Sharon rief um genau 9:01 Uhr via FaceTime vom Eingang der Kita an.

»Also, wer ist dieser Weinhändler? Und reg dich nicht so auf.«

»Ach, so ein Mist«, sagte Penny. »Das war so dämlich von mir.«

»Hey – das ist meine Freundin, die du da so runtermachst!«, sagte Sharon. »Sei nicht so hart zu ihr.«

»Ich bin eine erwachsene Frau, leite zwei Gewerbe und hatte einen Quickie auf der Toilette mit einem Mann, bei dem ich es hätte besser wissen sollen …«

»Ach, hör doch auf«, unterbrach sie Sharon. »Das ist das gute Recht einer erwachsenen Frau. Du kannst tun und lassen, was immer du willst! Steh verdammt noch mal dazu, Pen.«

»Ich schäme mich.«

»Du solltest dich dafür schämen, dass du dich schämst. Komm schon, wir leben im 21. Jahrhundert. Schick dem Typen einen Dankesbrief und mach weiter. Meine Güte.«

»Einen Dankesbrief!« Penny lachte auf. »Na klar. *Lieber Priyesh*«, sagte sie in einem lustigen Tonfall. »*Es war so unglaublich freundlich von dir, mich bei der Mitarbeiter-Weihnachtsfeier auf die Herrentoilette zu begleiten. Ich fand dich unglaublich zuvorkommend, als ich dich von mir abgeworfen habe. Welch ein Spaß!*«

»Du scherzt darüber, aber es liegt nicht weit von der Wahrheit entfernt, oder? Gerade weil du erwachsen bist, musst du zu dem stehen, was passiert ist. Aber das bedeutet nicht, dass es wieder passieren muss. Was du nicht willst, ist, so zu tun, als wäre nichts gewesen, und dann unvorbereitet sein, wenn er beim nächsten Mal in der Kneipe eine Bestellung aufgibt oder am Tisch neben dir sitzt, wenn du irgendwo mit diesem Thomas essen gehst. Oh, warte mal.«

Penny wurde schwindelig, als sie zusah, wie sich die Kamera von Sharons Gesicht gen Himmel drehte, dann, nach weiteren zittrigen Bewegungen, Richtung Decke. Penny konnte Stimmen hören, dann bewegte sich die Kamera erneut, und Sharon stand an der Theke des Bridges. Stuart stand daneben.

»Ich hole mir gerade einen Kaffee. Schau mal, was für ein gut aussehendes Exemplar hier hinter dem Tresen steht«, sagte Sharon.

»Hallo, meine Liebe!«, winkte Stuart. »Wir vermissen dich!«

Penny sah auf dem Bildschirm, wie sich Sharon an Stuart wandte und sagte: »Penny hat ihrem Weinhändler auf der Mitarbeiter-Weihnachtsfeier einen runtergeholt und hat nun eine existenzielle Krise.«

»Solche Krisen vermisse ich so was von gar nicht«, sagte er und lachte gemeinsam mit Sharon.

»Hallo, das ist mein Leben, über das ihr euch da das Maul zerreißt, und ich fühle mich schrecklich dabei!«, schrie Penny. »Ich wollte, dass ihr mir einen echten Rat gebt und euch nicht über mich lustig macht.«

»Hast du einen Kater?«, fragte Stuart.

»Zwanzig Männer spielen hinter meinen Augen Trompete«, antwortete Penny.

»Sieh mal«, sagte Sharon. »Wenn dir das mit diesem Weinhändler so peinlich ist, wie du behauptest, dann ist es wohl am besten, Kontrolle über die Situation zu erlangen. Dann kannst du das Ganze im Kopf als ›erledigt‹ abhaken und ein neues Problem erfinden, weil dir langweilig ist.«

»Mir ist nicht langweilig.«

Stuart begann Milch aufzuschäumen. Sharon wies ihn wegen des Lärms zurecht und entfernte sich, damit Penny sie hören konnte. »Dir ist langweilig, Penny. Aber das ist okay. Du bist weit weg von zu Hause, und flachgelegt zu werden oder es jemandem zu besorgen ist eine gute Möglichkeit, sich abzulenken. Es gibt Schlimmeres. Ich finde es sogar gut.«

»Okay, Freud, es reicht«, sagte Penny. »Danke für die Psychoanalyse.«

»Ich hab dich lieb«, sagte Sharon. »Ich werde ganz bestimmt im neuen Jahr hochfahren und dich besuchen. Es war einfach ein Albtraum mit den Kindern, der Arbeit und Lukes Mum, der es nicht gut geht. Aber ich werde kommen. Versprochen.«

»Ist schon gut«, antwortete Penny. »Ich war die ganze Zeit damit beschäftigt, mich hier einzuleben. Wenn du im neuen Jahr kommst, ist es super. Ich freue mich riesig darauf.«

»Schön«, sagte Sharon. »Na gut. Geh und wirf dem Mann den Brief in den Briefkasten!«

»Ich wünsch dir einen schönen Tag«, sagte Penny kichernd und rollte mit den Augen.

»Bye, Penny!«, rief Stuart und winkte. Kaum hatte sie aufgelegt, hörte sie eine Stimme hinter sich: »Weißt du, sie hat recht.«

Penny drehte sich um und sah Charlie in der Tür lehnen. »Meine Güte!«, sagte sie. »Wie lange stehst du schon da?«

»Ewig«, sagte Charlie. »Ich habe darauf gewartet, dass du es bemerkst, doch als du es nicht getan hast, kam es mir komisch vor, mich davonzuschleichen, also bin ich geblieben.«

»Na klar. Du hast also gehört …«

»Ja.«

»Und nun weißt du …«

»Jawohl.«

»Klar.« Penny stand auf. »Aua«, sagte sie, als ihr von der plötzlichen Bewegung übel wurde. »Mein Kopf.«

»Vergiss deinen Kopf, wie geht es deinem Handgelenk?«, scherzte Charlie, und Penny lachte unwillkürlich.

»Ach, verpiss dich«, sagte sie.

»Sharon hat recht. Du kannst es nicht einfach ignorieren und hoffen, dass du ihn nie wiedersiehst. Du kannst es bereuen, aber du kannst dich nicht wie ein Arschloch benehmen.«

Penny nickte. »Ja«, sagte sie. »Ach. Ich hasse es, mich anständig benehmen zu müssen!«

Penny ging in ihr Büro und nahm ein paar Grußkarten hervor, die ihr Clementine vor zwei Jahren zum Geburtstag geschenkt hatte. Sie hatten eine rosa und rot gemusterte Umrandung. Ganz oben stand nur: »Von Penny Bridges Schreibtisch«. Sie hatte bisher lediglich drei davon verschickt, denn eigentlich ergab sich nie die Gelegenheit, etwas »von ihrem Schreibtisch« zu verschicken, doch sie hatte begriffen, dass die Karten nahezu ausdrücklich für genau diesen Zweck gedacht waren – höflich auf den Zwischenfall einzugehen, ohne es weiter in die Länge zu ziehen, und einem Mann wie Priyesh zu schreiben, der höchstwahrscheinlich sein eigenes geprägtes Briefpapier hatte, das er täglich oder wöchentlich und nicht halbjährlich benutzte.

Penny hielt die Kappe des Füllfederhalters im Mund und überlegte, was sie schreiben sollte. Charlie erschien erneut in der Tür.

»Was um alles in der Welt ist los?«, fragte Penny. »Folgst du mir jetzt überallhin? Was machst du überhaupt hier, wir haben heute geschlossen.«

»Ja«, sagte Charlie, »ich habe gestern Abend mein Handy hier vergessen. Ich bin nicht davon ausgegangen, dich so verwirrt vorzufinden, deswegen bleibe ich nun, denn die Situation ist ziemlich unterhaltsam.«

»Was soll ich bloß auf die Karte schreiben?«, fragte Penny. »Wenn du dich schon über mich lustig machst, dann sei mir wenigstens behilflich.«

Charlie lehnte den Kopf gegen den Türrahmen und dachte nach. »Schreib«, überlegte Charlie, »dass du dich über sein Kommen gefreut hast und dass du dich freust, auch im neuen Jahr weiterhin mit ihm zusammenzuarbeiten.«

»Es darf nicht zweideutig klingen«, sagte Penny. »Das hört sich so an, als würde ich ihn dazu einladen, es fortzuführen.«

»Schreib einfach: *Ich freue mich, dass du auf meiner Party kommen konntest. Ich meine, zu meiner Party.*«

»Haha. Danke.« Penny verdrehte die Augen. Sie überlegte noch ein bisschen, dann schrieb sie:

Lieber Priyesh,
es war wunderbar, Dich in dieser Woche auf der Weihnachtsfeier zu sehen. Verzeih meinen allzu familiären Umgang – es war wohl die festliche Stimmung, aka Gin, Wermut und ein Schuss Tequila. Ich vertraue darauf, dass unsere Arbeitsbe-

ziehung nicht unter dieser unangemessenen Interaktion leiden wird.
Frohe Weihnachten
Penny

Penny steckte die Karte in einen Umschlag, schrieb Priyeshs Namen darauf und sagte zu Charlie: »Kannst du ihn auf dem Weg nach Hause bei ihm vorbeibringen? Ich und mein Kater können dem Ganzen nicht wirklich gegenübertreten.«

»Klar«, antwortete Charlie. »Mach mir aber zuerst einen Kaffee.«

Pennys Handy vibrierte. *Guten Morgen, Sonnenschein,* lautete Thomas' Nachricht. *Wollte dir nur sagen, dass ich an dich denke. Hoffe, das geht in Ordnung. Hab einen schönen Tag!*

Penny schrieb zurück: *Hey! Ich hoffe, die Tour macht Spaß! Ich denke auch an dich.*

Ihr Handy summte erneut. *Soll ich dir irgendetwas aus der Großstadt mitbringen, das du auf dem Land vermisst?,* lautete die Nachricht. *Ich kann dir alles besorgen, was fehlen könnte.* Francesco.

Plötzlich waren da mehr Männer, als sie willentlich bewältigen konnte.

»Das ist kein Scherz. Priyesh sitzt in der Bar«, sagte Charlie ein paar Tage später über die Essensausgabe in der Küche. »Und er hat Blumen mitgebracht.«

»Was?«, sagte Penny und nahm ein Tuch, um die Soße vom Rand eines Tellers wegzuwischen, den sie gerade vorbereitete.

Charlie gestikulierte durch die Tür zur Bar. »Er sitzt gleich dort.«

Penny folgte Charlies Finger und sah, wie sich Priyesh nervös die Haare glättete.

»Bring ihm etwas zu trinken«, sagte sie. »Und sag ihm, es

dauert nicht lange.« *Wer zum Teufel taucht genau zur Mittagszeit auf?*, dachte Penny, ohne zu realisieren, dass es bereits 14 Uhr und der Mittagstisch offiziell beendet war. Es würden keine neuen Bestellungen mehr reinkommen.

Penny nahm sich Zeit, die letzten Gerichte hinauszuschicken und ihren Arbeitsbereich aufzuräumen. Sie versuchte, sich einzureden, dass sie nicht wusste, warum er da war, doch eigentlich wusste sie es: ihre Karte. Und warum hatte sie sie ihm geschickt? Oh Gott, wenn sie wirklich ehrlich zu sich selbst war, hatte sie es vor allem getan, um Aufmerksamkeit zu bekommen. Thomas war abgereist, und ein Teil von ihr hatte Angst, dass sie, wenn sie allein ins Bett ging, sich auf sich selbst und ihr Leben konzentrieren musste, darauf, was ihre eigentlichen Wünsche und Bedürfnisse waren und wie sie sich wirklich dabei fühlte, den Pub zu leiten. Ganz zu schweigen von den Gefühlen für Francesco, die ein totales No-Go waren. Priyesh war klug und selbstbewusst, und das hatte sie angezogen. Sie war begeistert davon, dass sie einen Mann, der nach außen hin so selbstsicher wirkte, mit ihren Händen zu Wachs verwandeln konnte. Sie war nicht stolz darauf, aber so war es nun mal. Penny hatte angenommen, Thomas sei ein Playboy, doch er hatte sich als ein Mann mit verborgenen Tiefen und einem wahren Charakter entpuppt. Sie hingegen hatte Priyesh betrogen, indem sie ihm eine Frau mit verborgenen Tiefen und wahrem Charakter vorgespielt hatte, während ihr Verhalten auf der Toilette nichts weiter als draufgängerisch gewesen war. Konnte sie dem Alkohol die Schuld geben? Vielleicht hätte sie es tun können, wenn sie nicht die Karte geschrieben hätte. Sie hätte Sharon und Charlie umbringen können, weil sie es für eine gute Idee gehalten hatten, während sie sich in dem kompromittierten Zustand des »Morgens danach« befunden hatte. Was sie getan hatte, war gemein, und nun war er hier, im Pub, und sie musste sich ihrer Grausamkeit stellen, indem sie ihm sagte, dass er die Situation falsch gedeutet hatte, weil dies ihre Absicht gewesen war.

Jetzt komm schon, coachte sie sich selbst. *Sei ein großes Mädchen.* Sie wischte sich die Hände an einem Handtuch ab, warf es in den Wäschekorb und holte tief Luft, während sie durch die Tür zur Bar ging.

»Hey, hallo«, sagte sie und schenkte ihm ein strahlendes Lächeln. »Was macht ein netter Kerl wie du an einem Ort wie diesem?«

Priyesh lächelte. »Penny«, sagte er und sah sie an. »Komme ich ungelegen? David hat oft diese Uhrzeit vorgeschlagen.«

»Der Mittagstisch ist gerade zu Ende. Ich habe nicht viel Zeit, aber klar, das geht in Ordnung. Tut mir leid, dass ich dich habe warten lassen.«

Es war wie ein Höflichkeitswettbewerb. Penny versuchte, seinem Anzug, seinen Schuhen und seinem verdammten Gesicht keine große Aufmerksamkeit zu schenken. Doch bei dem Versuch, die Details auszublenden, hatte sie einen lebhaften, pornografischen Flashback davon, wie er in ihrem Ohr klang, als ihre Hand in seiner Hose steckte.

Oh Gott, dachte sie. *Oh Gott, oh Gott, oh Gott.*

»Die sind für dich«, sagte Priyesh nach einer gefühlten Ewigkeit. Er reichte ihr einen Strauß aus Farn, Eukalyptus und einer exquisiten lila Blüte. »Ich habe dich der Floristin beschrieben, und sie hat das hier zusammengestellt.«

Penny nahm die Blumen entgegen und spielte Bewunderung vor, eine kleine Privatvorstellung, um ihre Dankbarkeit auszudrücken. Aber die Blumen waren tatsächlich wunderschön. Sie fragte sich, welche Worte er wohl benutzt hatte, um sie zu beschreiben, aber sie konnte sich nicht dazu durchringen, ihn zu fragen. Sie legte die Blumen auf die Theke. »Sie sind wunderschön«, sagte sie. »Das hättest du wirklich nicht tun müssen.«

»Ich wollte es aber«, sagte Priyesh. »Nach meiner Scheidung habe ich gelernt, dass es nie schadet, seine Gefühle zu zeigen, solange man es kann. Ich bin ein stolzer Mann, aber ich lerne, weniger stolz zu sein, und will den Menschen nicht verheimlichen, wenn ich nicht aufhören kann, an sie zu denken.« Er holte tief Luft und lächelte. »Und, nun ja, was ich sagen will, ist, ich habe nicht aufgehört, an dich zu denken.«

Penny war aufrichtig gerührt von seinem Geständnis. »Ich wusste gar nicht, dass du verheiratet warst …«, sagte sie. »Oder dass du es nicht mehr bist. Das klingt sehr schmerzhaft.«

Er lächelte. »Das war es auch«, gestand er. »Obwohl ich sagen muss, dass es keiner von uns beiden als Versagen einstuft. Wir waren sehr gut in unserer Ehe, bis wir es nicht mehr waren. Einundzwanzig gemeinsame Jahre sind nichts, für das man sich schämen muss.«

»Auf jeden Fall«, stimmte Penny zu. »Es ist wirklich schön, einen Mann so freundlich über seine Ex-Frau reden zu hören.«

»Obwohl ich fürchte«, sagte Priyesh lächelnd, »dass ich vielleicht nicht zu viele Lippenbekenntnisse der Vergangenheit widmen sollte, wenn ich hier bin, um eine Wette auf meine Zukunft abzuschließen. Ich möchte damit nur betonen, dass ich es ernst meine.«

Penny konnte an Charlies steifer Körperhaltung neben der Gläserspülmaschine erkennen, dass »they« jedes Wort des Gesprächs mitbekam. Charlies Rücken war kerzengerade, als könnte selbst das Atmen seine Lauschfähigkeit beeinträchtigen.

»Oh«, sagte Penny überrascht. »Welch entwaffnende Offenheit«, platzte es aus ihr heraus. »Ich bin … gerührt.«

Priyesh lächelte und sagte mit leiser Stimme: »Da versteckt sich irgendwo ein Witz.«

»Charlie, ich gehe nur kurz raus. Dauert nur eine Minute«, sagte Penny schnell, bevor sie zu Priyesh sagte: »Komm mit.«

Sie ging mit ihm zur hinteren Veranda des Pubs, die zu den Treppen und dem Parkplatz führte.

»Charlie hat gelauscht«, erklärte sie.

»Das kann ich mir gut vorstellen«, sagte Priyesh. »Ich versuche schon seit langer Zeit, den neugierigen Augen und Ohren des Dorfes aus dem Weg zu gehen. Manchmal werfe ich ihnen einen Knochen zu. Ein bisschen Klatsch und Tratsch, an dem sie sich festbeißen können. Ich frage mich, wie lange es wohl dauern wird, bis alle unten im The Boot wissen, dass ich hier bin«, fügte er hinzu und bezog sich dabei auf den anderen Dorfpub. »Ich muss gestehen, dass ich selbst gerne dorthin gehe, wenn ich Lust auf ein bisschen Dorftratsch habe.«

»Hör mal«, fing Penny an, unsicher, was sie als Nächstes sagen sollte. Vielleicht: *Sorry, dass ich dir einen runtergeholt habe, ich kann verstehen, dass du einen falschen Eindruck bekommen hast.* Oder: *Ich hoffe, der Fleck ist aus deinem Anzug rausgegangen.* Oder: *Ich bin emotional nicht reif genug für diese Unterhaltung, bitte hör einfach auf zu existieren.* Sie war natürlich nicht stolz auf sich.

»Die Party«, sagte Priyesh stattdessen. »Es hat mich überrascht.«

Penny nickte. »Mich auch.«

»Und ich bin mir nicht sicher, wie man sich in so einer Situation verhält …«

»Ich auch nicht.«

»Aber deine Karte war …«

»Ja.«

»Die Blumen sind also als Dankeschön für dein Dankeschön gedacht. Und als eine Art Einfallstor, um zu fragen, ob du es vielleicht, wenn dein Terminkalender es erlaubt, in Betracht ziehen würdest, mit mir zu Abend zu essen. Ich würde mich sehr freuen, dich kennenzulernen.«

»Das ist eine teure Art, um wieder einen runtergeholt zu bekommen«, scherzte Penny.

»Wie bitte?«, sagte Priyesh.

»Das war dämlich von mir. Entschuldige. Es ist mir peinlich, glaube ich.«

»Peinlich«, wiederholte Priyesh und errötete.

»Oh!«, sagte Penny. »Nicht wegen dir. Peinlich wegen mir. Dass ich … du weißt schon. Das getan habe. Und …«

»Klar«, sagte Priyesh. »Dann habe ich das Ganze also missverstanden.« Er sagte es wie ein Statement.

»Nein!«, rief Penny aus. »Nichts davon ist deine Schuld. Ich mache mir nur Sorgen, das ist alles, Arbeit und Vergnügen sollten getrennt gehalten werden, und wir haben eine berufliche Beziehung. Ich habe die Grenze überschritten. Ich glaube, ich habe mich danebenbenommen.«

»Das war der Nervenkitzel«, sagte Priyesh.

Penny wusste nicht, was sie darauf antworten sollte. Vor der Party hatte sie ihn für verklemmt und langweilig gehalten, doch nun, da sie ihn besser kannte, war er locker und provokant. Eigentlich fühlte sie sich in seiner Nähe nervös – sein Erwachsensein und sein gepflegter Bart und seine Selbstachtung. Und auch seine direkte Art – ein Mann, der das, was er wollte, sagte, und der wusste, wie er es auf diplomatische Weise erreichen konnte, war *sehr* attraktiv.

»Ja«, entschied sie sich zu sagen und grinste. »Vermutlich war es das.«

»Ich kenne jedes Restaurant im Umkreis von achtzig Kilometern und weiß genau, welchen Wein wir bestellen müssen, wenn wir dort sind. Und außerdem, vielleicht springt ja auch etwas für mich dabei raus …«

»Und das wäre?«, fragte Penny.

»Ich mag es, Neues über Essen zu lernen. Falls wir zusammen

essen gehen, könntest du vielleicht meinen kulinarischen Horizont etwas erweitern.«

»Dir geht es nur um deine Geschmackssinne?«, fragte Penny mit hochgezogenen Augenbrauen.

»Penny, ich finde dich unglaublich interessant und sehr unzugänglich. Mir geht es um dich. Ich versuche schon seit Monaten, dich festzunageln.«

Penny war vollkommen erstaunt, sie konnte nicht fassen, was sie gerade gehört hatte.

»Wirklich?«, fragte sie skeptisch. Und dann, bevor sie weiter nachbohren konnte, wurde sie von einem Wagen abgelenkt, der auf den Parkplatz einfuhr und dessen Fahrer ihr sehr bekannt vorkam.

»Was zur Hölle!«, sagte Francesco und ging auf Penny und Priyesh zu. »Schau dir diesen Ort an!«

»Francesco!«, sagte Penny. »Du bist hier!«

»Ich bin hier!«, sagte Francesco grinsend. »Freust du dich, mich zu sehen?«

Penny umarmte ihn, weil sie nicht wusste, was sie sonst tun sollte. »Na klar tu ich das!«, sagte sie. »Francesco! Mein alter Freund! Mein Kumpel! Mein Buddy!« Sie dachte, so würde sie die Grenze zwischen ihnen schon früh festlegen.

Die beiden rissen sich voneinander los, und es schien, als würde Francesco erst in diesem Augenblick bemerken, dass Penny mit einem anderen Typen herumstand.

»Tut mir leid, Mann«, sagte er zu Priyesh. »Hallo. Ich bin Francesco, ein alter Freund von Penny.« Es war ihr nicht entgangen, dass er das Wort »Freund« benutzt hatte, um sich vorzustellen. Das war gut so. Er wusste, woran er war.

»Priyesh«, sagte Priyesh. »Der Weinlieferant des Red Panda. Ich war gerade dabei, deine Freundin zum Essen einzuladen …«

»Oh«, sagte Francesco überrascht. Penny zog eine schuldbewusste Miene.

»Ich lasse euch beide mal allein, um Versäumtes nachzuholen«, sagte Priyesh. »Francesco, was für eine reizende Überraschung für einen Freund. Penny?«

»Huch?«, sagte Penny, verwirrt von Francescos Ankunft und etwas angetörnt von Priyeshs Charme und Klasse und seiner Unerschütterlichkeit. Hatte er wirklich gesagt, dass er sie schon seit Monaten nach einem Date fragen wollte?

»Vielleicht rufst du mich mal an. Du hast ja meine Nummer.«

»Oh, sie ruft niemanden an«, sagte Francesco. »Es hat lange gedauert, sie zu überreden, ans Telefon zu gehen. Sie schreibt lieber.«

»Na gut«, sagte Priyesh. »Wie auch immer, Penny, ich muss mich revanchieren.« Nachdem er das gesagt hatte, zwinkerte er ihr zu, und Penny wusste genau, was er damit meinte. Ihre Wangen bekamen rote Flecken. So ein höflicher Mann, der so anzügliche Dinge vorschlug!

»Nochmals vielen Dank für die Blumen«, sagte sie. »Ich rufe an«, versprach sie.

»Schön, dich kennenzulernen«, sagte Priyesh zu Francesco und nahm die Treppe Richtung Auto. Francesco schaute von Penny zu Priyesh.

»Ist das der Typ, mit dem du dich triffst?«, fragte er. »Wieso gehst du erst jetzt mit ihm aus?«

»Das geht dich überhaupt nichts an!«, erwiderte Penny. »Aber nein. Er ist es nicht. Priyesh ist ein … anderer Mann als der, von dem ich dir erzählt habe. Halt dich da raus.«

Francesco hob kapitulierend die Hände. »Ich halte mich da raus, Euer Ehren«, sagte er. »Die Grenzen wurden klar gezogen.«

»Tut mir leid«, sagte Penny. »Ich wollte nicht überreagieren.

Ich bin etwas verlegen, weil du mich beim Flirten erwischt hast. Das war gemein von mir.«

»Das war es«, sagte Francesco. »Und ich habe dir bereits verziehen.«

»Danke. Du hast also tatsächlich gekündigt?«

Francesco schnitt eine Grimasse. »War nicht gerade meine Sternstunde, aber ja. Ich habe mir meine Messer geschnappt und bin da raus, bevor ich Anthony Farrah noch hätte länger verärgern können«, sagte er. »Hast du Interesse an meinen Konditorkünsten? Ich habe Gerüchte gehört, dass du dich für den Bib Gourmand bewerben willst, und der kleine alte Chef Cipolla könnte vielleicht behilflich sein.«

»Ich kann es nicht fassen, dass du hier bist«, sagte Penny. »Einfach so.« Es gefiel ihr, dass er da war. Sie fand es toll, dass ein Teil ihres alten Lebens in ihrem neuen Leben anwesend war und dass Priyesh sie gerade um ein Date gebeten hatte und dass manchmal, wenn sie es am wenigsten erwartete, sich alles machbar und leicht und lustig anfühlte. Francesco hatte ihr einmal gesagt, dass sie die Dinge zu sehr verkomplizierte, und in jenem Augenblick entschloss sie sich, es nicht mehr zu tun. Francesco war da, und er war ihr Freund. Das war's.

»Ich hätte von unterwegs anrufen sollen«, sagte er. »Für einen kurzen Augenblick dachte ich schon, du hättest vergessen, dass ich komme.«

»Nein!«, sagte Penny. »Ich habe es nicht vergessen! Ich habe nur, na ja, Priyesh …«

»Attraktiver Typ«, stellte Francesco fest.

»Ist es komisch für dich, dass ich mit einem anderen ausgehe?«

Francesco schaute in die Richtung, in die Priyesh gegangen war. »Nee«, sagte er. »Ich bin nur froh, dass wir wieder miteinander reden.«

»Gut«, sagte Penny.

»Ich freue mich, alle persönlich kennenzulernen«, erklärte Francesco. »Jeden, über den du erzählt hast, jeden, den du am Telefon nachgeahmt hast«, sagte er.

»Denke mal ja nicht, dass ich weich werde«, sagte Penny. »Aber es ist nett, das alles mit jemandem zu teilen, der versteht, wie schwer das alles ist, was wir erreicht haben.«

»Prima!«

»Also, wie soll es weitergehen? Hast du mich echt gerade nach einem Job gefragt?«

»Vielleicht können wir uns nach dem Dienst einen Kaffee kochen und uns auf die Hintertreppe setzen und über alles reden, während du deine Kippe rauchst«, sagte Francesco grinsend. »Denn um ehrlich zu sein, habe ich keinen blassen Schimmer.«

»Wer von uns hat das schon?«, sagte Penny lachend. »Das soll wohl der Spaß an dem Ganzen sein.«

Penny ließ Francesco in der Bar zurück, um sich mit Charlie zu unterhalten, und als sie in die Küche kam, bemerkte er: »Du bist mit einem Typen rausgegangen und mit einem anderen wieder reingekommen!« Penny verdrehte die Augen. Charlies Bemerkung klang so, als würde sie Männer sammeln. Selbstverständlich tat sie das nicht.

»Francesco ist ein Freund«, erklärte Penny. »*Ein* Freund.«

»Der Freund, mit dem du jeden Morgen telefonierst, während du alles vorbereitest?«

»Ja«, sagte Penny. »Genau der.«

»Aha«, sagte Charlie, und Penny wusste nicht, was diese Bemerkung bedeuten sollte. Hatte Charlie etwas gegen Francescos Freundschaftsbesuch?

Nachdem sie Ollie, dem Tellerwäscher, Anweisungen gegeben hatte, die Küche bis zum Abend zu schließen, ließ Penny Francesco noch eine Minute länger warten, um sich ins Küchenbüro zu schleichen und im Lieferantenbuch nach Priyeshs Telefonnummer zu suchen. Sie blätterte durch den dicken Ordner mit Visitenkarten und Preislisten und fand seine Kontaktdaten in der Handschrift ihres Onkels auf der Rückseite. Es gab eine Festnetz- und eine Handynummer, also wählte Penny seine Handynummer. Sie musste sich an der Idee festhalten, dass es noch jemanden außer Francesco gab. Wenn ihm klar war, dass sie sich mit einem anderen traf, würde er es respektieren. Nicht, dass sie Priyesh *benutzte*. Sie hatte sich ihm gegenüber auf der Party etwas albern benommen, doch die Art, wie er sie danach angesehen, wie er in den Pub gekommen und Blumen mitgebracht hatte und nicht frustriert war, als Francesco auftauchte und sie unterbrach – das war sehr attraktiv. Er war ein feiner Mann, und Penny wusste in ihrem Herzen, dass sie es verdient hatte, Zeit mit einem feinen Mann zu verbringen. Was sie gemacht hatten, war sicherlich spontan gewesen, aber sie wollte nicht allzu viel darüber nachdenken – das hatte sie sich geschworen.

Penny wollte sich auch nicht wieder in Francescos Arme werfen, nur weil er hier war – er hatte eine andere geküsst, als sie noch keine dreißig Sekunden weg gewesen war. Das Warum kümmerte sie nun gar nicht mehr. Ja, die Chemie zwischen ihnen stimmte, doch hatte sie nicht bewiesen, dass das auch mit anderen Männern der Fall war? In London hatte es so ausgesehen, als würde sie nie wieder begehrt werden, bis Francesco aufgetaucht war. Vielleicht hatte sie sich eingeredet, ihn mehr zu mögen, weil sie Angst gehabt hatte, für immer auf der Strecke zu bleiben. Doch hier, in Derbyshire, war es anders. Hier hatte sie auf magische Weise eine Auswahl – Thomas hatte ihr die Gegend gezeigt, war offenherzig und freundlich. Priyesh war förmlich und ernst, aber auch spielerisch und sexy. Und er wollte mit ihr ausgehen! Also würde sie es tun.

Priyesh ging ans Telefon. »Hallo, Ms Bridge«, sagte er in einem nachdenklichen Ton.

»Hallo«, antwortete sie. »Tut mir leid, dass wir unterbrochen wurden. Ich sage Ja zum Dinner. Natürlich ist es ein Ja. Sag mir einfach, wo und wann ich da sein soll, und ich werde da sein.«

»Das freut mich sehr«, sagte er. »Sonntagabend. Ich hole dich um neunzehn Uhr ab. Der Dresscode lautet chic.«

Penny kehrte zu Francesco und Charlie in die Bar zurück.

»Also gut«, sagte sie und klatschte in die Hände. »Soll ich dir hier alles zeigen?«

17

Es war fast verrückt, wie leicht sich Francesco in Derbyshire einlebte. Penny hatte sich einverstanden erklärt, ihn einzustellen, nachdem sie Paul dabei erwischt hatte, wie er einen Cheesecake von Waitrose als seinen eigenen ausgegeben hatte. Es war alles ganz einfach: Francesco kam zu Besuch, bezauberte alle mit seiner lockeren Art und Hilfsbereitschaft und saß abends nach Dienstschluss bei Penny, massierte ihr die Füße und sagte ihr immer wieder, was für einen tollen Job sie gemacht hatte. Penny erzählte ihm, dass sie mit Priyesh ausgehen würde und dass das Füßemassieren nur freundschaftlich war, und Francesco hatte versprochen, das zu respektieren. Am darauffolgenden Morgen hatte Penny Paul auf frischer Tat ertappt und gefragt, wie lange er das schon machte – gekaufte Produkte als seine eigenen ausgeben –, in der Hoffnung, dass er seine Tat als einmalige Sache eingestehen würde, die er nie wieder machen würde. Das hatte er aber nicht getan. Es stellte sich heraus, dass er es schon seit Jahren so machte. Penny feuerte ihn auf der Stelle mit einer einwöchigen Kulanzfrist, in der er zwar bezahlt wurde, jedoch nicht mehr kommen musste. Er akzeptierte ihre Entscheidung. Francesco fand ein Haus zur Miete im Dorf und fing noch am selben Tag an.

»Weißt du, meine Künste sind auf Bib-Gourmand-Niveau«, sagte Francesco, sobald seine Anstellung offiziell war. »Und ich weiß, dass deine auch auf Bib-Gourmand-Niveau sind. Und die Atmosphäre hier, das Dekor, der Service? Wir schaffen das schon.«

»Sag das nicht«, erwiderte Penny. »Das ist nicht das Ziel!« Sie grinste. »Nun, es sei denn, es passiert einfach, dann war es natürlich die ganze Zeit unser Plan. Ich wünschte, sie würden uns warnen, bevor sie kommen, oder uns vorher informieren. Es ist so ärgerlich, dass man sich nicht darauf vorbereiten kann. Anscheinend weiß man nur, dass die Restaurantprüfer da waren, wenn man im Nachhinein einen Brief erhält, in dem steht, dass sie dir den Preis geben und dich in den Restaurantführer aufnehmen wollen.«

»Pasta-Date am Abend, um das ›Allzeit bereit‹ zu feiern?«, fragte Francesco. »Wenn wir hier fertig sind?«

»Kochst du oder koche ich?«, fragte Penny.

Er sah sie an. »Meine liebe Freundin«, sagte er, »ich, natürlich.«

»Ich wollte nur checken, ob du mich noch genug magst, um mir etwas zu essen zu machen.« Sie grinste ihn an. »Aber … können wir das auf morgen verschieben? Ich habe heute Abend ein Date.«

»Oh, verstehe«, sagte Francesco neckend. »Stellst du uns alle Rücken an Rücken auf?«

Penny verdrehte die Augen. »Ich kann auch meine eigene Pasta kochen.«

»Nein, nein«, betonte Francesco. »Ich akzeptiere, deine zweite Wahl zu sein. Du. Ich. Tagliatelle. Morgen nach Dienstschluss.«

»Dann ist es ein Date«, sagte sie. »Na ja, kein richtiges.«

Francesco strahlte. »Penny, es ist alles gut. Ich provoziere dich doch nur«, sagte er. »Morgen klingt gut.«

»Es ist wunderschön hier«, sagte Penny zu Priyesh in der lokalen Landhotel-Bar, während sie den letzten Schluck Wein tranken. »Ich wusste nicht, dass es das hier gibt.«

»Nun, dann Prost darauf, dass wir etwas Neues entdeckt haben«, sagte Priyesh und hob sein Glas. »Und Prost auch auf dieses wunderbare Essen.« Seine Augen funkelten, und Penny wusste genau, in welche Richtung sich der Abend entwickeln würde. Er war ein Rätsel: nach außen hin verschlossen, doch hinter dieser Maske frech und provokativ. Das gefiel ihr. »Ich bin froh, dass ich deinen Tofu in Ahorn-Soja-Soße probiert habe. Ich hätte das niemals selbst bestellt.«

»Es ist schwer, Tofu richtig zuzubereiten«, sagte Penny. »Doch ich hatte das Gefühl, dass sie es hier hinbekommen.«

»Ich glaube, die Vorspeise war mein Favorit, dann dein Tofu und dann das Dessert. Ich habe eine Schwäche für alles, was mit Passionsfrucht zubereitet wird.«

»Und dabei mag ich diese Frucht am wenigsten«, sagte Penny.

»Komm schon«, sagte Priyesh. »Zwing mich nicht dazu, eine anzügliche Bemerkung über die Passion und ihren Platz in deinem Leben zu machen.«

Penny lachte. »Du hast recht«, sagte sie. »Das war kurzsichtig von mir. Ich sollte dich nicht in eine Lage versetzen, in der Witze über tropische Früchte naheliegend wären.«

»Ich weiß dein Verständnis zu schätzen«, sagte Priyesh. Es ließ sich nicht leugnen, Penny war von ihm angetan.

»Also«, sagte sie. »Ich weiß alles darüber, wie du dank deiner Schwägerin zum Weingeschäft gekommen bist, und nun kenne ich auch deine Vorliebe für Kriegsdramen, Musical-Songs, und weiß, dass du zwei Katzen aus dem Tierheim hast, die deine Möbel parfümiert haben …«

»Hey«, erwiderte er. »Erinnere dich daran, dass du zur Geheimhaltung verpflichtet bist, was die Musical-Songs angeht. Keiner muss wissen, dass ich bei *Billy Elliot* geweint habe.«

»Aye, aye«, kicherte Penny ein wenig beschwipst. »Erzähl mir nun etwas, was ich noch nicht weiß«, forderte sie ihn auf. »Du hast mir die wichtigsten Sachen erzählt, aber wie steht es um deine Hoffnungen, Träume und Ängste, um Liebe und

Verluste? Du bist ein Rätsel für mich – und auch für alle anderen im Pub. Wer ist Priyesh …? Wie heißt du überhaupt noch mal mit Nachnamen?«

Priyesh lächelte. »Jones.«

»Priyesh Jones.«

»Du hast erwartet, dass ich Singh oder Khan sage, nicht wahr? Oder Patel?«

Penny schaute erschrocken. »Nein!«, sagte sie. »Nein! Nur weil du …« Ihr fiel das richtige Wort nicht ein. Sie hatte Angst, rassistisch zu klingen oder, noch schlimmer – einfach ignorant.

»Ist schon gut, ich mach nur Spaß«, sagte Priyesh. »Meine Mutter stammt aus Indien, mein Vater ist aus Coventry. Daher Jones, aber mit dunkler Hautfarbe.«

»Hast du ein gutes Verhältnis zu deinen Eltern?«

»Ja«, sagte Priyesh. »Ich respektiere sie sehr.«

Er fragte nicht nach ihren Eltern, und Penny dachte sich, dass er wusste, dass sie keine mehr hatte.

»Ich versuche, so viel wie möglich von ihnen zu lernen, vor allem jetzt, wo ich alt genug bin, sie zu schätzen – was sich schon zu spät anfühlt, um ehrlich zu sein. Ich weiß nicht, woher ich das habe, aber ich kann sehr wettbewerbsorientiert sein. Lange Zeit dachte ich, es sei wichtiger, recht zu haben, als freundlich zu sein, doch in den letzten Jahren habe ich wirklich versucht, das Gegenteil zu tun. Es ist wichtiger, freundlich zu sein, als recht zu haben.«

Penny nickte. »So habe ich das noch nie betrachtet, aber ja, ich glaube, das sehe ich auch so. Jeder kann stur sein und seinen Standpunkt vertreten und andere dazu bringen, sich seinem Willen zu beugen, aber der bessere Mensch wird das Gute tun. Ist es das, was du meinst?«

»Genau«, sagte er und schnupperte an dem Barolo, den er bestellt hatte.

»Und du hast gesagt, du hättest in den letzten Jahren den Unterschied gelernt?«

»Ja. Eigentlich seit meiner Scheidung.«

Penny nickte. Er hatte neulich schon erwähnt, dass seine Ehe vorbei war. Es fühlte sich anscheinend noch immer sehr schmerzhaft für ihn an.

»Nur damit das klar ist, ich denke übrigens nicht mehr darüber nach«, fügte Priyesh hinzu, als ob er ihre Gedanken lesen könnte. »Wenn ich über meine ehemalige Ehe rede, befinde ich mich emotional weit davon entfernt. Die Tatsache ist im Moment folgende: Ich habe mein Ego zu oft über meine Frau gestellt, und das war am Ende der Preis dafür. Also versuche ich jetzt, das Gegenteil zu tun. Dein Onkel war im Grunde mein Seelsorger, als es mir gar nicht gut ging.«

Penny strahlte, als er Onkel David erwähnte. »Ach, wirklich?«, fragte sie. »Du hast mit ihm über alles geredet?«

Priyesh nickte. »Habe ich. Er hat für mich gekocht und sich mein Gejammer angehört. Er hat mir wirklich seine Zeit geschenkt – und Eric auch. Sie sind ein tolles Paar, nicht wahr?«

»So toll«, grinste Penny. Auch sie spielte mit ihrem Weinglas und machte Priyesh nach, ohne dass es ihr bewusst war. »Die beiden haben sich kennengelernt, als ich zwanzig war. Von Anfang an war es so, als ob sich die Wolken geteilt und der Himmel ihnen zugelächelt hätte und …«

»Und Engel sangen?«

Penny lachte. »Du weißt, was ich meine. Sie harmonieren so gut und haben so viel Respekt voreinander. Mit meinem Ex, den ich ungefähr zur gleichen Zeit kennengelernt habe, hat es sich nicht so angefühlt. Wir waren lange zusammen, aber ich hatte immer diesen quälenden Gedanken im Hinterkopf, dass es besser sein könnte.«

»Sag nicht, dass du nicht wie eine Prinzessin behandelt wurdest …«, sagte Priyesh.

Penny schüttelte den Kopf. »Ich muss nicht wie eine Prinzessin behandelt werden«, sagte sie. »Ich muss nicht gerettet werden. Aber ich habe das Gefühl, dass ich ihm so viel gegeben habe, und es kam so wenig zurück. Falls wir jemals im Rampenlicht gestanden hätten, dann wäre völlig klar gewesen, dass ich diejenige gewesen wäre, die einen Schritt zurücktritt und ihm den Vorrang lässt. Es stand nie zur Debatte, dass wir uns das Rampenlicht *teilen.*«

»Das ist schwierig«, bestätigte Priyesh. »Echte Balance in einer Beziehung ist tricky.«

»Vielleicht«, stimmte Penny zu. »Oder vielleicht ist es nur dann tricky, wenn man nicht miteinander kommuniziert. Und damit meine ich: ständig kommuniziert. Ich glaube, vieles geht auch auf meine Kappe, weil ich erwartet habe, dass er Gedanken liest. Ich hätte es besser machen und ihm sagen können, was ich erwarte. Doch ich war so jung, und ich wusste nicht, wie man es besser macht.«

»Ahhhh, das ist das Schöne am Älterwerden: Man lernt sich selbst besser kennen.«

»Du scheinst dich sehr gut zu kennen«, deutete Penny an.

»Ich glaube, ich habe im reifen Alter von einundfünfzig Jahren gerade den Dreh raus«, antwortete Priyesh.

»Du bist zwanzig Jahre älter als ich. Hast du das gewusst?«

Priyesh zuckte mit den Schultern. »Ich habe mir schon gedacht, dass ich näher an Davids Alter bin als an deinem.«

Penny trank ihren Wein aus.

»Ein Schlückchen ist noch übrig«, sagte Priyesh und zeigte auf die Flasche. Er schenkte ihr nach, und Penny trank weiter.

»Macht dir der Altersunterschied von zwanzig Jahren etwas aus?«, fragte Priyesh.

Penny schüttelte den Kopf. »Nein, er stört mich nicht«, sagte sie. »Das hier ist …«

»Spaß«, bot Priyesh an.

»Spaß«, wiederholte Penny.

»Ist das der Moment, in dem wir darüber reden, was für ein toller Abend das war, jedoch feststellen, wie schade es ist, dass wir jetzt aufbrechen müssen?«

»Oh, wow«, sagte Penny kichernd. »Du kannst das richtig gut! So reibungslos! Die zwanzig Jahre, die du mir voraushast, bedeuten, dass du viel besser in sexuellen Anspielungen bist als ich.«

»Sexuelle Anspielungen?«

»Du bist *so* kurz davor, mich zu küssen.«

»Bin ich das?«

Penny klimperte mit den Wimpern und antwortete nicht. Sie forderte ihn heraus, ihr recht zu geben. Mit ihm war sie mutiger als jemals zuvor. Priyesh beugte sich vor und strich das Haar aus ihrem Nacken, genau wie am Abend der Weihnachtsfeier.

»Wenn ich dich jetzt küssen würde«, flüsterte er, »wo würde ich dann anfangen …?«

Seine Lippen berührten sanft ihren Hals. Penny schloss die Augen und atmete schwer.

»Würde ich hier anfangen?«, fragte er. »Oder hier …?« Sein zweiter Kuss berührte ihren Ohransatz. »Vielleicht würde ich hier anfangen«, überlegte er laut und küsste sie nun hinter dem Ohr.

»Das ist schön«, seufzte Penny.

Priyesh berührte mit seiner Hand zärtlich ihr Kinn und streichelte mit seinem Daumen über ihre Lippen.

»Kannst du mich nun bitte so richtig küssen?«, fragte sie.

Priyesh lächelte. »Nur weil du so höflich gefragt hast«, murmelte er und beugte sich vor.

Als sie sich schließlich voneinander lösten, fragte er sie: »Penny, möchtest du mit zu mir nach Hause kommen?«

***

»Francesco, da wartet eine gewisse Caroline in der Bar auf dich«, sagte Charlie von der Küchentür aus.

Francesco schaute von seinem Arbeitsbereich hoch, wo er gerade eine Backform mit Mürbeteig auslegte.

»Oh«, sagte er. »Verdammt. Der muss in den Ofen. Ähm …« Er warf Penny einen flüchtigen Blick zu. »Macht es dir etwas aus, wenn sie reinkommt?«, sagte er. »Sorry. Ich kann das hier nicht so stehen lassen.«

»Nein, nein, überhaupt nicht«, antwortete sie und dachte nach: *Caroline? Wer zum Teufel ist Caroline?*

»Würdest du sie hereinbitten?«, sagte Francesco. »Danke, Charlie.«

Einen Augenblick später stand eine wahre Göttin neben ihnen.

»Hallo«, sagte sie und blieb neben dem Waschbecken stehen. Sie winkte allen zu und lächelte.

Francesco blickte zu ihr hoch. »Hallo«, sagte er und machte ihr ein Handzeichen, sie solle zu seinem Arbeitstisch rüberkommen. »Wie geht's?«

»Gut«, sagte die Göttin. »Hey«, sagte sie zu Penny.

»Hey«, antwortete Penny mit schriller Stimme. Wer war diese Frau?

»Ich wollte nur das hier vorbeibringen«, sagte sie. »Du hast sie heute Morgen in meinem Auto vergessen.«

Francescos Augen flackerten in Richtung der Lederjacke und des Schals in ihrer Hand. *Seine* Lederjacke und *sein* Schal, stellte Penny fest. »Das ist sehr nett von dir«, sagte er. »Danke.«

Seine Hände waren mit Mehl bedeckt. Mit erhobenen Händen ging er auf sie zu. »Kannst du Charlie bitten, sie für mich hinter der Bar aufzuhängen?«, sagte er. Er sprach leiser, doch Penny konnte ihn noch immer hören. »Danke«, sagte er.

Penny versuchte, sich auf das zu konzentrieren, was sie gerade machte – sie bereitete eine Petersilie-Schalotten-Soße für den Kabeljau vor, der am Abend serviert werden sollte –, aber unter ihren Wimpern beobachtete sie, wie Francesco in die Knie ging, um der anderen Frau einen Kuss zu geben.

»Bis morgen?«, flüsterte er.

»Bis morgen«, erwiderte die Göttin mit einem breiten, strahlend weißen Lächeln.

Als sie fortging, sagte Penny kein Wort. Francesco auch nicht. Er machte sich wieder daran, seinen Teig zu formen, und fing an zu pfeifen, anstatt etwas zu sagen.

»Etwas jung, oder?«, sagte Penny irgendwann, als er mit dem Refrain eines Ed-Sheeran-Songs anfing.

»Jung?«, sagte Francesco.

»Es geht mich ja nichts an, aber …«, sagte Penny.

»Ich finde nicht, dass sie zu jung ist«, sagte Francesco und fing erneut an zu pfeifen. »Sie ist vierundzwanzig.«

»Mhm«, sagte Penny, und ein seltsames Gefühl machte sich in ihrem Magen breit.

Priyesh war nach außen hin ein sanfter Mann, mit einer Zielstrebigkeit, die darauf hinwies, dass er alles bewusst und wohlüberlegt tat.

»Ich nehme mir gerne Zeit«, sagte er und fuhr mit seinen Fingern über Pennys Arm, während sie in seinem Bett lagen. »Ich schätze die bevorstehende Aufgabe sehr.«

Penny kicherte. »Das ist mir aufgefallen«, sagte sie. Er war einen Tag zuvor im Pub aufgetaucht und hatte sie gebeten, draußen mit ihm zu sprechen, wo er, obwohl jederzeit jemand zum Outdoor-Kühlschrank hätte kommen können, ihre Schürze beiseitegeschoben und seine Hand in ihren Slip gesteckt hatte, bis sie einen Orgasmus bekam.

Der Sex war erotisch und heiß und unanständig und genau die Art von Sex, den sich Penny seit Jahren vorstellte, wenn sie daran dachte, »guten« Sex zu haben. Nach ihrer ersten gemeinsamen Nacht trafen sie sich zweimal, danach drei- oder viermal pro Woche. Weihnachten stand vor der Tür und war dann wieder vorbei, und sie fuhr am zweiten Weihnachtstag Onkel David, Eric, Clementine und Rima besuchen. Statt anschließend in sonnigere Gefilde zu fahren, verbrachte Penny die gesamten Neujahrsferien in Priyeshs luxuriösem Haus, halb nackt vor einem lodernden Kamin. Onkel David dachte, sie könnte es kaum erwarten, zurückzufahren – sie hatte nicht den Mut, ihm den wahren Grund zu nennen.

Im Januar genoss sie es, sich nach der Arbeit aus dem Pub fortzuschleichen, in Priyeshs großem, schicken Haus mit Ölen und Shampoos zu duschen und barfuß und in einem flauschigen Morgenmantel, sauber duftend und frisch, in sein Schlafzimmer zu gehen. Er würde ein Eselsohr in die aktuelle Buchseite knicken, vorsichtig seine Lesebrille abnehmen und sie auf den Nachttisch legen. Dann würde er unanständige Dinge mit ihr machen, bis sie, zusammengerollt wie ein Baby, neben ihm einschlafen würde.

Penny hätte das Ganze nicht als Dating bezeichnet, da sie die meiste Zeit zusammen im Schlafzimmer verbrachten, doch sie mochte ihn. Er war fürsorglich und respektvoll, doch am Ende ihrer ersten acht Monate als Leiterin des Pubs erkannte Penny, dass mehr als die Hälfte ihrer Zeit vorbei war. Sie würde nicht mehr lange in Havingley bleiben – doch sie war entschlossen, in der Zwischenzeit weiterhin Spaß zu haben. Sie war rundum glücklich, sie hatte eine heiße Gegenwart, und die Zukunft würde eine Veränderung bringen. Wegen des Altersunterschieds konnte es sowieso nichts anderes sein.

»Woran denkst du?«, fragte er sie eines Abends, als sie sich nackt nebeneinander ausruhten.

Penny atmete träge ein und lächelte. »Ich dachte an Onkel David«, sagte sie. »Und was er wohl von uns halten würde.«

»Verstehe«, antwortete Priyesh. »Hast du vor, es ihm zu sagen?«

»Nicht unbedingt«, sagte Penny. »Es sei denn, du bist der Meinung, ich sollte es tun.«

Priyesh griff nach ihrem Oberschenkel. »Was immer du meinst«, sagte er. »Offensichtlich ist er mein Freund, und du bist seine Tochter. Also musst du auch diese Tatsache bedenken. Falls du es ihm sagen solltest, gib mir vorher Bescheid, damit ich auch mit ihm reden kann.«

»Meinst du, wir machen einen Fehler?«, fragte Penny.

Er schüttelte den Kopf. »Nein«, sagte er. »Wir wissen, was wir tun, oder?«

»Wir … haben Spaß«, sagte Penny.

»Genau«, erwiderte Priyesh. »Und wenn du mich fragst, ist das Ausmaß, in dem ich Spaß habe, sehr groß.«

Penny schaute ihn an. »Das sehe ich genauso«, antwortete sie. »Aber du hast recht. Es gibt nicht wirklich etwas, was wir ihm erzählen können, oder?«

»Noch nicht«, stimmte Priyesh zu. »Ich glaube, im Moment kann das Ganze noch unser Geheimnis bleiben.«

»Wenn du irgendein Wesen aus der Mythologie sein könntest, welches wärst du gerne und warum?«, fragte Francesco, während er den Knoblauch mit dem Messerrücken zerdrückte. Die Küche war schon seit einer Stunde geschlossen, und das

Personal traf die Vorbereitungen für den darauffolgenden Tag. In der Küche brannte nur eine einzige Lampe, und Penny und Francesco hatten sich für Pasta mit Pesto als Mitternachtssnack entschieden.

Penny grübelte. »Abgesehen vom Mythos und der Legende, die Penny Bridge ist …«

»Offensichtlich.«

»… wäre ich …«

»Sag nicht Phönix. Dir fällt bestimmt etwas viel Besseres ein als Phönix.«

»Warum darf ich nicht Phönix sagen?«

»Weil das zu einfach ist. Aus der Asche aufsteigen und so. Jeder glaubt, ein vergangenes Leid überwunden zu haben, um eine neue Version seiner selbst zu sein. Das ist langweilig.«

Penny sträubte sich. »Ist es langweilig, wenn die Menschen meinen, sie hätten Hindernisse überwunden, um so zu werden, wie sie sind?«

»Ja«, sagte Francesco und rieb den Parmesan. »Es ist auch langweilig, wenn sie meinen, dass sie deswegen etwas Besonderes sind. Wir sind alle etwas Besonderes. Verstehst du?«

»Sei nicht so streng«, sagte Penny. »Aber ich verstehe, was du meinst. Erklär mir bitte ausführlicher, was du mit den Walnüssen machst.«

»Das ist etwas Persönliches«, scherzte Francesco. Penny stand neben ihm und sah ihm bei der Arbeit zu, ohne auf seinen Kommentar einzugehen. »Ich mag manchmal den Geschmack von Walnüssen anstelle von Pinienkernen«, antwortete er. »Es ist ganz einfach«, fuhr er fort. »Machst du nie Pesto?«

»Klar mache ich Pesto«, sagte Penny. »Es ist einfach nur faszinierend zu sehen, wie jemand anderes es zubereitet.«

Francesco startete den Standmixer und fügte sein eigenes Öl hinzu, das aus Bologna stammte, wo er Neujahr bei seiner

Familie verbracht hatte – es war aus dem Privatbestand seines Onkels. Er goss es gleichmäßig hinein, bis das Pesto größtenteils cremig war. Zufrieden schaute er in den Behälter und fügte Salz hinzu.

»Wie geht es Onkel David heute?«, fragte er und gab das Pesto in eine Schüssel. »Ich würde ihn gerne irgendwann mal besuchen. Er könnte bestimmt eine Menge Geschichten über diesen Ort erzählen. Als ich ihn das letzte Mal gesehen habe, war er gesundheitlich nicht dazu in der Lage, all seine Tipps und Tricks zu verraten. Und ich war noch nie in Cornwall.«

Penny dachte darüber nach. Gemeinsam mit Francesco Onkel David und Eric an der Küste zu besuchen, könnte wirklich Spaß machen.

»Oh, das ist eine fabelhafte Idee!«, sagte Penny. »Vielleicht könnte Priyesh auch mitkommen. Auch wenn das mit uns noch immer sehr locker ist. Onkel David weiß nicht wirklich über uns Bescheid, da sie ziemlich gute Freunde sind, und, nun ja. Du weißt schon. Man muss das Thema behutsam angehen.« Penny überlegte. »Vielleicht ist es doch nicht so eine gute Idee, Priyesh mitzunehmen. Vergiss, was ich gesagt habe.«

»Gott sei Dank«, betonte Francesco. Seine Reaktion überraschte Penny.

»Hast du ein Problem mit Priyesh? Er findet dich sehr sympathisch«, sagte Penny. »Ich dachte, ihr zwei kommt gut miteinander klar.«

»Ich traue ihm nicht«, sagte Francesco. »Ich habe ihn noch nie zweimal im selben Anzug gesehen.«

»Du traust ihm nicht, weil er eine umfangreiche Garderobe besitzt?«, fragte Penny.

Francesco zuckte mit den Schultern. »Ich denke, Linguine passen dazu«, sagte er und wechselte das Thema.

»Weißt du, manchmal habe ich den Eindruck, dass du ein

bisschen eifersüchtig bist«, sagte Penny. »Sei mir nicht böse, dass ich es sage, aber ich glaube, du bist es.«

»Ich bin nicht eifersüchtig«, sagte Francesco fast schon reflexhaft. »Wieso denkst du so etwas? Worauf sollte ich denn eifersüchtig sein?«

Penny hatte keine Ahnung, warum sie das gesagt hatte. Sie wollte, dass er eifersüchtig war, auf die gleiche Art, wie sie eifersüchtig gewesen war, als er die Frau mit dem Lockenkopf geküsst hatte, und auch, weil er weiterhin mit der Göttin ausging.

Sie versuchte, darüber zu lachen. »Ich wollte nur mal checken, ob du nicht heimlich in mich verliebt bist oder so«, sagte sie und versuchte, cool rüberzukommen. »Weniger bedeutende Männer hat es schon schlimmer erwischt.«

Francesco sah sie an. »Das weiß ich«, sagte er und sah sie einen Sekundenbruchteil zu lange an. Pennys Herz schlug doppelt so schnell. Sie setzte sich auf die Arbeitsplatte.

»Danke, dass du gekocht hast«, sagte sie. »Ich sterbe vor Hunger.«

»Gerne«, sagte Francesco und gab Salz in einen Topf voller Wasser, das er zum Kochen aufsetzte. »Ich mag es, für dich zu kochen.«

Sie setzten das Mitternachtsessen fort, als ob nichts Unpassendes gesagt worden wäre.

***

»Aua!«, schrie Penny und fasste sich an die Stelle, an der das Geschirrtuch ihr Bein berührt hatte. »Du Mistkerl! Das hat verdammt wehgetan!«

»Du hast gesagt, ich soll dich nicht schonen«, rief Francesco und sprang von einem Fuß auf den anderen, mit der Angriffswaffe in der Hand.

»Du bist normalerweise nicht so gut in der Geschirrtuchschlacht«, sagte Penny. »Wenn ich es nicht besser wüsste, würde ich meinen, du hast trainiert.« Sie verdrehte ihr Handgelenk ähnlich wie Francesco, sodass sich ihr feuchtes Geschirrtuch um sich selbst wickelte und sie Francescos Bein mit einem einzigen Schlag treffen konnte.

»Daneben!«, rief er, lachte und sprang von einem Bein aufs andere. »Wieder daneben!«, jubelte er und rannte dabei fast in den Tellerwäscher.

»Entschuldige, Ollie«, sagte er.

»Kein Problem«, sagte Ollie.

»Also«, verkündete Penny. »Wer bei der nächsten Runde verliert, wäscht nach dem Abendessen ab.«

Francesco hielt inne. »Tut mir leid, aber ich habe eigentlich ein Date«, sagte er. »Ich muss in fünf Minuten los.«

»Du hast ein Date? Um 22 Uhr? Ich wusste nicht, dass das dein Ding ist. Daten. Ich dachte, du würdest vielleicht nur … Ich weiß nicht. Ich wusste, dass du dich mit Caroline auf einen Drink triffst oder so. Ich wusste nicht, dass es …«

»Was?«

»Ach, nichts. Ist egal.«

Francesco zuckte mit den Schultern. »Ich date Caroline nicht. Sie ist nett und so. Als ich letztens mit Charlie im The Boot war, habe ich mich mit einem Mädchen unterhalten – einer Frau –, und dann habe ich nach ihrer Nummer gefragt. Es schien mir ganz natürlich.«

»Schön für dich«, sagte Penny und bemühte sich, es auch so zu meinen. »Dann koch ich mal die Pasta nur für mich allein.«

»Triffst du dich heute Abend nicht mit Priyesh?«

»Jetzt vielleicht doch. Ich hatte begonnen, den Dienstagabend als unseren Abend zu betrachten. Damit lag ich wohl falsch.«

Francesco schaute sie an. »Okay, na dann.«

»Na dann«, wiederholte Penny. Francesco legte das Geschirrtuch beiseite, ihr Spiel war vorbei. Penny wusste, dass sie ihm einen schönen Abend wünschen sollte, sie tat es aber nicht.

Filmabend?, schrieb ihr Priyesh etwas später.

Ach, weißt du, schrieb Penny zurück, *ich bin richtig müde. An einem anderen Tag diese Woche?*

Klar, tippte er zurück. *Kann ich dir Kerzen oder eine Wärmflasche vorbeibringen?*

Du bist süß, antwortete Penny. *Aber ich habe alles, glaube ich zumindest.*

Penny zog sich in ihre Wohnung über dem Pub zurück, schnappte sich die Kerzen aus dem Wohnzimmer, ließ heißes und auch ein bisschen kaltes Wasser in die Badewanne ein und benutzte den Badeschaum von Jo Malone anstelle ihres üblichen von Radox. Sie hatte Lust auf einen Jo-Malone-Badeschaumabend und sprach ein kurzes Dankgebet für gut verdienende, großzügige Schwestern aus.

Während sie in der Badewanne saß und ein von Matthew McConaughey vorgelesenes Hörbuch hörte, dachte sie über ihre Gefühle nach. Sie hatte ein komisches Gefühl gehabt, als Francesco ihr von seinem Date erzählt hatte, und sie fragte sich, was er wohl gerade tat und mit wem. Ganz sicher würde er mit dieser anderen Frau nicht so lachen wie mit ihr. Sobald sie diesen Gedanken hegte, überkam sie jedoch ein schlechtes Gewissen – warum stellte sie Vergleiche an? Sie sollte glücklich sein, dass er jemanden gefunden hatte. Sie wusste nicht einmal, dass er und Charlie ins The Boot gegangen waren. Er hatte es schließlich verdient, sich hier ein eigenes Leben aufzubauen.

Eifersüchtig?

War sie eifersüchtig?

Sie wusste, dass sie kein Recht hatte, eifersüchtig zu sein.

Francesco war ein Freund, und das nur deshalb, weil sie es so entschieden hatte. Wenn er mit jemand anderem essen gehen, knutschen oder die Nacht verbringen wollte, dann war das seine Sache. Es minderte ihre Freundschaft nicht. Auch wenn er ein Freund war, wollte sie natürlich nicht wirklich etwas über sein Sexleben wissen. Sie wollte es einfach nicht.

Sie schloss die Augen und ließ das Hörbuch auf sich wirken. Sie atmete den Duft ein und fühlte die Sanftheit ihrer eigenen Haut. Vielleicht hätte sie sich heute Abend doch mit Priyesh treffen sollen – aber sie wollte nicht, dass es eine Trotzreaktion darauf war, dass Francesco anderweitig verabredet war. Es erschien ihr nicht fair. Vor allem, weil Priyesh sie weiterhin überraschte. Der Sex war womöglich der beste, den sie jemals hatte. Körperflüssigkeiten, Geräusche oder sich anstoßende Köpfe machten ihm nichts aus. Er war mit sich selbst im Reinen und hatte nicht das Bedürfnis, seine Männlichkeit unter Beweis zu stellen, wie andere Männer, mit denen Penny Sex gehabt hatte. Er hatte auch nicht jedes Mal einen Orgasmus beim Sex – es gefiel ihm, wenn sie einfach nur zusammen waren und den Körper des anderen erkundeten. Er war geduldig, und sie hatten es in den letzten beiden Monaten sogar geschafft, Gemeinsamkeiten zu entdecken – sie fand ihn nicht mehr langweilig. Er war gebildet, wusste viel und war auch sehr neugierig.

Penny öffnete die Augen und griff zuerst nach einem Handtuch, um sich die Hände abzutrocknen, danach nach ihrem Handy. Sie scrollte zu Priyeshs Nummer.

Nein, riet sie sich selbst. *Ich kann ihn nicht anrufen, nur weil Francesco ein Date hat.*

Sie zögerte, auf die Anruftaste zu drücken.

Dann legte sie das Handy wieder weg.

18

Was? Machst du Witze? Ja, ja, ja!«, quietschte Penny. »Ich würde wahnsinnig gerne Lizzo live erleben! Thomas!«

Am anderen Ende der Telefonleitung lachte Thomas zufrieden. »Ich hatte gehofft, du würdest Ja sagen«, sagte er. »Ich werde Chris bitten, dir alle nötigen Informationen per E-Mail zuzuschicken. Wir sehen uns dann Donnerstagabend hier. Sag denen am Eingang einfach nur deinen Namen, und sie werden dich reinlassen.«

Penny spürte, wie Francesco sie von der anderen Seite des Arbeitsgangs beobachtete und angrinste. Sie schaute begeistert drein, doch Francesco hob fragend die Augenbrauen.

»Was ist los?«, flüsterte er.

»Kann ich jemanden mitbringen?«, fragte sie. »Meinen Freund Stu? Er kümmert sich um das Café, und ich würde mich gerne bei ihm revanchieren. Er ist ein genauso großer Fan wie ich.«

»Klar. Bring ihn mit. Hör mal, ich muss los. Aber ich bin froh, dass du dich freust. Du übernachtest bei mir? Im Langham Hotel? Braucht Stuart eine Unterkunft?« Das Langham! Penny konnte den ihr angebotenen Luxus nicht fassen. Sie war mit Clementine dort mal in der Bar auf einen Drink gewesen, und eine Runde für zwei Personen hatte hundert Pfund gekostet. »Nein, er übernachtet in meiner alten Wohnung. Nur ich werde kommen. Ich bringe mein Gepäck am Donnerstagnachmittag vorbei und treffe dich dort.«

»Ich kann es kaum erwarten«, sagte Thomas.

Penny steckte ihr Handy in die Schürzentasche und ging in die Konditorabteilung.

»Was war das denn?«, fragte Francesco. »Mal abgesehen davon, dass es zweifelsohne super Neuigkeiten sind.«

»Ich …«, begann Penny und stolzierte komisch herum, »… werde …«, sie wackelte verführerisch mit den Hüften, »… Lizzo sehen! Backstage-Pässe, Baby!«

»Waaas?«, sagte Francesco. »Wann? Wie?«

»Ihr Tourmanager kommt manchmal hierher zum Essen«, sagte Penny und merkte erst, nachdem sie es ausgesprochen hatte, dass es, *hm, eine Version* der Wahrheit war. Aber das ging ihn ja auch nicht wirklich etwas an, oder? Vor allem nicht nach seiner Reaktion bezüglich Priyesh.

»Wann gehst du hin?«, fragte Francesco. »Darf ich dich begleiten? Nimmst du mich mit?«

Penny machte ein trauriges Gesicht. Sie wollte ihn nicht enttäuschen.

»Pen, entspann dich. Ich mach doch nur Spaß. Ich habe mitbekommen, wie du gefragt hast, ob du Stuart mitbringen kannst. Ich glaube, es ist eine wirklich nette Geste, jetzt, da ich weiß, wohin du gehst. Hat er dir übrigens erzählt, dass er Safiya endlich nach einem Date gefragt hat? Sie hat es mir neulich erzählt. Es scheint, als würde sie ihn attraktiv finden.«

»Was?!«, rief Penny und freute sich für ihren Café-Angestellten, der schon endlos lange für die Brotlieferantin geschwärmt hatte. »Das ist nicht wahr! Dann gibt es jetzt erst recht einen Grund, ihn einzuladen. Ich kann Lizzo kennenlernen *und* Näheres darüber herausfinden, wie er den Mut dazu aufgebracht hat. Das ist ja großartig. Er findet sie schon seit Ewigkeiten toll. Mindestens ein Jahr.«

»Du bist so eine Tratschtante«, sagte Francesco. »Du kannst um keinen Preis ein Geheimnis bewahren.«

»Jetzt, da sie zusammen sind, ist es wohl kaum noch ein Geheimnis, oder? Aber auch wenn ich ein Klatschmaul bin, bin ich eins, dem du einen Gefallen tun musst …«

»Nur zu«, sagte Francesco und wandte sich wieder seiner Zuckerpfanne zu.

»Es ist mir wirklich peinlich, dich darum zu bitten, aber würdest du den Laden hier im Auge behalten? Hältst du mich auf dem Laufenden? Das Konzert ist Donnerstagabend. Manuela kann als Chefin und eine Aushilfskraft als Souschef bis Samstagmittag einspringen, sodass ich mir freinehmen kann, und dann komme ich für die Schicht am Samstagabend wieder zurück. Alle mögen dich hier, und ich weiß, du wirst alles bestens machen.« Sie lächelte ihn an. »Was meinst du?«

»Klar«, sagte Francesco schlicht. »Und vergiss nicht, dass Charlie der kompetenteste Empfangschef in der Geschichte der Empfangschefs ist, also würde ich mir an deiner Stelle überhaupt keine Sorgen machen. Geh, hab Spaß und bring uns ein paar überteuerte Souvenirs mit.«

»Ahhh«, sagte Penny. »Danke! Ich kauf dir ein T-Shirt *und* einen Schlüsselanhänger. Danke, Buddy.« Sie quietschte erneut.

Francesco begutachtete seine Formen auf den Backblechen und fragte: »Ist das eigentlich dein erster Besuch in London, seit du das Restaurant übernommen hast?«

»Ich versuche, nicht daran zu denken«, sagte Penny. »Denn ich vermisse es. Ich dachte, ich würde wenigstens Weihnachten dort verbringen, aber ich war hier und in Cornwall, also ja, es wird mein erster Besuch. Ich werde Lizzo sehen, einen Kaffee im Ozone trinken, zu Arket in Covent Garden gehen und mir vielleicht ein paar neue Hosen kaufen …«

»Deine Version vom wahren Paradies«, sagte Francesco.

»Jawohl!«

»Dann iss bitte mir zu Ehren einen Bagel von Zobler's, okay?

Oooooh, und trink vielleicht einen Old Fashioned im Standard. Solche Drinks wie dort gibt es hier nicht. Eigentlich nirgendwo.«

Penny sah ihn an, als er das Hotel erwähnte, in dem sie gemeinsam übernachtet hatten, doch Francesco hatte seinen Kopf bereits in den Kühlschrank gesteckt. Anscheinend hatte nur sie sich an ihre Liebesbeziehung erinnert. Sie waren inzwischen schon viermal so lange befreundet, wie sie jemals zusammen gewesen waren, also erinnerte er sich vielleicht wirklich nicht mehr an ihre Liebelei. Ihr wurde bewusst, wie dumm es war, ihre Zeit mit solchen Gedanken zu verschwenden.

»Na gut«, sagte sie und zückte erneut ihr Handy. »Lass mich Stuart die gute Nachricht überbringen.« Sie legte eine Hand auf Francescos Schulter und sagte: »Danke dir! Ehrlich!«

Francesco legte seine Hand auf ihre und erwiderte: »Penny. Für dich tue ich doch alles.«

»Also«, sagte Stuart, als sie mit der Rolltreppe hinunterfuhren, um in die Jubilee Line zur O2-Arena einzusteigen. »Francesco ist jeden Tag im Pub? Der Francesco mit diesen Haaren und diesen Augen und dem Sexspielzeug?«

»Ganz ehrlich, das liegt so weit hinter uns«, antwortete Penny. »Er ist jetzt eine Art Bruder oder so. Wir sind beste Freunde. Und ich bin seine Chefin. Er brauchte einen Job und einen Tapetenwechsel, und ich brauche Hilfe für den Bib Gourmand, also haben sich alle Regeln geändert.«

»Ihr seid Freunde, aber er ist sauer, weil du mit dem Weinhändler gevögelt hast?«

»Das ist sein Beschützerinstinkt«, sagte Penny. »Ich will ihn auch beschützen. So, wie ich dich vor Safiya beschützen will – ich mach sie fertig, wenn sie dir wehtut.«

Stuart strahlte. »Kannst du mein Glück fassen?«, fragte er. »Ich date Safiya Abadi …«

»Ich freu mich für dich«, sagte Penny. »Sie kann sich glücklich schätzen, dich zu haben.«

»Danke. Lenk aber bloß nicht ab. Wir waren bei Francesco. Er passt also auf den Pub auf, während du hier bist, um mit dem Tourmanager rumzuhängen, mit dem du ebenfalls vögelst?«

Penny verdrehte die Augen. »Jetzt vögele ich doch nicht mit ihm, oder? Er ist durch ganz Europa getourt.«

»Das kaufe ich dir einfach nicht ab«, sagte Stuart. »In dem Augenblick, in dem Francesco das Café betreten hat, hat sich alles verändert. Du, er, frisch gebackenes Brot. Das *verschwindet* nicht einfach so.«

»Das ist es ja gerade«, sagte Penny. »Es ist nicht verschwunden. Es hat sich … verändert. Wir verbringen viel Zeit miteinander, reden und lachen, aber es ist Freundschaft. Eine wirklich schöne Freundschaft. Ich brauche das. Es war einsam in Derbyshire. London fehlt mir wahnsinnig. Es war so schwer, dass ich einen Freund an meiner Seite brauchte, und das ist er. Ohne ihn würde ich es nicht schaffen.«

»Hmmmm«, erwiderte Stuart wenig überzeugt. »Für mich klingst du einfach nur gierig.«

Im Backstagebereich waren die Tänzer und die Crew, weitere Gäste und eine Handvoll Promis.

»Fuck, wow!, ich glaube, das ist Blue Ivy!«, zischte Stuart. »Schau!« Sie waren beide ganz aus dem Häuschen vor Aufregung. Alles war so unglaublich glamourös, es wimmelte überall von Tänzern und Promis und Groupies, und es gab so viel Champagner, wie man nur wollte.

Penny drehte sich um. »Sie spricht mit Solange! Verdammt! Cool bleiben. Einfach cool bleiben.«

Solange und Blue Ivy gingen an ihnen vorbei, Solange stellte

Augenkontakt her, lange genug, um zu sagen: »Hey, wie geht's?«, aber nicht wirklich als Frage.

Penny drehte sich zu Stuart und tat so, als würde sie lautlos schreien, woraufhin er hysterisch loslachte. Da kam Thomas um die Ecke und tätschelte sie.

»Gutes oder schlechtes Schrei-Gesicht?«, fragte er belustigt.

»Na, du!«, sagte Penny und erwiderte seinen Kuss mit einer Umarmung, die in einer komischen Berührung endete. »Oh, Entschuldigung«, sagte sie. »Ich bin so tollpatschig. Ha.«

Penny riss sich von ihm los und sagte: »Das ist Stuart. Er kümmert sich in diesem Jahr um mein Café.«

»Hey«, sagte Thomas und schüttelte ihm die Hand.

»Das ist so toll«, sagte Stuart. »Vielen Dank für die Einladung.«

»Na klar«, sagte Thomas. »Pennys Freunde sind auch meine Freunde.« Er zwinkerte Penny zu. Stuart bemerkte es und schaute zu Penny rüber, um ihre Reaktion zu sehen. Sie war verzückt.

»Also«, fuhr Thomas fort. »Es gibt ein grünes Zimmer gleich den Flur entlang«, er deutete in die Richtung, aus der er gekommen war. »Lizzo wird nach der Show vorbeikommen und Hallo sagen. Im Moment wärmt sie ihre Stimme in der Garderobe auf.«

»Werden wir sie kennenlernen?«

»Das werdet ihr«, sagte Thomas. »Aber«, er senkte die Stimme, »ist es okay, wenn du ihr nicht verrätst, woher wir uns kennen? Du weißt schon – dass wir rumgemacht haben. Sag einfach, du bist eine Freundin aus meinem Geburtsort, ja?«

»Klar …«, sagte Penny und fühlte sich unwohl bei dieser Anweisung. Bevor sie fragen konnte, warum Lizzo nichts von ihrem Verhältnis wissen durfte, unterbrach sie eine ganz in Schwarz gekleidete Frau mit einem Klemmbrett und einem Walkie-Talkie und flüsterte etwas in Thomas' Ohr.

»Ich muss weg, es brennt«, sagte er. »Entschuldigt mich bitte, ja?« Er ging zu Penny und gab ihr einen Kuss auf die Wange. »Genießt die Show, wir sehen uns anschließend.«

Penny und Stuart schauten sich schweigend an.

Schließlich fragte Stuart zögerlich: »Schläft dein Typ … mit Lizzo?«

Penny verzog das Gesicht. »Ich würde das gern verneinen, aber … warum darf ich ihr dann nicht sagen, in welchem Verhältnis ich zu ihm stehe?«

»Weil er mit ihr schläft und sie nicht weiß, dass er auch ein geheimes Babe in Derbyshire hat?«, ergänzte Stuart.

»Nein«, sagte Penny. »Ganz sicher nicht …«

»Das tut mir leid«, antwortete Stuart. Sein Tonfall veränderte sich. »Aber auch wiederum nicht, denn Francesco ist eindeutig ›der Richtige‹. Wieso hast du das noch nicht begriffen? Obwohl, klar, Francesco kann uns keine Backstage-Pässe besorgen.«

»Du glaubst doch nicht im Ernst, dass er mit ihr schläft, oder?«, sagte Penny.

Stuart sah sie an, als ob sie dämlich wäre. »Lass uns die Show genießen«, antwortete er sanft. »Vielleicht besorgen wir dir auch einen Drink.«

»Ich weiß nicht, was mich mehr ärgert, zu wissen, mit wem ich ihn teile, oder dass ich im Grunde genommen sein Geheimnis bin.«

Stuart reichte ihr ein Glas Champagner von dem kleinen Tisch im Seitengang.

»Ethische Nicht-Monogamie, schon vergessen? Er hat dir von Anfang an gesagt, was Sache ist.«

Penny kippte ihr Glas runter. »Das stimmt wohl«, sagte sie und fügte hastig hinzu: »Wie auch immer. Ich bin wegen der Musik hier. Lass uns unsere Logenplätze suchen.«

Am Morgen nach dem Konzert stand Penny in der begehbaren Dusche in Thomas' Hotelzimmer und erinnerte sich an Stuarts Gesichtsausdruck, als er Lizzo nach ihrem Konzert die Hand geschüttelt hatte, und wie laut er bei jedem einzelnen Song mitgesungen hatte – genau wie sie auch. Es war ein herrlicher Abend gewesen, und Lizzo war im Anschluss auch sehr nett zu ihnen gewesen. Penny hatte aber immer noch nicht kapiert, was zwischen Thomas und ihr lief. In ein großes Handtuch gewickelt ging Penny in Thomas' Schlafzimmer, während sie einen von Lizzos Songs summte.

»Guten Morgen, Sunshine«, sagte Thomas. Der Tisch am Fenster war opulent gedeckt: Gebäck und Säfte, pochierte Eier mit Sauce béarnaise. Thomas saß in Boxershorts da.

»Das ist das Frühstück?«, staunte Penny. »Das ist alles nur für uns?«

»Ich wusste nicht, was du wolltest«, sagte er, »also habe ich ein bisschen von allem bestellt. Du hast mich ziemlich hungrig gemacht.«

Er reckte seinen Hals, um ihr einen Kuss zu geben, den sie erwiderte.

»Mmmmm«, machte sie. »Komm wieder zu Kräften, und dann bin ich an der Reihe, einen Orgasmus zu bekommen«, sagte sie und setzte sich an den Tisch. Ihre Bemerkung sollte eigentlich frech rüberkommen, sie klang jedoch bitter. Priyesh stellte ihre Lust immer an die erste Stelle, und sie konnte nicht verbergen, dass Thomas' Egoismus gestern Abend sie irritiert hatte.

»Alles klar, Brummbär«, sagte Thomas und entfaltete eine Serviette.

Sie sagte nichts, sondern steckte sich stattdessen eine Blaubeere in den Mund.

»Was wollen wir heute machen? Die ganze Stadt liegt uns zu Füßen.«

Sie dachte darüber nach. »Ich würde gerne spazieren gehen«, sagte sie. »Vielleicht durch Southwark hinunter zur Tate? Ich würde sogar gerne hineingehen und mich dort umsehen.« Sie biss genussvoll in eine Rosinenschnecke. »Hier gibt es überall so viel Kultur«, schwärmte sie. »Ich glaube, dass ich das am meisten vermisse. Man kann hier einfach so viel unternehmen, egal um welche Uhrzeit, egal an welchem Tag. Das ist der große Unterschied zu Havingley.«

»Ach«, antwortete Thomas und schenkte sich Kaffee ein. »Wenn ich unterwegs bin, vermisse ich die Landschaft, die Hügel und Havingley.«

»Du kannst dich glücklich schätzen, dass du beides hast«, sagte Penny. »Ich habe das Gefühl, dass ich mich für das eine oder das andere entscheiden muss.«

»Aber nicht mehr lange, oder? Hast du nicht erzählt, dass du dir nur ein Jahr geben wolltest?«

Penny biss in ein zweites Croissant. »Ja, ein Jahr, und dann frage ich Onkel David, wie der neue Plan lautet. Es macht mir Spaß – meistens –, aber ich will unbedingt wieder zurück nach London. Ich erwähne es aber ihm gegenüber nicht gerne. Es wäre unfair, ihm ein schlechtes Gewissen zu machen.«

»Dann lass uns das Beste aus deinem Aufenthalt hier machen«, sagte Thomas. »Und zuerst müssen wir natürlich das Wichtigste ansprechen.«

»Und das wäre?«, fragte Penny.

»Hattest du wirklich keinen Orgasmus?«

Penny hob die Hände, als wollte sie *Nein* sagen.

Thomas stellte seinen Kaffee ab, sprang blitzschnell aufs Bett und zog sie mit sich.

»Dann komm mal her!«, schrie er, und Penny quietschte vor Begeisterung.

Sie spazierten den ganzen Tag durch London. Die kalte Luft ließ ihre Wangen rosig werden. Sie tranken heiße Schokolade und Rotwein, aßen zu Mittag und schließlich zu Abend. Sie legten fünfundzwanzigtausend Schritte zurück, und mit jedem einzelnen Schritt spürte Penny ihre starke Sehnsucht nach der Stadt. In London war sie frei. Es hatte nichts mit Havingley oder Derbyshire zu tun. Es hatte damit zu tun, dass es nicht ihre Entscheidung gewesen war, dort zu sein. Sie hatte sich den Red Panda nicht selbst ausgesucht. Aber an dem Ort zu sein, der sich am meisten nach Zuhause anfühlte, für ein paar Tage, mit Thomas, der so gut darin war, Abenteuer zu erleben und seine eigenen Regeln aufzustellen – nun, das erweckte etwas in ihr. Es erweckte den Wunsch, die Kontrolle über ihr Leben zurückzugewinnen und ihre eigenen Regeln aufzustellen. Francesco hatte gesagt, es sei das, was ihn an ihr begeisterte. Es passte nicht zu ihr, sich einfach gehen zu lassen, doch genau das hatte sie getan. Das gefiel ihr nicht. Thomas hatte ihr geholfen, sich daran zu erinnern.

»Hör mal, ich möchte dir etwas sagen«, begann Thomas, als sie an Pennys zweitem Abend an der Themse verweilten und die Dunkelheit einbrach.

»Na, dann mal los«, sagte Penny, beschwipst vom Wein, den sie gerade zusammen getrunken hatten.

»Ich möchte dir sagen«, sagte Thomas, »dass deine Anwesenheit hier der Höhepunkt dieser Tour für mich war. Ich habe dir gesagt, dass das Reisen für mich ebenso ein Zuhause ist, aber … Ich habe eine tolle Zeit mit dir. Ich habe eine tolle Zeit gehabt, aber auch: die habe ich immer.«

Penny lächelte. »Ich mag unsere kleinen Abenteuer ebenfalls. Ich mag es, wie du mir Dinge zeigst, Orte.«

Thomas beugte sich vor, um sie zu küssen.

»Sollen wir damit weitermachen?«, fragte Thomas. »Mit den Abenteuern? Inoffiziell offiziell?«

Sie überlegte. Wenn sie inoffiziell offiziell zusammen waren und Thomas nie von ihr erwarten würde, monogam zu sein, weil er selbst nie monogam sein würde, könnte sie mit ihm aufregende Abenteuer erleben und mit Priyesh weiterhin fantastischen Sex haben. Das war eine sehr angenehme Vereinbarung. Wurde sie dadurch nicht selbst nicht-monogam? Darüber würde sie mit Sharon sprechen müssen. Sie hatte früher nie mehr als einen Mann am Start gehabt.

»Ja«, antwortete Penny. »Lass uns weitermachen. Inoffiziell offiziell.«

Sie dachte darüber nach, dass Stuart behauptet hatte, sie sei gierig. Aber wer sagte denn, dass eine Frau nicht alles haben konnte? Als sie wieder zurück nach Havingley fuhr, fühlte sie sich wie die Katze, die die Sahne geschleckt hatte.

Francesco rührte gerade die Soße auf der Kochplatte, als Charlie den Kopf um die Ecke steckte und sagte: »Wir sind fertig. Bis morgen.«

»Bis morgen«, sagte Penny und winkte. »Nochmals vielen Dank dafür, dass du diese Woche die Stellung gehalten hast!«

»Nichts zu danken, Pen. Ich freue mich, dass du eine gute Zeit hattest.« Charlies Satz hatte es in sich. Charlie wusste genau, was Penny gemacht hatte.

»Bye, Bitch!«, sagte Francesco zu Charlie in einem lustigen Tonfall.

»Bye, Bitch!«, wiederholte Charlie und lachte.

»Ich kapier's nicht. Was ist das überhaupt?«, fragte Penny, während Francesco seinen Löffel nahm und ihr sagte, sie solle mal probieren. Sein Gesichtsausdruck war vielversprechend, und er erwartete offenbar Komplimente.

»Lecker, was?«, sagte er. »Dies ist die perfekte Zeit im Jahr, um Fleisch zuzubereiten.«

»Welche Pasta essen wir dazu?«, fragte Penny und beobachtete Francesco, wie er leicht nickte, als hätte er denselben Gedanken gehabt.

»Ich glaube, Fettuccine würden gut dazu passen«, antwortete er.

Penny ging in die Vorratskammer, um sie zu holen, kehrte triumphierend zurück und führte einen kleinen Freudentanz auf.

»Du führst dich schon den ganzen Tag so auf«, sagte Francesco. »Bist du im Lizzo-Rausch?«

»Ich hatte eine tolle Zeit«, sagte Penny. »Lizzo war großartig, ich konnte ein bisschen in der Stadt abhängen, und Thomas war auch in seinem Element.«

»Ist er derjenige, der dir die Tickets besorgt hat?«

»Ja.«

»Woher kennst du ihn noch mal?« Francesco öffnete die Schachtel Pasta und kippte sie in den Topf mit dem kochenden Salzwasser. Er machte sich keine Mühe mit dem Abmessen, er meinte, der Italiener in ihm könne nach Augenmaß vorgehen. »Pasta sollte man in Wasser kochen, das so salzig ist wie das Meerwasser«, hatte er ihr früher mal erklärt, und nun fügte er vorsichtshalber noch etwas Salz hinzu. Penny hatte das Gefühl, nie wieder Pasta kochen zu können, ohne an ihn zu denken.

»Er hat ein Haus hier in der Nähe. Wir haben ein bisschen Zeit miteinander verbracht.«

Francesco hielt inne. »Als Freunde?«, fragte er und versuchte, gleichgültig zu klingen.

»So in der Art«, antwortete Penny. »Ich meine, es war nichts Ernstes.«

»Oh«, sagte Francesco, stellte das Salz zurück und kochte weiter. »Ich hatte keine Ahnung. Weiß Priyesh davon?«

»Das war vor Priyesh.«

»Und du hast mir erzählt, dass du hier einsam seist.«

Penny trat einen Schritt zurück. »Wie bitte?«, fragte sie.

»Dieser Thomas, Priyesh … hört sich für mich nicht sehr einsam an, das ist alles.« Er sah sie nicht an. Er starrte in die Pfanne.

»Das klingt, als würdest du mich als Schlampe bezeichnen.«

»Bist du eine Schlampe?«

»Ich werde mal so tun, als ob du das gerade nicht zu mir gesagt hättest, Francesco.«

Sie standen schweigend da, Francesco hantierte mit den Töpfen und der Pfanne. Penny starrte ihn an und wartete auf eine Entschuldigung.

»Weißt du was?«, sagte er, drehte den Herd ab und schmiss sein Geschirrtuch hin. »Eigentlich bin ich gar nicht so hungrig. Bedien dich, wenn du magst.« Auf dem Weg nach draußen knallte er die Tür zu.

Penny blieb in der Küche zurück. Sie war sich nicht sicher, was gerade passiert war, aber sie fühlte, wie eine unglaubliche Wut in ihr hochkochte. Welches Recht hatte Francesco, sich darüber aufzuregen, dass sie vor seiner Ankunft mit einem Typen zusammen gewesen war? Ganz zu schweigen von der Tatsache, dass er eine halbe Sekunde gebraucht hatte, um mit seinem Leben weiterzumachen, nachdem sie abgereist war. Sie starrte auf die Pasta. Nun hatte auch sie keinen Hunger mehr. Wütend schüttete sie die Pasta ins Sieb und holte eine Tupperdose heraus, damit sie sie in den Kühlschrank stellen konnte. Währenddessen wurde sie immer wütender. Selbst wenn Francesco wütend war, wie konnte er es wagen, sie einfach stehen zu lassen? Das war einfach nur respektlos. Geradezu unverschämt. Sie schaltete das Licht aus und ging nach oben in ihre Wohnung.

»Francesco«, schimpfte sie vor sich hin. »Verdammter Francesco.« Sie duschte, stieg ins Bett und starrte die Decke an. Sie wartete darauf, dass die Wut nachließ, aber sie wurde nur noch schlimmer.

Am nächsten Morgen stand Penny am Fenster ihres Vorderzimmers und wartete darauf, dass Francesco den gegenüberliegenden Hügel herunterkam, damit sie ihn an der Tür abfangen konnte. Sie hatte nicht geschlafen, und es war seine Schuld. Es war ihre feste Absicht, ihm unverblümt die Meinung zu sagen. Sie würde ihm nicht erlauben, so mit ihr zu reden und dann einfach zu verschwinden. Das war völlig inakzeptabel, zumal sie seine Chefin war.

Zehn Minuten vor Schichtbeginn kam er über den Hügel, und Penny griff nach ihrem Handy, um ihn anzurufen. Sie beobachtete durch das Fenster, wie er dranging.

»Hallo«, sagte er. Er klang schroff.

»Kannst du bitte direkt in die Wohnung kommen, wenn du da bist?«, sagte Penny.

Francesco seufzte. »Gut«, sagte er.

Penny erwartete, dass er reumütig sein und sich dafür entschuldigen würde, dass er am Abend so hinausgestürmt war. Schließlich war sie es, die das Recht hatte, sauer zu sein, und nur seine Entschuldigung würde es wiedergutmachen. Doch der Francesco, der durch ihre Tür kam, bereute überhaupt nichts. Offenkundig war er genauso stinksauer wie sie – er schäumte fast vor Wut. Nicht nur sie hatte sich die ganze Nacht wütend hin und her gewälzt, er hatte es offenkundig auch getan.

»Nein«, sagte er, als Penny zu sprechen begann. »Ich zuerst. Lass mich reden.«

Penny war über seinen Tonfall verblüfft. Seine Wut klang nicht hart, sondern traurig.

»Du musst in dich gehen, Pen«, begann er. »Weil du dir nicht bewusst bist, dass du Menschen verletzen kannst, und das macht dich nicht gerade sympathisch.«

Er stand ihr so wütend gegenüber, dass es aussah, als würden seine Ohren gleich anfangen zu qualmen.

»Wieso kapierst du nicht, wie sehr du geliebt wirst?«, fuhr er fort. »Wieso siehst du nicht, was direkt vor deiner Nase liegt?«

Er sah sie an, seine Augen leuchteten vor Verlangen. Es traf Penny hart, als sie verstand, worauf er hinauswollte.

»Du?«, fragte sie.

»Ja, ich«, antwortete er. »Komm schon, Penny. Das ist so dämlich.«

»Nenn mich nicht dämlich.«

»Das hab ich nicht. Das hier, die Situation, das ist dämlich.« Sein Tonfall war nun sanfter. Er beruhigte sich, so als würde der Druck, der sich in ihm aufgestaut hatte, langsam nachlassen.

»Wir sollten eigentlich Freunde sein«, flüsterte sie. »Warum sagst du das alles?«

»Das ist keine Freundschaft.«

Penny blickte zu ihm auf.

»Ist es nicht, oder? Diese anderen Männer – der Lizzo-Typ, Priyesh. Du hast mit ihnen nicht das, was wir zwei haben.«

Penny schüttelte den Kopf.

Francesco fuhr fort: »Penny, ich liebe dich. Und ich glaube, du liebst mich auch.«

»Du sollst doch mein Anker sein«, krächzte Penny erschrocken. »Ich will dich nicht verlieren.«

»Aber genau das ist es ja«, sagte er nun sanfter. »Ich bin nicht dein Anker, ich liebe dich.«

»Ich kann das nicht sagen«, sagte sie kopfschüttelnd, während ihr Tränen in die Augen schossen.

»Willst du es sagen?«, fragte Francesco.

»Nein«, sagte Penny. »Weil ich weiß, was du getan hast.«
»Was ich getan habe?«
»An dem Tag, als ich weggefahren bin. Die Frau. Die Frau mit den vielen Haaren.«

Francesco sah aus, als hätte man ihn geohrfeigt. Die Farbe verschwand aus seinem Gesicht.

»Wie hast du …?«, setzte er an und ging mit ausgestreckter Hand auf Penny zu, als wollte er nach ihrem Handgelenk oder ihrer Taille greifen.

»Nicht«, sagte Penny, wich einen Schritt zurück und stieß gegen das Sofa. »Fass mich nicht an.«

»Ich muss es dir erklären.«

»Es interessiert mich nicht.«

»Doch, das tut es. Ist das der Grund, warum wir nicht miteinander gesprochen haben? Ist das der Grund, warum du verschwunden bist? Weil du mich mit Valentina gesehen hast?«

Penny flippte aus. »Sprich ihren Namen nicht aus. Wage es ja nicht, ihren Namen auszusprechen!«

»Es tut mir so leid, Pen. Es tut mir so schrecklich leid, wenn du … die ganze Zeit dachtest, dass …« Er stolperte über seine eigenen Worte, versuchte zu entscheiden, womit er anfangen sollte. »Sie bedeutet mir nichts. Das war meine Ex. Es war so verkorkst. Sie war plötzlich dort. Ich wusste nicht, dass sie mich noch immer über Find My Friends gestalkt hat. Kennst du die App? Wir haben sie benutzt, als wir zusammen waren, damit sie sehen konnte, wann ich von der Arbeit nach Hause kam. Sie hatte die App, um zu sehen, wohin ich gehe, und so wusste sie, dass ich oft im Bridges war. Ich habe dir gesagt, dass sie wieder mit mir zusammen sein wollte, dass sie es nach ihrer Affäre wiedergutmachen wollte. Ich glaube, sie dachte, ich hätte einen neuen Job, also kam sie ins Bridges, um mich zu suchen. Sie war dort, gleich nachdem du weggefahren bist, und ich weiß nicht …

Ich habe sie für das, was sie mir angetan hat, gehasst, und ich habe dich dafür gehasst, dass du weggefahren bist, und sie hat sich bei mir entschuldigt und hat mir gesagt, wie sehr sie mich brauche, mich wolle, und für den Bruchteil einer Sekunde habe ich geglaubt, du würdest mir diese Worte sagen.«

»Ich bin wegen dir umgedreht«, sagte Penny. »Ich habe gewendet, und in den dreißig Sekunden, in denen ich weg war, ist all das passiert?«

Francesco schüttelte den Kopf, beschämt über das, was sie gesehen hatte. »Penny. Ich war so dumm. Ich wollte so sehr, dass du mich fragst, ob ich mitgehe.«

»Ich habe dich monatelang gehasst«, sagte Penny. »Du hast mir das Herz gebrochen, obwohl du versprochen hattest, es nicht zu tun.« Francesco stürzte sich auf sie, bevor sie etwas sagen konnte, und zog sie an sich heran. Sie drückte ihr Gesicht gegen sein T-Shirt, er hielt sie fest und streichelte ihr Haar.

»Ist schon gut«, sagte er. »Ist schon gut.« Gemeinsam schaukelten sie hin und her.

»Sagst du auch die Wahrheit?«, fragte sie, ihr Tonfall war gedämpft, weil sie in seine Brust sprach. »Wenn du mich anlügst …«

»Es ist die Wahrheit«, sagte er und riss sich von ihr los. Er nahm ihre Hand, und sie setzten sich aufs Sofa, ihre Knie berührten sich, ihre Hände waren ineinander verschlungen.

»Wir passen so gut zusammen, Penny. Ich glaube, du hast dich wegen dem, was du gesehen hast, dagegen gewehrt. Aber was du gesehen hast, war nichts. Es war ein Missverständnis.«

Er streichelte weiterhin ihre Hand.

»*So* sollte es sein. Du und ich. Du musst es doch auch spüren. So fühlt es sich an, wenn alles in Ordnung ist.«

Penny fing an zu weinen. Sie weinte, weil Mo ihr wehgetan hatte, was unbedeutend war, aber deswegen nicht weniger wahr.

Sie weinte um Onkel David – aus Angst, weil er krank war, und aus Erleichterung, dass es ihm besser ging, und aus Wut, dass er sie hierhergebracht hatte, weg von ihren Freunden und hin zu all diesen Männern. Sie weinte, weil sie müde war und weil sie wollte, dass Francesco ihr genügte. Sie wollte ihn lieben und sich dabei sicher fühlen, aber das tat sie nicht, nicht wahr? Oder war es doch sicher? Konnte es das werden? Was war das Schlimmste, was passieren konnte?

Sie schmiegte sich an ihn, spürte seine Hand in ihrem Nacken und wie sich seine Brust hob und senkte. Er zog ihren Kopf leicht zurück, sah sie an, sie sah ihn an, und er gab ihr einen keuschen Kuss auf die Stirn, den sie dankbar annahm.

Sie sahen sich wieder an, und er küsste sie ebenso keusch und kurz auf die Lippen.

Sie sahen sich noch ein wenig an, Penny hörte auf zu denken und presste ihren Mund auf seinen und legte sich mit dem ganzen Körper auf ihn. Sie verschmolz mit ihm, und er gab sich ihr hin, und es war rein und schön und hatte so lange auf sich warten lassen. Penny musste nicht nachdenken, wenn sie so zusammen waren. Es fühlte sich vorherbestimmt und sicher an. Ihre Zunge erforschte seinen Mund, und ihre Hände fuhren an seinem Körper entlang, und auch wenn sie nicht *Ich liebe dich* sagen konnte, fühlte es sich doch sehr nach Liebe an.

»Wir müssen runter in den Pub«, sagte Francesco nach einer Weile. »Ich will nicht, aber …«

»Ich will nicht, dass du loslässt«, sagte Penny.

»Noch zwei Minuten«, antwortete er und hielt sie fest.

»Ich brauche dringend aufmunternde Worte«, fauchte Penny Charlie zu. »Es ist etwas passiert.«

Charlie sah von hinter der Bar auf, wo »they« Gläser polierte. »Etwas Gutes oder ein übles Geheimnis?«

»Ein übles Geheimnis. Nein. Etwas Gutes. Nein, etwas Schlechtes. Ach, ich weiß es nicht.«

Charlie legte Glas und Tuch beiseite. »Oh shit«, sagte Charlie. »Okay. Tee?«

Penny nickte, und sie gingen in die Küche, warfen ein paar Teebeutel in die Tassen und füllten sie mit kochendem Wasser aus der Kaffeemaschine, bevor sie in die Bar zurückkehrten.

»Ich habe Francesco geküsst«, sagte Penny.

»Was?!«, sagte Charlie. »Das ... das ist ja wunderbar! Ich nehme an, du hast ihm offiziell verziehen.«

»Sicher. Die Frau, mit der ich ihn gesehen habe – das war seine Ex. Es ist seitdem so viel passiert, dass ... du weißt schon. Schwamm drüber.«

»Klar.«

»War das eine schlechte Idee?«

»Zu vergeben und zu vergessen?«

»Nein. Mit ihm zu knutschen.«

»Warum denkst du, es könnte eine schlechte Idee gewesen sein?«

»Also erstens wegen Thomas und zweitens wegen Priyesh.«

»OMG!«, rief Charlie. »Du befindest dich nicht einmal in einer Dreiecksbeziehung. Du bist in einem Liebes..., einem Liebesviereck!«

»Ich weiß nicht, was ich als Nächstes tun soll.«

»Musst du irgendetwas tun?«

»Genau deswegen brauche ich dieses Motivationsgespräch! Ich weiß es nicht!«

Pennys Gedanken rasten während der gesamten Mittagsschicht. Francesco arbeitete am anderen Ende der Küche. Es war eine sehr hektische Schicht, beide waren äußerst konzentriert. Doch während sich Pennys Hände bewegten und sie das

Essen anrichtete und Manuela die Bestellungen zurief, war sie in Gedanken ganz woanders.

Priyesh war versaut und ernst.

Thomas war abenteuerlustig und frei.

Francesco war vor allem ihr Freund.

War es möglich, für drei Männer aus unterschiedlichen Gründen und auf unterschiedliche Weise gleichermaßen tiefe Gefühle zu empfinden? Penny hatte keine Antwort darauf, dachte aber halbherzig, dass sie die vielleicht gar nicht brauchte. Sie war sich nicht sicher, wie es mit Francesco weitergehen würde. Es war nur ein Kuss gewesen. Aber er hatte auch *Ich liebe dich* gesagt. Sie liebte ihn ebenfalls, sie wusste nur nicht, in welchem Maße. Alles war anders, seitdem sie nun wusste, dass die Frau, die sie mit ihm gesehen hatte, seine Ex war. Sie wusste, wie er zu ihr stand – zu Valentina. Was sie ihm angetan hatte, indem sie ihn betrogen hatte. Er traf sich auf keinen Fall mehr mit ihr, da war sich Penny sicher. »Die offensichtliche Frage lautet: Bist du eigentlich in irgendeinen der drei verliebt?«, bohrte Charlie nach.

»Ich will das, was Francesco und ich haben, nicht kaputt machen«, sagte Penny. »Seit er hier ist, fühlt sich alles machbarer an. Sogar schön. Ich mag es, ihn hier zu haben. Aber kann ich ihm mein Herz anvertrauen? Ich möchte es. Ich glaube, er kümmert sich um mich, so gut er kann, aber hat er nicht bewiesen, dass er mein Vertrauen nicht verdient hat?«

»Heißt das, dass du ihm keine zweite Chance geben willst?«, fragte Charlie.

»Du bist ein Weichei«, sagte Sharon am Telefon, nachdem ihr Penny alles erklärt hatte. »Hör zu, ich bin sicher nicht sein größter Fan. Ich war die ganze Zeit über im Team Thomas. Nun ja. Danach war ich die ganze Zeit im Team Priyesh. Aber wenn das, was Francesco sagt, stimmt, dann gibt es keinen Grund, ihn in deinem Namen zu hassen. Ihr habt schon zu viel Zeit mit eurem Eiertanz verschwendet. Jetzt oder nie! Team Francesco!«

Penny wurde beim Zuhören schlecht.

»Du brauchst mir nicht zu sagen, dass du Angst hast, Penny. Du hast den verdammten Krebs besiegt. Du kannst einem Mann sagen, dass auch du ihn liebst. Denn das tust du doch, oder? Ich weiß das. Ich glaube, du warst die ganze Zeit in ihn verliebt.« Ihr Tonfall wurde sanfter, als sie das letzte Wort aussprach, wohl wissend, dass sie nicht zu viel Druck ausüben durfte.

Penny seufzte theatralisch. »Du gibst schwierige Ratschläge, weißt du das?«, erwiderte sie.

»Du und Francesco, ihr könntet wirklich glücklich miteinander sein. Du musst dir nur erlauben, darauf zu vertrauen.«

»Hmmm«, sagte Penny. »Das klingt beängstigend.«

19

Der Valentinstag in Havingley wurde schon seit Ewigkeiten aus unerklärlichen Gründen als Dorffest begangen. Die Einheimischen freuten sich auf das Straßenfest, und das Red Panda hatte sich im Laufe der Jahre als inoffizieller Mittelpunkt des Events entpuppt. Auf der Straße – die für diesen Anlass zur Fußgängerzone erklärt wurde – gab es Stände mit Spendenaktionen, eine Open-Air-Aufführung der Amateurtheatergruppe und unzählige Auftritte verschiedenster Bands.

Es war ein heller Tag, wenn auch etwas kühl. Die Luft war kalt, doch der Himmel blau, und nach der Flaute der Nachweihnachtszeit und Silvester war es schön, vor Frühlingsanfang ein großes Event zu haben, das die Wartezeit auf hellere Tage und wärmeres Wetter verkürzte.

»Ich kehre immer wieder gerne für dieses Event zurück«, sagte Thomas zu Penny am Telefon, er war gerade in Deutschland unterwegs. »Ich werde da sein«, sagte er. »Ich war schon als kleiner Junge immer dabei.« Penny hatte ihn angerufen, um mit ihm über Francesco zu sprechen, doch sie hatte erst mal nur rumgedruckst, und nun musste er los.

Ich werde es tun, wenn er zu Hause ist, nahm sie sich vor.

Priyesh hatte, erwartungsgemäß, noch nie an dem Valentinstagsfest teilgenommen. Doch nachdem Charlie ihm davon erzählt hatte, als er ein paar Weißweinflaschen, für die er die Werbetrommel rührte, zum Probieren vorbeibrachte, versprach er, dabei zu sein. Penny wollte auch ihm von Francesco erzählen. Sie wusste, dass es das einzig Richtige war. Sie musste ihre anderen Beziehungen beenden, bevor sie mit Francesco weitermachen konnte. Doch Priyesh war mitten im Abendservice vorbeigekommen, als Penny zwölf Gäste im Separee sitzen hatte, jeder mit einer anderen Vorspeisenbestellung.

Ich werde es vor der Party tun, sagte sie sich.

Francesco hatte im The Boot mitbekommen, dass es sich um ein großes Fest handelte, und freute sich ebenfalls. Er hatte die letzten zwei Tage damit verbracht, italienische Süßspeisen für einen der Stände vorzubereiten, während er viel zu lange in Pennys Richtung geschaut und sie angelächelt hatte, als ob sie ein wunderschönes Geheimnis hätten. Sie hatten nicht miteinander geschlafen – sie hatten sich nicht einmal geküsst seit dem Gespräch an jenem Morgen.

Penny war aufgeregt in seiner Nähe. Hibbelig. Sie wollte so vieles sagen, war jedoch noch nicht bereit dazu, und Francesco merkte es. Also drängte er nicht und forderte sie auch nicht heraus. Er war geduldig, und es war eine respektvolle Geste, die Penny zu schätzen wusste. Er lächelte sie oft an und berührte gelegentlich sanft ihren Rücken, doch ansonsten ließ er sie in Ruhe, er ließ sie in ihrem eigenen Rhythmus zu ihren Gefühlen finden. Sie wusste, dass er davon ausging, dass sie die Sache mit Priyesh ebenfalls beenden wollte, so wie er die Bar beäugte, wenn er vorbeikam. Er benahm sich im Grunde genommen wie ein perfekter Gentleman.

»Hier wird es lauter als in der Umkleidekabine der Rugbyspieler«, hatte Charlie Penny gewarnt, während sie den Stand aufbauten. Penny freute sich allerdings sehr darauf. Sie war stolz, Teil der Gemeinschaft zu sein. Sie vermisste London, aber in Stoke Newington gab es kein vergleichbares Dorfevent. Penny stürzte sich ins Getümmel.

Um 15 Uhr war im Pub schon einiges los. Leichte Schauer waren in schweren Regen übergegangen, also hatten sich die

Bands in der Ecke der Bar Four, in der Nähe des Kamins, eingerichtet. Alle hatten in Windeseile ihre Stände und Buden abgebaut, und Penny hatte die Heizstrahler eingeschaltet, damit noch weitere Menschen unter dem überdachten Sitzbereich Schutz finden konnten. Es waren Hunderte Leute da, der Regen wurde immer heftiger, doch die Stimmung war ausgelassen und Penny in bester Laune. Die gute Laune war ansteckend.

»Penny, meine Liebe«, sagte Tim, einer der Einheimischen, ein paar Stunden später. »Ich will mich ja nicht einmischen, aber es sieht so aus, als ob die Ziegel dort drüben beim Schuppen herunterfallen. Vielleicht solltest du einen deiner Jungs bitten, sie zu befestigen.«

Penny folgte Tims Blick und bemerkte sofort, was er meinte. Der Wind hatte mit dem Regen zugenommen, und wenn sie nicht hinausging und das Dach des alten Kohlelagers sicherte, würde es bald kein Dach mehr geben.

»Du hast recht. Danke, Tim.«

»Da bist du ja«, rief Tim, als sich Thomas näherte. »Dieser stattliche junge Mann wird dir helfen.«

»Das werde ich!«, sagte Thomas schon ziemlich betrunken. Und dann: »Na du, hallo. Womit soll ich helfen?«

»Mit den Ziegeln dort«, sagte Penny und zeigte in die Richtung. »Macht es dir was aus? Ich glaube nicht, dass es lange dauern wird.«

»Geh voran«, sagte Thomas, trank sein Bier aus und reichte Tim das leere Glas. »Die nächste Runde geht auf dich«, sagte Thomas, worauf Tim erwiderte: »Und welche Runde ging auf dich?«

Penny und Thomas schlängelten sich durch die Menschenmassen, und sobald sie aus dem Gedränge heraus und an die Seite des Gebäudes traten, schlug ihnen der Wind entgegen.

»Meine Güte«, sagte Thomas, während seine Stimme gedrückt klang. Penny konnte ihn kaum hören, und er musste schreien. »Woher kommt das alles?«

»Es war so schön heute Morgen!«, schrie Penny zurück.

»Was macht ihr hier draußen?«, ertönte eine Stimme von der anderen Seite des Parkplatzes. Thomas und Penny sahen Priyesh aus seinem Land Rover aussteigen. »Der Wind wird euch wegblasen!«, schrie er.

»Das Dach!«, sagte Penny und zeigte auf den kleinen Schuppen. »Magst du mithelfen?«

»Klar!«, sagte Priyesh, nahm seine Uhr ab, steckte sie in seine Tasche und holte eine Barbour-Jacke aus dem Kofferraum.

Francesco beobachtete vom Pub aus, was sich draußen alles abspielte. Er sah, wie Penny mit Thomas im Regen und Wind stand, wie Priyesh vorfuhr und wie Penny Richtung Schuppen gestikulierte. Er konnte die wackeligen Dachziegel sehen und brauchte nicht lange, um zu merken, dass sie versuchte, diese zu sichern, bevor der Sturm alles wegzublasen drohte. Er schnappte sich seinen Regenmantel und schlich durch die Bar in die Küche, um den Hinterausgang zu nehmen.

»Braucht ihr Hilfe?«, schrie er, während Thomas und Priyesh eine riesige Abdeckplane gegen den Wind hielten.

»Ja!«, sagte Thomas. »Nimm das hier!«

Francesco half, den mittleren Teil der Plane zu bewegen, und Penny sagte: »Hier«, und reichte ihm einige Ziegelsteine vom Stapel neben dem Müllcontainer. Sie arbeiteten schnell und harmonisch zusammen und befestigten die Ziegel, so gut sie konnten. Der Regen schlug fast von der Seite ein, und Penny musste ihr Gesicht schräg halten, denn er hatte eine starke Wucht. Man konnte es kaum sehen, doch die Männer arbeiteten schnell und als Team zusammen, um den möglichen Schaden zu begrenzen.

»Ich glaube, das reicht jetzt!«, schrie sie. »Wir haben es geschafft!«

Als sie zum Pub zurückrannten, jubelten die Dorfbewohner, die sich draußen unter dem Heizstrahler versammelt hatten.

Penny, Francesco, Priyesh und Thomas standen pitschepatschenass im Innenbereich der Veranda.

»Meine Güte«, sagte Priyesh, schüttelte sich den Regen von den Händen und zog seine Barbour-Jacke aus.

»Wahnsinn«, sagte Francesco. Sein T-Shirt klebte an seinem Körper. »Ich glaube, ich habe noch nie solch einen Sturm erlebt!«

»Entschuldigung, Jungs, aber …«, sagte Thomas und zog sein durchnässtes T-Shirt aus. »Ich bin total nass. Hast du ein Handtuch, Pen?«, fragte er, und Penny bejahte die Frage, ohne ihren Blick von seinem nackten Oberkörper abzuwenden. Thomas stand völlig ungeniert halb nackt und lächelnd da. Typisch Thomas.

Penny ging aus dem unteren Küchenbereich in den Teil des Pubs, wo sich die Waschküche befand. Sie holte drei Handtücher und eine Handvoll Stoffservietten hervor, eilte zurück in die Küche und sah die drei Männer glänzend und keuchend im Adrenalinhoch.

Priyesh wusste im Grunde nichts von Thomas' Existenz. Francesco wusste theoretisch von Thomas und Priyesh, doch erst seitdem er Penny geküsst hatte. Thomas wusste es besser, als nach Francesco oder Priyesh zu fragen, doch er hätte die Situation einschätzen können, falls er seiner Fantasie freien Lauf gelassen hätte. Penny sah die drei Männer an und kannte die Wahrheit über ihre Beziehung zu ihnen allen.

Aber es konnte ja so nicht weitergehen.

Sie war bereit, ihre Wahl zu treffen.

Während sich die vier sammelten und abtrockneten, gab es einen unerwarteten Augenblick der Verlegenheit. Die drei Männer kannten sich nicht sehr gut, doch nun, da das Adrenalin nachließ, war es wirklich seltsam, halb nackt zusammen mit fremden Kerlen rumzustehen. In diesem Moment der Verlegenheit legte Francesco seine Hand in Pennys Nacken – sein sicherer Hafen in stürmischen Zeiten. Die Geste war zwar besitzergreifend, doch er brauchte sie als Trost. Penny schaute zu ihm hoch, und er grinste sie an. Sie wusste nicht, wie sie ihm erklären sollte, dass es gerade nicht der passende Zeitpunkt war, Anspruch auf sie zu erheben. Er konnte das später nach ihrem Gespräch tun. Sie hatte mit Priyesh und Thomas noch nicht über alles geredet.

Priyesh bemerkte Francescos Hand in Pennys Nacken, und es gefiel ihm nicht.

»Darling«, sagte er und nahm ihre Hand. »Lass uns ein paar trockene Kleider von oben holen.«

Francesco schaute Priyesh verblüfft an. Es gefiel ihm nicht, dass er mit Penny – seiner Penny – in solch einem vertrauten Ton sprach. Und warum hielt er ihre Hand? Francesco verstärkte den Druck in ihrem Nacken etwas und zog sie an sich heran.

Priyesh zog sie an sich heran.

Francesco zog erneut.

Penny befreite ihren Arm geschickt aus Priyeshs Händen, bückte sich, um ihre durchnässten Turnschuhe auszuziehen, und wurde so Francescos Hand los. Thomas schüttelte seinen blonden Lockenkopf und kämmte sich mit den Händen die Haare aus dem Gesicht. Während er das tat, erhaschte er einen Blick auf Penny, die mit lockigem, nassem Haar und Regentropfen in den Wimpern dastand, und rief aus: »Pen, du siehst sehr gut aus.«

Priyesh schaute leicht verwirrt drein, doch Francesco verstand, was er laut und deutlich gesagt hatte, und warf ihm sofort einen bösen Blick zu.

»Oh«, fuhr Thomas fort und beobachtete die Reaktionen der beiden Männer. »Es sieht so aus, dass ich nicht der Einzige bin, der das denkt …«

Priyesh runzelte die Stirn. »Penny?«, sagte er, und die Art, wie er es sagte, gab Francesco zu verstehen, dass sie noch immer irgendetwas miteinander hatten.

»Oh«, sagte Francesco. »Tut mir leid, Mann. Hat sie es dir nicht gesagt?«

»Mir was gesagt?«

»Dass wir … nun ja. Nicht ›wieder‹ zusammen sind, aber … du weißt schon … zusammen sind.«

»Was?«, sagte Penny. »Wir sind nicht wieder zusammen.«

»Stimmt«, sagte Francesco. »Außer. Na ja. Die letzten Tage. Ganz zu schweigen von dem, was davor war.«

»Francesco, lass uns das nicht jetzt besprechen, okay?«

Thomas meldete sich zu Wort. »Ich mach dir deswegen keine Vorschriften, Babe«, sagte er.

»Babe?!«, riefen Priyesh und Francesco im Chor.

Francesco kniff die Augen zusammen. »Penny, bist du immer noch mit … uns allen verbandelt?«

Penny schaute von Francesco – ernste, aber freundliche Augen – zu Priyesh – erhobenes Kinn, selbstbewusst und sicher – zu Thomas – total jugendliche Ausstrahlung.

»Nein«, begann sie. »Nicht absichtlich. Ich weiß nicht, wie das passieren konnte … Du sagst es so, als ob ich etwas Falsches getan hätte, aber …«

»Etwas Falsches?«, sagte Priyesh. »Ich dachte, wir wären dabei, uns zu verlieben?«

»Verlieben?«, wiederholte Penny aufrichtig verblüfft. Sie

hatten kaum zusammengesessen, um lange, tiefe, bedeutungsvolle Gespräche zu führen. Sie schliefen miteinander und hatten ab und an ein wenig Bettgeflüster. Hatte Priyesh gedacht, es sei mehr als das? Ihr wurde flau bei dem Gedanken, ihn versehentlich in dem Glauben bestärkt zu haben.

Thomas tätschelte Priyeshs Rücken. »Du lässt die Liebe so begrenzt klingen, Mann. Sie kann mehr als eine Person lieben.«

»Also jetzt mal im Ernst«, sagte Priyesh. »Das ist etwas, was kleine Jungs sagen, damit sie herumvögeln können.«

Thomas hob kapitulierend die Hände. »Ein bisschen streng«, sagte er.

Francesco trat vor. »Pen, komm schon. Wir. Unsere Vergangenheit, der Kuss … die Pasta … Willst du das nicht?«

Penny schaute ihn an, Wassertropfen liefen sein dichtes Haar herunter, und seine großen braunen Augen suchten in den ihren nach Bestätigung. Sie wollte all diese Dinge wirklich. Vor zwei Minuten war sie sich dessen noch sicher gewesen. Sie und Francesco. Doch jetzt, wo er sie bat, es auszusprechen … Es war zu viel verlangt.

Penny wusste nichts mehr. Sie musste sich ganz sicher sein, um eine Entscheidung zu treffen. Vor diesem Augenblick hatte sie geglaubt, es zu sein. Doch nun, da sie einer tickenden Uhr gegenüberstand und sechs Augen nach einer Antwort verlangten, wollte sie nichts entscheiden. Sie konnte nicht.

»Ich weiß nicht, was ich sagen soll«, erklärte sie schlicht. »Vielleicht sollte ich mit keinem von euch zusammen sein. Ich weiß es nicht. Ich habe Angst.«

»Das ist Bullshit!«, fauchte Francesco. »Ich akzeptiere das nicht, was du da sagst. Hab doch nicht solche Angst, Penny. Ich kann das einfach nicht begreifen. Es geht um dich und um mich. Es gibt nichts anderes.«

Seine Überheblichkeit machte sie wütend und legte einen Schalter in ihrem Kopf um, der ihr sagte, dass sie sich nicht herumschubsen lassen sollte.

»Du kannst mir nicht diktieren, was ich fühlen soll«, sagte sie. »Du verstehst das nicht. Du glaubst, dass du es verstehst, aber das tust du nicht. Und das ist es ja auch, oder? Solange du glaubst, du wüsstest, was das Beste für mich ist, wirst *du* nie das Beste für mich sein! Begreif das endlich!«

»Hör zu«, sagte Thomas. »Ich will hier nicht im Weg oder zwischen euch stehen. Penny, du bist ein Schatz, ich freue mich, dich zu kennen, du weißt, was ich empfinde …« Er verstummte. Penny schätzte es, dass er wusste, wann er sich zurückziehen musste.

»Ich rufe dich an«, sagte sie. »Um es dir zu erklären.« Sie war froh, dass er die Situation einzuschätzen wusste.

»Mach das«, antwortete Thomas. »Ich werde nur einen Schluck Brandy trinken, um mich aufzuwärmen, dann bin ich weg. Maggie aus dem Fischgeschäft hat sowieso mit mir geflirtet.« Er schnappte sich seine Sachen und ging oben ohne in die Menschenmenge.

Priyesh schritt auf sie zu. »Penny, was soll das? Wir hatten so eine schöne Zeit zusammen. Es ist in Ordnung, wenn du Angst hast. Ich habe auch Angst. Wenn du Abstand brauchst, sag es einfach. Aber du und ich … du kannst nicht leugnen, dass es etwas Besonderes ist.«

Penny war schockiert. Sie nickte und war ihm für seine freundlichen Worte dankbar, doch ihr war nicht klar gewesen, dass er so viel für sie empfand.

»Ich respektiere dich wirklich sehr …«

Priyesh lächelte sie an. »Ich mag dich sehr«, sagte er. »Ich weiß, dass es den Altersunterschied gibt, aber ich glaube, du magst mich auch.«

»Priyesh«, sagte Penny. »Es ist doch rein körperlich, oder … nicht …?«

»Ach, was soll's!«, sagte Francesco, laut genug, dass sich die Leute in ihrer unmittelbaren Nähe umdrehten. Es drehten sich genügend um, sodass sich auch die Menschen hinter diesen umdrehten und glotzten.

»Ich konkurriere nicht um deine Zuneigung«, sagte Francesco noch lauter. »Das ist nicht die Penny-Olympiade. Du bist kein Preis. Ich will nicht der letzte Überlebende sein.«

Penny war vollkommen entsetzt. Fast alle im Pub verstummten, um ihre Hälse zu recken und das Geschehen zu beobachten.

»Ich bin so wütend auf dich«, fuhr er fort. »So dermaßen wütend. Und ich bin verletzt. Ich bin verletzt und wütend, und es ist nicht fair, dass du dich vor der Verantwortung drückst, als wüsstest du nicht, wie es passiert ist. Du *weißt*, wie es passiert ist!«

Penny schüttelte den Kopf. Sie bettelte Francesco an, damit aufzuhören, und wollte ihm gleichzeitig widersprechen. Sie wollte ihn nicht verärgern oder einen Aufstand machen. Alles, was sie wollte, war mehr Zeit. Eine Minute zum Nachdenken. Das ging alles viel zu schnell. Sie schaute Priyesh bedauernd an, doch er stand mit gesenktem Kopf da, als wollte er höflich seinen Blick von Francescos Wut abwenden. Das hatte sie nicht erwartet. Es war ihm peinlich, sich in der Nähe des ganzen Geschehens zu befinden.

»Ich liebe dich seit dem ersten Tag, an dem ich dich kennengelernt habe«, fuhr Francesco fort. »Ich kapiere nicht, warum du glaubst, dass du dieser Liebe nicht würdig wärst. Sie existiert. Ich habe sie hier in meinen Händen und möchte sie dir verzweifelt geben, nicht weil ich egoistisch bin und dich beanspruchen oder besitzen will. Ich möchte dir diese Liebe schenken, um meine verdammten Hände zu befreien, damit ich all die Liebe halten kann, die du mir gibst. Denn das tust du. Du liebst mich.

Es könnte nicht so zwischen uns sein, wenn du es nicht tätest. Du. Liebst. Mich. Und ich liebe dich!«

Ein Mann, der an der Bar stand, stellte sein Bierglas ab und klatschte, zuerst langsam, dann tat es die Frau neben ihm, dann noch jemand, bis der ganze Pub johlte und jubelte. Jemand rief: »Küss ihn, Pen!« Penny drehte sich um, sah in all die aufmunternden Gesichter und erstarrte. Sie konnte nichts sagen, konnte nichts tun. All ihre traurigen Gedanken waren plötzlich wieder da – die Männer verlassen sie, niemand bleibt. Niemand bleibt, zumindest nicht bei *ihr*. Sie sah Francesco an – er verdiente eine Frau, die ihm eigene Kinder schenken konnte, eine Frau, die nicht beschädigt oder verloren war, eine Frau, die ihm vertrauen konnte. Es war alles zu viel. Allein war sie besser dran. Egal, wie nahe sie dran war, ihn zu lieben, sie konnte diesen letzten Schritt nicht gehen. Sie wusste, wie man allein lebt. Sie wusste nicht, wie sie sich diesem Gefühl mit Francesco hingeben sollte.

Sie schaute sich um, dachte an Priyesh und fühlte sich unwohl bei dem, was er gerade mit angehört hatte, doch er war weg. Es war nur noch Francesco da. Aber sogar sein Anblick war gerade zu viel für sie.

»Ich kann das nicht«, sagte sie panisch. »Es tut mir leid.«

Penny drängte sich durch die Menschenmenge Richtung Treppe, die zu ihrer Wohnung führte. Sie nahm zwei Stufen auf einmal und schloss die Tür hinter sich ab. Nach fünf Minuten des Hyperventilierens, in denen sie verzweifelt versuchte, sich zu beruhigen, hörte sie, wie der Lärm in der Bar lauter wurde, und sie wusste, dass sie nach unten gehen musste, um zu helfen. Sie würden ohne sie völlig überfordert sein. Sie riss sich zusammen und setzte ihr »Ich bin der Boss«-Gesicht auf. Sie wusch sich das Gesicht mit kaltem Wasser, fand ein paar trockene Schuhe und ging zu Charlie hinter die Bar.

»Alles in Ordnung?«, fragte Charlie und bemerkte ihr kreidebleiches Gesicht und ihr gekünsteltes Lächeln.

»Nein«, sagte Penny mit zusammengebissenen Zähnen. »Überhaupt nicht.«

Sie schaute sich um, wer noch im Pub war. Weder Francesco noch Priyesh waren auszumachen. Sie sah gerade noch Thomas' Hinterkopf, bevor er mit Maggie vom Fischladen um die Ecke verschwand. Das war ihr egal.

20

Auf dem Friedhof herrschte Stille. Penny hatte nicht einmal den Gärtner gesehen, doch sie wusste nicht, wie ungewöhnlich das war, weil sie nur selten das Grab ihrer Mutter besuchte. Vor ihrem Tod, als Hermione Bridge wusste, dass sie im Endstadium war, hatte sie ihre Töchter Penny und Clementine zu sich ans Bett gerufen, eine an jede Seite, und ihnen zugeflüstert: »Ihr könnt jederzeit mit mir reden, auch wenn ich nicht mehr da bin. Ich werde alles, was ihr sagt, hören.«

Penny fragte sich, ob sie deshalb so viel Zeit damit verbrachte, Sprachnachrichten aufzunehmen. Manchmal waren sie für den tatsächlichen Empfänger bestimmt, aber manche waren einfach nur für Mum. *Wie muss es sich wohl anfühlen, gleich um die Ecke von deiner Mutter zu wohnen oder den Hörer abzunehmen und jederzeit ihre Stimme hören zu können?*, fragte sich Penny. *Welch ein Luxus*, dachte sie. *Welch ein Privileg.*

»Hi, Mum«, sagte Penny, als sie ihren Schal abnahm, um sich darauf an den Grabrand hinzuknien. Es war ein Grabstein aus weißem Granit, die Inschrift besagte, dass sie zwei wunderbare Töchter hinterlassen hatte. Penny streckte die Hand aus, um ihn zu streicheln, als ob sie damit den Geist ihrer Mutter erwecken würde, der dann vielleicht antworten würde.

»Tut mir leid, dass ich dich schon seit einer ganzen Weile nicht mehr besucht habe. Wahrscheinlich liegt das daran, dass ich nicht das Gefühl habe, herkommen zu müssen, um dir zu sagen, dass ich an dich denke. Ich denke ständig an dich. Ich tu's wirklich.« Sie atmete tief durch. Sie war nicht gekommen, um weiterzuweinen. Sie war gekommen, um damit aufzuhören.

»Ich fühle mich ziemlich beschissen, Mum. Ich dachte, du weißt vielleicht, was zu tun ist. Es gibt da einen Mann, aber ich habe es verkompliziert. Jetzt ist er sauer auf mich. So richtig sauer. Und dann gibt es einen weiteren Mann, von dem ich glaube, dass er mich lieben könnte, aber ich weiß nicht, ob ich mich festlegen will. Er ist zu alt für mich. Woher soll ich wissen, was das Richtige für mich ist? Und ich will nicht, dass du denkst, dass ich es viel zu bunt treibe, aber es gibt da noch einen dritten Typen … Gab es zu deiner Zeit Nicht-Monogamie, Mum? Es waren die Siebzigerjahre, natürlich gab es das. Hast du das jemals gemacht? Denn dieser Typ, Thomas, hat mir diesen ganzen Bereich gezeigt, all die Dinge, die ich nicht kannte oder nicht gesehen oder vergessen hatte. Er bringt mich zum Lachen und ist faszinierend. Doch er ist viel auf Reisen und kaum hier, und wenn er hier ist, taucht er manchmal nicht auf. Ich glaube nicht, dass ich eine offene Beziehung führen will. Ich weiß, dass ich das nicht will. Ich will einen festen Partner, eine echte Liebe, einen Mann, den ich wähle und der mich wählt und mit dem ich gemeinsam gegen den Rest der Welt antrete. Ich will jemanden, für den ich an erster Stelle stehe, der an mich denkt, der sich um mich kümmert. Ich möchte vor allem einen Mann haben, für den ich dasselbe tun kann. Das ist es, was ich will.«

Penny verstummte, als sie eine Frau mit zwei kleinen Kindern über den Friedhof gehen sah. Sie weinte leise, aber lächelte auch. Sie trug Blumen, und die Kinder sahen ernst aus, als ob sie verstanden hätten, dass es sich nicht gehörte, zu rennen, zu spielen oder Theater zu machen.

»Ich hab dich lieb, Mum. Ich will dich nur stolz machen. Doch es fällt mir schwer in letzter Zeit. Ich habe das Gefühl, vom Weg abgekommen zu sein, und das macht mich traurig. Ich glaube, es liegt daran, dass ich weiß, dass es dich traurig machen würde, wenn du es wüsstest.«

Penny fing erneut an zu weinen.

»Ich wünschte, ich würde mich nicht so fühlen«, sagte sie. »Ich wünschte, du könntest mir sagen, was ich tun soll.«

Sie blieb fünfundvierzig Minuten lang am Grab und wartete auf ein Zeichen. Es kam keins. Penny verstand, dass sie es selbst herausfinden musste.

In den darauffolgenden Tagen herrschte eine so große Spannung im Red Panda, dass sie Pennys Führungsstil beeinträchtigte. Mittag- und Abendessen wurden serviert, doch sie war zerstreut und machte Fehler. Francesco zeigte so auffällig seine kalte Schulter, dass Penny es nicht wagte, den Vorschlag zu machen, gemeinsam Pasta zu essen. Er sprach nicht wirklich viel, doch eines Tages tat er es.

»Wir müssen reden.«

Er erschien in der Bar, wo Penny gerade mit Charlie die Vorteile des Kurkuma-und-Cranberry-Peelings von Kiehl's mit denen der Superfood-Glow-Maske von Elemis verglich.

»Ich kann es mir einfach nicht mehr leisten, noch ein Handtuch gelb zu verfärben«, sagte Charlie, als Francesco »they« unterbrach. Er sah schwach und blass aus, so, als hätte er nicht geschlafen.

»Guten Morgen, Bitch«, sagte Charlie, doch er antwortete nur mit einem »Hallo«. Charlie war verblüfft, begriff dann aber schnell, dass er sich nun endlich mit Penny aussprechen wollte.

»Sollen wir nach draußen gehen?«, fragte Penny Francesco. Sie hatte es ebenfalls verstanden.

»Das wäre gut, ja«, antwortete er, während sich Charlie und Penny irritiert anschauten, als er voranging.

Sie gingen zur hinteren Veranda. Penny erforschte Francescos Gesicht. Es war das erste Mal seit Tagen, dass sie mehr als sein Profil zu sehen bekam. Sie nahm sich einen regennassen

Stuhl und setzte sich in der Hoffnung, er würde sich den anderen holen, doch er blieb stehen.

»Ich gehe fort«, sagte er schlicht. »Ich kann nicht bleiben.«

Penny nickte. Sie hatte sich schon gefragt, ob er diese Entscheidung treffen würde. Er hatte nicht versucht, die Dinge zwischen ihnen wieder in Ordnung zu bringen oder auch nur eine Tür zu öffnen, damit Penny es versuchen konnte. Er war wütend, erledigte seine Arbeit und ging dann wortlos. Jedes Mal, wenn Penny versuchte, auch nur ein bisschen zu plaudern, hielt er sie auf Abstand. Mit dieser emotionalen Mauer schien es wirklich schwierig, weiterzumachen.

»Ich tue es nicht gerne«, sagte er. »Aber ich weiß nicht, was ich sonst machen soll.«

»Wohin wirst du gehen?«, fragte Penny nach einer Weile. Er sah sie nicht an. Er starrte auf seine Schuhe. Penny wollte die Situation in Ordnung bringen, sie wollte ihm den Schmerz nehmen. Doch sie wusste, dass sie es nicht konnte. Sie hatte es vermasselt, und ihre Strafe war Francescos Blick.

Ich kann dir nicht sagen, dass ich dich liebe, dachte Penny. *Ich kann es einfach nicht.*

»Zu meiner Oma«, sagte er. »Sie hat eine Pasticceria in Bologna. Ich werde bei ihr wohnen. Ein paar neue Rezepte lernen. Entscheiden, was ich als Nächstes tun werde …«

Penny wurde schlecht bei dem Gedanken, dass er Havingley verlassen und auch noch in ein anderes Land ziehen würde.

»Italien?«, sagte sie. »Oh, Francesco. Das ist alles meine Schuld. Es tut mir leid. Ich wünschte, ich könnte dich bitten, nicht zu gehen. Ich wünschte, ich könnte den Valentinstag und alles, was passiert ist, ungeschehen machen.«

»Bemüh dich nicht«, betonte Francesco. »Lass es uns nicht noch einmal wiederholen. Wir haben das schon einmal durchgemacht. Es sollte nicht so schwer sein. Und wenn doch, dann …«

Penny schluckte. Sie wusste, sie hatte kein Recht, emotional zu werden. Nicht wirklich. Sie hatte darüber nachgedacht und wusste, dass sie Francesco tief in ihrem Inneren nicht vertraute. Wie konnte er ihr seine Liebe gestehen, wenn er die ganze Zeit, die er in Havingley war, mit anderen Frauen ausgegangen war? Die Göttin, die Frau, die er im The Boot kennengelernt hatte – seine Worte und seine Taten stimmten nicht überein. Warum sollte sie also glauben, dass sie es jetzt taten, selbst wenn er ihr seine Liebe gestand? Was bedeuteten schon Worte?

Sie konnte ihm nicht vertrauen.

Sie konnte sich selbst nicht vertrauen.

Es war besser, wenn er ging.

Ich kann dir nicht sagen, dass ich dich liebe.

Sie mochte es, ihn im Pub zu haben, doch es war alles nur vorgetäuscht. Sie hatten behauptet, Freunde, Kumpel, Buddies zu sein, doch es hätte immer ein trauriges Ende genommen, genau wie an jenem Morgen in Stoke Newington. Es war eine kurzlebige Romanze, die sich als etwas anderes ausgab und ihnen die Kraft raubte.

Ich kann dir nicht sagen, dass ich dich liebe.

»Wann gehst du?«, fragte sie.

»Geht eine zweiwöchige Kündigungsfrist in Ordnung?«

»Klar«, antwortete sie. »Ich bin mir aber sicher, dass ich schon vorher jemanden finden kann, wenn du willst.« Und dann fügte Penny leise hinzu: »Wir haben es wirklich vermasselt, oder?«

Da sah er ihr endlich direkt in die Augen. »Nein, Penny«, sagte er deutlich. »Nicht *wir* haben es vermasselt, *du* hast es vermasselt. Du hattest recht: Du bist zu kaputt, um von mir repariert zu werden, und ich bin als Mann nicht gut genug, gleichzeitig dein Seelentröster und dein Spielzeug zu sein.«

Penny war über das Ausmaß seiner Wut erschüttert. Seine Worte klangen so eindeutig und harsch, als hätte er sie in Gedanken geübt und auf maximale Wirkung getrimmt.

»Du bist egoistisch und verstehst nicht, welche Spielchen du mit den Gefühlen erwachsener Männer spielst«, fuhr er fort. »Ich habe dir meine Liebe gestanden, doch nun, da ich darüber nachgedacht habe, weiß ich nicht, ob ich jemanden lieben kann, der so grausam ist. So rücksichtslos. Du bist ein Tier, das in seinem eigenen Schmerz gefangen ist und auf jeden losgeht, der es wagt, ihm nahe genug zu kommen, um ihm etwas Freundlichkeit entgegenzubringen. Ich sage das, weil ich mich um dich sorge und weil es mich, sobald ich zu Ende geredet habe, nicht mehr interessieren wird. Such dir Hilfe. Mach eine Therapie. Bring deine Gedanken in Ordnung. Denn so wirst du niemals wahre Zufriedenheit erlangen. Deine Opfermasche ist ermüdend. Es ist Zeit, erwachsen zu werden. Das ist es wirklich.«

Penny fühlte sich wie geohrfeigt. Francesco sprach so, als würde er sie hassen.

»Und ich habe es mir noch einmal anders überlegt«, sagte er und band sich die Schürze ab. »Hiermit nehme ich Abstand von einer zweiwöchigen Kündigungsfrist. Du kannst dir deinen Job in den Arsch stecken.« Er zog sich die Schürze über den Kopf und reichte sie Penny. »Alles Gute.«

Und dann ging er.

Penny stand zitternd vor Demütigung da. Sie wusste, sie hätte ihm hinterhergehen sollen. Sie wusste, sie hätte ihn anflehen sollen, ihr zuzuhören, ihm ihre Gefühle erklären müssen, ihm sagen, dass sie ihm vertraute oder dass sie es könnte, wenn er ihr dabei helfen würde, doch die Wahrheit war, dass sie keine Ahnung hatte, was sie fühlte. Was war nur aus ihr geworden? Sie hatte sich so weit von dem entfernt, was sie geglaubt hatte zu sein, dass es fast schien, als hätte Francesco recht: Sie hatte seine Liebe nicht verdient.

Und deshalb hatte sie es auch nicht verdient, ihm hinterherzulaufen.

»Ich konnte es nicht tun«, erzählte sie Sharon am Telefon. »Ich bin einfach erstarrt. Ich bin so bescheuert.«

Sharon meckerte liebevoll am anderen Ende der Leitung. »Du bist nicht bescheuert, Darling, ganz sicher nicht. Keiner ist schuld. Vielleicht wird er gar nicht weggehen?«

Penny schniefte und griff nach einem Taschentuch. »Ich glaube, er hat es bereits getan«, sagte sie. »Charlie hat gesehen, wie er alles in sein Auto gepackt hat.«

»Oh.«

»Ja, oh.«

»Trotzdem, du musst jetzt nichts tun. Wenn du verletzt bist, sei verletzt. Wenn du nicht weißt, was du als Nächstes tun sollst, tu erst mal nichts. Keiner von uns vermasselt es so, wie wir glauben. Also sei einfach so, wie du gerade bist. Und ich bin da, wenn du mich brauchst, okay?«

»Okay«, sagte Penny. »Danke.«

»Ich hab dich lieb.«

Penny holte sich einen Becher Ben & Jerry's aus dem Tiefkühlfach und schaltete den Film *Wie ein einziger Tag* ein. Sie schaufelte sich die Eiscreme in den Mund, ohne sie wirklich zu schmecken, der Zucker schlug so gut wie gar nicht an. Sie wollte nicht allein sein, doch sie wollte auch mit niemandem zusammen sein. Sie sah zu, wie Noah und Allie sich in den Fluss schwangen, Fahrrad fuhren und an Mauern herumknutschten, und ihre Beziehung zu Francesco spielte sich wie eine Filmmontage in ihren Gedanken ab: wie er an jenem ersten Morgen im Café ausgesehen hatte, wie es sich angefühlt hatte, ihn in

Dofis Restaurant zu sehen. Sie dachte an ihn, wie er in Socken in ihrer Küche gestanden und den Brunch vorbereitet hatte, wie er sie am Stausee geküsst hatte, wie er sie mit einer Tüte voller Sextoys in ein Hotel eingeladen hatte. Die endlosen Gespräche, die Mitternachtssnacks, die Art und Weise, wie sie sich mit ihm kompetenter fühlte als ohne ihn.

Ich kann nicht sagen, dass ich dich liebe.

»Wir müssen eingreifen.«

Penny hatte die Tür zur hinteren Küchentreppe geöffnet, um ihre Nachmittagszigarette zu rauchen, und stellte fest, dass ihre Schwester und Rima auf der Veranda standen. Sie hatte sie nicht erwartet – sie hatte keine Ahnung, dass sie überhaupt kommen würden –, und so waren die ersten Worte, die aus ihrem Mund kamen, folgende: »Was macht ihr hier?« Clementine antwortete, es sei eine Intervention. Penny hatte keinen blassen Schimmer, was das zu bedeuten hatte.

»Können wir in die Bar gehen?«, fragte Clementine, nachdem sie Penny umarmt und genau betrachtet hatte. Sie weigerte sich, die Verwirrung ihrer Schwester zu sehen, als ob es einen »Alles wird gelüftet«-Moment geben würde, wenn Penny nur geduldig genug gewesen wäre.

»Klar«, antwortete Penny und schüttelte gleichzeitig den Kopf. »Nur zu.«

Es war das einzige Mal in ihrem Leben, dass sie sich nicht freute, ihre Schwester zu sehen.

»Charlie!«, jubelte Clementine, als sie Charlie durch den Türbogen zur unteren Bar sah. »Ach, ich freu mich so, dass du hier bist! Ich hatte gehofft, dich Rima vorstellen zu können. Rima, komm her«, sagte sie und drehte sich zu ihrer Frau hin. »Das ist Charlie. Wir sind früher zusammen zur Schule gegangen. Charlie …«, damit wandte sie sich wieder zu Charlie, »das ist Rima.«

»Schön, dich kennenzulernen«, sagte Charlie und reichte ihr die Hand. »Ich bin so froh, dass du gekommen bist.«

Penny sah finster drein. Hatte Charlie sie erwartet?

»Oh, kein Händeschütteln!« sagte Rima. »Umarm mich!«

Alle sahen zu, wie sie sich gegenseitig umarmten, lachten und quietschten. Penny konnte nicht verstehen, was sich da abspielte. Sie konnte nicht ertragen, wie glücklich alle schienen, wie gut es ihnen ging. Wussten sie nicht, dass es ihr schlecht ging? Wussten sie nicht, dass sie ihr Glück nicht demonstrativ vor ihrem gebrochenen Herzen zur Schau stellen sollten?

»Ich fühle mich wirklich dämlich«, sagte Penny. »Das fühlt sich wie ein Überfall an. Ich weiß nicht, wieso, aber ich habe das Gefühl, dass ich in Schwierigkeiten stecke.«

Sobald sie das gesagt hatte, spürte sie ein Flattern in ihrer Kehle. So ging es schon seit zehn Tagen, seit Francesco weggegangen war. Sie fühlte sich schuldig, dass er gegangen war, geriet in Panik, weil sie so schnell einen Nachfolger finden musste, war traurig, dass sie ihn traurig gemacht hatte, irgendwie, als hätte sie versagt … Und nun war ihre Schwester hier, die ihr aus noch unbekannten Gründen das Gefühl gab, ganz klein zu sein.

Rima und Charlie ließen einander los. Clementine zog ihren Mantel aus.

»Setz dich«, sagte Clementine. »Charlie, ist es okay, wenn dir Rima beim Teekochen hilft?«

»Dies ist kein Überfall«, wiederholte Clementine, die neben ihrer Schwester saß.

»Warum fühle ich mich dann überrollt, obwohl ich mich einfach nur freuen sollte, dich zu sehen?«, fragte Penny mürrisch. Es war offensichtlich, dass es ihr nicht gut ging.

Clementine griff nach ihrer Hand. »Ich hätte dich vorwarnen sollen. Tut mir leid. Aber ich hatte Angst, dass du es mir verbieten würdest, und ich dachte, es wäre leichter, dass du mir vergibst, als dass du mir erlaubst zu kommen, wenn du dich …«

»… scheiße fühlst«, ergänzte Penny und fummelte an einem Salzstreuer herum.

Clementine nickte. »Charlie hat erwähnt, dass du ein bisschen verärgert bist. Ich schwöre, wir haben nicht über dich gelästert. Aber da du nicht mehr auf meine Sprachnachrichten reagiert hast, habe ich angerufen, um einen Tisch zu reservieren, für Onkel Davids Besuch. Ich habe ausdrücklich gefragt, ob es dir gut geht, weil ich mir Sorgen gemacht habe. Sonst erzählst du mir immer alles, aber seitdem Francesco fort ist, erzählst du mir gar nichts mehr.«

Penny zuckte mit den Schultern. »Es gibt nichts zu erzählen«, sagte sie, obwohl sie eigentlich meinte: *Womit soll ich überhaupt anfangen?*

Sie tranken Tee und aßen Kuchen. Penny sagte schließlich: »Ich vermisse ihn.«

Während sie blinzelte, kullerte ihr eine Träne über das Gesicht. Sie wischte sie mit dem Finger weg, während die anderen kein Wort sagten, weil sie wussten, dass es kurz vor einem Geständnis am besten ist, einfach zuzuhören.

»Ich wollte nur …«, Penny schaute sich im Raum um, um sich abzulenken. Seit einiger Zeit war es länger hell, der Frühling kündigte sich an und somit das Ende ihres Jahres in Havingley. Doch was dann? Sie hatte das Gefühl, alles zerstört zu haben. Sie wollte Havingley stolz verlassen, stolz auf das, was sie geschaffen hatte: einen voll ausgebuchten, gewinnbringenden Pub. Nun würde sie mit dem Wissen gehen, dass sie sich wie ein geiler Teenager von einer Männerschar hat ablenken lassen und es sich mit jedem verscherzt hatte.

»Ich nehme an …« Sie schaute an die Decke. »Ich weiß

nicht …« Sie schaute wieder in ihren Schoß. Clementine stand auf und setzte sich neben sie.

»Es ist scheiße, dass Francesco fort ist«, fügte sie hinzu. »Ich kann mir gar nicht vorstellen, wie sich das anfühlen muss.«

Penny nickte. »Ja«, sagte sie. »Ich vermisse ihn, weißt du? Er war mein Freund, und dann wurde er so wütend auf mich, und …«

»Ist das alles? War er nur dein Freund?«

»Ich weiß es nicht«, sagte Penny. »Ich kann es nicht herausfinden. Ich glaube, er ist es. Wir haben darüber gesprochen, wen ich date und wen er datet, doch dann haben wir uns geküsst, und ich bin in Panik geraten …«

Charlie fügte hinzu: »Und dann hat er die Beherrschung verloren. Er hat kaum was gesagt, bevor er wegging. Er kam zu seinen Schichten, machte seine Desserts und ging wieder. Ich weiß nicht, wie gut ihr beiden ihn kanntet, aber das war so gar nicht seine Art. So habe ich ihn vorher noch nie erlebt.«

»Er hat sich nicht einmal verabschiedet«, sagte Penny und fing plötzlich an zu weinen.

Clementine legte ihren Arm um sie. »Ist schon gut«, sagte sie und streichelte ihr Haar. »Ist schon gut, Pen.«

Rima fragte: »Ist er nach Italien gefahren?«

»Ich glaube schon«, nickte Penny. »Ich weiß es nicht. Ich bin so wahnsinnig traurig, weil ich ihm wehgetan habe. Ich glaube … Ich glaube, dass ich es tatsächlich getan habe. Ich glaube, ich habe ihm wirklich wehgetan, doch es war nicht meine Absicht. Ich glaube, ich war nicht allzu nett …«

Clementine streichelte Pennys Rücken, und diese schloss die Augen, während ihre Gedanken um Francesco kreisten. Die Situation war außer Kontrolle geraten. Es war alles zu dramatisch, zu verrückt geworden. All diese Männer, die ihr Schicksal bestimmten: ihr Onkel, der sie gebeten hatte, umzuziehen,

Thomas, der im Pub aufgetaucht war und sie nach einem Date gefragt hatte, Priyesh, der zu ihrer Weihnachtsparty gekommen war, und Francesco, der vor ihrer Tür aufgetaucht und *geblieben* war. Jeder wollte etwas von ihr, und Penny wurde klar, dass sie nicht wusste, was sie für sich selbst wollte. Sie war so gefangen in den Bedürfnissen, Wünschen und Plänen der anderen, sie rannte vor sich selbst weg und vermasselte ihr Leben. Dabei war das, was sie brauchte, in ihr Inneres zu schauen und herauszufinden, was *ihr* wichtig war.

»Meine Güte, ich habe die Nase voll von mir selbst«, verkündete Penny schließlich. »Wenn mein Leben ein Film wäre, würde er den Bechdel-Test wohl nicht bestehen. Das Einzige, was ich tue, ist, über verdammte Männer zu reden. Selbst jetzt, da ich mit euch hier sitze – ich frage nicht nach Stella oder nach der Non-Profit-Organisation, Rima. Du und ich, Charlie, wir sollten uns über Podcasts und die Filme, die wir uns angeschaut haben, oder über die lokale Politik unterhalten. Wann bin ich denn zu diesem Menschen geworden? Zu dieser Frau, die nur über ihr Liebesleben spricht? Das ist so uninteressant!«

Dann wurde sie von Priyeshs Stimme unterbrochen, die von der oberen Bar zu hören war.

»Hallooooo«, rief er. »Ist jemand da?« Mit einem Blumenstrauß in der Hand tauchte er im Türbogen auf.

»Oh«, sagte er. »Du machst eine Party und hast mich nicht eingeladen?« Er meinte es freundlich, doch er hatte die Stimmung im Raum falsch eingeschätzt.

Penny stand schnell auf und tupfte sich die Wangen ab. »Priyesh!«, sagte sie und setzte ein Lächeln auf. »Was machst du hier?«

»Ich wollte dir nur die hier vorbeibringen«, sagte er und erforschte ihr Gesicht. Falls ihm auffiel, dass sie geweint hatte, war er taktvoll genug, es nicht zu erwähnen. »Ich habe seit dem

Valentinstag nichts mehr wirklich von dir gehört.« Er wandte seine Aufmerksamkeit den anderen zu, die am Tisch saßen. »Hallo«, sagte er. »Ich bin Priyesh.«

Clementines Augen weiteten sich leicht, als sie seinen Namen hörte und verstand, um wen es sich handelte. »Ich bin Clementine«, sagte sie. »Pennys Schwester. Und das ist Rima, meine Frau.«

Priyesh ging zu ihnen. »Hallo, Charlie«, sagte er zur Begrüßung.

Penny nahm die Blumen entgegen, und während sie das tat, beugte er sich vor und küsste sie. Penny hielt ihm die Wange hin.

»Nun«, sagte Priyesh und wandte sich an Penny. »Ich wollte nicht stören, ich wollte dir nur die Blumen vorbeibringen.«

»Ich begleite dich nach draußen«, sagte sie.

Sie gingen schweigend zu seinem Auto, und dann sagte er: »Es ist gut. Alles ist gut. Ich wusste, dass du und Francesco euch nahestandet. Ich habe mir nur nicht eingestehen wollen, wie nahe. Aber du und er – das ergibt eine Million Mal mehr Sinn als wir beide. Ich verstehe das. Aber ich werde nirgendwohin gehen, ja. Lass dir Zeit mit deinen Entscheidungen.«

»Priyesh«, sagte Penny sanft.

»Oh«, sagte er und machte ein trauriges Gesicht. »Verstehe.«

»Es liegt nicht an dir, wirklich nicht.«

Er hielt eine Sekunde inne. »Stimmt. Das ist … enttäuschend.«

»Ich werde ja sowieso nicht mehr lange hierbleiben. Es war super, Zeit mit dir zu verbringen, aber ich hatte nie die Absicht, hierzubleiben.«

»Aber du hast aufgehört, vom Weggehen zu reden«, antwortete er. »Ich dachte wohl, du würdest deine Meinung ändern.«

»Mein Leben ist in London. Du bist charmant und so klug, und ehrlich gesagt war der Sex, den wir hatten, absolut toll. Es liegt wirklich nur an mir.«

»Und ich kann dich nicht umstimmen?«

»Du willst nicht mit jemandem zusammen sein, den du erst davon überzeugen musst, oder?«

Priyesh schenkte ihr ein schiefes Lächeln. »Nein«, sagte er. »Du hast recht.« Penny umarmte ihn.

»Nichts für ungut?«

»Nichts für ungut.«

21

Penny Bridge«, sagte sie in die Gegensprechanlage am Eingang. »Ich bin hier für mein Erstgespräch um neun Uhr.«

»Kommen Sie herein, Penny«, antwortete jemand sachlich. »Wir befinden uns im Obergeschoss, linke Tür.«

Die Tür öffnete sich, und Penny betrat das Townhouse, das von außen wie ein Wohnhaus aussah. Auf der anderen Seite der Tür wurde jedoch deutlich, dass es sich um Büros handelte, ausgestattet mit Teppichfliesen, Deckenleuchten und einem Feuerlöscher. Es war kühl. Penny stieg vorsichtig die Treppe hinauf, fand das Wartezimmer und nahm Platz. In der Mitte des Tisches lagen verschiedene Broschüren.

Posttraumatischer Stress.

Sie müssen da nicht allein durch.

Kognitive Verhaltenstherapie und Psychoanalyse: Was ist der Unterschied?

Eine Frau mit kurzen grauen Haaren blätterte in einer *Hello!*-Ausgabe, und ein Student mit Kapuzenpulli saß da und knabberte an seiner Nagelhaut. Penny hatte das Gefühl, dass alle sie anschauten, um ihr Geheimnis zu enthüllen, doch sie tat genau dasselbe. Sie fragte sich, ob die Frau eine Scheidung hinter sich gebracht hatte, nachdem sie jahrelang einen Mann ertragen musste, der sie nie zu schätzen wusste. Vielleicht hatte der Student Fragen zu seiner Sexualität. Was würden sie wohl über Pennys Problem denken? *Oho!, du hattest drei Männer, die sich um dich geprügelt haben? Wie bemitleidenswert!*

»Penny?«, sagte die Frau, die in der Tür erschien. Penny stand auf und folgte ihr in den hellen, cremefarbenen Raum mit einem cremefarbenen Sofa und einem cremefarbenen Stuhl, die Penny sofort als Ikea-Produkte erkannte. Neben dem Sofa stand ein kleiner Tisch mit einer Taschentücherbox. Eine Uhr konnte sie nicht entdecken.

»Möchten Sie eine Tasse Tee oder Wasser?«, fragte die Frau, auf deren Namensschild »Christina« stand.

»Nein, vielen Dank«, sagte Penny und setzte sich auf das Sofa.

Christina nickte. »Und was führt Sie heute hierher? Das ist unsere erste Sitzung, also werde ich mir während des Gesprächs Notizen machen. Ist das in Ordnung für Sie?«

Penny nickte.

»Danke«, sagte Christina lächelnd. »Also. Was beschäftigt Sie?«

Penny überlegte, womit sie anfangen sollte. Mit Onkel David? Mit Francesco?

»Es fühlt sich alles etwas chaotisch an«, sagte sie dann, was eine gute Zusammenfassung war. »Und ich glaube, es fällt mir schwer, mich davon zu befreien.«

»Okay«, sagte Christina in einem langsamen, neutralen Tonfall. »Inwiefern fühlt sich alles etwas chaotisch an?«

Penny zuckte mit den Schultern. »Ich glaube, ich bin einfach nicht sehr glücklich«, sagte sie. Und als sie es vor der fremden Person laut aussprach, versagte ihre Stimme, so wie damals, als sie mit Clementine, Rima und Charlie gesprochen hatte. »Und ich habe keine Ahnung, was ich dagegen tun soll.«

Christina nickte. Sie schaute sie mitfühlend an, doch mehr verriet ihr Gesichtsausdruck nicht.

»Das hört sich nach einer sehr schweren Last an, die Sie mit sich herumtragen«, sagte sie.

»Das ist es«, sagte Penny.

Christina ließ das so im Raum stehen. Es kam Penny so vor, als wollte sie nicht unbedingt das Gespräch vorantreiben oder die Lücken füllen. Das machte Penny nervös. Sollte sie weiterreden? Oder dachte Christina nur darüber nach, was sie als Nächstes sagen sollte? Als Penny während der Krebsbehandlung eine Therapie gemacht hatte, war es etwas gesprächiger und informeller zugegangen als jetzt. Christina schien kein Plappermaul zu sein.

»Ich habe das Gefühl, dass ich alle im Stich lasse«, fuhr Penny fort. Der Gedanke kam ihr, während Christina schwieg. »Ich verlasse mich zu sehr auf meine Schwester und unterstütze meinen Onkel nicht genug – er ist im Grunde genommen wie ein Vater für mich, weil Dad uns verlassen hat. Mum ist tot. Und ich habe ein bisschen herumgevögelt. Nicht herumgevögelt – mein Gott, wir sind ja nicht mehr in den Fünfzigern –, aber vielleicht habe ich mein Selbstwertgefühl von Männern abhängig gemacht, die mir das Gefühl vermitteln sollten, dass alles mehr Sinn ergibt oder so. Ich weiß es nicht. Mein Freund Francesco hat gesagt, dass ich Menschen wehtue. Er hat mir seine Liebe gestanden, doch dann seine Meinung geändert, weil er niemanden lieben könne, der anderen wehtut. Klinge ich wie eine Soziopathin? Moment mal. Ist eine Soziopathin eine Person, die Menschen manipuliert? Vielleicht meine ich Psychopathin? Narzisstin?«

Erneut Stille.

»Penny«, sagte Christina nach einer kurzen Pause. »Darf ich Ihnen eine Frage stellen? Sie müssen sie nicht sofort beantworten. Es kann auch Ihre Hausaufgabe sein, wenn Sie sich dafür entscheiden, mit diesen Sitzungen weiterzumachen.«

Penny war sich nicht sicher, ob sie weitermachen wollte – die Sitzung hatte ihr nicht wirklich etwas gebracht. Sie hatte eigentlich einen fünfundvierzigminütigen Monolog gehalten und für dieses Privileg dreißig Pfund bezahlt. Das hätte sie auch per Sprachnachricht erledigen können.

»Na gut«, sagte Penny unsicher. »Wie lautet die Frage?«

»Meine Frage ist: Was wünschen Sie sich?«

Penny blinzelte. Was sie sich wünschte?

»Hm, anscheinend möchte ich glücklich sein. Das ist der Grund, warum ich hier bin«, antwortete Penny.

Christina lächelte.

»Nehmen Sie sich Zeit. Vielleicht gehen Sie spazieren oder allein einen Kaffee trinken. Stellen Sie sich Ihren Gefühlen. Und fragen Sie sich: Was will ich eigentlich? Denn ich vermute, dass Sie die Antwort bereits kennen und dass Sie eigentlich hier sind, um um Erlaubnis zu bitten, es zu wollen. Das tun die meisten Menschen. Aber das ist in Ordnung. Wir können gemeinsam daran arbeiten. Aber denken Sie zuerst eine Weile über die Frage nach, okay?«

Penny nickte. »Okay.«

Penny verließ das Townhouse und blinzelte in die Morgensonne. Es hatte aufgehört zu regnen, und ihr erster Impuls war, nach ihrem Handy zu greifen und einen persönlichen Podcast für ihre Schwester aufzunehmen, doch dann überlegte sie es sich anders.

Gehen Sie spazieren oder ins Café.

Penny schrieb Manuela eine Kurznachricht und fragte, ob es für sie in Ordnung wäre, die Schicht ohne sie zu beginnen. Es war Dienstag und erst 9:30 Uhr. Manuela schrieb sofort zurück: *Geht klar.* Penny steckte noch etwas Geld in die Parkuhr und schaute sich um. Sie kannte diesen Teil der Stadt nicht besonders gut, also war es an der Zeit, sich eine Richtung auszusuchen und ihrer Nase zu folgen. Sie schaute auf die Baumallee auf der anderen Straßenseite, gegen Ende der Straße schien es etwas lebendiger zu werden. Sie ging darauflos.

Die kalte Luft fühlte sich gut an – sie hatte gar nicht bemerkt, wie warm ihr im Therapiezentrum geworden war, als hätten ihre Gefühle gegen ihre Haut gepresst, auf der Suche nach einem Ausgang. Sie versuchte, sich auf die Empfindungen in ihrem Körper zu konzentrieren, doch bereits nach zehn Minuten begann ihr Magen zu rumoren – sie hatte nicht gefrühstückt. Sie betrat das erste Café, das sie entdeckte, bestellte einen Kaffee und ein Croissant und setzte sich an den Fensterplatz, den eine andere Frau gerade verließ. Die Frau lächelte sie an.

»Viel Spaß«, sagte sie, obwohl Penny sie nicht kannte.

»Danke«, antwortete Penny und zog ihren Mantel aus.

Penny saß im Café, hielt ihren Hafermilch-Latte in der Hand und beobachtete abwechselnd das bunte Treiben im Café und die Menschen, die draußen vorbeigingen.

Sie dachte ans Bridges. Das Café, in dem sie saß, war ähnlich, aber größer. Hinter dem Tresen stand eine junge Frau, die wirkte, wie Stuart immer gewirkt hatte, wie eine Kunstabsolventin, und sie schaffte es, Milch aufzuschäumen, Kaffeebohnen zu mahlen und extra Eiswürfel zu besorgen, während die andere Frau – schlichter, ernster, ihre Levi's so hochgezogen, dass sie ihr fast bis zur Brust reichte – die Ladenkasse bediente. Menschen kamen und gingen. Zwei Frauen in Lycra-Leggins diskutierten lautstark darüber, ob sie sich einen Scone teilen sollten, ein Mann mittleren Alters mit einem sehr kleinen Hund bestellte zwei Mandelcroissants, die so knusprig und köstlich aussahen, dass Penny überlegte, sich auch eines zu bestellen – obwohl sie bereits ein Schokocroissant gegessen hatte –, irgendwann kam ein rothaariger Mann in weißer Kochkleidung und Schürze durch die Küchentür und brachte zwei Teller mit Eiern.

»Tut mir leid, Aaron«, sagte das ernst dreinblickende Mädchen. »Es war so ein Andrang.«

»Schon gut«, sagte der Küchenchef und brachte dem Paar, das auf einen Laptop-Bildschirm starrte, auf Dinge zeigte und über Zahlen und Farben diskutierte, das Essen.

Penny vermisste das Bridges und sehnte sich danach, bald wieder dort zu sein. Sie musste zugeben, ihre Zeit in Derbyshire hatte ihr mehr Spaß gemacht als erwartet – Penny wusste, dass sich ihre Kochkünste und die Fähigkeit, ein Team zu leiten, verbessert hatten. Es war nicht einfach gewesen, aber sie hatte es geschafft. Mal abgesehen von der ursprünglichen Tatsache, dass Onkel David krank geworden war, bereute sie es nicht, hier gewesen zu sein. Dieser Aufenthalt ließ sie das Leben, das sie sich in London aufgebaut hatte, noch mehr wertschätzen. Und im Grunde hatte es auch viel Spaß gemacht, bis es das nicht mehr tat. Was wünschte sie sich? Sie wünschte sich, wieder in London zu sein und das Leben zu führen, das sie für sich selbst entworfen hatte, und nicht das, das ihr Onkel ihr aufgezwungen hatte und das sie sich nicht getraut hatte abzulehnen.

Sie dachte an Francesco. Wenn sie nie ins Red Panda hätte kommen müssen, wären sie dann die ganze Zeit über zusammengeblieben? Penny wägte es ab. Es war durchaus möglich, dass sie sich dennoch gegenseitig gequält, sich dennoch gegenseitig verletzt hätten. Bevor sie ihn kennengelernt hatte, war sie kurz davor gewesen, eine Familie zu gründen, ganz allein und glücklich. Er hatte alles durcheinandergebracht. Ohne ihn war ihr Weg zur Elternschaft frei. Sie konnte ihren ursprünglichen Plan wieder aufgreifen. Sie wollte es schon vor ihm allein durchziehen – warum also nicht jetzt, da er weg war?

Wie gerufen blieb draußen auf dem Bürgersteig eine Mutter mit ihrem Kleinkind im Kinderwagen stehen. Ein weiteres Kind stand hinten auf einem Brett, das so ähnlich aussah wie ein Skateboard. Das ältere Kind sprang herunter und bückte sich, um etwas vom Boden aufzuheben, und begann eine anscheinend recht heftige Diskussion mit seiner Mutter über etwas, das bei Penny den Eindruck erweckte, dass die Mutter alles sehr ernst nahm, obwohl das Besprochene zweifellos gar nicht so ernst war. Das Kind ging ihr bis zu den Knien. Sie diskutierten wohl kaum über Weltwirtschaftspolitik. Die Liebe, die man in ihrem Gesicht erkennen konnte, traf Penny mitten ins Herz.

Eine Familie.

Kinder.

Sie fuhr sich mit der Hand über den Bauch. Es kam ihr so unfair vor, dass sie nie die Erfahrung machen würde, ihr eigenes Kind auszutragen, doch wenigstens hatte sie ihre Embryos. Außerdem hatte sie eine Schwester, die ihr vor einiger Zeit Hilfe angeboten hatte.

Penny wünschte es sich innig. Mit Anfang zwanzig hatte sie nie wirklich daran gedacht, Mutter zu werden. Durch den Krebs, die frühe Menopause und die Tatsache, dass ihr das biologische Recht genommen worden war, ein Kind zu bekommen, war die Entscheidung für sie gefällt worden. Erst dann war ihr klar geworden, wie sehr sie es sich wünschte, ein Kind zu haben.

Sie schaute sich im Café um. Ja, sie vermisste ihr eigenes Café. Doch was sie noch mehr vermisste, war etwas, das sie noch gar nicht gehabt hatte. Ein Kind. Die Mutterschaft. Babys und Kleinkinder und Kinderwagen und ernsthafte Diskussionen darüber, was man gerade vom Bürgersteig aufgehoben hatte.

Das Problem, das vor dem Fenster besprochen worden war, schien gelöst, und der kleine Junge sprang zurück auf sein Brett, damit seine Mutter den Wagen weiterschieben konnte.

Das ist es, was ich will, dachte Penny. *Und ich will es jetzt.*

Bei dem Gedanken stiegen ihr Tränen in die Augen.

Jup, ich will es wirklich, dachte sie.

Sie hatte fürs Red Panda alles auf Eis gelegt. Für ihren kranken Onkel, der alles für sie getan hatte. Sie hatte ihre Pflicht getan. Sie hatte sogar ein paar Abenteuer erlebt – und natürlich auch ein bisschen Herzschmerz. So war das Leben nun mal. Doch Penny wollte ihr Café zurück, jetzt. Sie wollte die Kontrolle über ihr Leben zurück.

Ich kann nicht glauben, dass ich dieses Gefühl das ganze Jahr über unterdrückt habe, schrieb sie an Clementine, während sie ihren Kaffee austrank. *Ich bin bereit*, schrieb sie. *Meine Zeit hier ist fast vorbei, und ich weiß, was ich als Nächstes will. Die Männer sind mir egal. Ich will ein Baby!*

22

H*ey du,* tippte Penny in ihr Handy. Sie konnte es nicht ertragen, dass er irgendwo da draußen und sauer auf sie war. Sie brauchte eine Erklärung. Sie konnte ihn sicherlich dazu bringen, ihr zu verzeihen – bestimmt würde er ihr nicht für immer aus dem Weg gehen.

Clementine hatte vorsichtig angedeutet, dass er vielleicht nie ein Freund gewesen war, doch Penny wusste nicht, was das nun für sie bedeutete. Sie wollte unbedingt die Dinge richtigstellen.

Sie löschte das Getippte.

Ich vermisse dich, schrieb sie stattdessen, doch auch das löschte sie.

Zu wissen, dass er sauer und verletzt war, belastete sie. Was konnte sie tun?

Nichts.

Stattdessen öffnete sie ihren Webbrowser. Sie tippte: *ein Baby als alleinerziehende Mutter bekommen,* und scrollte durch die Ergebnisse.

23

Ich verspäte mich, lautete Thomas' Nachricht, nachdem Penny alles zusammengetragen hatte, was sie brauchten. *Treffen wir uns lieber danach?*

Penny hielt das Handy in der Hand und atmete tief durch. Sie hasste es, dass er sich davor gedrückt hatte, ihr zu helfen, ohne sich zu entschuldigen. Auf dem Parkplatz gab es ein Bienennest, das mit einem speziellen Pulver bestreut werden musste, um die Bienen dazu zu bringen, sich woanders niederzulassen. Das war deswegen wichtig, weil sich Penny kein Bienennest im Freien leisten konnte, da es immer wärmer wurde. Ein Gedanke kam ihr in den Sinn: *Francesco hätte sich schon längst darum gekümmert.*

Penny seufzte. Sie hätte sich von Anfang an nicht auf Thomas verlassen sollen, denn sie war eh dabei, das, was sie miteinander hatten, zu beenden.

»Sieh mal, wer da kommt«, sagte sie, als Thomas endlich auftauchte. Sie hatte sich selbst um das Bienennest gekümmert. Sie besprühte es mit einem starken Zeug, das sie im Internet gekauft hatte, und wurde dabei kein einziges Mal gestochen. Sie sah lächerlich dabei aus – vorsichtshalber hatte sie jeden Zentimeter Haut bedeckt, die Jogginghose in die Socken gesteckt und die Handschuhe über die langen Ärmel gezogen. Sie hatte sich sogar einen alten Schal um den Kopf gewickelt, der nur Augen und Nase frei ließ, und trug darüber eine Wollmütze.

»Ach, komm schon«, sagte Thomas. »Ich bin doch gerade erst zurückgekommen. Sei nicht so.« Er schaute Penny mit seinen großen und liebenswerten Augen flehend an. Er wusste, dass sie nicht wirklich böse war, und selbst wenn sie es war, würde er sie in Sekundenschnelle weichkriegen. Er war einfach zu charmant.

»Aber sag dann nicht, dass du etwas tun wirst, und dann tust du es nicht«, sagte Penny und ging von der Tür, durch die sie ihn hereingelassen hatte, zurück in ihre Wohnung und zog sich dabei die Kleiderschichten aus. »Sag erst gar nicht zu. Zeig ein bisschen Selbstachtung.« Es klang strenger, als sie es gemeint hatte, doch es war zu spät. Sie hatte es bereits ausgesprochen.

»Selbstachtung?«, fragte Thomas und hielt auf der Treppe inne.

»Ja«, sagte Penny und änderte ihren Tonfall. »Sei einfach ein Mann, der sein Wort hält.«

»Hey«, sagte Thomas und brachte sie dazu, stehen zu bleiben und sich umzudrehen. »Ist alles in Ordnung?«

Penny nickte. Sie sollte keinen Streit anfangen. Sie wusste, warum sie es tat – weil ein Streit einfacher war als ein erwachsenes Gespräch darüber, nicht mehr miteinander zu schlafen. »Mir geht es gut. Ich sage nur, dass es nicht okay ist, wenn deine Taten nicht mit deinen Worten übereinstimmen.« Sie ging voraus und ließ sich aufs Sofa fallen. Thomas brauchte eine Minute, um ihr zu folgen.

»So habe ich dich noch nie erlebt«, sagte er. »Bist du sicher, dass alles in Ordnung ist?«

»Ich habe es dir doch gerade gesagt, du hast mich verärgert.«

»Okay, ich fühle mich nicht besonders gut deswegen.«

»Für mich fühlt es sich auch nicht toll an.«

Thomas stand da und machte ein mürrisches Gesicht. »Das wird ja eine lustige Wanderung heute.«

Penny griff nach einer Zeitschrift und begann darin zu blättern. »Ich glaube nicht, dass ich heute wandern will. Ich habe es mir anders überlegt.«

»Du hast es dir anders überlegt.«

»Ja«, sagte sie. »Ich will nicht mit. Du kannst ohne mich los.«

Thomas setzte sich neben sie. »Hey«, sagte er. »Komm schon. Ich habe nur ein paar Tage frei, bevor ich wieder auf Tour muss. Lass uns rausgehen, Pen.«

»Ich habe gesagt, dass ich nicht will«, schnauzte Penny. »Hör auf zu drängeln.«

»Aber du gehst doch gerne wandern!«, sagte Thomas. »Du wirkst, als wärst du sauer auf mich oder so!«

Penny seufzte. »Ich bin nicht sauer auf dich, Thomas. Ich bin müde. Sehr, sehr müde. Ich werde mich also, statt sechzehn Kilometer zu laufen, ausruhen, denn mein Körper verlangt danach. Okay?« Es war nicht wirklich eine Frage.

»Ich habe mich wirklich so darauf gefreut, den Tag mit dir zu verbringen.«

»Ich weiß. Aber ich brauche einen Tag für mich allein. Ich weise dich nicht zurück. Ich kümmere mich nur um mich selbst.«

»Hmmmm«, sagte Thomas, keineswegs glücklich. »Ich glaube, du bist wütend auf mich.«

»Das werde ich, wenn du das weiterhin behauptest. Melde dich später. Ich will nur nicht wandern gehen.«

Thomas nickte. »Okay«, sagte er. »Aber dann wirst du dich melden müssen. Bis später.«

Sobald er weg war, fühlte sie sich mies.

»Scheiße«, sagte sie zu sich selbst. Sie zog sich die Schuhe an, denn sie wollte ihn noch zu Hause erwischen, bevor er losging.

Penny klopfte an Thomas' Tür und hörte einen kläffenden Hund auf der anderen Seite. Er öffnete die Tür in einer grauen Jogginghose, die tief auf seinen Hüften saß, und einem grauen T-Shirt, das nur leicht über dem Hosenbund hing, sodass er genug Haut zeigte, um Penny abzulenken. Eins musste sie ihm lassen, er war ein gut aussehender Mann. Vielleicht hegte sie nun diesen Gedanken, weil es das erste Mal war, dass sie ihn mit etwas anderem als Designerklamotten sah. Offensichtlich war er gerade dabei, sich umzuziehen.

»Na, du«, sagte Thomas.

»Hi«, sagte Penny lächelnd. »Ich habe mich vorhin wie eine Bitch verhalten. Ich bin gekommen, um mich zu entschuldigen.«

»Magst du reinkommen?«

Penny schaute ihn an. »Ähm …«, sagte sie. Als sie zögerte, wurde Thomas' Gesicht sanfter. »Ist schon gut«, sagte er. »Du stehst nicht mehr so auf das Ganze, oder?«

Penny zuckte mit den Schultern. »Ich möchte es, aber … nein«, sagte sie. »Es tut mir leid.«

»Penny«, sagte Thomas. »Das ist okay. Man hat Spaß, solange man Spaß hat.«

»Stimmt.«

»Und du verdienst alles, was dein Herz begehrt. Selbst wenn dein Herz nicht mich begehrt.«

»Aber ich schulde dir eine Menge«, sagte Penny.

Thomas runzelte fragend die Stirn.

»Du hast mir eine Seite dieses Ortes gezeigt, die ich sonst nicht gesehen hätte. Du hast mich aus dem Pub in die Berge gebracht, in andere Restaurants, Parks und Pubs.«

»Nun«, sagte Thomas, »das können wir immer noch tun. Ich mag dich, Penny – ich würde dich gerne sehen, wenn ich wiederkomme, mit dir abhängen, quatschen.«

Penny lächelte. »Das würde mir auch gefallen«, sagte sie und spürte, dass sie weiterhin mit ihm befreundet sein konnte, weil sie für ihn als Liebhaber nicht so viele Gefühle hatte. Der Grund, warum sie und Francesco niemals nur befreundet sein konnten, war das genaue Gegenteil: Sie mochte ihn nicht nur. Sie war in ihn *verliebt*.

»Ich will dich an deinem freien Tag nicht so lange aufhalten«, sagte sie. »Ich wollte dir nur sagen …«

Thomas öffnete seine Arme. »Sag nichts, Pen. Es ist alles in Ordnung. Zwischen uns ist alles gut.«

Weniger als eine Minute nachdem er ihr die Tür geöffnet hatte, schloss er sie wieder, und Penny fühlte sich schon besser.

Ich hätte dich besser behandeln sollen, tippte Penny in den Nachrichtenthread an Francesco. Alles, was sie ihm sagen wollte, war eine Variation desselben Satzes.

Ich habe es vermasselt.

Ich wünschte, du wärst nicht gegangen.

Es tut mir leid.

Sie starrte auf das Textfeld und überlegte, wie immer, ob sie die Nachricht abschicken sollte.

Sie tat es nicht.

Ich glaube, ich möchte ein Baby haben, tippte sie. *Ich will eine Familie. Ich bin aufgeregt!*

Auch das löschte sie.

24

Zwei Wochen später, Mitte März, kamen Onkel David und Eric zusammen mit Rima und Clementine zu Besuch.

»Seht euch das nur an«, sagte Onkel David. »Ich erkenne den Pub kaum wieder!«

»Doch, das tust du«, sagte Penny lächelnd. »Es ist alles fast genauso, wie du es zurückgelassen hast.«

Ihr Onkel bewunderte den Pub. Penny hatte, um ehrlich zu sein, den Laden geprägt. Alles war sauberer und ordentlicher. Sie hatte den Räumlichkeiten ihren persönlichen Touch verpasst – weichere Decken und Kissen, neue Kerzenleuchter und Leinen- statt Papierservietten. In den Kaminen brannte Feuer, auch wenn es gar nicht so kalt war, die Bar blitzte und glänzte. Einige Mitarbeiter gingen auf ihren alten Chef zu und freuten sich aufrichtig, ihn zu sehen. Penny wartete geduldig, während sich David nach Ehemännern und -frauen, Kindern und Eltern erkundigte. Sein Verhältnis zu den Mitarbeitern war eng und herzlich.

»Schön, dass du so gut aussiehst«, sagte Charlie. »Du hast uns zu Tode erschreckt.«

Keiner von ihnen fragte jedoch, ob er zurückkommen würde. Es war allen klar, dass er es nicht tun würde – er sah sogar so gut aus, dass eine Rückkehr zu seinem alten Lebensstil sicherlich nur schaden würde.

»Zeit an der Küste zu verbringen ist das Beste, was wir je getan haben«, sagte er zu mehr als einem Menschen und schwärmte vom heilsamen Meer und der erholsamen Seeluft.

Clementine, Rima und Eric gingen kurz die Gegend erkunden, damit sich Penny und ihr Onkel unterhalten konnten.

Derweil erkundigte sich Eric nach seinen Freunden, die er eine Weile nicht gesehen hatte, um sie später auf einen Drink einzuladen. Penny erzählte Onkel David, dass Francesco weggegangen war. Sie wusste nicht, warum sie es ihm nicht schon früher erzählt hatte. Sie fragte sich, ob es Francescos Weggang hätte wichtiger erscheinen lassen, wenn sie es ihm gesagt hätte. Wochenlang hatte sie versucht, sich einzureden, dass dem nicht so war. Sie hatte versucht, Francesco an jenem Morgen, noch bevor sie aus dem Bett stieg und kurz davor war, die Nerven zu verlieren, anzurufen, doch am anderen Ende der Leitung hörte man deutlich einen ausländischen Freizeichenton. Sie schickte keine Nachricht, um weiter nachzuhaken: Er würde den verpassten Anruf schon sehen. Das war ausreichend.

»Das ist sehr schade«, sagte Onkel David, sah sich in der Wohnung um und nahm die Veränderungen wahr, die Penny vorgenommen hatte. »Ich mochte Francesco sehr. Ich mochte es, dass er hier bei dir war.«

»Nun«, sagte Penny und bot einen Teller mit Kuchen an. »Lass mich dir sagen, er konnte ein richtiges Arschloch sein.«

Onkel David schüttete sich Sahne in den Kaffee. »Können wir das nicht alle?«, sagte er milde.

»Nein«, sagte Penny. »Ich meine besitzergreifend. Böse. Launisch. Und eifersüchtig.«

»Dir gegenüber?«

»Ja.«

Onkel David dachte über diese Aussage nach. »Und du?«, fragte er schließlich.

»Was meinst du mit ›Und du?‹?«

»Warst du ihm gegenüber böse und launisch?«

Penny dachte darüber nach. Sie empfand für ihn so selten etwas anderes als Begeisterung. Er ließ alles noch *aufregender* erscheinen. Selbst in der Küche, nach der Arbeit, als sie zusammen Pasta aßen. Für eine Weile brauchte sie nichts anderes.

»Ich habe ihm nichts vorgespielt oder so«, sagte sie schließlich. »Ich war in seiner Gegenwart einfach ich selbst.« Als sie das sagte, dachte sie sofort darüber nach, wie das klang. Sie konnte bei ihm sie selbst sein, ein Privileg, das so kostbar war.

»Hmmm«, sagte Onkel David.

»Wie auch immer«, sagte sie und wechselte das Thema. Dieses Analysieren langweilte sie. Es gab verdammt noch mal kein »wir«, wenn er ihre Anrufe nicht entgegennahm. »Wie geht es dir? Du siehst hundertmal besser aus als früher. Schon seit Weihnachten. Es ist so schön, das zu sehen.«

Onkel David nickte. »Es geht mir gut«, sagte er. »So viel besser. Das liegt an der Meeresluft. Und Eric – er ist in Cornwall so viel glücklicher. Er hatte schon vor langer Zeit mit dem Pub abgeschlossen, lange bevor ich bereit war, es zuzugeben.«

»Ich weiß, wie sich das anfühlt«, erwiderte Penny und wünschte sich sofort, es nicht gesagt zu haben. Es gab keinen Grund dazu.

»Ich dachte, du wärst glücklicher«, bemerkte Onkel David. »Ich dachte, du würdest aufblühen.«

»Ich habe mein Bestes getan«, sagte sie leise.

Onkel David seufzte. »Ich bin also der Einzige, der hier sein will«, verkündete er. »Und alle anderen sind nur meine Gefangenen.«

Penny wusste nicht, was sie antworten sollte. Es war gar nicht so weit von der Wahrheit entfernt. Er hatte zuerst Eric und danach Penny seinen Willen aufgezwungen.

»Willst du den Pub denn niemals verkaufen?«, fragte Penny sanft.

»Ich glaube, ich sollte wohl besser anfangen, darüber nachzudenken«, sagte er, und Penny atmete kaum, da sie diesen

Gedankengang nicht unterbrechen wollte. Hatte er wirklich gerade behauptet, er würde über einen Verkauf nachdenken? Penny saß ganz still da. Sie wartete.

Schließlich fuhr er fort: »Es bricht mir das Herz, aber … ich glaube, es ist an der Zeit, oder?«

Penny schüttelte den Kopf. »Ich kann diese Entscheidung nicht für dich treffen«, entgegnete sie.

»Ist schon gut«, sagte David. »Ich habe zu viel von dir gefordert. Mit jeder Woche, in der es mir besser ging, klangst du weniger wie du selbst. Ich dachte wirklich, ich würde das Richtige tun. Ich habe wirklich gedacht, es würde dir hier gefallen. Ich dachte tatsächlich, du würdest den Bib Gourmand bekommen und es würde dir Lust auf mehr machen.«

»Du kannst nicht zurückkommen?«

»Ich muss darüber nachdenken, was das Beste ist. Wir sind so glücklich in Cornwall – Eric ist so glücklich in Cornwall. Er steht endlich an erster Stelle, und so sollte es auch sein, statt dass der Pub immer nur an der ersten Stelle steht. Clementine sagt, ich wäre dir gegenüber unfair gewesen. Glaubst du das auch?«

»Ich glaube gar nichts, Davvy. Ich würde für dich zum Mond und wieder zurückfliegen.«

»Das bedeutet aber nicht, dass ich dich darum bitten sollte«, sagte er lächelnd. »Ich bin so beeindruckt von dem, was du hier geleistet hast«, fuhr er fort. »Kannst du mir sagen, dass du merkst, wie beeindruckend das ist?«

Penny zuckte mit den Schultern. »Wir haben alle hart gearbeitet«, sagte sie. »Und ich glaube, wir sind alle stolz.«

Eric erschien in der Tür.

»Worüber flüstert ihr beiden?«, fragte er neckend. Er fügte hinzu: »Oooh, Kaffee, toll. Ich brauche was zum Aufwärmen.«

Onkel David warf Penny einen Blick zu.

»Mach dir nichts draus«, sagte er, bevor er hinzufügte: »Hast du jemanden getroffen? Wer kann später noch auf einen Drink vorbeikommen?«

Penny erlebte eine Achterbahn der Gefühle. Sie freute sich über das, was David gesagt hatte. Sie bedauerte es, ihren Aufenthalt in Havingley nicht anders wahrgenommen zu haben. Sie war erleichtert, dass David die Entscheidung für sie getroffen hatte. Und sie hatte auch panische Angst, denn ohne die Ausrede, sie müsse sich um den Pub kümmern, hinderte sie nichts mehr daran, eine Familie zu gründen. Jeder kannte den alten Spruch, dass es nie einen *richtigen* Zeitpunkt gibt, etwas zu tun, doch Penny hatte den Eindruck, dass der Zeitpunkt für sie nicht passender sein könnte. Sie konnte zurück ins Bridges, zurück in ihre Wohnung, den Job als Chefköchin in Teilzeit beibehalten, wenn das Baby da war, und dann … na ja. Wie es dann weitergehen würde, wusste sie nicht. Würde sie halbtags arbeiten? Würde sie eine Kinderbetreuung finden? Würde sie sparsam leben und das Café eine Zeit lang sich selbst überlassen? Wie auch immer die Entscheidung aussehen sollte, es gab Alternativen. Penny verstand zum ersten Mal seit Langem, was das bedeutete. Optionen. Entscheidungen. Sie hatte endlich wieder ihr eigenes Schicksal in der Hand, und somit war der Zeitpunkt erschreckend, berauschend, perfekt – er war da!

»Ich muss mit dir reden«, sagte Penny zu Clementine. »Ich muss dir ein paar Gedanken und Gefühle mitteilen.«

»Schockierend«, sagte Clementine lächelnd.

»Onkel David hat mir gerade erzählt, dass er verkaufen will.«

»Was?!«, sagte Clementine. »Echt?«

»Ja. Ich kann zurück ins Bridges. Ich bin frei!«

Clementine umarmte ihre Schwester. Sie fragte noch immer leise: »Wann?«

Penny zuckte mit den Schultern. »Wahrscheinlich nicht so bald, aber er wird den Prozess in Gang setzen.«

»Verstehe«, sagte Clementine. »Nun. Oh Gott! Das ist so wunderbar für dich! Versteh mich nicht falsch, natürlich bin ich traurig, dass dieser Ort nicht mehr Teil unserer Familie sein wird. Es ist auf jeden Fall die richtige Entscheidung, aber wir sind hier aufgewachsen.«

Penny verstand, was sie meinte. »Ja«, sagte sie. »Aber.«

»Aber«, sagte Clementine und nickte.

»Es ist nicht meine Aufgabe, das zu bewahren.«

»Das ist es wirklich nicht«, sagte Clementine.

Beide schwiegen kurz über dieser Erkenntnis.

»Willst du immer noch meine Leihmutter sein?«, fragte Penny schließlich.

Clementine drehte sich zu ihr um. »Bist du sicher, dass du bereit bist?«

Penny stieß einen kleinen Freudenschrei aus, wobei sie darauf achtete, dass ihre Onkel nichts mitbekamen. »Total bereit!«, sagte sie. »Jetzt, da ich frei bin!«

»Und, wie fühlt es sich an«, fragte Christina, »jetzt, da Sie ehrlich zu den Männern waren, mit denen Sie zusammen waren?«

»Leichter«, sagte Penny, die wieder in dem mit Ikea-Möbeln eingerichteten Zimmer ihrer Therapeutin saß, mit einem Taschentuch in der Hand. »Ich habe früher viel geweint. Zum Beispiel habe ich geweint, wenn ich mir in der Küche die Hand verbrannt habe, was, nun ja, ständig passiert, weil ich Köchin bin, wobei wir buchstäblich darauf trainiert sind, den Schmerz zu ertragen. Oder ich habe vor dem Fernseher geweint, nicht nur bei Filmen oder so, sondern auch bei der Werbung. Seit all diesen Ereignissen habe ich kein einziges Mal geweint. Ich glaube, es ist einfach …«

»Erzählen Sie weiter«, sagte Christina.

»Das Leben kann überfordernd sein, nicht wahr?«

»Ja, das kann es.«

»Und ich glaube, ich war komplett überfordert. Und nicht sehr gut darin, um Hilfe zu bitten. Ich habe mich schlecht gefühlt, weil ich Hilfe benötigt habe, und das hat mich durcheinandergebracht. Nach unserem ersten Gespräch ging es mir sogar schon besser.«

»Das freut mich zu hören«, sagte Christina und notierte etwas.

»Und ich bin Ihrem Rat gefolgt, ich habe darüber nachgedacht, was ich will. Die Antwort macht mir zwar Angst, aber ich wünsche mir nichts sehnlicher als ein Baby. Also …«

»Ja?«

»Ich habe mit meiner Schwester gesprochen.«

»Und wie fühlen Sie sich damit?«

Penny lächelte. Im Prinzip hätte sie dieses Gespräch mit einer Freundin oder ihrem Onkel führen können. Doch es war so viel einfacher, Christina gegenüber ehrlich zu sein, da sie noch nie einem der Menschen begegnet war, über die Penny sprach.

»Ich freue mich richtig«, sagte Penny. »Es fühlt sich so an, als würde ich tatsächlich meine Zukunft in die Hand nehmen, als hätte ich es verdient.«

»Sie haben es verdient.«

»Ich denke nicht, dass ich das jemals geglaubt habe. Seit der Krebserkrankung habe ich die Dinge geschehen lassen. Vielleicht sogar schon vorher. Sogar die Tatsache, dass ich Köchin geworden bin, ist mir *passiert*. Ich bin da hineingestolpert.«

»Ich glaube nicht, dass das ungewöhnlich ist. Viele Menschen ziehen es vor, was ihr Glück betrifft, passiv zu bleiben, weil es sich sicherer anfühlt.«

»Das ist furchtbar«, sagte Penny. »Ich möchte nicht so sein.«

»Die gute Nachricht ist«, sagte Christina, »dass ich nicht glaube, dass Sie so sind. Nicht mehr.«

25

Ich bin durchgedreht«, sagte Penny zu Sharon, die endlich zu Besuch kam. »Ich bin schier durchgedreht, weil mir langweilig war und ich Ablenkung brauchte. Jetzt sind all meine Ablenkungen weg, und ich bin wieder da. Ich bin fokussiert.«

»Auf was denn genau fokussiert?«, fragte Sharon. Sie machten einen kurzen Spaziergang durch das Dorf, damit Sharon die Gegend kennenlernen konnte, in der Penny seit einem Jahr lebte. Sie gingen an Hundesittern vorbei, die Penny kannte, und winkten den Lebensmittelhändlern und den Menschen im Postamt durch die Schaufenster zu. Penny war stolz. Der Ort, von dem sie nicht ganz überzeugt war – wie jeder in ihrem Leben wusste –, war ihr Zuhause geworden.

»Du kannst ehrlich zu mir sein. Ich werde dir keine Vorwürfe machen. Wenn es dir dann immer noch nicht gut geht, können wir darüber reden.«

Sie gingen zurück durch die Straße, in der der Pub in der Ferne stand, und Penny schaute in seine Richtung, während sie sprach.

»Ein Baby. Ich werde es tun. Clementine hat diese Woche ihre Tests, um festzustellen, ob sie als Leihmutter infrage kommt, und vorausgesetzt, dass sie es tut … Wir werden es versuchen. Wir haben alles abgemacht.«

»Oh, Babe«, sagte Sharon lächelnd. »Komm her!« Sie blieb stehen und umarmte Penny. »Das sind wunderbare Neuigkeiten. Oh, ich freue mich so sehr für dich. Ich bin überglücklich! Nach allem, was du durchgemacht hast – dieses Jahr, dein ganzes Leben –, finde ich das großartig. Du hast schon so lange davon gesprochen.«

Penny grinste. »Danke«, antwortete sie. »Sogar Onkel David hat es akzeptiert. Ich glaube, er fühlt sich ein bisschen schuldig, weil er mich von dem abgehalten hat, was ich wirklich wollte, da er sich Sorgen um mich gemacht hatte. Aber er hat es jetzt verstanden – ich will nicht die Food-Welt erobern. Ich will einfach nur Mutter sein.«

»Und darf ich nach Francesco fragen?«

»Immer noch nichts. Ich habe ihn ein paarmal per WhatsApp angeschrieben, aber keine Antwort erhalten. Mir war nicht klar, dass ich ihm so wehgetan habe. Ich dachte, er hätte einen Wutanfall, der nicht von Dauer sein würde.«

»Und ist er in Italien?«

»Soviel ich weiß, ja. Das nennt man dann wohl Abschluss.«

Die beiden gingen durch den Vordereingang in den Pub, obwohl Penny normalerweise den Hintereingang benutzte, wenn geschlossen war. Als sie durch die alte Vordertür trat, stieß Charlie die zweite Tür auf, die zur oberen Bar führte.

»Oh mein Gott«, sagte Charlie. »Bib Gourmand.«

»Was ist damit?«, fragte Penny, bevor sie hinzufügte: »Sharon, das ist Charlie. Charlie, das ist Sharon.«

»Freut mich, dich kennenzulernen«, sagte Sharon. »Penny sagt, du warst hier die Lebensrettungsstelle.«

Charlie schob einen Briefumschlag vor Pennys Gesicht. »Jaha!«, sagte Charlie, »und ich überbringe immer gute Nachrichten. Schau! Sieh dir den Umschlag an.«

Sie betraten alle die eigentliche Bar, und Penny sah das Logo des Michelin-Führers auf dem Briefumschlag neben dem Poststempel.

»Scheiße«, sagte sie.

»Gute Scheiße oder schlechte Scheiße?«, fragte Sharon.

»Wunderbare Scheiße«, erwiderte Charlie. »Es handelt sich um die Auszeichnung, der wir hinterhergejagt sind.«

Penny hielt den Umschlag vor sich und starrte auf das Logo.

»Es werden doch keine schlechten Nachrichten sein, oder?«, sagte Charlie. »Sie würden uns doch nicht schreiben, falls sie hier waren und der Pub ihnen nicht gefallen hat.«

Penny nickte. »Stimmt«, sagte sie. »Klar. Natürlich.« Sie drehte den Umschlag um und begann ihn aufzureißen. Sie zitterte leicht, und Sharon legte die Hand auf ihre Schulter.

Penny nahm das eine Blatt aus dem Umschlag heraus und klappte es auf. Sharon schaute ihr über die linke Schulter, Charlie über die rechte. Die drei lasen den Brief gemeinsam.

»Ja!«, schrie Charlie. »Yes, yes, yes!«

»Du meine Güte«, sagte Penny und schaute auf. »Wir haben es geschafft. Wir haben es geschafft!«

Sharon schaute von Charlie zu ihrer Freundin rüber. »Ihr habt es geschafft?«

Penny nickte und sprang hoch. »Wir haben es geschafft!!«, schrie sie, stürzte sich auf Charlie, um ihn zu umarmen, und dann auf Sharon, und dann umarmten sich alle drei, sprangen auf und ab und schrien immer wieder: »Wir haben es geschafft!«

Penny riss sich los. »Ich kann es nicht fassen! Ich kann es echt nicht fassen.«

»Kannst du nicht?«, sagte Charlie. »Ich schon. Schau nur, was du aus diesem Pub gemacht hast, Babe. Du hast wirklich etwas daraus gemacht. Du hast ihn auf das nächste Level gebracht. Ich wusste, dass wir die Auszeichnung bekommen würden. Ehrlich. Ich hatte es im Gefühl.«

»Hast du eine Ahnung, wer? Wann?« Penny wandte sich an Sharon und erklärte: »Niemand weiß, wer die Prüfer sind, wie sie aussehen, nichts. Man kann sich nicht darauf vorbereiten. Man erfährt erst im Nachhinein, ob es sie überzeugt hat.«

»Ich habe keine Ahnung, wer es gewesen sein könnte. Vor zwei Monaten war da mal eine Frau, die sehr viele Fragen zur

Tageskarte gestellt hat, ganz konkrete Fragen, doch ich dachte nur, sie sei eine, die mal ein Kochbuch von Nigella Lawson gelesen hätte und nun mit ihrem Wissen angeben wollte. Vielleicht war sie es?«

»Nun, Gott segne sie«, sagte Penny. »Dank sei ihr!«

»Wirst du es ihm sagen?«, fragte Charlie. »Geh und ruf ihn an!«

Penny wünschte sich, Francesco wäre anwesend, um den Brief selbst zu sehen. Sie würde ihn abfotografieren und ihm schicken müssen. Vielleicht würde er dann endlich mal antworten.

»Ich hoffe allerdings, dass er dadurch nicht einen weiteren Herzinfarkt erleidet«, fuhr Charlie fort. Erst jetzt wurde Penny klar, dass Charlie über ihren Onkel sprach.

»Ich werde ihn jetzt anrufen«, sagte sie enttäuscht. Sie hatte gedacht, sie könnte es als Ausrede nutzen, um endlich Francesco zu erreichen, doch sie musste zuerst ihren Onkel anrufen. »Er wird überglücklich sein.«

Das war er auch.

Francesco spazierte an jenem Nachmittag mit einer Freundin durch die Arkaden inmitten von Bologna, als sein Handy piepste. Die terrakottafarbenen Gebäude leuchteten golden in der Nachmittagssonne und speicherten die Tageshitze, sodass es sich wärmer anfühlte, als es eigentlich war. Lucia hatte Francesco in seiner Geburtsstadt mit offenen Armen empfangen, doch sie wusste, dass ihr ältester Freund aus Kindertagen sehr traurig war.

»Wie heißt sie?«, fragte sie, als sie sich zum Aperitif auf ihrer Lieblingspiazza trafen. Es war die gleiche Piazza, auf der Francesco seine erste und einzige Zigarette geraucht hatte – während eines Besuchs, als seine Familie noch in Deutschland lebte –, dieselbe Piazza, auf der er Giulia Fernando geküsst hatte, als er zwischen seinem Aufenthalt in Deutschland und jenem in den Vereinigten Arabischen Emiraten auf Besuch kam, und dieselbe Piazza, auf die er mit Lucia und den alten Herren der Stadt Schach spielte, während sie sich Schachzüge auf einem schwarz-weißen Brett ausdachten und sich deren glückliche Lebensgeschichten anhörten.

Er aß sein *gelato al pistacchio* fertig und genoss dabei den weichen, nussigen Geschmack. Lucia sah einen Bekannten und drehte sich um, um ihn mit Küssen und einem Hallo zu begrüßen, während Francesco sich die Hände abwischte und den Becher in den Mülleimer warf. Er holte sein Handy hervor und sah ihren Namen auf dem Display. Penny.

Er atmete tief durch.

Es war keine Nachricht, nur ein Foto von einem Blatt Papier.

Am oberen Rand des Displays stand das Wort »online« unter Pennys Namen.

Penny saß im Red Panda am unteren Ende der Treppe, umklammerte ihr Handy und sah zu, wie die Nachricht an Francesco zugestellt wurde. Ein Häkchen bedeutete »gesendet«, ein zweites »empfangen«. Es wurde blau, als er online ging und die Nachricht las.

Francesco zoomte in Bologna den Brief heran. Der Bib Gourmand. Das Red Panda war mit dem Bib Gourmand ausgezeichnet worden, und es gab einen ganzen Satz über das Dessertmenü. *Eine prägnante und umfassende Entdeckungsreise des Geschmacks, der Konsistenz und der fantasievollen Geschmacksrichtung am Ende der Mahlzeit, mit viel Know-how und Liebe zubereitet.*

Mit viel Know-how und Liebe zubereitet, staunte er.

Penny beobachtete, wie sich das Wort unter Francescos Namen von »online« in »schreibt« umwandelte. Sie wartete eine qualvolle Minute darauf, dass seine Nachricht durchkam. Vielleicht würde er ihr gratulieren. Vielleicht würde er sie bitten, keine weiteren Nachrichten zu schicken. Vielleicht würde er anbieten, zurückzukommen, wenn es das war, was sie gemeinsam erreichen konnten.

»Francesco, *vieni qui*«, forderte ihn Lucia auf, die mit ihren Freundinnen zusammenstand. Es waren zwei Frauen. Eine davon errötete heftig. Francesco sperrte sein Handy und steckte es wieder in seine Tasche, während er hinüberging.

Penny sah am unteren Ende der Treppe, wie das »schreibt« verschwand. Keine Nachricht. Er war nicht länger online. Er war nicht länger mit ihr verbunden, egal, wo er sich gerade befand.

***

Der Pub wurde sofort zum Kauf angeboten; da er nun den Bib Gourmand hatte, wurde er sogar höher bewertet. Onkel David hatte gesagt, dass jedes Pfund, das über dem erwarteten Verkaufspreis lag, an Penny gehen sollte, für alles, was sie getan hatte – doch sie sagte, sie würde das nicht annehmen. Onkel David und Eric zogen vorübergehend zurück ins Red Panda, um sich um ihre Angelegenheiten zu kümmern, und Penny teilte sich die Schichten mit David, damit er nicht die ganze Zeit über arbeiten musste. Der Pub blieb von Sonntagabend bis Mittwochmorgen geschlossen, David übernahm die Tagesschichten, Penny die am Abend. Nach ihrer Sonntagsschicht fuhr sie nach London, um nach ihrem Café zu sehen und sich auf ihre Zukunft vorzubereiten, indem sie auch Termine in der Kinderwunschklinik vereinbarte.

Clementine begleitete sie und hatte eine Untersuchung nach der anderen, um sicherzugehen, dass ihre Gebärmutter ein gastfreundliches Zuhause für Pennys Embryos sein würde. Es war erstaunlich, wie sehr sich ihr Leben im Einklang befand. Clementine durfte eine sechsmonatige bezahlte Auszeit von ihrem Job nehmen, nachdem Stella von ihrem Vorhaben erfahren und die Idee voll und ganz unterstützt hatte. Clementine würde als Beraterin fungieren und zwei Monate voll bezahlten Mutterschaftsurlaub bekommen und danach die Hälfte des Gehalts, falls nötig. Penny hatte so lange gegen sich selbst und ihre Umstände gekämpft, dass sich die darauffolgenden unkomplizierten Monate fast wie eine Falle anfühlen konnten – nur hatte sie nicht lange genug innegehalten, um darüber nachzudenken. Ihr Motto lautete: *Ich akzeptiere alles Gute, das mir im Leben widerfährt*. Es war ein bisschen gaga, doch sie war entschlossen, dieses Motto bei jeder Entscheidung, die sie traf, und bei jedem Schritt, den sie in Richtung neues Leben machte, anzuwenden.

Was, wenn es einfach sein soll?, wagte sie sich zu fragen.

Clementine musste am ersten Tag ihrer Periode in der Klinik anrufen, um ihre Gebärmutterschleimhaut untersuchen zu lassen. Danach wurde sie alle paar Tage untersucht. Am zwölften Tag war sie nach den Angaben der Ärztin bereit für den Eingriff.

Penny hatte sich am Tag des ersten Embryotransfers damit abgefunden, dass es nicht auf Anhieb klappen würde. Sie wollte sich keine Hoffnungen machen oder alles auf einmal erwarten. Wenn das Leben einfach sein sollte, bedeutete das, zu verstehen, dass alles nach Plan ablaufen würde; noch mehr daran zu klammern, würde nichts am Lauf der Dinge ändern.

»Nun, das ist alles ganz unkompliziert«, erklärte die Ärztin. »Da Ihre Eizellen bereits befruchtet sind, müssen sie nur eingesetzt werden. Es ist ein bisschen wie beim Abstrich: Man benötigt keine Narkose, Sie sind wach, nach fünf Minuten können Sie aufstehen.«

»Und was passiert danach?«, fragte Clementine. »Wenn ich stehe oder auf die Toilette muss …?«

Die Ärztin lächelte. »Sie meinen, ob der Embryo herausfällt, wenn Sie diese Dinge tun?«

Penny lachte auf.

»Was?!«, sagte Clementine. »Lach nicht! Falls es dir noch nicht aufgefallen ist, ist das eine ziemlich wichtige Aufgabe, die mir hier übertragen worden ist! Ich will es nicht vermasseln!«

»Alles wird danach in Ordnung sein«, sagte die Ärztin. »Gehen Sie einfach Ihrem Alltag nach.«

»Gut«, sagte Clementine. »Ich bin bereit. Lassen Sie uns beginnen.«

»Ich lasse Sie allein, um sich umzuziehen. Machen Sie sich unten frei, legen Sie Ihre Beine in die Fußstützen und versuchen Sie, Ihren Po so nah wie möglich an den Rand des Stuhls zu bringen. Bedecken Sie sich mit diesem Tuch. Ich komme in zwei Minuten wieder, ja?«

»Alles klar«, sagte Clementine.

Penny schaute sich die Poster an der Wand an, während ihre Schwester sich auszog. »Bist du aufgeregt?«, fragte sie. »Kann ich etwas für dich tun?«

»Nee«, sagte Clementine. »Ganz ehrlich, ich bin superentspannt. Geht es *dir* gut?«

»Mir geht es gut«, sagte Penny. »Denke ich zumindest.«

Es klopfte leicht an der Tür. »Darf ich hereinkommen?«, fragte die Ärztin.

»Ja!«, antworteten beide Frauen gleichzeitig.

»Also, Clementine, wenn Sie Ihren Po noch ein bisschen tiefer …«

Clementine rutschte noch ein Stück auf dem Untersuchungsstuhl hinunter.

»Ich werde jetzt den Katheter durch Ihren Gebärmutterhals in die Gebärmutter einführen. Es ist vielleicht ein bisschen unangenehm, aber es sollte nicht wehtun, ja?«

»Gut.«

Aus meinen Eizellen könnte ein Baby entstehen, dachte Penny. *Jeden Augenblick könnte ein Baby daraus werden.*

»Das ist dann alles!«, sagte die Ärztin kurze Zeit später. »Bleiben Sie noch ein paar Minuten hier liegen, dann können Sie sich wieder anziehen. Und versuchen Sie nicht, irgendetwas in die Veränderungen Ihres Körpers, die Sie zu spüren glauben – Brüste oder Blähungen oder sonst etwas –, hineinzuinterpretieren. Es könnten nur Nebenwirkungen der Hormone sein, deshalb ist es wichtig, zu Hause keinen Schwangerschaftstest durchzuführen. Sie könnten ein falsch-positives Ergebnis erhalten, und wenn man so angespannt ist, dann ist es besser, uns das Ganze zu überlassen, okay? Ganz egal, wie sehr Sie sich einreden, schwanger zu sein. Kommen Sie in zwei Wochen zur Blutabnahme – die Arzthelferin wird Ihnen sagen, wann.«

Die Schwestern nickten. Das war's.

»Ich bin von ihrem Vorschlag, uns nun zu entspannen, beeindruckt«, sagte Penny, als die beiden die Praxis verließen. »Als ob es nicht die wichtigste Sache wäre, die je passiert ist.«

»Nun, ich weiß, ich sollte aufgeregt sein und so, aber um ehrlich zu sein«, antwortete Clementine, »bin ich im Moment einfach am Verhungern. Wollen wir etwas essen gehen?«

Penny nickte. »Ja, auf jeden Fall. Ich würde ja sagen, lass uns mit einem Glas Champagner darauf anstoßen, aber das geht natürlich nicht. Du weißt schon, nur für den Fall …«

Clementine lächelte. »Komm, ich lade dich in Berners Tavern ein.«

»Nein, nein, nein!«, sagte Penny. »Natürlich lade *ich* dich zum Mittagessen ein!« Sie hakte sich bei Clementine unter. »Hier entlang«, sie zeigte ihrer Schwester den Weg. »Ich kenne eine Abkürzung.«

Die beiden bogen um die Ecke in eine ruhige, Marstall-ähnliche Gasse. Direkt vor ihnen stand ein großer Mann mit olivfarbenem Teint.

»Er sieht aus wie …«, setzte Clementine an.

»Hallo, Francesco«, sagte Penny.

Sie hatten ihn entdeckt, bevor er sie gesehen hatte, und man konnte ihm den Schreck am Gesicht ansehen, als er völlig blass wurde.

»Penny«, sagte er.

Clementine schaute von Penny zu Francesco.

»Ich dachte, du seist in Italien«, sagte Penny.

»War ich«, erwiderte er. Mehr sagte er nicht. Es war, als ob er nicht reden wollte, doch er machte auch keine Anstalten wegzugehen. Er sah, ehrlich gesagt, verblüfft aus.

»Machst du hier Urlaub oder …?«

»Ich hatte ein Vorstellungsgespräch. Ich vermisse London.«

»Ich weiß, wie sich das anfühlt«, sagte Penny und versuchte, ihn zum Lächeln zu bewegen. »Ich komme auch wieder zurück. Onkel David verkauft den Pub.«

»Oh«, antwortete er, immer noch ziemlich teilnahmslos. »Da musst du ja sehr glücklich sein«, fügte Francesco hinzu. »Das hast du dir doch gewünscht.«

Die Anspannung war unerträglich.

»Francesco …«, sagte Penny.

Er hob eine Hand. »Bitte nicht«, sagte er. »Mir geht es gerade wieder etwas besser. Tu's einfach nicht, okay?«

Penny nickte und biss sich auf die Lippe.

»Ich muss los. Bis dann. Bye, Clementine.«

Clementine flüsterte: »Bye, Francesco.« Er ging weiter. Sie standen einen Augenblick lang da, um zu verarbeiten, was gerade geschehen war.

»Weißt du was?«, fragte Clementine. »Wie wäre es, wenn wir bei Deliveroo etwas zu mir nach Hause bestellen würden? Ich glaube, ich möchte lieber nach Hause.«

»Ja«, sagte Penny. »Gut.« Sie drehte sich um, um zu sehen, in welche Richtung er ging. »Oje!«, sagte sie.

»Ja«, stimmte Clementine zu.

Zu Hause lagen die Schwestern auf Pennys Bett in Clementines Gästezimmer, die Beine an der Wand ausgestreckt und mit Kissen unter ihren Köpfen.

»Geht es dir gut?«, fragte Clementine.

»Mir?«, entgegnete Penny. »Geht es *dir* gut?«

»Mir geht es prima«, sagte Clementine, die schon immer die Entspanntere gewesen war. Sie massierte ihren Bauch. »Komm schon, Bäuchlein!«, sagte sie. »Mach ein Baby!«

Penny lehnte sich rüber. »Darf ich?«, fragte sie und bat um Erlaubnis, sie zu berühren.

»Mein Körper ist dein Körper«, sagte Clementine. »Klar darfst du.«

»Komm schon, Bäuchlein!«, sagte Penny. »Mach ein Baby!«

Sie lagen da.

»Meinst du, wir sollten beten oder so?«, fragte Clementine.

»Zu Gott?«

»Oder was auch immer. Zu wem auch immer.«

»Ja«, sagte Penny, während sie darüber nachdachte. »Wir können doch ein paar Vibes aussenden, oder? Ein paar gute Vibes.«

»Ja«, sagte Clementine. »Komm, nimm meine Hand.«

Penny streckte ihren Arm aus, und Clementine verschränkte ihre Finger mit denen ihrer Schwester. »Na gut«, sagte sie. »Liebe oder lieber … wer auch immer oder was auch immer uns hören kann.«

»Mum«, sagte Penny schlicht.

Clementine drehte sich um und schaute ihre Schwester an, die ihren Blick erwiderte.

»Mum kann uns hören«, sagte Penny, und Clementine drückte zweimal ihre Hand.

»Mum«, sagte Clementine, während sie erneut die Decke anstarrte. »Du bist jetzt hier bei uns. Wir können es spüren.«

»Wir haben es den ganzen Tag über gespürt«, sagte Penny.

»Und wir lieben dich – wir werden nie aufhören, dich zu lieben, und wir wissen, dass du jeden Tag an unserer Seite bist, und jeden Tag beten wir für dich und hoffen, dass wir dich stolz machen. Wenn wir dich nur um einen kleinen Gefallen bitten könnten – wenn es dir nichts ausmacht … Wir haben uns gefragt, ob du dafür sorgen könntest, dass Pennys Baby in meinem Bauch wächst, schön, groß, stark und gesund.«

»Jede Unterstützung deinerseits wäre wirklich toll«, sagte Penny und versuchte, die Stimmung aufzulockern.

»Ja«, sagte Clementine und fing an zu weinen. »Es wäre wirklich eine tolle Sache, unseren Stammbaum zu erweitern.«

»Du wärst unser Champion.«

»Unser VIP.«

»Die mutige Mama.«

»Danke, Mum«, sagte Clementine.

»Wir vermissen dich«, sagte Penny.

»Ich spüre sie wirklich«, sagte Clementine und wandte sich wieder an ihre Schwester. »Sie ist hier bei uns. Ich fühle mich wohl und beschützt.«

»Ich auch«, sagte Penny. »Ich fühle mich wohl und beschützt, weil du auch hier bist. Ein Dankeschön wird nie ausreichen für all das hier.«

»Pst«, sagte Clementine. »Du musst es mir nicht ständig sagen.«

Pennys Handy klingelte. Geistesabwesend griff sie mit ihrer freien Hand danach, während sie mit der anderen ihre Schwester drückte.

»Es ist Francesco«, sagte sie und setzte sich kerzengerade hin. »Oh mein Gott. Soll ich rangehen?«

Clementine sagte aus ihrer Liegeposition: »Klar sollst du rangehen. Atme aber erst einmal tief durch. Dir geht es gut, ja?«

»Gut.«

Sie wischte über das Display, um den Anruf entgegenzunehmen.

»Hallo?«, sagte sie.

»Hallo«, sagte Francesco. »Ich war mir nicht sicher, ob du rangehst.«

»Natürlich tue ich das«, antwortete Penny.

»Gut«, sagte Francesco. Sie konnte ihn am anderen Ende der Leitung atmen hören, als wäre er irgendwie außer Atem gewesen, als wäre er vielleicht gerade eine Treppe hinaufgelaufen oder dem Bus nachgerannt.

»Hast du schon eine Antwort nach dem Jobinterview erhalten?«, fragte Penny.

»Noch nicht. Vielleicht morgen«, antwortete Francesco. »Hör mal. Ich kann es irgendwie nicht fassen, dass ich dir vorhin begegnet bin. Ich bin froh, dass das passiert ist.«

»Ich auch.«

»Es hat mich daran erinnert, wie wir uns an dem Abend damals bei Dofis Restauranteröffnung getroffen haben. Es war unsere zweite Chance.«

Penny hielt den Atem an.

»Ich hätte nicht so mit dir reden dürfen, Penny. Bevor ich gegangen bin. Das war wirklich furchtbar. Ich war einfach so …«

»Ist schon gut«, unterbrach ihn Penny. »Mein Verhalten hätte meine Mutter auch nicht begeistert.«

Ein weiterer Herzschlag.

»Ich würde dich gerne treffen«, sagte er. »Meinst du … das wäre möglich?«

Penny schaute ihre Schwester an, die sich nahe herangelehnt hatte, um Francescos Worte zu hören. Clementine nickte heftig, so als wollte sie *Ja, ja, ja – sag Ja!* sagen. Doch Penny hatte keine Ahnung, was sie sich gegenseitig sagen würden. Es sei denn, sie gestand ihm ihre Gefühle. Und ihre Schwester könnte buchstäblich mit ihrem Baby schwanger sein, also wozu sollte das alles noch gut sein? Sie würde ihm ihre Liebe gestehen und ihm gleichzeitig sagen, dass sie eventuell ein Kind bekommen würde? Das war wohl kaum ein verlockendes Angebot, oder? Sie hatte sich bereits für einen Weg entschieden.

»Na gut«, sagte sie leise. »Wenn du magst. Aber kann ich dir vorher etwas sagen?«

»Ja.«

»Clementine hatte heute eine künstliche Befruchtung. Mit meinem Embryo. Als meine Leihmutter.«

»Wow!«

»Ja.« Penny spürte, wie sich der Blick ihrer Schwester auf sie richtete. »Ich wollte nur, dass du das weißt«, sagte sie. »Ich weiß, es ist komisch.«

»Gut. Danke.«

»Sag mir Bescheid, wenn du dich mit mir treffen willst«, sagte sie. Damit deutete sie ihm an, dass sie das mit der Leihmutterschaft weiter probieren würde, auch wenn er sich anders entscheiden würde und aus der unerwünschten Situation entkommen wollte.

»Bleibst du länger in London?«

»Erst mal zwei Tage, und nächste Woche bin ich wieder für zwei Tage hier. Ab Mai wohne ich dann hoffentlich wieder dauerhaft hier.«

»Morgen also?«

Penny atmete tief ein und aus. »Ja. Gut. Morgen.«

»Lass mich einen Treffpunkt überlegen, dann schicke ich dir eine Nachricht«, sagte er, bevor er auflegte.

Penny konnte nicht schlafen. Clementine könnte schwanger sein. Sie sollte sich mit Francesco zum Frühstück treffen. Ihr Onkel war mit Eric im Pub und erledigte die letzten Formalitäten für einen möglichen Verkauf, der ihr zu einer Finanzspritze von fast dreißigtausend Pfund verhelfen könnte – genug für etwa zwei Jahre Mutterschaftsurlaub, wenn es so weit sein sollte. In einem Monat sollte sie ins Bridges zurückkehren und hatte bereits neue Ideen für die Sommerkarte. Es wäre so wunderbar, wieder nur tagsüber zu arbeiten.

»Bist du wach?«, fragte Clementine durch den Türspalt. Penny übernachtete bei ihr, da Stuart noch in ihrer Wohnung wohnte. Außerdem wollte Penny in der Nähe ihrer Schwester sein.

»Ich war die ganze Nacht über wach«, sagte Penny.

»Ich auch«, sagte Clementine. »Es tut sich so viel.«

»Könntest du mir diese Augenpads ausleihen? Um meine Augenringe loszuwerden?«

Clementine reichte ihr eine der Tassen, die sie in den Händen hielt, und setzte sich neben ihre Schwester aufs Bett. »Na klar«, sagte sie. Aber erst mal Kaffee.«

»Ich mag deine Herangehensweise«, sagte Penny. »Danke.«

Penny überlegte, was aus ihrem Koffer sie anziehen sollte, und kramte schließlich in Clementines Kleiderschrank herum, um sich heimlich etwas auszuleihen, was diese mit ihrem Stella-McCartney-Rabatt gekauft hatte. Sie betrachtete sich im Spiegel: Jeans, ein kurzärmeliger Pullover, Veja-Sneakers und ein Regenmantel. Es erinnerte sie an ihr erstes Date mit Francesco, das ihr nun wie eine ganze Ewigkeit her vorkam. Sie hatte eine komplette Viertelstunde vor dem Spiegel herumgetrödelt, um einen natürlichen Look hinzubekommen, um frisch auszusehen, ohne den Eindruck zu erwecken, dass sie es auch nur versucht hätte. Falls Francesco sich mit ihr traf, um Abschied zu nehmen, wollte sie würdevoll und raffiniert aussehen, wenn sie seine Worte entgegennahm. Aber falls es doch einen kleinen Funken Hoffnung gab, dass er wieder mit ihr zusammen sein, ihr verzeihen wollte, wollte sie auch elegant aussehen.

»Guten Morgen«, sagte sie, als er auf sie zukam. Er trug ebenfalls Jeans und Sneakers, sah allerdings etwas blass aus. »Wie geht es dir?«

»Ich bin müde«, sagte er lächelnd. »Und aufgeregt.«

Penny schluckte. »Wirklich?«

»Hast du schon bestellt?«

»Nein, ich habe auf dich gewartet.«

Francesco machte der Bedienung in unmittelbarer Nähe ein Zeichen und bestellte einen Cappuccino und Sprudelwasser. »Was möchtest du, Penny?«

»Dasselbe«, sagte sie. »Aber mit Hafermilch. Danke.« Sie drehte sich zu ihm hin. »Warum bist du so aufgeregt?«

Er schaute sie an. »Weil ich nicht weiß, was ich tue.« Er fuhr fort: »Ich bin froh, dass ich dich gestern getroffen habe. Aber ich habe mich auch geschämt.«

»Geschämt?«

»Ich hätte nicht so mit dir reden dürfen. Ich war so wütend auf mich selbst. Das war nicht in Ordnung.«

Penny zuckte leicht mit den Schultern. »Ist schon gut. Ich glaube, ich verstehe das jetzt.«

»Was glaubst du zu verstehen?«

»Dass wir nie wirklich nur Freunde waren.«

»Ja«, sagte Francesco. Die Kellnerin brachte die Getränke. Sie sahen ihr schweigend zu, wie sie diese auf den Tisch stellte.

»Hat es dir jemals etwas bedeutet?«, fragte er mit großen Augen und ernstem Blick. »Du weißt schon. Du und ich.«

Pennys Augenbrauen sprangen in die Höhe. »Francesco, ja. Natürlich hat es das. Wenn ich die Zeit zurückdrehen könnte, hätte ich dich von Anfang an gebeten, mit mir mitzukommen, auch wenn wir erst seit drei Wochen zusammen waren. Oder ich hätte aus dem Auto steigen sollen, als ich dich mit dieser Frau gesehen habe, und dich sofort fragen sollen, was zum Teufel los war. Oder ich hätte dich später fragen sollen, anstatt dich zu ignorieren und dich auf Abstand zu halten, während ich mit anderen Männern geschlafen habe, obwohl ich mich in dich verliebt hatte.«

»Du hast dich in mich verliebt?«

»Ja. Jetzt weiß ich es. Es ist einfach alles besser, wenn du da bist. Ich weiß, ich habe keinen Hehl daraus gemacht, wie schwierig das letzte Jahr gewesen ist. Doch die Monate, in denen du bei mir warst – und nach Feierabend einfach mit mir in der Küche warst –, waren perfekt. Irgendwie ergibt alles einen Sinn, wenn du bei mir bist.«

Francesco sah aus, als würde er gleich anfangen zu weinen. »Uff!«, sagte er. »Du treibst mich in den Wahnsinn! Ich war dermaßen wütend auf dich!«

»Ich wusste nicht, wie ich es in Ordnung bringen konnte. Ich hatte das Gefühl, es verdient zu haben, ignoriert zu werden, denn es war genau das, was ich dir angetan habe.«

»Und was schlägst du nun vor?« Irgendwie lachte und weinte er gleichzeitig. Penny wollte aufstehen und ihn küssen. Stattdessen griff sie über den Tisch nach seiner Hand.

»Ich möchte mit dir zusammen sein«, sagte Penny. »Es ist chaotisch, und wir haben bereits mit der künstlichen Befruchtung angefangen, also gibt es noch eine Sache, die wir besprechen müssen. Aber ich will dich wirklich. Und ich verspreche, dass ich jeden einzelnen Tag zu dieser Entscheidung stehen werde. Ich werde nicht weglaufen oder versuchen, mich zu verstecken, oder dich wegstoßen. Ich verspreche dir, dass ich dir erlauben werde, mich zu sehen, auch wenn es wehtut, gesehen zu werden. Ich werde deine Partnerin sein und alles essen, was du kochst, und ich werde weiterhin deine Freundin sein, während ich gleichzeitig wahnsinnig und wahrhaftig Hals über Kopf in dich verliebt sein werde.«

Francesco stand auf, ging zu ihr hinüber und setzte sich neben ihr an den Tisch.

»Ich verspreche dir ebenfalls all das«, sagte er und beugte sich zu einem Kuss vor. »Penny, ich liebe dich.«

Penny riss sich los und legte einen Finger auf seine Lippen. »Nur eine klitzekleine Sache«, sagte sie.

Francesco seufzte gespielt. »Machst du Witze?«, fragte er lachend.

»Die künstliche Befruchtung.«

»Ich finde das großartig«, sagte er. »Wir kriegen das schon hin.« Er lehnte seine Stirn gegen Pennys.

»Ich bitte dich nicht darum, der Vater zu sein«, sagte Penny leise. »Das wäre … seltsam.«

»Das wäre es«, sagte Francesco. »Aber ich kann dich darin unterstützen, Mutter zu sein. Das ist unkonventionell, aber so ist alles an dir …«

»Das ist die erste Sache, die ich für mich getan habe – so

richtig für mich, weil mir mein Gefühl sagt, dass es richtig ist –, und nun weißt du es. Vielleicht – *hoffentlich!* – werde ich bald nicht mehr allein sein …«

»Ich verstehe das«, sagte Francesco. »Ich weiß, worauf ich mich einlasse.«

»Und das ist nicht inakzeptabel für dich?«

Er schaute gen Himmel, frustriert darüber, dass er sie noch nicht abgeknutscht hatte. »Nein. Ich weiß, dass du schon seit Langem Mutter werden möchtest. Das war im Grunde genommen schon dein Plan, bevor du mich kennengelernt hast. Und dann hat dich dieses gesamte letzte Jahr so aus der Bahn geworfen, und ich bin abgetaucht … Das Letzte, was ich tun will, ist, dich wieder aus der Bahn zu werfen. Wenn es dich nur mit Baby gibt, dann ist das halt so. Ich kann Onkel Francesco sein.«

Penny lachte. »Vielleicht nicht *Onkel.*«

Francesco strich ihr das Haar aus dem Gesicht und steckte es ihr hinters Ohr. Er senkte die Stimme und sagte: »Penelope Hermione Bridge, du bist die unkonventionellste Frau, der ich je begegnet bin, und wir können unsere eigenen Regeln aufstellen. Gemeinsam. Einverstanden? Wir können gemeinsam Konventionen brechen.«

»Ich liebe dich«, sagte Penny.

»Dann lass mich dich verdammt noch mal küssen«, flüsterte Francesco.

26

Zwei Wochen später warteten Penny und ihre Schwester im Besprechungszimmer der schicken Kinderwunschklinik in der Harley Street.

»Ich kann es gar nicht fassen, dass sich ein Baby hier drinnen befinden könnte«, sagte Clementine.

»Nicht«, flüsterte Penny. »Es wird wahrscheinlich nicht beim ersten Mal passieren. Lass uns uns nicht allzu verrückt machen. Bleib einfach ruhig.« Penny war selbst überrascht, wie vernünftig sie in dieser Situation reagierte. Normalerweise war es Clementine, die alle beruhigte.

Penny hatte keine Ahnung, was die Ärztin sagen würde. Clementine war in den letzten zwei Wochen sehr aufgeregt gewesen, auch wenn sie versucht hatte, es zu verheimlichen.

Pennys Handy vibrierte in der Tasche. Aus Gewohnheit griff sie danach – es war ihr nicht einmal in den Sinn gekommen, dass es jetzt an der Zeit war, es auf lautlos zu stellen.

»Francesco«, stand auf dem Display.

»Macht ihr's?«, fragte er, sobald sie ranging. »Was ist los?«

Er hatte Penny gefragt, ob sie ihn dabeihaben wollte, doch sie hatte abgelehnt. Es sollten nur sie und ihre Schwester sein. Sie hatten sich gemeinsam darauf eingelassen, und Penny wollte, dass nur sie beide zu den Terminen gingen.

»Wir warten gerade darauf, dass die Ärztin wieder ins Zimmer kommt«, sagte sie.

»Stell mich auf Lautsprecher!«

»Na gut. Aber sag nichts.«

»Versprochen«, antwortete er.

Die Ärztin kam zurück und nahm ihnen gegenüber Platz. Pennys Handy mit Francesco in der Leitung lag mit dem Display nach oben auf dem Schreibtisch zwischen den Schwestern und der Ärztin.

»Nun«, sagte sie. »Ich freue mich sehr, Clementine, Ihnen mitteilen zu können, dass Sie schwanger sind. Penny, Sie werden Mutter.«

Penny saß mit offenem Mund da, und Clementine stürzte sich auf ihre Schwester.

»Ich wusste es!«, sagte sie. »Ich konnte es spüren. Ich wusste es!«

»Sie bekommen ein Baby«, sagte die Ärztin.

»Ich bekomme ein Baby?«, fragte Penny.

Aus dem Handy auf dem Tisch ertönte Francescos Stimme.

»Scheiße! Penny! Du bekommst ein Baby!«

Penny riss sich von ihrer Schwester los. »Wie ist das möglich?«, fragte sie. »Niemand wird gleich beim ersten Mal schwanger.«

Die Ärztin lächelte. »Nun, es gab eine vierundvierzigprozentige Chance, da Sie sehr jung waren, als Sie Ihre Eizellen befruchten ließen.«

»Aber der Zufall ist nie auf meiner Seite«, sagte Penny. »Ich hätte nicht gedacht, dass es passieren würde.« Sie war vollkommen geschockt, ihr ganzer Körper angespannt.

Clementine strahlte. »Mir war so schlecht in den letzten beiden Tagen. Und meine Brüste fühlen sich schon größer an. Ich wollte dir keine Hoffnungen machen, aber … Ich denke, wir können das glauben, Pen.«

»Ich werde Mutter«, sagte Penny und lächelte.

»Du wirst die *beste* Mutter sein«, sagte Clementine und umarmte sie erneut.

»Ich freu mich so für dich, Penny!«, sagte Francesco via Lautsprecher. »Es ist genau das, was du wolltest! Und du hast es verdient!«

Epilog

Hermione spielte auf der Matte, die auf dem Boden des Cafés ausgebreitet lag. Sie war ein pummeliges, freundliches, unkompliziertes Baby, das die ganze Nacht durchschlief. Penny hätte nicht glücklicher über die ersten zwölf Lebensmonate ihrer Tochter sein können. Von dem Augenblick an, als sie Hermiones winzigen, 2,8 Kilogramm schweren Körper auf der Krankenstation weinend – besser gesagt schluchzend – in den Händen hielt, bildeten sie eine Einheit, ein Zweierteam. In jenem Augenblick wusste sie, dass sich all ihre Wünsche erfüllt hatten, und zwar auf eine Art, die sie sich niemals hätte vorstellen können.

»Sie ist ein Jahr alt, ich kann es kaum fassen!«, sagte Onkel David und stellte Gläser und einen großen Eiskübel für den Champagner auf den Tresen des Bridges. Eric stand daneben und befestigte Heliumballons an die Stuhllehnen, wobei er ab und zu fluchte, da sich seine dicken Männerfinger als ungeeignet für das Verknoten des Latex herausstellten.

»Darling, wie oft wirst du das heute noch sagen?«, fragte Eric sanft, als er endlich einen grünen Luftballon verknotet hatte.

Onkel David runzelte die Stirn, was Sharon und Luke zum Lachen brachte.

»Was ist denn so lustig?«, fragte Mia, die mit Hermione und Jonny auf der Spielmatte in der Ecke spielte.

»Onkel David, Mia«, antwortete Penny. »Er wird ganz sentimental, dabei ist es noch nicht einmal sein Geburtstag!«

In dem Augenblick ertönte leise Musik aus dem Soundsystem des Cafés, und Stuart sagte neben der Kaffeemaschine:

»Musik, Maestro, na endlich! Ohne Musik ist es keine Party!« Safiya, seine frischgebackene Ehefrau, stand neben ihm.

»Du bist so schlau, Baby«, neckte sie ihn. Er grinste sie an. Sie grinste zurück.

»Oh, großartig«, sagte Sharon, als Francesco mit zwei Tabletts voller Fingerfood aus der Küche kam. »Schau dir das an! Meine Güte, Francesco, es ist so sexy, dass du kochen kannst.«

Francesco kicherte. »Oh, ich weiß genau, wie es ist, Chefköche sexy zu finden.« Er zwinkerte, und Penny schnitt eine Grimasse, die das genaue Gegenteil von sexy war.

»Da ist sie«, sagte Francesco. »Meine heiße, gut aussehende Freundin.« Er schlenderte zu ihr herüber und gab ihr einen Kuss, den Penny mit Freuden erwiderte.

Penny hatte einige Zeit gebraucht, um alles zu verstehen – das Leben und alles, was dazugehörte – und ihre Wünsche laut zu äußern. Sie hatte Zeit gebraucht, um zu begreifen, dass sie Grenzen setzen konnte und dass Nein zu sagen genauso wichtig war, wie ein Ja zu akzeptieren. Es hatte sie sehr viel Mühe gekostet, bei sich selbst anzukommen. Doch als Penny zum allerersten Mal Hermione an ihrer nackten Brust hielt – den Hautkontakt spürte, um die Bindung von Anfang an zu fördern –, wusste sie: Sich Zeit zu nehmen ist das, worauf es ankommt. Nun konnte sie es erkennen. Im Leben geht es darum, wie man seine Probleme bewältigt, wenn man aus der Bahn geworfen wird, und nicht darum, sich selbst aus dem Rennen zu nehmen, weil man schon vorher aus der Bahn geworfen wurde. Und sieh nur, wohin das Leben sie geführt hat.

»Klopf, klopf«, sagte eine Stimme an der Tür, »ich bringe Geschenke …«

Hermione blickte zu der vertrauten Stimme auf und strahlte wie die Sonne. Es waren Tante Clementine und Tante Rima.

»Sieh mal, wen ich noch in der Nähe des Bahnhofs entdeckt habe«, fügte Clementine hinzu.

Charlie erschien neben den beiden und hielt triumphierend den Arm des Mannes neben ihr fest.

»Hier ist er!«, rief Charlie. »Hier ist Priyesh!«

Priyesh, in Anzug und Krawatte, lächelte. »Du hast mich wohl kaum gegen meinen Willen hierhergezerrt, Charlie«, sagte er ernsthaft. »Ich wollte kommen, um das Baby zu sehen. Und auch das andere Baby – das Café.«

Penny stand auf, küsste alle und nahm Hermione in den Arm, sodass alle mit dem Baby schäkern konnten, obwohl Hermione gerade in einer Phase war, in der sie nicht gerne in den Armen gehalten wurde, weil sie ihre Selbstständigkeit genoss. Doch es war, als spürte sie, dass alle ihretwegen gekommen waren, und so ließ sie sich an jenem Sonntagnachmittag von Tante zu Onkel und von Freundin zu Freund reichen, gluckste und plapperte.

Pennys Handy klingelte und vibrierte auf dem Tisch, und sie schreckte auf. Francesco nahm es und reichte es ihr.

»Thomas!«, sagte Penny und wischte über das Display, um FaceTime zu öffnen. Er tauchte auf, zuerst verpixelt, doch dann wurde er langsam schärfer. Er saß in etwas, das wie eine Umkleidekabine aussah, neben einer Frau mit langen Haaren und einem leuchtend pinken Kleid.

»Lizzo und ich wollten uns nur noch einmal dafür entschuldigen, dass wir es nicht geschafft haben«, sagte er.

Lizzo winkte in die Kamera. »Hallo, Penny«, sagte sie. »Alles Gute zum Geburtstag deines Mädchens!«

»Danke, Leute!«, sagte Penny und suchte Hermione im Raum. »Ich weiß gar nicht, wo mein Baby ist. Sie wird von allen Seiten mit Umarmungen überschüttet! Aber danke für das Geschenk. Ein komplettes Spielhaus war *sehr* großzügig.«

Thomas lachte. »Ist schon gut. Sorry noch einmal. Es war sehr lieb von dir, uns einzuladen. Wir werden dafür sorgen, dass ihr alle Tickets für das nächste Konzert in London bekommt, ja?«

»Toll! Viel Spaß beim Konzert, Lizzo!«, sagte Penny, winkte zum Abschied, legte ihr Handy wieder hin und schaute sich um. Ihr Onkel und sein Liebster, ihre Schwester mit ihrer Liebsten waren da. Sie war froh, dass sie und Thomas Freunde geblieben waren. Er kam ins Bridges, wenn er in der Gegend war, und konnte immer unglaubliche Geschichten aus seinem Tour-Leben zum Besten geben.

Dofi, die Besitzerin des Restaurants, in dem sich Penny und Francesco an jenem Abend getroffen hatten, setzte sich auf den Stuhl neben sie und sagte: »Ich freu mich so für dich, Penny. Sieh dir all das an! Sieh dir dein Leben an!«

Penny grinste.

»Danke vielmals, dass du gekommen bist«, sagte Penny. »Wir haben uns so viel zu erzählen.«

Dofi stimmte murmelnd zu. »Ja, das haben wir«, sagte sie. »Und nicht, dass ich nicht total neugierig auf deine Neuigkeiten bin, aber kannst du mir zuerst Näheres über den Mann im Anzug erzählen? Er ist saukomisch – er hat mich gerade mit einem Witz über drei Pinguine und ein Lama zum Lachen gebracht.«

»Priyesh?«

»Gibt es etwas, was ich wissen sollte?«, fragte Dofi. »Denn ich glaube, ich werde ihn fragen, wie lange er in London bleibt, und ihn vielleicht auf einen Kaffee einladen.«

Penny schaute von Dofi zu Priyesh. Sie konnte es sehen. Es ergab Sinn. »Ich möchte, dass du weißt, dass wir uns gedatet haben, als ich in Havingley gelebt habe, aber das erscheint mir Ewigkeiten her, ansonsten …«

»Oh, das stört mich überhaupt nicht«, antwortete Dofi. »Sonst noch etwas?«

Penny schüttelte den Kopf. »Er ist ein wirklich toller Kerl. Mach es.«

»Gut«, sagte Dofi. »Ich werde es gleich jetzt tun.« Sie stand auf, und Francesco setzte sich an ihrer Stelle hin. Penny küsste ihn dafür, dass er dort war, in ihrem gemeinsamen Café, ihrem gemeinsamen Unternehmen, da sie so gut zusammenarbeiteten, und dafür, dass er anbot, ihre Familie, Freunde und ihr Baby zu verköstigen. Sein offenes Herz ließ sie sanfter werden. Seine Fähigkeit, kleine Momente zu genießen, ließ sie Wurzeln in der Gegenwart schlagen. Sein tägliches Versprechen, ihr Partner zu sein, führte dazu, dass sie auch ihm gerecht werden wollte.

»Ich liebe dich«, flüsterte sie in seinen Nacken.

»Ich liebe dich auch«, sagte er lächelnd.

»Und ich respektiere dich«, sagte sie, das war ihr Lieblingsspiel.

»Ich respektiere dich ebenfalls«, antwortete Francesco.

»Und ich finde, du bist die heißeste Mum auf der ganzen Welt.«

Francesco lächelte noch breiter. »Es versteht sich von selbst, dass ich finde, dass du die heißeste Mum der Welt bist …«

Man hörte ein lautes Gepolter neben der Spielmatte, gefolgt von Hermiones Geschrei.

»Hoppla!«, sagte Safiya in hohem Tonfall. »Ich glaube, ich habe den Turm zu hoch gebaut.« Sie stürzte herbei, hob Hermione auf und ging, um Penny zu suchen. »Wir haben uns gerade mit einem Becherturm im Gesicht angeschlagen, nicht wahr?«, sagte Safiya mit Babystimme. »Das haben wir doch nicht mit Absicht gemacht, oder?«

»Oh, mein Liebling, mein Baby!«, sagte Penny, stand auf und breitete ihre Arme aus. Es war jedes Mal herzzerreißend, das

Geschrei zu hören, egal, um was es sich handelte, doch Penny liebte es, gebraucht zu werden. Nachts hielt sie sogar im Bett den Atem an, um ihr Kind in der Wiege neben ihr atmen zu hören. Sie liebte es, für Hermione da zu sein.

Penny zog sie an sich heran und flüsterte ihr zu, dass sie sie liebte. »Es ist alles in Ordnung«, fuhr sie fort. »Nichts passiert.«

Francesco kam ebenfalls, um nachzusehen, ob es ihr gut ging, und streichelte sie.

»Da«, sagte Hermione und griff mit ihren pummeligen Fäustchen nach ihm. »Daddy.«

Penny schaute Francesco an und zuckte mit den Schultern. Francesco zuckte zurück.

»Bitte sehr, Dad«, sagte Penny, reichte ihre Tochter weiter und beobachtete, wie sie sich an seine Brust schmiegte. Sie sah, wie er mit der Hand ihren Hinterkopf hielt und wie leicht sich Hermione in seiner Nähe beruhigte. Es war genau dasselbe Gefühl, das Penny in seiner Nähe hatte.

»Daddy«, sagte Penny lächelnd. »Ich denke, wir sollten es offiziell machen.«

Sie hatten schon vorher darüber gesprochen, dass er Hermione adoptieren könnte. Doch Penny hatte allein so viel erreicht und die Entscheidung immer hinausgezögert. Aber sie konnte das nicht länger tun, denn es stimmte: Francesco war Hermiones Vater, so, wie sie ihre Mutter war.

Francesco nickte und achtete darauf, das Baby nicht zu wecken, als sich ihre Äuglein bei der Umarmung ihres Vaters schlossen.

»Ich fände es toll«, sagte er. »Ich fände es richtig toll.«

Im Bridges, dem Café in einer Seitenstraße in Stoke Newington, in der Freunde wie eine Familie waren, waren alle zum Feiern zusammengekommen. Sie hatten alle auf ihre Art Liebe, Trauer, Unsicherheit und Enttäuschung erlebt, aber sie hatten sich dafür entschieden, es in all ihrer menschlichen Unvollkommenheit erneut zu versuchen. Sie waren dankbar für alles, was geschehen war, denn es bedeutete, dass es in der Zukunft so viel gab, worauf sie sich freuen konnten.

Penny grinste ihren Freund und ihre Tochter an.

»Ich fände es auch richtig toll«, sagte sie.

Dank

Seit ich Elton Johns Autobiografie *Ich* gelesen habe, will ich *unbedingt* auch so einen Dank verfassen. Am Ende seines Buches dankt er allen, die sein Erinnerungsvermögen angeregt und zu seinem wunderbaren Leben beigetragen haben. Und das war's. Wow! Wie toll ist das denn?! Und witzig. Aber so gut wie er würde ich es nicht hinbekommen, und außerdem ist eine kleine Erwähnung das Mindeste, was ich tun kann, um mich dafür zu bedanken, dass ich eine solch sagenhafte Unterstützung erhalten habe.

Hinter einem jeden Buch steckt sehr viel Arbeit. Abgesehen von den Tagen, die zu Wochen und Monaten werden, in denen ich zu Hause sitze, Kuchen esse und mir verschiedene witzige Dialoge zwischen Freunden und Geliebten ausdenke – und auch den einen oder anderen Nachmittag, an dem ich eine prickelnde Sexszene ausarbeite –, gibt es etliche Menschen, die mitbestimmen, was danach passiert. Ich möchte sie alle aufzählen, nicht nur, weil es das Richtige ist, sondern auch, weil es für die Leser:innen interessant sein kann, das breite Jobspektrum im Verlagswesen kennenzulernen. Ich unterrichte manchmal kreatives Schreiben, und es kommt immer wieder zur Sprache, dass es mehr als eine Möglichkeit gibt, zu einem Buch beizutragen. Viele Verlage eröffnen gegenwärtig regionale Büros, sodass man nicht einmal mehr in London wohnen muss, um im Verlagswesen zu arbeiten. Allein zu arbeiten fühlt sich manchmal einsam an, aber da ich aus der Ferne Teil von Avon geworden bin, einem Imprint des HarperCollins-Verlags, wo dieses Buch im Original erschienen ist, fühle ich mich wie ein vollwertiges Mitglied des positivsten, erfolgreichsten und leistungsfähigsten Teams.

Mit meinem vorherigen Buch, *Dein Lächeln um halb acht,* haben wir mehr Leser:innen erreicht, als ich mir je hätte vorstellen können. Meine Lektorin, Katie Loughnane, hat mich von ihrer Kollegin übernommen. So etwas kann eine Katastrophe für eine Autorin sein – aber nicht mit Katie! Von Anbeginn unserer Zusammenarbeit hat sie sich für meine Arbeit eingesetzt, lauter und stärker als irgendjemand zuvor, und der Erfolg von *Dein Lächeln um halb acht* ist ein toller Beweis dafür. Es war mir eine große Freude, meinen nächsten Roman, *Der schönste Zufall meines Lebens,* in Gänze mit ihr auszuarbeiten, und ich freue mich darauf, für immer und ewig mit ihr zusammenzuarbeiten. Sie gibt mir Anregungen, treibt mich an, eine bessere Geschichtenerzählerin zu werden, und findet irgendwie immer noch den Elan, ihre Kolleg:innen für das zu begeistern, was wir tun. Sie ist knallhart, aber auch sehr nett. Ich mag diese Mischung: unglaubliche Kompetenz und absolute Rücksichtnahme. Leute, diese Frau verdient eine Gehaltserhöhung!

Sabah Khan, die PR-Leiterin, ist einzigartig in dem, was sie tut. Sie ist rücksichtsvoll, engagiert, innovativ und sieht auf magische Weise überall Chancen. Jedes Mal, wenn ihr Name in meinen E-Mails auftaucht, jubele ich, denn ich bin einfach so froh, sie zu kennen. Ihre Betreuung ist unübertroffen – eine Seltenheit in der Werbewelt! Zusammen mit meiner geradlinigen und verhandlungsstarken Agentin Ella Kahn bilden diese Frauen den Kern meiner Verlagstruppe und machen diesen wilden Ritt, den eine Romanpublikation immer bedeutet, zu einer sicheren Sache. Tausend Dank!

An alle im Avon-Team: Ihr seid, *verdammt noch mal*, so gut in dem, was ihr tut.

Beth Wickington – Redaktionsassistentin
Caroline Bovey – Key-Account-Managerin
Charlotte Cross – Key-Account-Managerin, Vertrieb International
Ellie Pilcher – Marketing-Managerin
Hannah O'Brien – Leiterin Marketing
Hannah Todd – Online-Redakteurin
Helen Huthwaite – Herausgeberin
Molly Walker-Sharp – Lektorin
Oli Malcolm – geschäftsführender Verleger
Phoebe Morgan – Chefredakteurin
Sanjana Cunniah – Marketing- und PR-Assistentin
Tilda McDonald – leitende Redakteurin

Katie lobt euch nicht so sehr, sondern hebt vielmehr den Beitrag jeder:s Einzelnen hervor, sodass ich *ganz genau* weiß, welchen Beitrag ihr geleistet habt, meine Bücher zu dem zu machen, was sie sind. Das Gleiche gilt für die Mitarbeiter:innen aus dem weiteren Unternehmensumfeld:

Ammara Isa – Marketing-Managerin
Anna Derkacz – Leiterin Group Sales
Ben Hurd – Leiter Trade Marketing
Catriona Beamish – Produktionssteuerung
Ellie Game – Senior-Designerin
Holly MacDonald – stellvertretende Leiterin Design
Kelly Webster – Key-Account-Managerin, Digital Sales
Laura Daley – Digital-Sales-Managerin
Melissa Okusanya – Leiterin Publishing Operations

Mia Jupp – Film- & TV-Team
Rebecca Fortuin – Audio-Editor
Robyn Watts – Produktionsassistentin

Egal, ob ihr bis spät in die Nacht an den Korrekturfahnen gearbeitet, ob ihr euch die »Tagline« ausgedacht habt (Holly, du hast den Kern von Penny Bridges Dilemma besser verstanden als ich!), ob ihr anwesend wart, als man mit Titeln um sich geworfen, Ideen für Bonusinhalte diskutiert oder über Coverdesigns nachgedacht hat … ob ihr Schauspieler:innen für das Hörbuch ausgesucht, Buchhandlungen davon überzeugt habt, mehr Exemplare zu bestellen, Markenpartnerschaften zu nutzen oder mit Journalisten zu sprechen, möchte ich euch wissen lassen, dass ich jeden einzelnen Beitrag zu schätzen weiß, und ich wünschte, man könnte alle eure Namen mit aufs Cover schreiben, denn ich meinte es ernst: Ich sitze auf den Schultern von Riesen. Ich schreibe die Worte, aber ihr sorgt dafür, dass sie gelesen werden. Und das ist es, was das Ganze wertvoll macht. Danke.

An alle in der Abteilung Vertrieb International:

Ben Wright – Leiter Vertrieb International
Emily Yolland – Assistentin Verlagsrechte
Iona Teixeira Stevens – Verwalterin Verlagsrechte
Zoe Shine – Leiterin der Verlagsrechteabteilung in Großbritannien
… und das **Team von** HCUK **Rights**
Brigitta Doyle – Herausgeberin bei HarperCollins Australien
… und das **HarperCollins-Team Australien**
Peter Borcsok – Sales-Manager bei HarperCollins Kanada
… und das **HarperCollins-Team Kanada**

Emily Gerbner – Digital-Marketing-Managerin bei Harper360
Jean Marie Kelly – Partnerverleger bei Harper360
… und das **Harper360-Team**

Wenn es mein Ziel ist, Leser:innen zu finden, die sich für dieselben Storys interessieren wie ich, seid ihr diejenigen, die das außerhalb Großbritanniens ermöglichen. Ich finde den Gedanken, dass meine Bücher weltweit erscheinen, überwältigend. Sagt mir einfach Bescheid, wenn ihr mich auf eine Geschäftsreise nach, sagen wir, Toronto oder Sydney oder New York City schicken wollt. Es ist das Mindeste, was ich tun kann, um euch für meine weltweite Präsenz zu danken! (Das ist zum Teil ein Scherz und zum Teil eine Bitte, damit ich ein paar Flugmeilen in Richtung der Städte, die ich noch nie besucht habe, sammeln kann … Internationale Buchtournee gefällig?)

Als ich an dem Roman *Der schönste Zufall meines Lebens* schrieb, überschnitt sich meine Planung mit der Spendenaktion für das Pflegeheim meiner Großmutter. Ich versteigerte die Chance, eine Romanfigur nach dem Namen der Person zu benennen, die ein Pfund oder mehr spendete. Die Gewinnerin war Sharon Harris. Sharon, ich hoffe, die Sharon aus dem Buch ist eine Figur, die dich stolz macht! Danke an alle, die auch dazu beigetragen haben – mein Ziel waren ursprünglich 500 Pfund, am Schluss war es das Vierfache.

Mein Dank geht auch an Jamie Varon, meine Testleserin und Seelenverwandte, die genau weiß, was sie mir sagen muss, damit ich bis zum Schluss Gas gebe. Danke, Lauren Mahon, dafür, dass du mir deine Geschichte als Brustkrebsüberlebende erzählt hast. Googelt ihre Seite GIRLvsCANCER! Lauren bekam Zitronen, machte aber nach ihrer Diagnose Limonade daraus. Sie ist eine wahnsinnige Inspiration. Thomas Hardy – ich habe mich für *Der schönste Zufall meines Lebens* von *Am grünen Rand der Welt* inspirieren lassen; Penny Bridge ist absolut Bathsheba Everdene nachempfunden, also ein großes Dankeschön für die Darstellung komplexer und dreidimensionaler weiblicher Charaktere – und das im Jahr 1874.

Und schließlich sind da noch die wahren Lieblinge meines Herzens: die Buchhändler:innen und Blogger:innen. Ich hoffe, mein neues Buch gefällt euch, denn ich bin so dankbar für die Art, wie ihr mir bei *Dein Lächeln um halb acht* den Rücken gestärkt habt. Ich will euch glücklich wissen. Ihr seid der wichtigste Teil des Veröffentlichungspuzzles mit euren Rezensionen, online oder in den Buchhandlungen, dafür, wie ihr meine Bücher in den Schaufenstern oder auf den Tischen mitten in den Buchhandlungen platziert habt, wie ihr den Kund:innen die Bücher in die Hand gedrückt habt, als sie euch nach Empfehlungen fragten, oder wie ihr ihnen eure Blogposts weiterempfohlen habt … Danke für jedes freundliche Wort, jeden Hashtag, jede E-Mail. Danke, dass ihr mir das Gefühl gebt, gut in diesem Job zu sein.

Ein großes Danke an euch, meine Leser:innen. Ich hätte nie gedacht, dass ich mal Bücher über das Liebesleben von Frauen schreiben würde, doch: Es fasziniert mich! Unser Liebesleben spiegelt unser gesamtes Leben wider. Wenn wir also über Selbstwert, Selbstachtung, die Angst, wie wir wahrgenommen werden, und die Sehnsucht nach engen Freundschaften reden, wenn wir darüber reden, wie unsere Beziehungen zu unseren primären Bezugspersonen unser Verhalten als Erwachsene beeinflussen, dann reden wir immer über die Liebe. Punkt. Romantische Liebe, aber auch familiäre Liebe, platonische Liebe, sexuelle Liebe, Liebe zu sich selbst. Was ich damit sagen will, ist: In »Frauenliteratur« geht es einfach um Menschen, und ich liebe es, eine Plattform zu haben, um dieses Menschliche, allzu Menschliche, erforschen zu können. Danke, dass ihr meine Bücher kauft, dass ihr euren Freund:innen davon erzählt, dass ihr Rezensionen auf den Websites der Buchhandlungen hinterlasst, dass ihr auf Instagram postet und dass ihr zu Veranstaltungen kommt und damit unter Beweis stellt, dass auch ihr Interesse am Menschlichen habt. Es ist schon lustig, wie wir tagtäglich versuchen, unser Bestes zu geben. Meine Romanfiguren und ich befinden uns an eurer Seite, wenn es darum geht, stets hinzuzulernen.

Also dann, auf Francescos Selbstachtung und Thomas' Neugierde! Mein Ziel ist es, zu Priyeshs emotionaler Einsicht, Sharons Humor und Clementines Offenherzigkeit zu gelangen. Vor allem möchte ich mir für immer erlauben, Fehltritte richtigzustellen wie Penny. Sich zu entscheiden, was wir in diesem Leben wollen, und es dann zu verwirklichen, ist der beste Weg, um zu merken, dass wir nicht nur leben – sondern lebendig sind. Dank dieser imaginären Freunde fühle ich mich ein bisschen besser darauf vorbereitet, es mit der Welt aufzunehmen. Ich hoffe, das tut ihr auch.

Und vergesst nicht, immer wieder mal eure Brüste abzutasten.
Laura

Laura Jane Williams über die Inspiration, das Schreiben und die Liebe

Wie kommen Dir die Ideen für Deine Bücher?
Mein Hirn schaltet einfach nie ab. Ich kann mich zwar hinsetzen und Plotideen, Charaktere und Wendungen brainstormen, also am Gerüst der Geschichte arbeiten, aber die Farbe kommt von mitgehörten Gesprächen oder von lustigen Anekdoten aus dem Radio, die ich dann in meine Romane einfließen lasse. Ich bin überzeugt, dass unsere Kreativität vor allem dann aufblüht, wenn wir uns ins Leben stürzen. Ich bin wie eine Elster, die überall etwas aufliest. Es ist also Vorsicht geboten, wenn ich auf einer Dinnerparty neben Dir am Tisch sitze!

Basieren Deine Charaktere auf realen Menschen?
Ja und nein. Thomas aus *Der schönste Zufall meines Lebens* ist tatsächlich ein Typ, der in ein Café kam und sich direkt an den Tisch neben mich setzte, während ich die Szene schrieb, in der Penny einen ehemaligen Mitschüler trifft. Die Designerklamotten, die Arroganz, die Haarfarbe – der Typ kam rein, und ich wusste sofort, dass er die perfekte Vorlage war.
Daniels Mutter in *Dein Lächeln um halb acht* ist meiner Tante sehr ähnlich, und Freddie aus *Say Yes – Perfekter wird's nicht* ist eine Mischung aus allen Mädchen, deren Babysitterin ich mal war. Aber ich liebe das Schreiben vor allem auch deswegen so sehr, weil ich meine eigenen unterschiedlichen Seiten ausleben kann: Daniel aus *Dein Lächeln um halb acht* ist mein romantisches Ich, Patrick aus *Say Yes – Perfekter wird's nicht* bin ich in meiner unbekümmerten Form, am verletzlichsten bin ich als Annie aus *Say Yes – Perfekter wird's nicht.* In der Fiktion kann

man sich unsichtbar machen; ich verstecke mich in all meinen Figuren.

Was tust Du, wenn Du nicht schreibst?
Übers Schreiben nachdenken ☺! Nein, Spaß beiseite. Ich versuche, gut zu leben. Ich mache Yoga, schaue gern mit meiner Familie TV, plane Ausflüge und reise gerne. Ich denke, es sind die kleinen Momente der Liebe, die ein Leben lebenswert machen. So versuche ich, immer wieder viele kleine Momente der Freude zu erleben – einen guten Kaffee zu trinken, ein Buch in der Sonne zu lesen, im Auto das Lieblingslied zu laut aufzudrehen. Das bedeutet für mich Selbstfürsorge und Selbstliebe.

Dein zweiter Roman *Say Yes – Perfekter wird's nicht* ist ein Liebesroman, in dem es auch um Identitätsfindung geht. Was meinst Du – spielt die Liebe eine Rolle, wenn es darum geht, sich und seinen Platz im Leben zu finden?
Auf jeden Fall! Ich sage immer, dass ich feministische Liebesgeschichten schreibe, und damit meine ich: Mit wem wir zusammen sind – egal ob für immer oder nur kurz –, beeinflusst so sehr unser Leben als Frau. Ich versuche, emotional reife Männer zu beschreiben, die in der Lage sind, über ihre Gefühle zu sprechen. Ich finde es unsagbar altmodisch, wenn Männer von Frauen »gerettet« werden müssen, weil nur sie versteht, was er fühlt und will. Ich will keinesfalls, dass meine Figuren ihre Zeit damit vergeuden, den Partner erstmal »aufzubauen«. Ich denke, es ist wichtig, die großen Fragen wie »Wer bin ich?« unabhängig von einer Beziehung zu ergründen, damit man sich der Herausforderung Partnerschaft widmen kann, wenn sie ansteht. Das haben alle meine Charaktere gemeinsam, denn es ist mir wirklich wichtig, diese Art von gesunder Liebe darzustellen.

Pennys größter Lebenstraum in Deinem dritten Roman *Der schönste Zufall meines Lebens* ist es, Mutter zu sein. Du bist selbst auch Mutter, was bedeutet Dir das?
Alles! Ich bin dankbar, dass mir immer klar war, dass ich Kinder haben möchte. Frauen stehen unter enormem Druck, wenn sie entscheiden müssen, ob sie Kinder möchten oder nicht. Wir setzen viel zu oft voraus, dass jede Frau Mutter sein möchte, daher versuche ich, immer auch Frauenfiguren einzubauen, die sich bewusst gegen Kinder entscheiden oder sich unsicher sind.
Über Pennys Kinderwunsch zu schreiben war besonders; sie wusste ohne Zweifel, dass Muttersein das Wichtigste für sie ist, und mir geht es auch so. Daher fühle ich mich ihr sehr nah.